Le plan de lady pirate

DE LA MÊME AUTRICE AUX ÉDITIONS J'AI LU

La fille au loup

Les fils Sinclair

1 – *Le conquérant des Highlands*
2 – *Le combattant des Highlands*
3 – *Le justicier des Highlands*
4 – *Le sauvage des Highlands*
5 – *Un intrus dans les Highlands*

Passions en Écosse

1 – *Le laird de l'île de Mull*
2 – *Le charmeur de l'île d'Islay*
3 – *Le Loup de Kisimul Castle*
4 – *Le diable de Dunakin Castle*

HEATHER
McCOLLUM

Le plan de lady pirate

Traduit de l'anglais (États-Unis)
par Astrid Mougins

J'AI LU

Si vous souhaitez être informée en avant-première
de nos parutions et tout savoir sur vos autrices préférées,
retrouvez-nous ici :

www.jailu.com

Abonnez-vous à notre newsletter
et rejoignez-nous sur Facebook !

Titre original
TANGLED HEARTS

Éditeur original
Entangled Publishing LLC, Shrewsbury

Publié en accord avec Alliance Rights Agency,
c/o Entangled Publishing, LLC

Je dédie ce livre à mon père, Rick,
le capitaine du Wind Calls. *Sauver des histoires,*
des informations et des vies est notre passion.
Tu fais indubitablement partie des « bons pirates ».
Je le dédie également au meilleur chien marin
qui ait jamais existé, Maggie.
Tu as peut-être battu les flots à bord
du Wind Calls *pendant seulement quatorze ans,*
mais tu vivras à jamais dans nos cœurs.

1

Quelque part au nord de Londres, mars 1536

Ballotté par les cahots sur l'ancienne grande route du Nord qui reliait Édimbourg à Londres, Ewan Brody tenait lâchement les rênes tout en expliquant d'un air grave à son compagnon :

— Voilà pourquoi tu ne dois même pas sourciller quand une femme parle de son tour de taille.

Le visage habituellement sérieux de Searc Munro se fendit d'un sourire. Il s'adossa au dossier de la banquette avec un air narquois.

— Quoi, tu crois que je plaisante ? reprit Ewan, offusqué.

Il se massa la mâchoire comme si elle était encore endolorie par le coup de poing de la dame en question. Searc se mit à rire.

— Je crois que je me tiendrai juste à l'écart des femmes, répondit-il.

Il secoua la tête, faisant retomber ses cheveux châtains sur ses oreilles.

— Excellente stratégie, dit Ewan. Plus tu les ignoreras, plus elles te courront après. Surtout une fois que ta chemise correspondra à ta taille.

Searc n'avait que seize ans mais ses traits avantageux laissaient clairement deviner que, lorsqu'il aurait développé la carrure des hommes Munro, toutes les filles seraient pendues à ses basques. Il les attirerait aussi bien que... aussi bien qu'Ewan.

Ils étaient brimbalés côte à côte sur le banc de la carriole tirée par leurs chevaux. Gaoth, l'étalon noir d'Ewan, renâclait en agitant sa crinière, furieux d'être attelé. Puisqu'il était dans une situation déplaisante, il tenait à ce qu'Ewan le soit aussi. Personne n'était autorisé à en rire.

— Je ressens ta souffrance, Gaoth, assura Ewan. Aucun de nous n'a envie d'être ici.

Il scruta autour d'eux la forêt où perçaient les premiers signes du printemps, puis se tourna vers Searc.

— Nous déposerons notre fardeau et repartirons aussitôt. Pas question de nous attarder en Angleterre. Nous laisserons la carriole au bon roi Henri. Je préfère rentrer à cheval.

De nouveau sérieux, Searc hocha la tête, une main sur la garde de son épée. Ce garçon avait tout ce qu'il fallait pour devenir un bon guerrier.

— L'Angleterre me rend nerveux, murmura-t-il en surveillant la route de son côté.

Commandant en second du château de Druim et cousin du laird Caden Macbain, Ewan s'était porté volontaire pour livrer leur charge à Londres. À la frontière, ils s'étaient débarrassés de leurs kilts pour enfiler des tenues de voyage anglaises afin de passer inaperçus. Ils avaient également abandonné le gaélique pour l'anglais, bien que leur accent trahisse leur origine aussi sûrement que s'ils avaient soufflé dans des cornemuses. En vérité, Ewan n'aurait pas été fâché de pourfendre quelques crétins d'Anglais, mais il avait une mission importante à accomplir. Il n'acceptait de salir ses bottes sur le sol anglais que parce qu'il s'agissait de protéger son clan.

Le vent tourna, rabattant sur eux l'odeur de chair putride et faisant tousser Searc. Sur ordre du pouvoir royal anglais, ils transportaient un homme abject en décomposition. Bien que mort, Rowland Boswell serait jugé à Londres pour trahison. Peu importait qu'il ne soit plus qu'un cadavre puant. Le roi Henri VIII défoulerait sa rage sur le félon qui avait conspiré pour lui voler son trône.

— Foutue chaleur, grommela Ewan en remontant ses manches.

Bien que le printemps soit là, il gelait encore à Druim, en Écosse, où le corps avait été conservé tout l'hiver. À mesure qu'ils descendaient vers le sud, la glace qui avait préservé les chairs et les organes de Boswell fondait. Il avait perdu la vie après avoir tenté d'assassiner la fiancée de Caden, Meg, une ravissante Anglaise aux dons magiques de guérisseuse. Tout le monde, Meg et Boswell compris, avait cru qu'il était son père – ce qui, heureusement, s'était révélé faux. Meg était trop bonne et honorable pour qu'un sang aussi vil coule dans ses veines. Elle était la nièce de Rachel, la mère de Searc, qui possédait les mêmes pouvoirs magiques.

— N'approchons-nous pas du domaine de Boswell ? demanda Searc en indiquant du menton la flèche d'un clocher qui dépassait de la cime des arbres au loin.

Les grondements de tonnerre qui résonnaient dans la campagne annonçaient un orage.

Ils avaient prévu de passer la nuit à Rosewood Manor afin de faire leur toilette et de se rendre présentables, avant de reprendre leur route vers Londres et Hampton Court, où se trouvait Henri.

Heureusement, la Couronne n'avait pas encore confisqué les biens de Boswell. Sinon, Searc et lui auraient été contraints de passer une autre nuit couchés sous la carriole. Dormir avec un cadavre en décomposition au-dessus de la tête était profondément dérangeant.

— Oui. Rosewood devrait se trouver dans le prochain village, dit Ewan.

Il sortit la lettre que Meg lui avait donnée et qui les autorisait à séjourner dans sa demeure familiale, à Swindon. Elle n'y avait vécu que cinq ans avant que Boswell fasse condamner sa mère à mort pour sorcellerie. Dans la mesure où personne en Angleterre ne savait que Meg n'était pas, en réalité, la fille de Boswell, son approbation devrait suffire pour qu'ils y passent une nuit. De toute manière, les villageois ne remarqueraient probablement pas leur présence. Ils auraient pu également s'arrêter à York, où Harold, l'oncle de Meg, possédait une ferme. Cependant, son épouse et lui se trouvaient encore en Écosse, et Swindon était beaucoup plus proche de Londres.

Ewan frotta son menton mal rasé tout en observant attentivement la ligne des arbres qui se clairsemaient, laissant deviner au loin quelques chaumières. Ils poursuivirent leur route dans le grincement des roues sur les cailloux. Bientôt, la brise porta vers eux une odeur de fumée. Quelques minutes plus tard, ils passèrent devant une première maison. Une femme les suivit du regard depuis son perron.

— Au fait, Searc. Le bruit court que le roi Henri cherche à se débarrasser de sa reine, dit-il à voix basse. Anne Boleyn a signé l'arrêt de mort de dizaines de prêtres. Ici, ils brûlent les catholiques comme les sorcières. Ce pays est diablement dangereux, je te le dis. Même si ton père pense que tu dois découvrir le monde, tu serais resté en Écosse si cela n'avait tenu qu'à moi.

Il était encore estomaqué que Meg soit parvenue à quitter l'Angleterre vivante. Bien que née dans ce pays, elle avait le courage d'une Écossaise, comme sa mère – jusqu'à ce qu'elle se fasse exécuter à la suite des accusations de Boswell. Ce dernier avait comploté d'assassiner le roi Henri VIII ainsi que sa fille, Marie. La mère de Meg avait déjoué ses plans et avait secrètement fait parvenir les preuves de sa trahison en Écosse, où Meg les avait retrouvées.

Le petit rire ironique de Searc l'arracha à ses sombres pensées.

— Je suis venu pour sauver ta peau, déclara le jeune homme.

— Ma peau ?

— Meg m'a demandé de ne pas te laisser briser le cœur des Anglaises. Tu te retrouverais marié ou pendu – ce qui, pour toi, reviendrait au même.

Ewan se mit à rire à son tour.

— Je ne suis pas fou au point de faire les yeux doux à une Anglaise compliquée. De toute façon, je ne suis pas fait pour le mariage.

Il lui adressa un de ces sourires impudents qui lui étaient familiers.

— Non, ce qu'il me faut, ce sont de braves filles simples qui aiment prendre du bon temps une nuit ou deux. Surtout si elles savent me cuisiner des gâteaux aussi bons que ceux de ma mère.

Il saliva au souvenir des petits pains nappés de coulis de framboises que sa mère réchauffait au soleil sur le rebord de sa fenêtre.

Searc pouffa de rire.

— Heureusement que tu ne manques pas d'entraînement.

Le sourire d'Ewan s'effaça lorsqu'il regarda de nouveau devant eux la route sinueuse. Il régnait un silence sinistre et il n'y avait pas une âme en vue. Les fleurs sauvages étaient légion au bord de la route. Des fleurs comme il en cueillait autrefois pour sa mère.

— Ça fait bien longtemps que je ne mange plus ses gâteaux.

Searc commença à rire, puis s'interrompit brusquement.

— Oups. Pardon, Ewan. Mon père m'a raconté… au sujet de ta mère, ce qui lui est arrivé… et, euh… ton père.

Ewan sourit en refoulant la vague oppressante qui le submergeait chaque fois qu'on faisait allusion à son père. Son sourire léger, aux antipodes de la grimace sévère qu'affichait toujours son père, était la preuve qu'il n'était pas comme le démon qui l'avait engendré.

— Inutile de t'excuser, elle est morte depuis longtemps. Néanmoins, ses gâteaux me manquent toujours.

— Le jour où tu tomberas sur une fille qui t'en préparera d'aussi délicieux, tu sauras que c'est la bonne.

L'attention de Searc fut détournée par un couple de moineaux qui virevoltaient entre les arbres. Le garçon adorait les animaux.

— Non, il n'y a personne qui me correspond, répondit Ewan. Personne avec qui je me verrais me lier pour toute la vie. Ta cousine Meg est ravissante, mais Caden n'a pas fini d'en baver avec elle et ses… dons. Désormais, les gens affluent depuis des kilomètres à la ronde pour se faire soigner. Un fou a même tenté de l'enlever pour s'approprier sa magie. Ce pauvre Caden passe son temps à la tirer d'un mauvais pas ou d'un autre. Je préfère les filles simples qui n'ont pas besoin qu'on veille sur elles.

— Les femmes aiment les hommes forts capables de les protéger, observa Searc avec un haussement d'épaules.

— Naturellement, si une femme est en danger, je volerai à son secours. Mais je ne veux pas m'attacher à quelqu'un qui aurait tout le temps besoin de moi. J'ai des choses plus importantes à faire pour Druim, comme transporter ce corps à Londres. Je n'ai pas envie de femmes à problèmes. (Il esquissa un sourire narquois.) De toute façon, je n'ai pas besoin de les sortir du pétrin toutes les cinq minutes pour leur plaire.

Searc leva les yeux au ciel en riant.

Ils s'avancèrent dans le modeste village. Tout était calme. Trop calme. Ils passèrent devant une forge dont la cheminée centrale fumait, mais il n'y avait aucun forgeron en vue. La porte de l'église était ouverte, et un simple coup d'œil leur suffit pour savoir qu'elle était déserte. Ewan fronça les sourcils, un frisson désagréable lui parcourant l'échine.

Après l'église, un long mur bordait la route caillouteuse. Un haut portail en fer forgé envahi de rosiers grimpants était entrouvert.

— Regarde !

Searc pointa l'index vers une plaque tenue sur le mur par deux gros clous carrés. *Rosewood Manor.* Néanmoins, ce qui attira l'attention d'Ewan fut la feuille de papier accrochée dessus, dont les bords étaient soulevés par le vent qui soufflait de plus en plus fort. Le message était difficile à déchiffrer de loin, la feuille se tordant comme si elle cherchait désespérément à se libérer.

Condamnée pour avoir pactisé avec le diable.

Cordieu ! Quelqu'un avait-il formellement accusé Meg de sorcellerie ? Quelqu'un d'autre que Boswell ? Ce dernier avait voulu sa mort parce qu'elle détenait la preuve de sa conspiration contre le roi Henri. Maintenant qu'il n'était plus en état de nuire, la menace qui pesait sur elle aurait dû disparaître.

— Le portail, Searc. Et le papier.

Searc sauta à terre et poussa les battants du portail pour laisser passer la carriole. Il arracha la feuille et la tendit à Ewan. Celui-ci la parcourut et libéra la respiration qu'il avait retenue jusqu'alors en lisant le nom qui y était écrit. Il ne s'agissait pas de Meg Boswell – ni de Meg Macbain. Malheureusement, il n'était pas question de Rowland Boswell non plus. Il aurait pu épargner aux chasseurs de sorcières la peine de le traquer.

Pandora Wyatt ? Il n'avait jamais entendu ce nom. Ce n'en était pas moins une nouvelle tragédie. Ce devait être une autre innocente, une gentille fille comme Meg. Il relut le message. L'encre était encore fraîche. Le panneau avait dû être affiché dans la matinée.

Il fit avancer les chevaux dans la cour. Ceinte d'un haut mur, celle-ci était aménagée avec des jardins et une fontaine centrale remplie de feuilles mortes détrempées. Du lierre envahissait les murs en pierre de l'imposant et majestueux manoir. Qui était Pandora Wyatt ? Pourquoi avait-on affiché le placard sur le mur de Boswell ? Habitait-elle ici ?

Searc redescendit les marches du perron.

— Personne ne répond.

— Les domestiques ont dû partir quand Boswell a cessé de payer leurs gages.

Ewan sauta à terre et tendit le papier au jeune homme.

— Ce nom te dit-il quelque chose ?

Il détacha les chevaux et frotta le museau de Gaoth.

— Non, répondit Searc.

Ewan regarda la route déserte de l'autre côté du portail.

— C'est étrange, le village est tellement calme. Même le forgeron n'était pas à son poste.

— Comme si tous les habitants étaient partis assister à un événement.

Ewan perçut une odeur âcre de fumée dans l'air. Il jeta une selle sur le dos de Gaoth.

— Oui, dit-il. À l'exécution d'une sorcière.

*

* *

Ces villageois n'étaient qu'un ramassis de crétins ingrats ! Dory Wyatt ferma les paupières et jura entre ses dents en sentant du sang couler entre ses poignets liés.

La voix de Bartholomew Wyatt hurlait dans sa tête. « Je t'avais dit de rester discrète. » Incroyable. Son père adoptif parvenait à la réprimander pour avoir laissé quelqu'un être témoin de sa magie alors qu'il se trouvait à des kilomètres de là, enchaîné dans la sinistre Tour de Londres. Fichtre, comme il lui manquait !

Elle avait simplement aidé une jeune femme qui voulait que le jour de ses noces soit parfait. Lorsque la pluie avait commencé à doucher ses invités, elle s'était mise à pleurer. Or Dory ne supportait pas les larmes. La mariée l'avait invitée en la croisant sur la route, et Dory avait accepté en espérant que les villageois lui en apprendraient plus sur la disparition de son père. Elle n'avait pas été assez prudente et la jeune femme l'avait vue souffler sur les nuages pour chasser l'orage. Aider son prochain : n'était-ce pas ainsi qu'on se faisait des alliés ? À cet instant précis, elle aurait eu bien besoin d'alliés.

Elle aperçut la mariée à l'arrière de la foule. Cette idiote sanglotait de nouveau. La fumée qui commençait à s'élever des herbes sèches, que les garçons du village avaient fourrées sous le tas de bois à la demande du prêtre, lui piquait les yeux. Son cœur battait à tout rompre.

Par l'enfer, réfléchis ! Il est temps de partir d'ici !

Elle baissa les yeux vers les branchages et les bûches entassés en pyramide autour d'elle. Comment allait-elle sauver son père si elle devait passer son temps à se sauver elle-même ? Elle poussa un grand soupir et son souffle attisa le feu naissant, faisant monter les flammes qui léchaient les branches. Son ventre se noua et elle s'efforça de ralentir sa respiration. Des nuages s'accumulaient au-dessus de la clairière.

Vite, vite ! Elle devait éteindre le feu.

Elle inspira profondément, en dépit de la fumée qui lui piquait la gorge. L'air printanier était rempli d'humidité. Les nuages grossirent et projetèrent des ombres sur la place remplie de monde. Plusieurs personnes lancèrent des regards inquiets vers le ciel.

Elle se concentra sur les minuscules particules d'humidité dans l'air au-dessus d'elle, les rassemblant et les incitant à s'agglutiner en nuages.

— Ne tolérez pas que vive une sorcière ! hurla le prêtre.

Les hochements de tête et les grognements d'assentiment dans la foule démontraient leur peur et leur haine. Ils furent ponctués de quelques

« Brûlez-la ! ». Certains crachaient, d'autres priaient ou se signaient.

Une sorcière, elle ?

Elle tenta tant bien que mal de ne pas écouter les huées qui sapaient son sang-froid. Ces gens ignoraient qui elle était et ce qu'elle pouvait faire. Elle ne le savait pas elle-même. Durant toutes ces années, elle s'était efforcée de le découvrir, de comprendre pourquoi elle possédait cette étrange tache de naissance, comment elle était capable de déplacer des particules d'air, pourquoi elle pouvait illuminer une pièce ou guérir les gens avec une petite sphère de lumière. Peut-être était-elle vraiment une sorcière, après tout. Elle toussa en manquant de s'étrangler dans un haut-le-cœur.

Reste concentrée, idiote !

Elle aspira une grande goulée d'air tandis que le petit bois au-dessus des herbes s'embrasait. La fumée s'enroula en spirales dans ses poumons. Elle sentit sa tache de naissance sous son poignet picoter et libérer la magie en elle. L'étrange marque l'aidait à canaliser le flot de son pouvoir.

Dehors ! Dehors !

De grosses gouttes de pluie formèrent des nuées au-dessus d'elle. *Splat. Tap. Tap.* Les flammes crépitèrent. Les gouttes tombèrent plus dru, leur clapotis sur les herbes sèches se muant en rugissement.

Elle ouvrit la bouche pour récolter un peu de l'averse et recracher le goût âcre de la fumée. Les villageois se couvrirent la tête tandis que la pluie redoublait d'intensité. Attaqué par son ennemi naturel, le brasier grésillait. L'eau contre le feu. La bataille des éléments était lancée, dégageant des volutes de vapeur, créant un rideau de brume noirci par la suie.

Les villageois criaient pour se faire entendre par-dessus le vacarme du déluge, abandonnant le bûcher comme elle l'avait espéré. Ils battaient en retraite dans la maison commune, celle où ils l'avaient condamnée plus tôt. Le cœur battant à tout rompre, Dory s'acharnait contre les cordes qui lui entamaient les poignets. Elle devait s'enfuir avant leur retour.

Un martèlement de sabots retentit derrière elle tandis qu'elle se débattait avec ses liens. La montée de panique et sa respiration saccadée l'empêchaient de bien se concentrer sur les brins de chanvre qui mordaient sa peau. Combien de temps la pluie empêcherait-elle le vieux prêtre rabougri de rassembler ses troupes de culs-bénits assassins ?

— *A' breith !*

Dory eut à peine le temps de ravaler son souffle. Un grand corps fendit l'air, atterrit sur le bûcher et se retint d'une main au tronc coupé auquel elle était attachée. De l'acier froid et mouillé pressa ses poignets, puis... *Libre !* L'homme se pencha et trancha les liens autour de ses chevilles. Avant qu'elle ait eu le temps de remuer les pieds pour rétablir sa circulation sanguine, il glissa un bras autour de sa taille et elle se retrouva le nez écrasé contre son torse. Il sentait l'air frais.

— Tenez-vous bien ! cria-t-il en la serrant contre lui.

Il s'élança par-dessus les bûches. Dory hurla. Ses cuisses percutèrent le flanc d'un cheval géant et elle atterrit à plat ventre en travers de la selle, le rebord en cuir lui rentrant dans les côtes. L'impact lui coupa le souffle.

L'inconnu ne lui laissa pas le temps de le récupérer.

— *Siuthad !* cria-t-il.

Le cheval s'élança loin du bûcher. Lorsqu'elle parvint enfin à respirer, elle poussa un hurlement. Les sabots battaient le sol boueux qui défilait rapidement. Elle ferma les yeux. Elle commença à glisser de sa position précaire et entendit l'homme jurer avant qu'il plaque une main sur ses reins pour la retenir.

— Faites-moi descendre de là, nom de nom ! cria-t-elle.

Malheureusement, chaque fois qu'elle tentait de se redresser, elle glissait de nouveau et l'homme la retenait. Elle ne respirait que par à-coups tout en rebondissant sur le dos du cheval qui galopait à travers la pluie. À ce rythme, elle aurait bientôt les côtes broyées. Si elle ne tombait pas avant pour se faire piétiner. Son visage était éclaboussé de boue, comme sa chevelure qui pendait vers le sol.

— Arrêtez ! Laissez-moi descendre !

Elle recracha un peu de terre. Un caillou vola et l'atteignit au front.

— Aïe !

Au bout de quelques minutes, le cavalier ralentit, guida sa monture hors de la route et s'enfonça dans la forêt. Le cheval s'arrêta enfin, ses flancs se soulevant et s'affaissant, ses sabots fermement plantés dans le sol.

— Aidez-moi à me relever, ordonna-t-elle sans desserrer les dents.

Elle cambra les reins et tenta de redresser la tête. Une fois de plus, la main de l'homme se posa sur son postérieur.

— Et cessez de me tripoter les fesses !

Deux mains dures comme du granit la saisirent par la taille et la redressèrent en amazone sur la selle. Des étoiles dansèrent devant ses yeux. Elle prit plusieurs grandes inspirations pour rassembler ses esprits.

— Vous n'arrêtiez pas de glisser, expliqua l'inconnu derrière elle. Cela dit, vous avez un très joli derriè...

— Malotru ! cracha-t-elle.

Elle écarta la masse de cheveux emmêlés de son visage afin de pouvoir le transpercer de son fameux regard noir, celui-là même devant lequel les officiers de marine ravalaient leurs stupides offres d'assistance.

Elle tordit le cou pour se tourner vers lui et se retrouva face à... deux yeux bleus. Non seulement il sentait le grand air, mais ses iris semblaient avoir capturé un éclat de soleil. L'espace d'un instant, son irritation se transforma en ébahissement. Elle cligna des yeux et essaya de nouveau de lui lancer un regard noir.

Les traits ciselés de l'inconnu n'étaient qu'à quelques centimètres des siens. Sa mâchoire carrée, couverte d'un chaume de barbe, était fendue d'une bouche sensuelle qui semblait avoir le sourire facile. Sa chevelure courte, dont la couleur de blé était assombrie par la pluie, était rabattue derrière deux oreilles parfaitement symétriques. Cependant, l'aspect le plus saisissant de son visage était ses cicatrices : une le long de la joue, une petite entaille sous un œil et plusieurs autres sur le front. Cet homme ne semblait pas avoir eu une vie de tout repos. Il secoua la tête, projetant des gouttelettes autour de lui.

Dory cligna des yeux et s'efforça de se concentrer.

— Que fichiez-vous dans ce village ? demanda-t-elle.

Le sourire de l'inconnu s'estompa, cédant la place à de la perplexité puis à une pointe d'agacement. Il tendit la main vers son visage et caressa sa joue du pouce.

— Je sauvais votre joli derrière.

— Je me débrouillais très bien toute seule, répliqua-t-elle en écartant la tête.

Il arqua un sourcil.

— Vraiment ? Il m'a pourtant semblé que vous étiez en train de rôtir.

— La pluie allait éteindre le feu.

— Aaah ! fit-il avec une moue ironique.

— Je..., commença-t-elle.

Sois discrète, lui rappela la petite voix dans sa tête. Elle fit une grimace avant d'achever :

— Je contrôlais la situation.

— Vous contrôliez la situation ? répéta-t-il, incrédule. Vous étiez attachée sur un bûcher en flammes.

Dory baissa les yeux vers les jambes de l'homme.

— Vous êtes écossais, n'est-ce pas ? Je le devine même sans votre jupe.

— Cela s'appelle un kilt, dit-il, agacé.

Elle agita une main pour signifier que cela n'avait aucune importance, puis se tortilla pour descendre de selle. Il resserra sa prise autour de sa taille et elle sentit son torse dur contre son dos.

— Je ne vous laisserai pas détaler sous une pluie diluvienne avec, à vos trousses, une horde de villageois frénétiques brandissant des torches et des cordes.

— Je sais me débrouiller seule, insista-t-elle.

Elle l'avait toujours fait.

Sans un mot, l'homme fit claquer sa langue et le cheval repartit d'un pas leste entre les arbres.

— Où m'emmenez-vous ?

— Vous appelez-vous Pandora Wyatt ?
— Parfois.
Il émit un grognement.
— Et vous vous cachez à Rosewood Manor.
— Je ne m'y cache pas. J'y réside.
— Rosewood Manor vous appartient ?
Dory ne répondit pas. Elle s'efforçait de contenir son agitation, qui risquait de la trahir. À l'intérieur d'elle... tout tremblait. Ce n'était pas que de la colère, quoique ce soit la seule émotion qu'elle aurait admise. Une peur glacée pénétrait ses os, associée à la solitude, au désespoir et à la terrible angoisse de ne pouvoir sauver le capitaine Bart à temps. Bien qu'anglaise de naissance, elle ne connaissait rien à ce pays. Elle aurait été plus à son aise dans les jungles peuplées de cannibales des îles d'Amérique.

— Vous avez froid, dit l'homme près de son oreille.

Il ôta un plaid de la croupe de son cheval et le drapa autour de ses épaules. Ils chevauchèrent en silence à travers la forêt. Quand ils arrivèrent en vue du manoir, il passa par-derrière.

— Ils viendront me chercher ici, chuchota-t-elle, comme si elle rechignait à briser le silence.

— Il faudra d'abord qu'ils me passent sur le corps, répondit-il à voix basse.

Même s'il ne pouvait la voir, elle leva les yeux au ciel. L'arrogance de ce guerrier rivalisait avec celle du capitaine Bart. Lui aussi ne doutait jamais de pouvoir la sauver. Hélas, c'était cette assurance qui avait valu à son père adoptif et au second de celui-ci de finir à la Tour de Londres.

Après lui avoir ressassé tant de fois de rester discrète, Bartholomew Wyatt n'avait pu s'empêcher de fanfaronner afin de détourner l'attention d'un capitaine qui s'intéressait un peu trop à elle. Comme si elle ne savait pas se défendre seule ! Malheureusement, il ignorait qu'il y avait tout un maudit bataillon attendant devant cette taverne à Villa de la Vega.

Prise pour l'une des prostituées du coin, Dory n'avait pas été arrêtée et s'était aussitôt chargée de prévenir l'équipage. Tous étaient fidèles à son père adoptif, mais étaient-ils assez fous pour tenter de le faire évader de la Tour de Londres ? Non. Ils attendraient de ses nouvelles à bord du *Queen Siren*, au large des côtes, et ne mettraient pas un orteil sur le sol anglais. Il incombait donc à Dory de sauver le capitaine Bart et son ami Will. Elle était arrivée à Rosewood plus tôt dans la semaine, en espérant que Rowland Boswell serait ravi de faire la connaissance de sa fille biologique et l'aiderait à obtenir la libération du capitaine. Mais elle avait trouvé sa demeure abandonnée et vidée de son personnel, aussi avait-elle cherché à se faire des amis dans le village.

Grave erreur.

Le cheval s'arrêta dans l'ombre du mur d'enceinte de Rosewood Manor. Même si le déluge avait été remplacé par de la bruine, les nuages noirs avaient fait tomber la nuit plus tôt. Des voix enragées s'élevaient de l'autre côté du mur. *Morbleu !* Les villageois l'avaient vue s'enfuir. Ils étaient déterminés à la brûler vive. Le guerrier posa un index sur ses lèvres, comme si elle avait besoin qu'on lui rappelle de ne pas faire de bruit. Quel Écossais présomptueux !

Bien qu'elle soit incapable de l'aider de manière conventionnelle, elle possédait des pouvoirs qu'elle pouvait déployer sans prononcer un mot. Elle inhala profondément, puisant dans la source de chaleur au plus profond de son corps. Sa magie frémit, s'enroula sur elle-même et se mit à tourbillonner telle une boule de feu cherchant une issue. Lorsqu'elle sentit sa tache de naissance picoter sous son poignet, elle expira en faisant discrètement tourner un doigt au-dessus de ses genoux.

Le vent se leva où son regard était posé, juste devant le portail. Les feuilles mortes entassées sur le sol et alourdies par la pluie se soulevèrent et se mirent à tournoyer. Elle souffla de nouveau, faisant voler des chapeaux ainsi qu'un bonnet par-dessus le mur. Des exclamations et un cri s'élevèrent dans l'air agité. Elle sourit quand sa respiration suivante poussa les battants du portail, grands ouverts. C'était facile et rapide, cela ne lui demandait presque aucun effort. C'était un don qu'elle exerçait depuis qu'elle était petite, assise sur les genoux du capitaine Bart, gonflant les voiles du *Queen Siren* quand il n'y avait pas de vent. Elle se contentait de respirer – rien de visible pour les autres, rien que l'on puisse imputer à une innocente fillette.

Le petit groupe de villageois sortit de la cour en hâtant le pas. Bien qu'ils soient cachés dans l'obscurité, elle se figea en s'adossant au torse musclé du guerrier. Sa chaleur la réchauffa instantanément. Qu'il était étrange de se sentir autant à son aise avec un parfait inconnu !

— Ainsi donc… vous êtes réellement une sorcière, chuchota-t-il tout près de son oreille.

2

1er août de l'an de grâce 1517

Ma chère Katharine,
Ma rose est définitivement rouge. La vôtre est blanche. Dites à notre contact que le mouvement Plantagenêt se lèvera de nouveau, cette fois unifié. S'il veut accéder aux plus hautes sphères du pouvoir, il devra faire ses preuves.
Éternellement vôtre,

Rowland

Même ébouriffée, elle était magnifique et très séduisante. Avec sa silhouette svelte et féminine, ses yeux brillants et sa longue chevelure de sauvageonne, Ewan n'avait aucun mal à penser qu'elle était une enchanteresse. Avait-elle vraiment contrôlé le ciel avec son souffle ? Une femme pouvait-elle posséder une telle puissance et néanmoins trembler, blottie contre lui ? Il était conscient de l'existence de la magie. Il avait vu la mère de Searc et de Meg à l'œuvre, mais elles ne pouvaient que soigner les maladies et les plaies.

La jeune femme frissonna de nouveau et il resserra les bras autour d'elle.

— Qu'êtes-vous ?

Elle souleva la chaîne en argent qu'elle portait sur son corsage en dentelle. À son extrémité pendaient une simple croix ainsi qu'un médaillon. Les deux objets cliquetèrent l'un contre l'autre quand elle les agita sous le nez d'Ewan. Dans la pénombre, il distingua un « W » gravé sur le médaillon.

— Je ne suis pas une sorcière ni une adepte de Satan, guerrier, dit-elle vivement à voix basse. J'assiste à la messe catholique quand j'en trouve une lorsque nous sommes à quai.

— À quai ?

— S'il arrive que nous ayons capturé un chapelain, je veille à ce qu'il soit bien traité et, ensuite, il prie volontiers pour nous.

Elle hocha la tête, faisant retomber devant ses yeux ses boucles, qu'elle avait relevées sur sa tête par des épingles disposées en dépit du bon sens. Elle souffla pour les écarter de son visage.

— Parce que… vous capturez des hommes d'Église ?

— Écoutez, l'Écossais…

— Ewan Brody.

— Écoutez, Ewan Brody, je prie le même Dieu que vous. Je suis une bonne catholique.

— Je serais vous, je ne le crierais pas sur tous les toits. Ces derniers temps, la reine Anne s'est mise à brûler les bons catholiques. Elle serait ravie de mettre la main sur une bonne sorcière catholique.

— Cessez de m'appeler ainsi ! gronda-t-elle.

Elle balança la jambe par-dessus l'encolure du cheval afin de sauter à terre. Allait-elle tenter de fuir ? En voyant sa chevelure sauvage, sa silhouette élancée, ses ravissantes pommettes et son nez mutin, il l'imaginait aisément se fondant dans les bois telle une petite fée. Il se demanda quelle était la couleur de ses cheveux au soleil. Elle hésita, jaugea la hauteur de la monture, prit courageusement son élan et atterrit sur les fesses dans les feuilles trempées.

— Diable ! jura-t-elle en se relevant et en essuyant son joli derrière. Quelle idée d'avoir un cheval aussi grand !

Elle lança un regard noir à Gaoth, puis se dirigea d'un pas lourd vers le portail en laissant traîner sa main le long du mur en pierre.

Ewan éperonna doucement sa monture et la suivit en scrutant la forêt ruisselante de pluie autour d'eux. Les villageois avaient disparu. Ils entrèrent dans la cour. Searc se tenait à côté de la carriole avec son cheval. La jeune femme se dirige vers lui.

— Qui êtes-vous ? demanda-t-elle en glissant une main sous ses jupes.

Avait-elle attaché un couteau à sa jambe ? Elle marmonna et laissa retomber ses jupes maculées de boue.

— Searc Munro, du château de Munro, près du loch Tuinn dans les Highlands, répondit Searc en lançant un regard à Ewan.

— Et moi, je suis Ewan Brody, répéta ce dernier. Commandant en second du clan Macbain, du château de Druim, dans les Highlands. Nous nous rendons à Hampton Court, près de Londres. Nous nous sommes arrêtés pour la nuit à Rosewood Manor.

Il ne put retenir un sourire en la voyant lâcher un soupir exaspéré. Elle se souciait comme d'une guigne de savoir qui ils étaient et n'aspirait qu'à se débarrasser d'eux.

— Vous n'avez pas le droit d'être ici...

Elle s'interrompit, les regarda l'un après l'autre, sa longue chevelure se balançant autour de sa taille fine, puis demanda :

— Hampton Court, c'est loin de la Tour de Londres ?

— Je ne sais pas trop, répondit Ewan en s'approchant d'elle. Et nous avons l'autorisation de séjourner à Rosewood Manor, la demeure de Rowland Boswell.

Il pointa l'index vers la rose gravée au-dessus de la double porte du manoir.

— Merci, je sais fort bien à qui appartient ce lieu, rétorqua-t-elle. Rowland Boswell est mon père.

Ewan se tendit. Son père ? C'était une sorcière, et son père était le diable incarné. Comment une aussi jolie créature pouvait-elle avoir été engendrée par le monstre qui avait tenté de détruire lady Meg, ainsi que tout le clan Macbain et la dynastie des Tudors ?

— Votre père ? demanda Searc avec un regard affolé vers la carriole.

Elle acquiesça et précisa :

— Je suis née Rebecca Mereworth Wellington.

Elle marqua une pause, comme si ce nom devait leur dire quelque chose. Comme ils ne réagissaient pas, elle expliqua en se massant la nuque :

— Lorsque mes grands-parents sont morts sans héritier mâle, ma mère a hérité de la fortune des Mereworth. Quand j'ai été conçue, Rowland Boswell a promis de l'épouser, mais elle est morte en traversant la Manche après m'avoir mise au monde.

— Ce qui fait de vous l'héritière de la fortune des Mereworth, acheva Ewan.

Elle devait tenir davantage des Mereworth que de Boswell. Si ses yeux étaient sombres comme ceux de Boswell, elle n'avait aucun autre trait en commun avec le cadavre qu'ils transportaient à travers l'Angleterre.

— D'après les recherches du capitaine Bart, la lignée des Mereworth semble éteinte, expliqua-t-elle.

Il pense que la Couronne a volé ce qu'il restait de leur fortune.

— Et Wellington ? demanda Ewan.

— C'est le nom marital de ma mère.

— Elle était mariée à un Wellington lorsqu'elle vous a conçue avec Boswell ? demanda Ewan, voulant être sûr d'avoir bien compris.

Elle croisa les bras sur sa poitrine – une poitrine difficile à ignorer, car ses seins avaient la taille idéale pour tenir dans la paume d'un homme. Bigre, que les filles de Druim lui manquaient !

— Tout ce que vous avez besoin de savoir, c'est que je suis la fille de Rowland Boswell et que, par conséquent, j'ai le droit de demeurer sous son toit.

— Mais que faites-vous ici ? insista Ewan. Votre père n'est pas chez lui.

— Je suis venue me réconcilier avec lui. L'avez-vous vu récemment ? Savez-vous où je pourrais lui laisser un message ? Je dois m'entretenir avec lui d'une affaire urgente.

— Résumons, dit Ewan, résolu à comprendre. Vous êtes une catholique aux pouvoirs magiques mais vous n'êtes pas une sorcière. Il se trouve que vous êtes également – peut-être – l'héritière d'une grande fortune anglaise, l'enfant illégitime de Rowland Boswell et... Vous avez parlé de quais et de ports ?

Il arqua un sourcil interrogateur auquel elle répondit par un sourire sincère, une étincelle malicieuse dans le regard.

— Je suis aussi une pirate.

Le monde d'Ewan s'était arrêté. Il était captivé par la courbe de ses lèvres rouges, son sourire transformant ses jolis traits en une pure beauté. Puis il prit conscience de ce qu'elle venait de dire. Il éclata de rire et se prit le visage entre les mains en lançant un regard à Searc, qui avait la bouche grande ouverte.

— Vous... Pandora Wyatt ou Rebecca Mereworth Wellington...

Ne sachant pas comment l'appeler, il haussa une épaule.

— Dory, dit-elle.

— Vous, Dory, êtes la femme la plus compliquée qui ait jamais foulé cette terre.

— Compliquée ? répéta-t-elle en riant.

Le son musical se répercuta dans la cour.

— Oui, guerrier écossais, je suis compliquée, reprit-elle. Prenez garde. (Elle fléchit les doigts comme s'il s'agissait de serres.) Je griffe aussi.

Le vent amplifia encore son rire, et il se demanda si ce n'était pas là un autre de ses tours de magie.

— Si vous ne savez pas où se trouve Rowland Boswell, je dois rassembler mes affaires avant que les villageois trouvent le courage de revenir, déclara-t-elle en reprenant son sérieux. J'ai attendu mon père suffisamment longtemps.

Elle marmonna cette dernière phrase tout en se dirigeant vers l'entrée du manoir.

Ewan allait la rappeler lorsqu'elle s'arrêta à la hauteur de la carriole. Searc réagit rapidement, mais pas suffisamment pour cacher la main blême et cireuse qui dépassait sous la lourde bâche.

— C'est le vent qui l'a soulevée, s'excusa Searc, confus.

— Qui... ? commença Dory.

Elle s'interrompit, la bouche ouverte. Puis elle pivota vers Ewan et lui lança un regard noir.

— Il y a un mort dans la cour de mon père, gronda-t-elle, accusatrice, son regard allant d'Ewan à la forme sous la bâche.

Elle jura entre ses dents.

— Sacrebleu, maintenant les villageois vont croire que j'ai tué un homme ! Je n'avais pas besoin de ça.

Le vent tourna de nouveau et elle fronça les narines. Elle souleva la bâche, dévoilant la tête de Boswell.

— Non ! s'écria Searc comme s'il s'attendait à ce qu'elle tourne de l'œil.

Ce n'était pas un spectacle pour les âmes sensibles. Mort depuis des mois, l'homme avait été conservé dans une grotte glacée servant de crypte en attendant que la neige ait suffisamment fondu pour qu'on l'achemine auprès du roi Henri. Des taches noires et grises marbraient son visage et son cou ; sa peau paraissait moite, comme si elle transpirait ou rétrécissait autour des os.

Ewan fit signe à Searc de ne pas intervenir. Jusqu'à présent, Pandora Wyatt n'avait pas réagi comme une femme normale. Même si elle avait tremblé lorsqu'elle s'était trouvée sur son cheval, il doutait qu'elle ait jamais tourné de l'œil.

— A-t-il été congelé ? demanda-t-elle.

Dans la semi-obscurité, une légère lueur bleutée semblait émaner de ses poings serrés. Cela ressemblait à la lumière qu'utilisait Meg pour soigner.

— Pendant une grande partie de l'hiver, répondit-il. Le printemps anglais l'a considérablement dégelé. On vous a déjà dit que vous luisez ?

La lumière s'éteignit aussitôt, comme si on venait de moucher la flamme d'un cierge. Dory le dévisagea, paraissant ne pas comprendre de quoi il parlait. Searc resta de marbre, peu impressionné par cette magie. Il était habitué à voir sa mère, Rachel Munro, soigner les villageois avec sa lumière bleue. Quant à Ewan, il avait assisté aux miracles de Meg. Cependant, cette femme n'était parente ni de l'une ni de l'autre. À moins que ce ne soit le cas ?

— Qui était votre mère, au juste ? demanda-t-il.

— Lady Katharine Wellington, de la très influente famille Wellington, au sud de Londres. Ils sont souvent à la Cour. Ils possèdent de grands châteaux, des titres et des terres.

Elle semblait réciter un texte appris par cœur. Elle se tenait le dos droit, le menton légèrement levé.

Ewan interrogea du regard Searc, qui secoua la tête.

— Je n'ai jamais entendu ce nom.

— Était-elle apparentée à Isabelle Boswell, l'épouse légitime de Rowland Boswell ? demanda Ewan.

Elle cligna des yeux. La lumière de la lune se reflétait sur ses hautes pommettes, faisant paraître ses yeux encore plus sombres.

— Je sais très peu de choses sur mes vrais parents. Mon père ignore que j'ai survécu après le décès de ma mère. Je suis sa fille disparue, même si je rentre au bercail quand il n'y est pas.

Elle inclina la tête sur le côté avant de conclure :

— À présent, veuillez retirer ce malheureux de ma cour avant qu'on m'accuse de nouvelles atrocités.

Quand elle voulut s'éloigner, Ewan la retint par le poignet. Elle eut un mouvement brusque pour se libérer et fit mine de vouloir de nouveau saisir l'arme qu'elle n'avait plus.

— Lâchez-moi ou… euh… vous allez le regretter.

Sa menace le fit hésiter un instant. La virulence de son ton lui rappela le vent anormalement fort qui s'était levé un peu plus tôt. Jusqu'à présent, cette femme avait uniquement fait pleuvoir et s'envoler quelques chapeaux. Si elle avait été malveillante, n'aurait-elle pas plutôt fait tomber un arbre sur le prêtre qui l'avait condamnée au bûcher ?

— J'ai déjà vu de la magie comme la vôtre, chuchota-t-il. Elle ne sert que le bien.

Il l'attira lentement dans sa direction, de sorte qu'elle se retrouve face à lui.

— Je crois que nous devrions poursuivre cette conversation à l'intérieur.

— J'ignore de quelle magie vous parlez, et vous allez tâter de mon couteau si vous ne me lâchez pas.

— Ce même couteau que vous cherchez en vain depuis tout à l'heure ? rétorqua-t-il, refusant de détourner les yeux malgré son regard assassin.

— Vous n'entrerez pas à l'intérieur, dit-elle sans desserrer ses jolies dents.

Elle appliquait sûrement une pâte blanchissante pour les avoir aussi étincelantes. Il se demanda quel goût avait sa bouche, puis chassa aussitôt cette pensée malvenue. Une chose était sûre : c'était une vraie mégère. Dès qu'il aurait compris qui elle était réellement, il la libérerait avant qu'elle se mette à le griffer.

— Nous allons entrer, répondit-il sur le même ton. Il faut que nous parlions.

Ils se trouvaient dans une impasse. Elle n'abandonnait pas ses menaces, ni lui sa détermination. Elle devait l'écouter, découvrir qui était sa famille. Il l'avait déjà sauvée une fois – même si elle ne semblait pas prête à l'en remercier. Il fallait qu'il l'avertisse des crimes de son père. Si elle clamait partout qu'elle était la fille de Boswell, elle finirait condamnée comme lui.

— Je ne vous ferai aucun mal, promit-il.

Un éclair bleu illumina le ciel, si brillant qu'il l'aveugla. Au même instant, une douleur vive lui traversa le pied tandis qu'elle écrasait son talon sur sa chaussure. Ce double assaut lui fit desserrer sa prise et elle tordit le bras pour libérer son poignet. Elle se retourna puis courut hors de portée alors qu'il battait encore des paupières pour retrouver la vue. Elle venait d'atteindre la première marche du perron lorsqu'il lança d'une voix sèche :

— Rowland Boswell ne reviendra pas. Il est mort.

Elle s'immobilisa, le dos droit.

— Tu disais vrai, chuchota Searc. Meg n'avait aucune raison de craindre que tu séduises des Anglaises.

Ewan émit un grognement sourd en passant une main dans ses cheveux. Il n'avait pas voulu être aussi brutal. Ce n'étaient pas de bonnes manières. Il avança d'un pas vers elle.

— Je crois que nous ferions mieux d'entrer afin de discuter de la suite.

Elle pivota lentement, le clair de lune illuminant son visage, et tourna les yeux vers la carriole bâchée. Son regard n'exprimait pas du chagrin mais plutôt... du désespoir, peut-être.

— Quelle que soit l'aide que vous attendiez de lui, il ne vous l'aurait pas accordée, expliqua-t-il. Il haïssait tout ce qui ne lui paraissait pas dans les lois de la nature. En outre, il ne servait que ses propres intérêts. Il vaut mieux pour vous que vous ne l'ayez jamais connu.

Il y eut un silence.

— Tu devrais t'excuser, lui glissa Searc en gaélique.

Ewan lui lança un regard noir. Comme s'il avait besoin qu'un freluquet lui apprenne comment se comporter avec les femmes ! Elles lui mangeaient déjà dans la main quand Searc portait des langes.

Dory laissa échapper un soupir. Elle paraissait soudain plus petite, comme si les paroles d'Ewan l'avaient vidée de son énergie. Elle se laissa choir sur la première marche et se prit la tête entre les mains.

Searc secoua la tête.

— Je vais rentrer les chevaux à l'écurie. À mon avis, nous devrions repartir avant l'aube.

Il caressa le museau de sa monture, puis claqua de la langue et entraîna les deux bêtes avec lui.

Sacrebleu ! Ewan avait simplement voulu empêcher la fille de s'enfuir et voilà qu'il lui avait jeté au visage qu'elle était désormais orpheline. Elle était seule au monde, poursuivie par une horde de villageois déterminés à la brûler vive. Lui aussi était devenu orphelin beaucoup trop jeune, sauf qu'il n'avait jamais été seul. Le vieux Macbain l'avait recueilli et élevé avec son propre fils, Caden. Les derniers vestiges de *bannocks*[1] se retournèrent dans son estomac.

Il s'assit près d'elle et se massa le front.

— Je suis navré de vous avoir annoncé la nouvelle aussi brusquement. Je ne voulais pas...

— Que vais-je faire ? gémit-elle en l'ignorant.

Comme s'il n'avait aucune importance et ne pouvait l'aider.

Ewan plissa le front. Enfant, il s'était juré de ne jamais abandonner une femme dans le besoin, pas après avoir laissé sa mère livrée à elle-même. Il ne pouvait briser son serment juste parce que

1. Petits pains plats écossais à base d'avoine et de saindoux. *(N.d.T.)*

cette fille était... comment la décrire ? Peu conventionnelle.

— Je vous protégerai. Je vous ai déjà sauvée une fois ; je ne permettrai pas qu'il vous arrive malheur.

Dieu savait qu'il avait autre chose à faire qu'à assurer la sécurité d'une sorcière pirate et catholique, héritière d'un traître notoire, même s'il était intrigué par son tempérament. Elle avait été capturée par une foule en colère, avait failli être brûlée vive et venait de faire connaissance avec son père – ou plutôt avec son cadavre. N'importe quelle autre fille aurait été secouée de sanglots convulsifs, au bord de l'hystérie. Pas elle. Cette fille avait du cran.

Dory tourna la tête vers lui.

— Vous m'aiderez ?

Elle se redressa. Le clair de lune qui illuminait son visage attira l'attention d'Ewan sur ses lèvres douces et pleines. Étaient-elles naturellement rouges ou les maquillait-elle comme certaines femmes ? Il se demanda de quelle couleur étaient ses yeux à la lumière du jour.

Il décolla sa langue, soudain sèche, de son palais.

— Oui, je vous aiderai.

— Vous le jurez sur votre honneur et votre âme immortelle ?

Son expression chargée d'espoir l'inquiéta soudain.

— De quelle aide avez-vous besoin, au juste ? demanda-t-il.

Malgré sa beauté dans la clarté crépusculaire et la promesse qu'il avait faite des années plus tôt après s'être montré égoïste, il n'était pas complètement sot.

Elle balaya l'air de la main comme s'il ne s'agissait que de broutilles.

— Oh, trois fois rien.

— C'est-à-dire ?

— Un grand costaud comme vous est probablement capable d'effectuer n'importe quelle tâche, surtout pour aider une faible femme comme moi.

— En effet.

— Parfait ! s'exclama-t-elle en se relevant d'un bond.

Elle se dirigea vers les portes du manoir et il la suivit.

— Vous ne m'avez toujours pas dit ce dont vous aviez besoin.

— Je dois aller à Londres, répondit-elle en illuminant l'entrée avec une boule de lumière bleue de la taille d'une noix.

— Nous nous y rendons aussi.

Il pourrait facilement veiller sur elle pendant le trajet. Il précisa toutefois :

— Jc peux vous y emmener, mais pas question de faire s'envoler des chapeaux ou de jouer avec votre petite lumière bleue. Nous pourrions tous finir sur un bûcher.

Elle le dévisagea à travers la lueur bleutée, puis la laissa lentement mourir jusqu'à ce qu'il ne reste plus qu'un rai de lumière naturel, juste assez pour qu'il puisse voir son air déterminé.

— Si vous promettez de ne pas vous servir de votre magie..., poursuivit-il.

— Je ne fais pas de magie. Si vous m'emmenez à Londres, faites-moi entrer à la Cour. Seule, je ne le pourrai pas car je ne suis personne, rien qu'une simple femme.

Il en doutait fort ; il n'y avait rien de « simple » chez elle. Il hésita, écoutant le doux bruit de son souffle dans la demeure déserte. Il sentit une onde de chaleur lui monter au visage en se remémorant la courbe de son postérieur lorsqu'elle avait été assise devant lui sur Gaoth. Ils étaient seuls. S'il n'avait été un homme honorable, elle aurait été en danger. L'idée qu'elle puisse demander de l'aide à un scélérat le hérissa. Non, il ne pouvait l'abandonner à son sort.

— Je me rends à Hampton Court, annonça-t-il. C'est dans les faubourgs de Londres.

— Le roi Henri s'y trouve-t-il ? demanda-t-elle aussitôt.

— Oui. C'est lui que nous allons voir.

Il la vit frémir d'excitation.

— Je ne sais pas encore si nous logerons à la Cour ou dans une auberge, poursuivit-il. Quoi qu'il advienne, nous vous trouverons un endroit où rester durant notre séjour à Londres.

Peut-être devait-elle retrouver d'autres membres de sa famille ? Ce ne devrait pas être trop difficile.

— Moi aussi, je dois voir le roi, déclara-t-elle. Pour une affaire urgente. J'avais espéré que mon père...

Ewan se sentit de nouveau pris de remords de lui avoir annoncé sans ménagement que son père était mort et pourrissait à l'arrière de la carriole dans la cour.

— Tant que vous gardez vos orages et votre lumière bleue pour vous-même, je promets de vous aider à la place de votre père.

Elle s'immobilisa dans l'ombre. Lui serait-elle reconnaissante au point de lui accorder un baiser ? Bien qu'ils soient partis du mauvais pied, la situation entre eux pouvait s'arranger. C'était la plus jolie femme qu'il ait jamais vue et, quoiqu'il préfère généralement les dames douces et tranquilles, il y avait quelque chose de fascinant chez cette

Pandora Wyatt – ou quel que soit le nom qu'elle utilisait.

— Les Écossais tiennent-ils leurs promesses ? demanda-t-elle d'un air méfiant.

Quel affront !

— Et comment ! Mon serment est aussi solide que la terre sur laquelle repose cette grande demeure.

— Vous pourriez changer d'avis, dit-elle d'une voix timide, presque craintive. M'abandonner à la merci des prédateurs de la Cour.

— Je vous l'ai dit, déclara-t-il fermement. Je jure sur ma vie et mon honneur de guerrier de Druim de vous aider à régler vos problèmes familiaux, tant que vous vous comportez comme une femme normale.

— Parfait ! dit-elle avec un soupir satisfait.

Elle souleva ses jupes pour gravir l'escalier. S'il n'avait pas fait aussi sombre, il aurait peut-être pu apercevoir ses chevilles. Mais il lui avait interdit d'utiliser sa lumière.

— Oui, nous allons être très occupés à Londres, ajouta-t-elle.

De quoi parlait-elle ? Il sentit une tension raidir ses épaules. Elle ne semblait plus craintive du tout. Elle paraissait même… triomphante.

— Que comptiez-vous demander à votre père, au juste ? questionna-t-il.

Elle s'arrêta sur le premier palier et se tourna vers lui. Par la fenêtre du hall d'entrée, le clair de lune filtrant à travers les nuages dévoila son visage. Ses ravissantes lèvres esquissèrent un sourire espiègle.

— Nous allons libérer le capitaine Bart et Will de la Tour de Londres.

— Quoi ?! hurla-t-il.

— Vous avez promis, lui rappela-t-elle en pivotant de nouveau.

Son ton taquin et désinvolte eut raison de sa retenue. Il s'était laissé piéger. Elle l'avait dupé !

*

* *

Le guerrier gravit les marches quatre à quatre derrière elle, tel une orque pourchassant un phoque jusque sur le rivage. Elle poussa un cri et se mit à courir vers sa chambre, mais il la rattrapa au bout de quelques pas et la souleva dans ses bras.

Ce qui était totalement inapproprié.

— Vous m'avez trompé ! Vous m'avez contraint à accepter une mission suicide !

Elle n'avait aucun regret. Maintenant que Rowland Boswell était mort, elle n'avait pas d'autre choix. Elle avait déjà perdu une semaine à parcourir l'Angleterre et à attendre son père. La cousine du forgeron, qui s'occupait de laver le linge des condamnés à la Tour, lui avait dit que la prochaine série d'exécutions publiques aurait lieu juste avant les célébrations de Pâques. Cela lui laissait à peine une dizaine de jours pour faire sortir le capitaine et Will. Désormais, ils étaient vraiment sa seule famille.

— Vous avez juré sur votre honneur de guerrier, lui rappela-t-elle tandis qu'il la déposait sur le lit.

Le cœur battant à tout rompre, elle s'efforça d'ignorer qu'il la surplombait au-dessus du grand lit très confortable qu'elle s'était attribué. La poitrine du guerrier se soulevait et s'affaissait avec force, sûrement sous l'effet de la colère car, vu son corps puissant, ce ne pouvait être les marches qui l'avaient essoufflé.

Il approcha son beau visage viril du sien.

— J'ai juré de vous conduire à Londres et de vous aider à résoudre vos problèmes de famille, pas de passer ma tête dans un nœud coulant. Vous n'êtes pas seulement sorcière, catholique, héritière et pirate, vous êtes également complètement folle !

C'était injuste de sa part mais elle ne protesta pas, jugeant préférable de le laisser défouler sa colère. Elle vit les muscles de ses épaules se contracter, comme s'il se préparait au combat. Il soufflait tel un taureau dans une arène espagnole, prêt à charger.

— On ne peut pas faire évader des prisonniers de la Tour. C'est impossible. Personne ne l'a jamais fait.

Il se mit à marcher de long en large dans la chambre. Elle se rapprocha du bord du lit pour mieux le suivre du regard. Elle n'osait pas cligner des paupières, de crainte de ne pas déceler ses intentions à temps. Elle faillit sursauter lorsqu'il sortit un silex de sa poche et le frotta contre une chandelle à mèche de jonc posée près de l'âtre vide. Une faible lumière se répandit dans la pièce tandis qu'il allumait plusieurs bougies en suif sur des chandeliers muraux. Suspendu au-dessus de la cheminée, le portrait d'une dame tenant une petite fille sur ses genoux sembla retenir son attention. Ce tableau était la raison pour laquelle Dory avait choisi de dormir dans cette chambre.

Ewan s'arrêta et contempla la belle peinture à l'huile. Dory respira mieux, soulagée que son intérêt se porte sur autre chose, ne serait-ce que pour un moment.

— Elle a l'air tellement heureuse, n'est-ce pas ? dit-elle. Avec son enfant dans les bras.

Ewan pivota et revint vers elle.

— Elle a été brûlée vive après avoir été faussement accusée de sorcellerie. Sa fille a eu plus de chance et a survécu.

Dory déglutit.

— Voilà précisément pourquoi vous ne devez pas pratiquer votre magie là où quelqu'un pourrait vous voir ou même s'imaginer vous voir, ajouta-t-il.

Il se passa rageusement une main dans les cheveux, comme s'il voulait les arracher.

— Je respecterai ma part de notre accord, dit-elle à voix basse.

— Qui sont ces hommes pour lesquels vous êtes prête à risquer autant ?

— Le capitaine Bartholomew Wyatt m'a sauvé la vie quand ma mère est morte à bord de son navire, peu après ma naissance. Il m'a élevée comme sa fille, alors qu'il aurait pu me vendre en esclavage. Will est mon ami.

— Pourquoi sont-ils dans la Tour ?

— C'est une longue histoire.

— Que je mérite d'entendre avant de risquer un seul de mes cheveux.

— C'est pour une très noble cause.

— Noble ? Vous êtes des pirates. Comment cette cause pourrait-elle être noble ?

— Nous sommes de *bons* pirates.

— Cela n'existe pas. La piraterie est par essence criminelle.

— Dans un monde qui n'offre guère d'alternatives, c'est une manière de gagner sa vie.

— En tuant et en volant.

Certes, c'était arrivé parfois à bord du *Queen Siren*. Généralement, le capitaine Bart l'enfermait dans sa cabine lorsqu'il sentait qu'il y aurait du grabuge. Elle dévisagea durement le guerrier, son regard s'attardant délibérément sur ses cicatrices.

— Je suppose que vous avez, vous aussi, commis votre lot de larcins et de tueries, guerrier. À moins d'avoir obtenu ces cicatrices en faisant de la tapisserie ?

Ewan soutint son regard et rétorqua à voix basse :

— Je vous emmènerai à Londres et vous trouverai une chambre. Si je le peux, je vous obtiendrai également une audience avec le roi. Cependant, une fois que j'aurai réglé mon affaire, vous vous débrouillerez seule.

Dory sentit ses espoirs s'envoler.

— Je me suis trompée à votre sujet, Ewan Brody. Vous affectez d'être un grand guerrier honorable, mais vous retirez votre parole à la moindre difficulté.

Il s'approcha de la petite fenêtre donnant sur la cour du manoir.

— Je ne suis pas fou au point de sacrifier ma vie pour une jolie fille.

— Jolie ? murmura-t-elle.

Il se tourna avec un soupir d'exaspération et fit un geste vers elle, assise sur le lit.

— Ne croyez pas qu'il vous suffit de vous tenir ici, toute douce et ravissante, pour m'inciter à me sacrifier en me jetant dans la gueule du loup.

« Douce et ravissante » ? Personne ne l'avait jamais décrite ainsi. Certes, il y avait les sifflements des marins ivres dans les ports, mais le capitaine ou Will avaient tôt fait de les faire taire en menaçant de les éviscérer. Bigre, qu'allait-elle devenir sans eux ?

— Vous avez juré de m'aider à résoudre mon problème familial. Ces deux hommes sont ma famille.

Il la dévisageait fixement, ses beaux traits aussi durs que le granit d'une paroi de montagne.

Elle déglutit péniblement avant de poursuivre :

— S'ils meurent, je n'aurai plus personne. S'il vous plaît, ne m'abandonnez pas.

Il serra les poings et, dans la faible lumière, il lui sembla qu'il avait tressailli. C'était difficile à dire car cela n'avait duré qu'une fraction de seconde. Si elle le touchait, elle pourrait découvrir ce qu'il ressentait. Il ne saurait même pas qu'elle pouvait lire en lui de cette façon, et elle en tirerait peut-être quelques informations intéressantes. Elle se leva lentement du lit et se pencha en avant. Avant qu'elle ait pu poser la main sur lui, il émit un grognement et s'éloigna en direction de la porte.

— Je n'abandonne pas les femmes sans défense. Nous partirons pour Londres avant l'aube.

3

5 septembre de l'an de grâce 1517

Ma chère Katharine,

Il prétend avoir empoisonné la reine afin qu'elle ne puisse concevoir un autre enfant après la princesse Marie, mais nous n'en avons pas de preuve. Faites qu'il reste proche d'Henri et se fasse accepter parmi le cercle des intimes du roi. Notre jour viendra.

Éternellement vôtre,

Rowland

Dory se couvrit le nez avec un bout de son châle lorsque la brise rabattit sur elle les relents pestilentiels de la chair en décomposition. Elle exhala silencieusement et fit tourner son doigt près de sa cuisse pour inverser le sens du vent et éloigner l'odeur du cadavre de son père. Un bref regard de biais lui assura que les deux Highlanders n'avaient rien remarqué.

Quelle déveine ! Outre le fait que son père était mort et donc incapable de l'aider, son assignation à comparaître devant la Cour témoignait de la fureur du roi Henri. Son cadavre serait traité comme les traîtres. Si la colère du roi ne se dissipait pas, elle risquait de se reporter ensuite sur son unique parente encore en vie.

Ils avaient convenu tous les trois qu'elle ne devait pas révéler la nature de sa relation avec Boswell. Il aurait mieux valu qu'elle n'arrive pas à Londres avec son cadavre, mais elle ne voyait pas d'autre moyen d'approcher le roi ou la Tour. Voyager avec les deux Highlanders était la meilleure solution, même si elle ignorait encore ce qu'elle ferait une fois arrivée à destination. Jusqu'où le guerrier serait-il disposé à l'aider ?

Dory lança un regard vers Ewan qui marchait à côté des chevaux, ses bottes crissant sur les cailloux dans la lumière de l'aube. Son cœur faisait de petits bonds irréguliers chaque fois qu'elle voyait ses muscles rouler sous sa chemise. Ses doigts lui démangeaient de toucher ces biceps pour vérifier s'ils étaient aussi durs qu'ils le paraissaient. Le maniement de l'épée l'avait façonné en un redoutable combattant. Ses jambes étaient puissantes et sculptées ; ses fesses, rondes et fermes.

— Pour le chien, je peux comprendre, déclara-t-il en indiquant d'un geste le bâtard au poil clair et duveteux qui trottait à son côté.

Il se tourna vers eux, assis sur le banc de la carriole. Dory releva aussitôt les yeux, de crainte qu'il ne la surprenne en train de l'admirer. En réalité, c'était Searc qu'il regardait.

— Mais le chat *aussi* ? ajouta-t-il.

Searc haussa les épaules et regarda la petite chatte tigrée qui dormait à ses pieds, enveloppée dans une serviette.

— Ce n'est qu'un chaton, dit-il. Tu n'abandonnes pas les demoiselles en détresse ; moi, je n'abandonne pas les bébêtes.

Ewan grommela quelque chose en gaélique, auquel Searc répondit en se penchant pour caresser la chatte :

— Peut-être, mais la mienne ne griffe pas.

Dory lança un regard noir vers Ewan. Bien qu'elle ait appris le français et connaisse un peu de latin, elle ne comprenait rien au langage guttural des Écossais. Ses doigts lui démangeaient de lui souffler un peu de poussière au visage, mais elle les croisa sagement sur ses genoux. S'il la soupçonnait d'utiliser ses dons, il serait capable de l'abandonner au milieu de la route. Or elle avait besoin de son aide.

Haussant la voix pour se faire entendre par-dessus le couinement des roues, elle demanda à Ewan :

— Comment devrai-je m'appeler lorsque nous serons à Londres ?

— Souhaitez-vous être identifiée comme l'héritière de la famille Mereworth Wellington ?

Il ne s'était même pas tourné pour lui répondre. C'était agaçant. La moindre des choses aurait été de la regarder en lui parlant.

— Ai-je l'air d'une héritière, selon vous ? demanda-t-elle en souriant.

Son pouls s'accéléra légèrement quand il se tourna enfin vers elle pour la jauger. Elle ne put s'empêcher de redresser le dos et de relever le menton.

— Peut-être, après un bain et un changement de toilette, conclut-il.

— Naturellement, rétorqua-t-elle sèchement en tapotant sa chevelure emmêlée. En mer, je me baigne tous les jours. Une fois à terre, l'eau est plus difficile à trouver. Si nous pouvions nous arrêter dans une ville pour faire quelques emplettes, je pourrais m'arranger avant de me présenter à la Cour.

Cette fois, Ewan se retourna complètement et marcha à reculons près des chevaux.

— Rien ne dit que nous serons autorisés à entrer à Hampton Court.

— N'est-ce pas là que vous conduisez mon cher papa pourrissant ?

Searc pouffa de rire, tandis qu'Ewan secouait la tête.

— Notre mission consiste juste à déposer le corps et les lettres prouvant sa trahison.

Elle haussa les sourcils.

— D'après ce que m'ont dit des dames à Swindon, lorsqu'on se rend à la Cour pour quelque raison que ce soit, il faut s'attendre à patienter au moins quinze jours avant de pouvoir rencontrer le roi.

— Fichtre, grommela Ewan. Je vous installerai dans une auberge en ville. Inutile d'acheter des habits de cour.

Elle souleva le chaton tigré qui s'étirait et le déposa sur ses genoux.

— J'ai de l'argent, déclara-t-elle.

Puisqu'elle était l'unique enfant de Boswell encore en vie, son or était désormais le sien. Lors de sa troisième nuit à Rosewood, après avoir appris par les villageois que les domestiques avaient déserté, elle avait vidé le contenu d'un petit coffre qu'elle avait découvert enchâssé dans un mur. Il y avait là de quoi se procurer de nouveaux vêtements, mais pas assez pour acheter la liberté de deux hommes emprisonnés dans la Tour.

— Il sera plus sûr pour vous de ne pas vous montrer à la Cour, dit-il en lui tournant le dos et en faisant claquer sa langue pour faire repartir les chevaux.

Le plus grand, celui qu'il appelait Gaoth, secoua la tête en renâclant. Ewan lui murmura à l'oreille en caressant son encolure.

— J'aurai plus de chances de trouver un moyen de faire libérer le capitaine Bart et Will à la Cour, dit-elle avec un soupir de frustration.

Elle hocha la tête pour marquer sa détermination et ajouta :

— Je viens avec vous.

Comme Ewan ne répondait pas, elle se tourna vers Searc.

— Je n'ai jamais rencontré un homme aussi têtu.

— Vous êtes bien assortis, répondit Searc avec un sourire en coin.

Elle lui adressa un regard noir.

— Quoi ? Lui et moi ? Certainement pas ! Il serait bien assorti avec une mule, peut-être.

Une heure plus tard, Ewan les guida à l'écart de la route et jusque dans une petite clairière parsemée de bleuets et de boutons-d'or.

— Les chevaux doivent s'abreuver, annonça-t-il. Nous déjeunerons ici avant de nous rendre dans le prochain village.

— Où je pourrai acheter des sous-vêtements et du tissu, dit-elle.

— Et où comptez-vous entreposer vos achats ? Avec Boswell dans la carriole ? La puanteur aura tôt fait de les contaminer.

Dory descendit du banc et étira les bras au-dessus de sa tête. Elle n'était pas habituée à rester oisive. À bord d'un navire, tous les membres de l'équipage s'affairaient, grimpaient aux agrès, entretenaient en permanence le matériel. Elle pencha le buste en avant et posa les paumes sur le sol. Elle réprima un gémissement en sentant ses muscles endoloris. Lorsqu'elle se redressa, les deux hommes l'observaient fixement.

— Soit, j'attendrai avant d'acheter du tissu, concéda-t-elle. Il n'empêche que j'ai quand même besoin de me changer.

Elle montra sa robe déchirée et tachée.

— S'il le faut, convint-il en se tournant pour détacher les chevaux. Peut-être vaudrait-il mieux garder secret le nom de Rebecca Mereworth Wellington jusqu'à ce que nous en sachions plus sur les deux branches de votre famille.

Percevant le gargouillis caractéristique de l'eau, Dory suivit Ewan et les chevaux dans le sous-bois clairsemé.

— Avez-vous entendu parler d'un grand-parent, d'un oncle, d'une tante ? demanda-t-il.

— Non, uniquement de Boswell.

— Nous devrons donc nous renseigner sur vos autres parents avant que vous revendiquiez vos liens de sang avec eux. En outre, je continue de penser qu'il existe un lien entre vous, Meg Macbain et Rachel Munro.

Dory ne répondit pas, car le ruisseau venait d'apparaître devant eux. Il se déversait d'une corniche et éclaboussait de gros rochers couverts de mousse, avant de s'écouler dans une ravine sculptée par le temps. Plus loin en contrebas, il s'élargissait en formant quelques bassins.

— J'ai besoin de me débarrasser de l'odeur du feu, lança-t-elle à Ewan en longeant le cours d'eau vers l'aval.

Ils pouvaient bien lui accorder quelques minutes pour laver ses cheveux emmêlés. Elle avait essuyé une grande partie de la suie, mais la fumée s'accrochait encore à sa peau et à sa chevelure.

Elle ôta ses bottes et entra dans le tourbillon créé par un rocher au milieu du ruisseau. Ses orteils s'enfonçaient dans la vase et le courant éclaboussait ses bras nus. Elle avait emporté un morceau de savon parfumé au chèvrefeuille, trouvé dans un tiroir de sa chambre à Rosewood. Elle se frotta les bras et les jambes, se débarrassant de la crasse de la veille. Elle aurait aimé enlever ses vêtements et se laver entièrement. Peut-être que... Elle lança un regard vers l'aval et aperçut un petit pont en bois.

Elle pataugea jusqu'à lui, son savon à la main. Ewan l'abandonnerait-il si elle mettait trop de temps à réapparaître ? Il avait promis de la conduire à Londres. Il ne partirait pas sans l'avertir.

— Je n'en ai que pour une minute ! lança-t-elle en direction de la carriole.

Un son étouffé l'arrêta alors qu'elle n'était plus qu'à un mètre du vieux pont. Des pleurs ? Elle avança de quelques pas en silence. Une femme menue était assise sur l'autre berge, les genoux repliés sous le menton, les mains sur les yeux et les épaules secouées par des sanglots.

— Vous avez besoin d'aide, mademoiselle ? appela Dory.

La jeune femme redressa brusquement la tête en poussant un cri. Dory tendit les mains devant elle dans un geste d'apaisement et en lui montrant son savon.

— N'ayez pas peur. J'étais simplement en train de me laver quand je vous ai entendue pleurer.

La femme se releva brusquement. Sa robe luxueuse laissait deviner qu'elle était riche. Peut-être même était-ce une aristocrate. Sa chevelure blonde rabattue sur le côté retombait jusqu'à sa taille fine. Elle était petite mais elle le compensait largement par une attitude hautaine. Elle essuya ses larmes et rétorqua entre deux reniflements :

— Je n'ai que faire de l'aide des gens du peuple !

Dory ne put réfréner un sourire. On aurait dit une petite chatte hirsute et indignée.

— Mes larmes vous amusent ? s'exclama la jeune femme, offusquée, en rabattant sa capuche sur sa tête.

— Non, mademoiselle, je me réjouis de constater que vous avez du caractère. Il vous aidera à surmonter ce qui vous chagrine. Pardonnez-moi de vous avoir interrompue.

Dory s'inclina, se sentant soudain gauche. Elle allait avoir besoin de conseils avant de se présenter à la Cour. Devait-elle s'incliner ou faire la révérence ? Comment appelait-on le roi ? Votre Grandeur ? Votre Suprême Majesté ? L'arrogant crétin qui veut tuer ma famille ? Ewan pourrait peut-être la renseigner.

— Avoir du caractère ne me sera d'aucune utilité, déclara la jeune femme en se remettant à pleurer. Rien ne pourra m'aider.

Dory l'observa, hésitante. Devait-elle rester ou s'éclipser ?

— Dites-moi ce qui ne va pas. Je pourrais peut-être faire quelque chose ?

La jeune femme s'essuya le nez avec un mouchoir en dentelle.

— Pouvez-vous me rendre enceinte ? Pendant que vous y êtes, pouvez-vous vous arranger pour que ce soit un garçon ?

Dory s'essuya le front sur son avant-bras. Cette jeune femme souffrait peut-être d'un coup de chaleur.

— Je ne suis pas un homme, mademoiselle, et seul Dieu peut vous donner un garçon.

— J'ai prié, prié, prié et... (Elle agita une main devant son ventre.) Toujours rien.

Ah. Elle était stérile et désespérait de donner un garçon à son mari.

— Peut-être est-ce de la faute de votre époux, milady.

— Je ne suis pas encore mariée. Mais si ma famille continue à intriguer de la sorte, je le serai avant la fin de l'année.

Était-ce la perspective de ses noces qui la rendait si nerveuse ? Dory n'avait aucune expérience en la matière.

— Dans ce cas, pourquoi vous préoccupez-vous déjà d'enfant ?

La jeune femme lança des regards à la ronde, comme si elle craignait que des intrus surgissent soudain du bois.

— Je n'ai pas de flux menstruel. Je n'en ai jamais eu. Je dois être inféconde.

Elle se remit à pleurer.

Dory traversa le ruisseau et lui toucha le bras, comme pour la réconforter. Elle se concentra sur son ventre et vit tout de suite le problème. Ses organes étaient... figés. Tout le reste semblait en bonne santé mais, sans une intervention, son appareil reproducteur resterait en sommeil. Elle n'aurait jamais de règles et ne pourrait pas concevoir.

— Je peux peut-être vous aider, fit-elle, incertaine.

Elle ne pouvait révéler ses dons à une autre hystérique, ni laisser Ewan apprendre ce qu'elle s'apprêtait à faire. Cependant, les larmes de la demoiselle l'avaient émue. Elle n'avait jamais pu refuser son aide à quelqu'un – ce qui faisait toujours râler le capitaine Bart.

— Vous êtes magicienne ? chuchota la jeune femme en écarquillant les yeux.

— Pas du tout, mentit aisément Dory. On m'a parlé d'un breuvage qui aide à déclencher le cycle d'une femme. Si vous voulez, je peux vous le préparer.

Un large sourire illumina le visage de la jeune fille. Elle était assez jolie.

— Oui, s'il vous plaît ! Je vous paierai.

Elle baissa les yeux vers les guenilles de Dory.

— J'ai de nombreuses robes de la saison dernière qui vous iraient.

Elles avaient à peu près la même taille et les mêmes formes. Dory réfléchit. Elle serait bientôt à Londres. Elle ne pouvait se présenter à Hampton Court en ayant l'air d'une mendiante. Le roi Henri ne la recevrait jamais. Sans compter qu'elle ne savait toujours pas ce qu'elle lui dirait.

— Pandora !

La voix d'Ewan s'éleva au-dessus du gargouillis du ruisseau quelques instants avant qu'il apparaisse.

— Ah, vous voilà ! dit-il. Nous devons nous remettre en route si nous voulons arriver à Londres avant la tombée de la nuit.

La jeune dame se tendit. Dory serra sa main et répondit par-dessus son épaule :

— Je dois d'abord aider quelqu'un.

— Bonjour, milady, dit Ewan en s'inclinant. Pardonnez notre intrusion, nous repartons sur-le-champ.

— Non, fit la dame avec un petit pouffement.

Dory la vit battre des cils. C'était aussi agaçant que compréhensible. Ewan avait une dangereuse façon de faire disparaître toute pensée cohérente de la tête d'une femme. La jeune dame attira Dory à elle avec une force inattendue, et celle-ci sourit en voyant Ewan froncer les sourcils. L'irriter était amusant.

— Mme Pandora…

— Je vous en prie, appelez-moi Dory.

— Mme Dory a accepté de préparer un breuvage pour moi, un breuvage dont j'ai absolument besoin. Elle m'accompagnera à Wulfhall, ma demeure.

Elle indiqua une direction derrière elle. Dory aperçut entre les arbres un grand manoir entouré de jardins.

— Vous pouvez nous accompagner, si cela vous dit, ajouta-t-elle.

— Je suis navré, milady, mais nous devons vraiment reprendre la route.

La jeune dame serra Dory plus fort contre elle.

— Ewan, je ne crois pas qu'elle soit disposée à me libérer si facilement, déclara Dory. En outre, elle a une robe pour moi.

La dame émit un petit rire mélodieux.

— Plusieurs, dit-elle.

Ewan les dévisagea l'une après l'autre, les traits rigides.

— Soit, nous ferons une brève halte. Une heure, tout au plus.

Il agita une main vers le manoir.

— Je vais prévenir Searc, et nous vous rejoindrons avec notre… carriole.

— Vous voyagez avec deux Écossais ? demanda la jeune femme à Dory.

— Oui.

— Seule ?

Elle parut horrifiée, puis sourit d'un air entendu.

— Ah, vous êtes mariés.

— Non, répondit Ewan si précipitamment que c'en était vexant.

La dame le regarda attentivement.

— Vous n'êtes pas un parent de Dory, car vous ne parlez pas du tout de la même manière. Elle est anglaise, mais elle a un drôle d'accent.

— J'ai beaucoup voyagé depuis ma plus tendre enfance, expliqua Dory sans mentir.

Elle ajouta à voix basse :

— C'est ainsi que j'ai eu connaissance de ce remède.

Elle afficha un sourire tendre, tout en lançant un regard noir à Ewan.

— Ce que mon cher Ewan voulait dire, c'est que nous ne sommes pas de jeunes mariés. Nous avons célébré nos noces l'année dernière.

Il serra les mâchoires mais ne dit rien. Prétendre être uni à elle était-il donc si difficile ?

— Ah, fit la dame en entraînant Dory parmi les hautes fleurs sauvages qui bordaient le ruisseau. N'avez-vous pas votre trousseau avec vous pour ce voyage ?

— Il a été perdu, milady.

Dory regarda Ewan tourner les talons et se diriger vers la carriole. Lui était-elle si antipathique qu'il ne supportait pas de passer pour son mari ?

— Nous vous en fournirons un nouveau, déclara la jeune femme sur un ton conspirateur.

Dory se força à sourire et à soutenir son regard joyeux.

— Et vous pouvez m'appeler Jane, ajouta-t-elle.

La dame glissa un bras sous le sien et hâta le pas à travers les jardins luxuriants.

— Jane Seymour.

*
* *

Wulfhall était aussi immense et majestueux que les châteaux et les manoirs que lui avait décrits le capitaine Bart. Dory s'efforçait de ne pas écarquiller les yeux, mais chaque recoin débordait d'opulence. Ce monde n'était pas le sien. À chaque pas, elle craignait de salir les tapis avec ses semelles. La cour d'Angleterre était-elle aussi somptueuse ?

— Votre époux et vous pouvez utiliser cette chambre pour vous rafraîchir, déclara Jane en lui montrant une pièce de taille moyenne avec de riches draperies et un grand lit. Votre palefrenier s'installera dans les écuries avec les chevaux. Combien de temps vous faudra-t-il pour préparer ma boisson médicinale ?

— Pas longtemps. Je vais rédiger une liste d'ingrédients.

— Vous savez écrire ?

Peu de femmes savaient lire et écrire. Le capitaine Bart avait convaincu un précepteur de les accompagner dans leurs voyages, afin que Dory reçoive une éducation conforme à une enfant de son rang. Will avait suivi les leçons avec elle chaque fois qu'il n'était pas indispensable sur le pont. Pouvoir lire leurs avis de recherche et leurs mandats d'arrêt offrait un sérieux avantage.

— Oui, je sais écrire une liste.

— Parfait. Je vais demander qu'on vous prépare un bain.

— À l'intérieur ?

Jane se mit à rire.

— Mais oui, dans votre chambre. Je vais également demander à ma femme de chambre qu'elle vous apporte plusieurs robes afin que vous les essayiez.

Une fois Jane sortie, Dory gribouilla quelques noms d'herbes sur une feuille de papier qu'elle trouva sur un élégant secrétaire.

La porte s'ouvrit brusquement et elle se retourna dans un sursaut. Sa main se porta machinalement sur le fourreau vide attaché à sa jambe. Il fallait vraiment qu'elle se trouve une autre arme. Rapidement.

— Que fichons-nous ici ? demanda Ewan en traversant la pièce. Searc est en train d'essayer d'expliquer la présence d'un cadavre dans notre chargement à un groupe de palefreniers.

— Vous auriez pu laisser la carriole quelque part pour la nuit.

— Et devoir expliquer ensuite au roi Henri pourquoi Boswell a été à moitié dévoré par des charognards ?

Dory inspira profondément.

— Cet endroit est le lieu idéal pour que je me lave. Jane propose de me donner des robes en échange de mon aide.

— Votre aide ? Vous aviez promis de ne pas utiliser votre magie. Revenez-vous sur cette promesse ?

— Bien sûr que non. Je connais une boisson à base d'herbes qui pourrait lui faire du bien.

Il parut sceptique.

— C'est une guérisseuse qui m'a donné la recette, sur l'île de la Tortue, ajouta-t-elle. Jane a vraiment besoin de moi. Sa famille compte la marier avec un homme qui exigera un fils d'elle. N'est-ce pas affreux ?

Ewan se passa les doigts dans les cheveux, les faisant se dresser sur son crâne en vagues folles. Étaient-ils aussi soyeux qu'ils le paraissaient ?

— Je sais, dit-il. Je viens de rencontrer son frère. Je crois qu'il espère la marier à un membre de la famille royale. Il voulait tout savoir sur mes convictions politiques.

— Que lui avez-vous répondu ?

— La vérité. Que je suis un Écossais répondant à une convocation royale adressée à mon laird. Je lui ai montré la missive, pour éviter qu'il fasse venir le constable à cause du corps.

— Tant mieux. Nous nous contenterons de nous laver, de nous sustenter, d'aider la dame, puis nous repartirons. C'est un sacré bon endroit pour s'entraîner avant de paraître à la Cour.

— Vous ne pouvez pas jurer comme ça devant ces gens.

— Je sais, dit-elle en levant les yeux au ciel.

Elle regarda autour d'elle. La porte était fermée, tout comme les fenêtres.

— Vous croyez qu'ils nous espionnent à travers des judas ? demanda-t-elle en s'approchant de lui. Pour vérifier que nous sommes mariés.

— Pourquoi leur avez-vous raconté ce mensonge ? chuchota-t-il.

Elle s'efforça vainement de cacher son agacement.

— C'est Jane qui me l'a soufflé parce que, apparemment, il est inconvenant pour une femme de voyager sans chaperon lorsqu'on n'est pas mariée. Croyez-moi, je n'essaie pas de vous piéger pour que vous m'épousiez.

Il émit un petit rire sarcastique.

— Vous me paraissez pourtant très douée pour duper les gens afin d'obtenir ce que vous voulez. Comme Jane pour qu'elle vous donne ses robes, ou moi pour que je vous conduise à la Cour.

Elle ouvrit la bouche pour réfuter l'accusation, puis la referma. En répétant qu'elle ne cherchait pas à se faire épouser alors qu'il arborait ce sourire suffisant, elle paraîtrait sur la défensive. Elle pouvait presque entendre le conseil du capitaine Bart : « Change de tactique. » Elle inclina la tête sur le côté.

— Une femme doit savoir faire preuve d'ingéniosité.

— Vous admettez donc vous servir de stratagèmes féminins pour plier les gens à votre volonté ?

— Vous avez... tout ça... (Elle indiqua ses bras et son torse.) Tous vos muscles. J'ai la ruse. Je ne m'excuserai pas pour utiliser les armes à ma disposition.

Était-ce son imagination ou ses bras avaient-ils soudain gonflé sous le lin de sa chemise, comme s'ils étaient sur le point de faire sauter les coutures ?

Il y eut un long silence, puis il parut se détendre.

— Donc, vous cherchez à me forcer à vous épouser ?

Son petit sourire en coin la fit sourire à son tour.

— Si c'était le cas, vous n'auriez aucune chance de me résister.

— Peut-être devriez-vous faire un essai, avant de chercher à nouer un lien aussi définitif.

Il s'approcha et caressa son menton du pouce. Elle ne bougea pas et retint son souffle. Faire un essai ? Que voulait-il dire, au juste ? Était-elle allée trop loin dans la provocation ?

Il se tenait si près. Sentait-elle la suie et les feuilles moisies ? Elle s'efforça de humer discrètement sans qu'il s'en rende compte. Elle ne sentait rien de désagréable. Il lui essuya la joue.

— Vous avez un peu de boue, là.

— J'ai vraiment besoin d'un bain.

— Voulez-vous que je vous aide ? demanda-t-il avec un sourire taquin.

— Je me lave seule depuis que je suis en âge de marcher, rétorqua-t-elle.

Elle inspira lentement pour ne pas montrer sa nervosité. Il dégageait une vague odeur de pin et de vent frais. Lui aussi avait été exposé au feu : pourquoi ne sentait-il pas la fumée ?

Il y eut un bruit dans la pièce voisine, comme si on avait cogné une porte contre le mur.

— S'ils nous épient pour s'assurer que nous sommes mariés, je ne peux pas me baigner, murmura-t-elle.

Le regard d'Ewan descendit vers sa poitrine. Elle frémit comme si ses vêtements s'étaient soudain dissous, la laissant entièrement nue. Comment la conversation avait-elle dégénéré aussi vite ? C'était elle qui avait attaqué la première avec ses piques, mais la proximité de son corps l'avait totalement désarmée.

— Nous installerons le paravent, dit-il.

Elle était trop absorbée par sa voix grave et son accent écossais pour réagir. Quand il glissa une main sur sa nuque, son cœur se mit à battre la chamade. La chaleur de sa paume se diffusa en elle.

— S'ils nous observent, nous devons jouer notre rôle, susurra-t-il.

Son beau visage se pencha vers elle et ses lèvres rencontrèrent les siennes. Son baiser, d'abord hésitant, devint rapidement plus ardent, tout en restant doux et enveloppant. Dory n'était plus consciente que de l'enivrante onde de chaleur qui se répandait dans tout son corps. Ewan prit tendrement son visage entre ses mains et l'inclina de sorte que leurs bouches se pressent davantage l'une contre l'autre. Elle ferma les yeux et s'abandonna au tourbillon de sensations qui menaçait de l'entraîner totalement par le fond. Comme dans un effort frénétique pour échapper à la noyade, elle haleta pour retrouver son souffle.

Lorsque Ewan s'écarta, elle manqua de perdre l'équilibre. Quand elle rouvrit les paupières, deux yeux bleus fixaient les siens. Ils étaient plus sombres, graves et aussi profonds que l'océan qu'elle aimait tant. L'espace d'un instant, il continua à la dévisager, comme s'il avait besoin lui aussi d'un moment pour se recentrer. Il se pencha et déposa un baiser dans son cou, juste sous son oreille.

— Aussi délicieuse que je l'imaginais, chuchota-t-il.

Il se redressa et, se dirigeant vers la porte, ajouta à voix haute :

— Je vous retrouve plus tard, mon épouse. Profitez de votre bain. Je reviendrai vous chercher pour le dîner.

Là-dessus, il sortit de la chambre.

Dory resta interdite. Un frisson la parcourut et elle effleura ses lèvres du bout des doigts. Elles étaient pleines et chaudes. Elle lança un regard à son reflet dans le miroir. Elle était ébouriffée, telle une jeune fille encore étourdie par son premier baiser.

*

* *

Ewan s'arrêta dans le couloir, une main sur le mur de pierre. Il avait envie de lui voler un baiser depuis qu'il l'avait vue monter l'escalier de Rosewood Manor. En dépit de ses regards noirs et de sa langue acérée, cette beauté l'intriguait et il avait voulu connaître la saveur de ses lèvres. Lorsqu'il avait vu sa chevelure mordorée à la lumière du jour, il avait désiré y enfouir le visage.

Il savait désormais à quel point ses boucles étaient soyeuses entre ses doigts.

Elle avait un goût chaud et sensuel. Plus encore, elle incarnait la folle aventure, l'anticonformisme et la vivacité d'esprit, le tout dans une enveloppe exquise. Il inspira profondément. D'ordinaire, la seule évocation du mariage aurait déclenché des cris de guerre dans sa tête. Or, cette fois, il avait tourné la chose en plaisanterie. Que lui avait-il pris ?

Il massa le chaume sur son menton. Ce qui lui avait paru tout d'abord une récompense bien méritée se transformait en sérieux problème. Au lieu de satisfaire sa curiosité, ce baiser lui avait donné envie de davantage encore. C'était dangereux, car cette femme attirait les ennuis. Du bout de ses orteils à la racine de ses cheveux, Pandora Wyatt – ou Rebecca Wellington, ou Dory Mereworth – était la complication même et le danger personnifié. Pourtant, il venait de plaisanter avec elle et de l'embrasser.

Si douce. Elle était la fille de Boswell. Si docile. Élevée par des pirates. Si délicieuse. Elle voulait s'introduire dans la Tour de Londres. Si fascinante. C'était une satanée sorcière.

Ewan émit un grognement sourd et reprit son chemin dans le couloir en direction de la grande salle et de l'entrée du manoir. Il devait s'assurer que Searc n'avait pas d'ennuis. S'il arrivait malheur au garçon, Rachel Munro ferait servir ses entrailles au petit déjeuner. Searc était son dernier fils encore en vie et l'héritier du clan Munro. Son père avait suggéré qu'il accompagne Ewan afin d'acquérir un peu d'expérience du monde. Puis Rachel avait pris Ewan à part et avait expliqué ce qu'elle lui ferait si son fils de seize ans acquérait *un peu trop* d'expérience.

Parvenu au bout du couloir, Ewan s'arrêta net.

— Nous avons bien fait de lui renvoyer l'argent. Si nous voulons qu'elle devienne reine, il ne faut pas qu'elle passe pour la putain du roi.

Ewan reconnut la voix de l'homme qu'il avait rencontré plus tôt quand Jane les avait accueillis dans sa demeure. Edward Seymour, son frère.

— Bien sûr que non. Mais il est tellement lunatique depuis qu'il s'est blessé à la jambe et que la reine Anne a perdu son fils... Si tu veux mon avis, il ne lui en faudrait pas beaucoup pour se débarrasser d'elle.

— L'argent rendu pourrait être le coup de pouce dont il avait besoin, Thomas. Il sait désormais que le prix de Jane, c'est le mariage, et qu'elle est intéressée. J'ai corrigé la lettre qu'elle a écrite pour décliner son présent.

— Oh, si notre chère sœur pouvait lui donner un héritier !

— À la bonne heure !

— Prie pour que cela arrive.

— Je n'y manquerai pas.

Ewan tourna silencieusement les talons. Il trouverait un autre chemin vers les écuries. Il imprima dans sa mémoire cette bribe de conversation. Ils se trouvaient chez des aristocrates anglais qui aspiraient à entrer dans la famille royale et qui étaient peut-être dans les bonnes grâces du roi Henri. En aidant la jeune Jane, Dory pouvait s'attirer la gratitude de l'homme le plus puissant d'Angleterre. Si c'était vrai, s'il ne s'agissait pas uniquement des illusions d'un frère trop ambitieux, ils n'auraient peut-être pas besoin d'escalader les murailles de la Tour.

Il trouva Searc endormi sur un tas de foin dans les écuries, le petit chat tigré en boule sous un bras. La chienne bondit et trotta autour d'Ewan, qui la caressa avant de pousser du pied la botte du garçon. Searc ouvrit un œil, puis le referma.

— Puisque, de toute évidence, nous passerons la nuit ici et que j'ai été déclassé au rang de palefrenier, j'ai décidé de rattraper le sommeil dont j'ai été privé la nuit dernière.

— Repose-toi, mais tiens-toi prêt à partir.

Searc rouvrit les yeux.

— Quelque chose ne va pas ?

Ewan lança un regard au grand manoir derrière lui.

— Il semblerait que nous soyons tombés sur une famille qui cherche à se rapprocher du trône. J'ignore ce que cela signifie vraiment pour nous, mais ce pourrait être dangereux.

Searc se redressa en position assise et se tourna vers les chevaux.

— J'ai trouvé un caillou dans l'un des sabots de Gaoth. Je le lui ai extrait.

— Il est blessé ?

Ewan s'approcha de son étalon et lui caressa le museau. Il n'avait pas remarqué qu'il boitait.

— Non, répondit Searc en le rejoignant. Il a juste la sole légèrement à vif. Ce serait bien qu'il se repose toute une nuit. Où est Dory ?

Dory. Ce nom à lui seul nouait le ventre d'Ewan et diffusait une onde de chaleur dans ses veines.

— Elle prend un bain. Je pense qu'elle avait prévu de passer la nuit ici depuis le début.

Il la croyait désormais capable de les manipuler tout le long de leur voyage. Elle n'était certainement pas la demoiselle en détresse qu'il avait d'abord imaginée.

— Elle se sentira mieux une fois lavée et reposée, assura Searc. Peut-être sera-t-elle aussi moins têtue. Ma mère est toujours plus agréable après un bain et une bonne nuit de repos.

Searc se pencha pour gratter la tête soyeuse de la chienne.

— Je crois que je vais l'appeler Maggie, comme une petite fille que je connais au pays et qui a les cheveux duveteux.

Ewan arqua un sourcil.

— Je pense que, pour Dory, l'obstination est dans son sang.

Il baissa la voix, même s'ils parlaient en gaélique :

— Que penses-tu de ses pouvoirs magiques ?

— J'ai vécu toute ma vie avec la magie, lui rappela Searc en faisant allusion à sa mère, Rachel. Ça ne m'inquiète pas.

Il ajouta avec un sourire :

— Cette fille te fait peur ?

— Non ! Cependant, avant de rencontrer Meg, j'ignorais que la magie existait. J'avais entendu des rumeurs au sujet des pouvoirs de ta mère, mais je les croyais exagérées.

— Peut-être toutes les femmes en ont-elles ?

— Non. La plupart des chasseurs de sorcières créent eux-mêmes les preuves pour accuser les gens. En outre, Meg et Rachel ne contrôlent pas les nuages et le vent.

— Si le père de Meg avait vraiment été Boswell et non Colin MacLeod, et si Dory et elle avaient été demi-sœurs, il y aurait eu un lien.

— Sauf que Meg a hérité ses dons de sa mère.

Ewan leva les yeux vers les fenêtres de la façade parmi lesquelles se trouvait celle de la chambre qu'occupait Dory.

— D'un autre côté, elle émet la même lumière bleue qu'elles. Elle doit être apparentée à Meg et à ta mère d'une manière ou d'une autre.

— Ce qui voudrait dire que je suis apparenté à elle, moi aussi, observa Searc.

— En effet, répondit Ewan. Dans ce cas, considère-la comme ta sœur.

*

* *

Dory s'enfonça profondément dans l'eau chaude et parfumée. Elle n'avait encore jamais expérimenté un tel luxe. Elle reposa sa nuque contre le bord du tub en bois, laissant pendre sa chevelure jusque sur les linges blancs étalés sur le sol. En mer, elle se lavait tous les jours, soit en nageant dans l'océan glacé, soit en faisait sa toilette avec une éponge trempée dans un tonneau d'eau de pluie. Une fois, alors qu'elle avait développé une fièvre – c'était avant qu'elle découvre ce que sa magie pouvait faire –, le capitaine l'avait frottée avec de l'eau chaude afin de faire cesser ses tremblements. Même cela ne pouvait se comparer à la divine opulence d'un bain chaud.

— J'aimerais tant ne jamais sortir de ce tub, murmura-t-elle derrière le paravent installé devant le feu de cheminée.

Sa nouvelle amie Jane avait beaucoup de chance de pouvoir jouir de ce luxe sur simple demande.

Elle frotta un savon parfumé au jasmin – fourni avec le tub – le long de ses bras. De minuscules bulles colorées se rassemblèrent en grappes à la surface de l'eau, flottant autour des îlots jumeaux formés par ses genoux fléchis. Elle souleva une jambe après l'autre et les frictionna voluptueusement.

La porte de la chambre s'ouvrit.

— Dory ? Où êtes-vous ?

— Ewan ! s'écria-t-elle avant de s'enfoncer dans l'eau jusqu'au menton. Je suis dans mon bain.

— Encore ? Vous y êtes depuis une heure ! Que faites-vous ?

Elle ne pouvait distinguer son ombre à travers la toile du paravent qu'illuminaient les flammes. Sa voix était toute proche.

— Laver des cheveux longs prend du temps.

Elle l'entendit émettre un grognement.

— Ça sent comme un jardin en fleurs, ici, observa-t-il.

— C'est le savon. Je l'adore !

Ses bottes claquèrent sur les lattes du plancher. Elle chercha instinctivement une arme autour d'elle. Fichtre ! Elle était totalement vulnérable.

— Vous vouliez quelque chose ? demanda-t-elle.

L'eau commençait à refroidir et elle allait bientôt devoir en sortir. La pulpe de ses doigts était toute fripée.

— Aurez-vous besoin d'aide pour vous habiller ?

— Pas de la vôtre, en tout cas.

Elle inspira profondément en s'efforçant de maîtriser son pouls. L'idée qu'il l'aide à sortir du bain, la voyant dans toute sa nudité, lui faisait monter le feu aux joues.

— Pourriez-vous me trouver une femme de chambre ?

— Vous oubliez que je suis votre mari.

Dory tressaillit en le voyant contourner le paravent.

— Que... ? Comment... ? Allez-vous-en !

Elle lança son pied vers lui, projetant une grande gerbe d'eau parfumée, et plaqua les mains sur ses seins. À quelques centimètres près, ils auraient pu se retrouver hors de l'eau.

Il esquiva l'attaque en riant.

— C'est tout ce que vous avez en réserve ?

— Vous ne ririez pas si j'avais encore mon couteau.

Elle leva une main dégoulinante. Le regard d'Ewan courut le long de son bras nu jusqu'à l'épaule. Il cessa de rire et son regard se fit soudain plus intense. Néanmoins, il ne vit pas le bloc de savon qu'elle tenait dans son poing.

Vlan ! Le savon l'atteignit à la poitrine. Il ne sourcilla même pas, alors qu'elle l'avait lancé de toutes ses forces. Certes, en position assise, elle n'avait pu prendre d'élan. Elle aurait dû viser la tête.

Elle regarda autour d'elle mais n'aperçut rien d'autre qui aurait pu servir de projectile. Elle croisa les bras et attendit de voir ce qu'il allait faire.

Il émit un petit rire.

— Je suppose qu'aucune sirène n'aime montrer sa queue.

Il baissa les yeux sur sa chemise mouillée et fronça les sourcils.

— Je vais me changer et vous attendre dans le couloir, annonça-t-il en tournant les talons.

Elle attendit que la porte se referme et poussa un long soupir de soulagement, avant de commencer à frissonner dans l'eau désormais froide. Sans quitter le paravent des yeux, l'oreille tendue pour guetter le moindre bruit, elle se leva, le corps ruisselant. Elle saisit le drap de bain, l'enroula autour d'elle, puis ramassa le savon qui sentait si bon. Dans une demeure aussi riche, ils ne remarqueraient même pas qu'il leur en manquait un. Se redressant, elle marcha sur un bout du long drap tandis que son autre pied glissait à l'endroit où le savon avait percuté le sol quand elle l'avait jeté.

Elle n'eut même pas le temps de crier. Ses deux jambes partirent en avant, ses bras en l'air, et elle atterrit lourdement sur les fesses, heurtant le paravent qui se renversa. Elle se retrouva sur le dos, la chevelure étalée autour d'elle, fixant les poutres du plafond.

— Vous vous êtes fait mal ? demanda Ewan en revenant au pas de course.

Elle releva précipitamment le drap pour couvrir ses seins, juste avant que le visage d'Ewan apparaisse au-dessus d'elle. L'avait-il vue nue ? Comment pouvait-il ne pas l'avoir vue ?

— Je n'ai rien, répondit-elle.

Elle savait qu'elle avait les joues cramoisies, mais elle en fit abstraction. À force de vivre au milieu de marins chahuteurs, elle avait appris très vite qu'en montrant sa gêne elle se condamnait à des taquineries sans fin. Si elle faisait comme si de rien n'était, ils ne se rendaient souvent même pas compte qu'elle avait rougi.

— Vous êtes toute rouge. Vous êtes sûre que vous n'avez rien ?

Certes, cette tactique ne fonctionnait pas toujours. Dory se releva péniblement en serrant le drap contre elle.

— Je... Je suis...

Ewan était torse nu. Les muscles qui sculptaient son buste parfait témoignaient d'une force acquise par des années de combat. Il avait des épaules larges et une taille étroite. Son pantalon était noué bas sur les hanches, bien en dessous de son nombril. Les ombres et les cicatrices sur sa peau hâlée ajoutaient encore à l'effet. Ce n'était pas qu'un homme au physique sculptural, c'était un vrai...

— Guerrier, murmura-t-elle.

— Pardon ? demanda-t-il, le front légèrement plissé.

— Peu importe, dit-elle en agitant une main.

Baissant les yeux, elle s'aperçut que le drap fin adhérait à sa peau mouillée. Elle s'éloigna en écartant le tissu et en espérant qu'il ne moulait pas trop sa croupe généreuse. Ses courbes féminines avaient toujours été un problème lorsqu'elle s'efforçait de se fondre parmi les marins.

— C'est l'heure du dîner ? demanda-t-elle.

Elle saisit l'une des robes qu'une femme de chambre de Jane avait déposées et se demanda comment elle allait pouvoir fermer tous ces crochets et nouer tant de lacets.

— Je vais avoir besoin d'aide.

Dieu merci, entre-temps Ewan avait mis une chemise.

— J'ai aidé suffisamment de femmes à se débarrasser de leur robe ; je suis sûr de pouvoir vous aider à enfiler celle-ci.

Elle se retourna brusquement vers lui en s'apprêtant à le traiter de rustre. Il l'observait, un sourcil arqué, attendant sa réaction avec un demi-sourire espiègle. La fripouille !

Cherchait-il à la provoquer ? Plutôt que de mordre à l'hameçon, elle lui renvoya son sourire.

— Cela tombe bien !

Elle se dirigea vers le tub, devant lequel le paravent gisait toujours sur le sol.

— Cela vous ennuierait de...

— Vous êtes bien pudique, mon épouse, plaisanta-t-il en redressant le paravent. Attention à ne pas glisser sur une flaque d'eau. Vous semblez avoir une fâcheuse tendance à vous retrouver dans des positions périlleuses.

Le sourire forcé de Dory s'effaça dès qu'elle fut derrière le paravent. Elle déposa la robe sur le dossier d'un fauteuil en tapisserie, passa la chemise de batiste par-dessus sa tête et la laissa retomber jusqu'à ses chevilles. Elle se trémoussa légèrement pour sentir la caresse de l'étoffe. Elle n'avait encore jamais porté un sous-vêtement aussi fin. Vinrent ensuite le corsage matelassé et le corset en toile rigide. Elle coiffa ses longues boucles avec les doigts, avant d'émerger de son abri.

— Cher époux, voulez-vous bien attacher mes liens ? demanda-t-elle en lui tournant le dos.

Ses doigts étaient chauds sur la peau nue de sa nuque quand il écarta sa lourde chevelure. Agiles et forts, ils lacèrent et agrafèrent le corset avec la rapidité d'une femme de chambre accomplie.

— Et voilà ! annonça-t-il en posant les mains sur ses hanches. Vous êtes si mince. Nous allons devoir mieux vous nourrir.

Elle pivota. Être la plus faible l'avait toujours agacée, en particulier lorsqu'elle ne pouvait soulever des charges aussi lourdes que les hommes à bord. En outre, plus elle mincissait, plus sa poitrine et ses hanches trahissaient son sexe.

— Mon tour de taille est parfaitement normal, protesta-t-elle. À bord d'un navire, on ne se gave pas de bonbons et de friandises et, en tant que membre de l'équipage, j'effectue mes tâches comme les autres.

— C'était un compliment.

Les lèvres pincées, elle battit de nouveau en retraite derrière le paravent pour rabattre le devant de la jupe en futaine bleu-vert. Une sur-robe en damas bleu venait par-dessus, fendue sur le devant pour laisser voir les fleurs brodées de la jupe.

Fichtre ! Pourquoi fallait-il que les femmes soient affublées d'autant de couches de vêtements ? C'était encore un moyen de les entraver dans ce monde d'hommes. Elle enfila les manches et les fixa aux épaules, où un petit rouleau en futaine cachait les crochets. La ceinture que lui avait envoyée Jane était dans une soie plus sombre, assortie aux motifs de la sous-jupe. Y étaient attachés un petit couteau pour piquer la nourriture – long de quelques centimètres, pas assez tranchant pour en faire une arme –, un diffuseur de parfum en argent rempli de clous de girofle, un crucifix et un dé à coudre.

Elle sortit de derrière le paravent pour se regarder dans le miroir en métal poli.

Si sa chevelure était encore un désordre de boucles rebelles, la robe était superbe. Ainsi habillée, elle pouvait presque passer pour une lady. Elle sentit l'ombre d'une caresse sur ses cheveux un instant, avant que le visage d'Ewan apparaisse derrière le sien. Son sourire taquin avait disparu, remplacé par une expression sérieuse.

— Vous avez vécu avec des marins toute votre vie. Comment se fait-il que vous n'ayez pas été enlevée ou vendue ?

Ce n'était pas le compliment qu'elle méritait. Certes, elle n'appréciait pas les mots doux ou les fausses promesses d'amour dont les prostituées des ports semblaient friandes. Néanmoins, s'il ne lui venait même pas à l'esprit de dire que sa robe lui allait bien, cet homme n'y connaissait rien aux filles.

— Si c'est là votre manière de flatter une dame, vous vous y prenez comme un pied, l'Écossais.

— Vous êtes... plus jolie que n'importe quelle femme que je connais, dit-il lentement. Trop jolie pour vivre au milieu de pirates sans se faire enlever ou être compromise.

Compromise ? Les joues de Dory s'enflammèrent.

— Ma famille est très protectrice. En outre, je fendrais de la tête aux pieds quiconque me toucherait contre mon gré.

Compromise... *Peuh !*

Toc, toc, toc !

Ewan se tourna vers la porte.

— Oui ?

— Le dîner sera servi dans la grande salle d'ici une demi-heure, annonça la voix d'un domestique.

— Nous y serons, répondit Ewan.

Des pas s'éloignèrent dans le couloir.

Dory saisit une brosse et lança un regard vers l'étroite fenêtre à croisillons. Il lui restait juste assez de temps pour brosser ses cheveux et coiffer le ridicule capuchon français assorti à la robe. Le capitaine Bart aurait sûrement éclaté de rire en la voyant. Depuis qu'elle était devenue femme, il essayait de la convaincre de porter une coiffe de dame, mais elle préférait un simple bonnet en laine par-dessus sa longue natte. Une fois en mer, elle portait des vêtements d'homme au lieu de ces toilettes contraignantes pleines de jupes et de lacets.

— Pandora..., commença Ewan.

— Dory, le reprit-elle. Seul le capitaine Bart m'appelle Pandora, et uniquement quand j'ai provoqué un désastre.

— C'est sûr que la boîte renfermant tous les maux de l'humanité vous convient bien.

Elle fit la grimace.

— Je connais la légende, tout comme le capitaine Bart. C'est parce que j'ai débarqué dans sa vie avec une petite boîte laissée par ma mère qu'il m'a donné le prénom de la première femme créée par les dieux. Je ne peux pas dire que cela m'enchante.

— Dory, donc, dit-il avec un léger sourire. En fait, je suis revenu vous faire part de ce que je viens d'apprendre. Je crois que lady Jane appartient à une lignée royale. Si ce que j'ai entendu n'est pas le fruit des ambitions démesurées de ses frères, votre nouvelle amie pourrait bien être un jour la reine d'Henri.

— Il a déjà une reine.

— Il a déjà répudié sa première épouse pour Anne Boleyn. J'ignore où en sont ses sentiments à son égard aujourd'hui, mais tout le monde sait que le roi anglais n'est fidèle à aucune femme.

— La loyauté est essentielle, que ce soit au sein d'un équipage ou d'une famille. Elle l'est d'autant plus pour un roi et pour le bien de son pays. Comment un homme peut-il se retourner contre sa femme ?

Le regard d'Ewan s'assombrit et il plissa le front.

— Je l'ignore, mais cela arrive.

Les épaules raides, il se mit à arpenter la pièce.

— Si Henri s'entiche de Jane, elle pourrait vous aider à faire libérer votre famille.

Les doigts de Dory tordirent l'épingle à cheveux qu'ils tenaient. Aurait-elle cette chance ? Elle contempla son reflet dans le métal poli tandis qu'une autre éventualité lui apparaissait. Si, une fois mariée au roi Henri VIII, la malheureuse ne parvenait pas à lui donner un héritier légitime, que lui arriverait-il ?

4

13 octobre de l'an de grâce 1517

Ma très chère Katharine,
Les Écossais et les Français parlent à nouveau d'alliance, ce qui rend Henri fou de rage. Il ne pense qu'à la guerre et à ses héritiers, pas à d'éventuels assassins. Attendez mon signal, puis transmettez-le à notre contact. Bientôt, les Tudors appartiendront au passé.
Éternellement vôtre,

Rowland

— Votre carriole empeste, déclara Thomas Seymour depuis l'autre bout de la table, jonchée des restes d'un dîner copieux. Qui est ce malheureux ?

Bien qu'il s'adressât à Ewan, il ne cessait de reluquer Dory. *Ce maudit Anglais s'imagine pouvoir faire les yeux doux à ma femme !* Certes, ils n'étaient pas mariés, mais ce butor n'en savait rien. Croyait-il qu'Ewan ne le voyait pas faire ? La salle au décor opulent était pourtant illuminée par une multitude de chandelles et de lampes à huile.

— Un homme qui a trahi votre roi, répondit Ewan.

Il avait parlé avec plus de véhémence que nécessaire et, malgré les épaisses tapisseries et les portraits qui recouvraient les murs et étouffaient les bruits, tous les regards se tournèrent vers lui, y compris une paire d'yeux gris couleur d'orage où perçaient quelques reflets bleus du même ton que la robe de Dory. Les étoffes luxueuses et ce style à la mode lui allaient bien, quoiqu'elle aurait probablement préféré porter une culotte de marin.

— Comment s'appelait-il ? demanda l'autre frère, un homme répondant au nom d'Édouard.

— Rowland Boswell, de Rosewood Manor, répliqua Ewan avant de mordre dans une prune confite.

Quelques mèches dorées s'étaient échappées du capuchon de Dory. Quand elle se pencha en avant, l'une d'elles caressa sa joue.

— Boswell, hum... Oui, je l'ai connu, déclara Édouard. Il fréquentait plusieurs cercles à la Cour. Un maigre, avec des yeux de fouine.

Ewan hocha la tête. Ils avaient bien fait de taire le lien de parenté entre Dory et Boswell. Il observa celle-ci piquer dans sa viande, la pointe de son couteau crissant contre l'assiette. Elle marmonna une excuse et Jane lui sourit. Elle avait beau être très belle, elle paraissait autant à son aise qu'un agneau tondu au milieu d'une bande de loups.

— Vous n'avez pas intérêt à tarder, observa Thomas. Autrement, vous risquez de ne livrer au roi qu'un amas de bouillie.

— Thomas ! gronda Jane en pressant une serviette sur sa bouche comme pour réprimer un haut-le-cœur. S'il te plaît, nous sommes à table.

— Nous partirons demain, déclara Ewan.

Il lança un regard vers Dory et la vit imiter leur hôtesse. Elle était maligne. Elle observait les moindres faits et gestes de Jane et les mémorisait.

Elle leva son verre, but une petite gorgée en silence, le reposa puis s'essuya délicatement les lèvres sur un coin de sa serviette.

— Déjà ? demanda Jane, alarmée.

Elle regarda Dory, qui lui sourit avec un léger hochement de tête. Jane sembla se détendre. Dory pouvait-elle vraiment l'aider avec une infusion d'herbes ? Comptait-elle utiliser sa magie ? Il était toutefois certain qu'en se faisant une amie qui avait l'oreille du roi, sa mission suicide deviendrait une opération beaucoup plus envisageable.

Dory prit un air timide. Ewan devait reconnaître qu'elle jouait bien la comédie.

— Avant que nous partions, lady Jane accepterait-elle de me montrer les jardins si merveilleusement entretenus de Wulfhall ? demanda-t-elle.

— Avec plaisir, répondit leur hôtesse avec un sourire.

Thomas haussa les épaules et but une autre gorgée de vin, sans cesser de lorgner Dory.

Ewan serra les poings sous la table.

— Moi aussi, j'aimerais beaucoup visiter vos beaux jardins, dit-il. D'ailleurs, je me sépare rarement de ma ravissante épouse. (Il lança un regard entendu à Thomas.) Je suis un homme plutôt jaloux.

— Je n'en doute pas, intervint Édouard. Les Écossais sont connus pour être des barbares.

L'insulte fit sourire Ewan.

— En effet, des barbares au sang chaud qui n'hésitent pas à tuer.

— Dans ce cas, vous feriez bien d'enfermer lady Dory à double tour dans votre chambre lorsque vous serez à la Cour, rétorqua Thomas avec un petit rire acerbe.

*

* *

— Buvez ceci tous les jours pendant deux semaines, chuchota Dory en donnant à Jane une liste d'ingrédients et une fiole d'argile. Infusez une nouvelle préparation tous les deux jours. Ce que contient ce flacon devrait vous suffire.

Elles étaient assises sur un banc en pierre niché dans le renfoncement d'une charmille envahie de jeunes roses de printemps. Le soleil se couchait rapidement, livrant le monde aux ombres. Des oiseaux gazouillaient en sautillant de branche en branche dans les pommiers en fleur qui bordaient l'allée de galets.

Jane étudia la liste.

— Cela provoquera mes menstrues ?

Dory acquiesça.

— Oui, mais vous devrez également appliquer ce baume. J'ai appris à le préparer dans les Caraïbes.

Elle tendit à la jeune femme un morceau de lin roulé autour d'une pâte faite de baies écrasées et de farine.

— Frottez ceci sur votre ventre la nuit et laissez sécher jusqu'à ce que la pâte craquelle. Cela réchauffera votre matrice et la rendra hospitalière.

— Dois-je utiliser uniquement ce que vous me donnez ou en préparer davantage ?

— Cela devrait suffire. C'est un remède puissant.

Jane hocha la tête.

Dory prit ses mains dans les siennes.

— À présent, prions ensemble pour que Dieu vous bénisse et exauce votre vœu.

— Pour l'amour de l'Angleterre et de Sa Majesté, faites que je conçoive un héritier en bonne santé, chuchota Jane, la tête baissée.

Dory lança un regard à la ronde pour s'assurer qu'elles étaient seules. Si Ewan la surprenait en train d'exercer sa magie, il risquait de ne plus vouloir l'aider, une fois à Londres. Cependant, elle ne pouvait laisser cette femme généreuse s'exposer au danger. Elle s'assura que Jane avait les yeux fermés, puis posa une main à plat sur son dos. Elle sentit aussitôt ses ovaires en sommeil et ses trompes bouchées. Dans de telles conditions, il était impossible pour elle de concevoir. Dory avait déjà rencontré un cas de figure similaire dans un port, chez une femme qui prenait de l'âge et voulait désespérément un enfant.

Elle se concentra sur le pouvoir qui irradiait de la tache de naissance sous son poignet. Un fourmillement se répandit dans tout son corps, réchauffant ses entrailles. Les gens croyaient souvent qu'elle possédait deux pouvoirs différents, alors qu'il s'agissait du même phénomène : le déplacement d'éléments infimes. Dans le corps, il s'agissait de particules de sang, d'os ou de chair. Dehors, des fragments d'eau ou d'air.

Elle canalisa son pouvoir en une longue ligne lumineuse qui transperça le dos de Jane. Elle visualisa ses ovaires se remplissant de lueur bleue et ses trompes s'ouvrant, saines. Son utérus paraissait normal. Dory l'imagina prêt à héberger un fœtus. Si elle ne pouvait créer la vie, elle pouvait préparer le corps de Jane à l'accueillir.

— Que faites-vous ?

Dory redressa la tête et vit Thomas Seymour se diriger vers elles. Il regardait sa main, qu'elle cacha vite dans les plis de sa jupe.

— Nous prions, mon frère, répondit doucement Jane.

Dory la sentit pousser du pied les remèdes sous le banc.

— J'ai cru que…, commença Thomas en tirant sur sa barbe, puis en se grattant le crâne. Non, rien, ce devait être un effet de lumière dû au soleil couchant.

— En effet, l'éclat du soleil peut nous jouer des tours, déclara Ewan qui apparut soudain de l'autre côté de la charmille.

Il fixait Thomas d'un regard résolument hostile.

— C'est pourquoi je suis venu chercher ces dames avant que la tombée du jour plonge les allées dans l'obscurité, répondit sèchement Thomas.

Il tendit le bras et Jane se leva docilement.

— N'oubliez pas le parfum que j'ai préparé pour vous, dit Dory en lui glissant la fiole d'argile dans la main.

— Oh, merci.

— Non, c'est moi qui vous remercie de nous accueillir cette nuit à Wulfhall, répondit Dory en ramassant le baume de fertilité. C'est pourquoi je vous ai fait ce parfum et ce masque pour la peau. Il la rend merveilleusement douce.

— J'ignorais que vous étiez aussi douée, milady, dit Thomas, sincèrement impressionné.

— Mon épouse a de multiples talents, déclara Ewan.

Bien que ce soit un compliment, il regardait Dory en plissant les yeux. De toute évidence, il la soupçonnait d'avoir utilisé sa magie. *Zut !* Avait-il vu ses mains rayonner dans le crépuscule ?

Les deux couples retournèrent vers le manoir, bras dessus, bras dessous. Une fois dans la grande salle, Jane et Thomas prirent congé. Soit ils se couchaient remarquablement tôt, soit ils avaient des affaires de famille à régler qui ne regardaient pas des inconnus.

Alors qu'ils se dirigeaient lentement vers leur chambre, Dory sentit qu'Ewan avait mal à la tête et à la nuque, sans doute à cause de la tension.

— Êtes-vous... ? demanda-t-elle. Quelque chose ne va pas ?

— Oui, répondit-il.

Elle tressaillit.

— Je n'aime pas la manière dont Seymour vous tourne autour, ajouta-t-il.

— Il me tourne... ?

Elle s'arrêta devant leur porte. Ce n'était donc peut-être pas après elle qu'il en avait.

— Comme un chien autour d'un morceau de viande saignant.

Il ouvrit la porte de la chambre, lança un regard à l'intérieur pour s'assurer qu'il n'y avait pas de danger, puis s'effaça pour la laisser passer.

— Après vous.

Sans doute jouait-il encore le rôle du mari ou du chevalier servant. Elle n'avait jamais été traitée avec autant d'égards. Les femmes entraient-elles toujours dans une pièce les premières ? Le capitaine Bart ne la laissait jamais être la première ni la dernière, préférant qu'elle soit encadrée par deux brutes fidèles.

Le feu dans la chambre projetait une lueur chaude et dorée. Plusieurs robes étaient étalées sur le lit.

— Jane a insisté pour que je les prenne toutes, expliqua Dory en caressant un ruban en satin.

Leur hôtesse avait été très généreuse, même si, selon elle, ces tenues dataient de la saison précédente et ne lui manqueraient pas. Elle avait en outre ajouté deux chemises et un vêtement de nuit. Dory n'avait jamais possédé de toilette aussi belle et colorée, ni même de chemise de nuit. Dès que ses courbes avaient commencé à apparaître, le capitaine Bart lui avait fait porter une longue tunique, la nuit – rien d'aussi délicat que cette chemise blanche brodée de bourgeons de roses. S'il la voyait dedans, Will rirait probablement, mais le tissu serait agréable sur sa peau.

En se retournant, elle constata qu'Ewan l'observait.

— Quoi ?

Il parut embarrassé.

— Je... Je vais aller voir Searc pour m'assurer qu'il est bien installé et le prévenir que nous partirons demain après le petit déjeuner. Vous avez pu aider Jane ?

Elle acquiesça en retenant son souffle. Lui demanderait-il si elle avait utilisé sa magie ? Elle mentirait, naturellement ; néanmoins, le faire la dérangerait.

— Tout ira mieux pour elle, répondit-elle simplement.

Il hocha lentement la tête.

— Alors je vous laisse vous changer. Avez-vous besoin d'aide ?

Seule, elle mettrait des heures à défaire tous les crochets et lacets. Puisqu'il était un expert autoproclamé en la matière, elle acquiesça.

Il fit un moulinet de l'index pour lui indiquer de se tourner et déclara :

— Vous êtes tendue. Vous avez le dos aussi raide que... mon épée.

Cet homme évoluait-il dans un monde d'euphémismes et d'insinuations ? Ou aimait-il simplement l'embarrasser ? Elle rougissait beaucoup moins facilement avec les marins chahuteurs du *Queen*

Siren. Peut-être parce qu'ils étaient devenus pour elle des frères et des oncles.

— Une épouse n'apprécie pas forcément d'apprendre que son mari sait bien déshabiller les femmes.

Il se mit à rire et se pencha vers elle.

— Nous ne sommes pas mariés, chuchota-t-il à son oreille.

Son souffle chaud fit courir un frisson sur sa peau, et elle redressa les épaules par réflexe.

— Peu importe, dit-elle en s'écartant hors de portée dès que ses doigts atteignirent le bas du corsage.

— Comment ça, « peu importe » ? Nous ne sommes pas...

— Vous ne deviez pas aller voir Searc ?

Elle se glissa derrière le paravent, s'assit au bord du fauteuil et, après un long silence, elle entendit la porte se refermer. Ses épaules s'affaissèrent. Elle défit un à un les crochets qui retenaient ses manches et laissa celles-ci glisser le long de ses bras.

Ewan Brody. Pourquoi était-elle sur les nerfs dès qu'il était dans les parages ? Elle ne pouvait s'empêcher de vouloir lui faire bonne impression. Will la taquinait souvent, mais ses piques glissaient sur elle sans la blesser. Or les opinions de ce Highlander comptaient à ses yeux.

Elle gémit et posa le front sur ses genoux. Ce qu'il pensait d'elle lui importait. *Cordieu !*

*
* *

Ewan sortit dans l'air frais de la nuit et se dirigea vers les écuries afin de parler à Searc et de se trouver un coin où dormir. Quelque chose tracassait Dory... Non pas que cela le regarde, bien sûr. C'était une pirate. D'un autre côté, elle n'avait pas tort en disant que, pour survivre dans ce monde, ils devaient tous se comporter comme des pirates. C'était également une sorcière, même si elle priait Dieu ; ce n'était pas un démon capable de danser dans les flammes. Il avait des crampes dans les mâchoires à force de serrer les dents. Il soupira bruyamment.

— À ce point ? demanda Searc depuis sa couche dans une stalle, où il avait étendu son plaid sur un tas de foin. Peut-être veux-tu changer de place avec moi et tenir compagnie à Boswell ?

Ewan huma l'air et fit la grimace en sentant la puanteur de la chair en décomposition.

— Il semblerait qu'il ait fait fuir tous les autres garçons d'écurie, ajouta l'adolescent.

Même le chat était parti, sans doute pour chasser. Seule Maggie, la chienne, était restée à son côté.

En voilà une fidèle compagne. Peut-être Ewan devrait-il se trouver un chien.

— Dory semble en colère contre moi et je ne sais pas très bien pourquoi, admit-il.

— As-tu fait allusion à son tour de taille ?

— J'ai suggéré qu'elle devrait manger un peu plus, ce qui n'a pas paru lui plaire.

Elle ne pouvait être susceptible à ce point, tout de même ?

Searc secoua la tête en gémissant :

— Ne t'avais-je pas dit d'éviter ce sujet ?

Ewan se redressa en étirant les épaules.

— Voilà que l'élève veut donner des leçons au maître ?

— Au maître ? J'espère que tu ne t'es pas appelé comme ça devant elle. J'ai beau être plus jeune que toi, je sais que les filles n'aiment pas ce ton supérieur.

— Bah, peu importe ! dit Ewan avec un haussement d'épaules. Nous la conduirons à Londres, lui trouverons un logement décent, lui obtiendrons une audience avec le roi Henri. Voilà tout. Nous devons rentrer en Écosse avant qu'Henri et Jacques décident de se faire la guerre et que nous nous retrouvions prisonniers dans ce pays où règne une chaleur infernale.

— Je crois que, dorénavant, chaque fois que je penserai à l'Angleterre, je sentirai une odeur de pourriture.

— Grâce à cette odeur, personne ne s'approchera cette nuit. Dors tranquille. Nous partirons de bonne heure dès que nous pourrons prendre poliment congé de lady Jane.

Finalement, Ewan retourna vers leur chambre. Elle était confortable et n'empestait pas la charogne. Par contraste, elle sentait même comme un jardin fleuri et il était donc parfaitement logique qu'il y dorme, même si Dory ne semblait pas encline à la partager.

Parvenu à l'angle d'un couloir, il manqua de percuter une servante arrivant dans l'autre sens.

— Pardonnez-moi, milord, s'excusa-t-elle, confuse.

Elle était jolie, avec de grands yeux en amande, des formes généreuses et des cheveux bouclés qui dépassaient de son bonnet blanc de femme de chambre.

— Non, c'est moi, répondit-il.

L'étincelle dans ses yeux lui donnait un air espiègle. Elle était comme un fruit mûr qui ne demandait qu'à être cueilli. Il sourit en songeant aux mises en garde de Searc concernant les Anglaises. Peut-être qu'une partie de jambes en l'air était ce dont il avait besoin pour ne plus être obnubilé par la folle qui occupait la chambre.

— Comment vous appelez-vous, mademoiselle ? demanda-t-il.

— Charlotte.

Elle se mit à glousser. Ce son l'irrita, sans raison. Il sourit néanmoins. Le voyage l'avait sans doute fatigué.

— Bonne nuit, Charlotte. Merci pour ce charmant échange.

Elle rit de nouveau. Il la salua d'un léger signe de tête et poursuivit son chemin.

Il entra dans la chambre et referma silencieusement la porte derrière lui. Dory dormait paisiblement, sa longue chevelure étalée sur l'oreiller. Il observa le rythme lent de sa respiration. Même dans des circonstances aussi incertaines et angoissantes, elle parvenait à s'abandonner au sommeil. Lui arrivait-il de faire des cauchemars ?

Il se massa la nuque et s'approcha du feu. Il ôta ses bottes, puis dénoua les lacets de sa chemise en contemplant les flammes. Malgré le confort et le luxe des lieux, il aurait préféré dormir à la belle étoile que sous un toit anglais.

Il entendit le frottement de pieds nus sur le parquet juste à temps. Il pivota, saisit au vol un poignet fin et le tordit pour lui arracher un petit poignard. L'arme vola à travers la pièce et atterrit sur les dalles de l'âtre dans un cliquetis métallique.

Un petit cri étranglé. Un parfum de jasmin. Un souffle chaud sentant la menthe. Les contours doux d'une femme. *Dory.* Il s'efforça de détendre ses muscles sans pour autant la libérer.

— Essayer de me prendre en traître n'est jamais une bonne idée, déclara-t-il sur un ton bourru. J'en oublie mes bonnes manières.

— C'est ce que je constate.

Elle portait une fine chemise de nuit blanche qui lui tombait jusqu'aux chevilles. Des bourgeons de roses brodés attiraient l'œil sur son col en V. Il laissa son regard glisser sur son corps, s'arrêtant un instant sur le contour de ses seins avant de descendre jusqu'à ses petits orteils recroquevillés.

— J'ignorais que vous vous étiez procuré une nouvelle arme, ma tendre épouse.

— Je ne suis pas votre épouse.

Elle cracha telle une chatte qu'on tirait par la queue et tenta de se libérer.

— Peu importe, répondit-il, reprenant les mots qu'elle avait employés plus tôt.

— Monstre !

Quand elle tira violemment sur son bras, il aperçut une marque sombre sous son poignet. Dans la lueur pâle du feu de cheminée, cela ressemblait à une libellule. Il se souvint de la tache de naissance de Meg, dont la forme était similaire. Rachel Munro avait dit en avoir une, elle aussi.

Dory avait forcément un lien de parenté avec elles. Il l'interrogerait plus tard à ce sujet.

— Pourquoi m'avez-vous attaqué ? demanda-t-il à la place.

— Espèce de bâtard impotent, rejeton contre nature d'un godelureau atteint de syphilis et d'une putain vérolée ! cracha-t-elle.

Elle le défiait du regard. Dès qu'il la lâcha, elle recula. Le feu derrière elle faisait apparaître ses jambes à contre-jour sous la chemise de nuit.

— Je m'entraîne pour mon séjour à la Cour, se défendit-elle.

— Dans notre propre chambre ?

— Le capitaine Bart a été attaqué dans sa chambre. On ne doit jamais baisser sa garde. Autrement, on se retrouve un beau jour avec une lame plantée dans la gorge.

— Pour une jeune femme, vous avez un comportement plutôt belliqueux.

— J'ai grandi sur un vaisseau pirate.

— Une fois de plus, comment avez-vous survécu ?

Elle retourna près du lit dans lequel il l'avait crue endormie.

— Je me suis rendue utile.

Utile ? Comment une femme pouvait-elle se rendre utile sur un navire autrement que couchée sur le dos ? Cette pensée lui noua le ventre. Utile ! Ce mot l'ulcérait.

— Utile dans quel sens ? demanda-t-il en s'efforçant de contrôler le ton de sa voix.

Elle s'assit au bord du lit. Ses jambes n'atteignaient pas tout à fait le sol et se balançaient.

— Je suis une excellente grimpeuse.

— Grimpeuse ?

Était-ce un terme sexuel qu'il ignorait ? Pourtant, il pensait tous les connaître. Il en avait même inventé quelques-uns lui-même.

— Oui, les filins entre les gréements et les voiles. Lorsque l'un se brisait durant une bataille ou une tempête, j'escaladais les cordages pour le réparer. La plupart des membres de l'équipage refusent de le faire. Ils ont peur de tomber dans la mer.

— Et donc, vous n'étiez pas... ?

— Effrayée ? Non. Je sais nager et... les tempêtes ne me font pas peur.

Ce n'était pas à cela qu'il avait pensé. Heureusement, elle l'avait interrompu avant qu'il ait achevé sa question. Sinon, elle serait probablement en train de chercher quelque chose à lui lancer à la figure. Une chaussure, un autre poignard, une chaise...

— Je jouais aussi à la putain.

— Quoi ? s'étrangla Ewan.

— Dans les ports, quand les hommes avaient besoin de rencontrer un contact ou simplement d'acheter des provisions, je m'habillais comme une racoleuse et les accompagnais afin que les vraies prostituées les laissent tranquilles. Il existe un certain code de déontologie entre filles. Elles n'essaient pas de harponner les clients d'une consœur.

La respiration d'Ewan s'était accélérée, son corps se contractant comme s'il se préparait au combat. Il fallut quelques instants avant que les mots pénètrent son cerveau embrumé par une fureur vengeresse.

— C'est pourquoi je n'ai pas été inquiétée lorsqu'ils ont arrêté le capitaine Bart et Will. Will m'a embrassée en me disant au revoir comme si j'étais une fille du port.

— Qui est ce Will, déjà ?

— Un membre de l'équipage et un bon ami. Il est enfermé dans la Tour avec le capitaine Bart.

Ewan aurait dû être impressionné par la présence d'esprit de ce Will, qui avait sauvé Dory. Néanmoins, sa méthode lui déplaisait.

Il prit une longue et profonde inspiration, puis avança d'un pas vers elle. Le col ouvert de sa chemise de nuit dévoilait la pente douce d'une clavicule.

— Donc, vous savez grimper et jouer à... (Il ne put se résoudre à prononcer le mot.) Et jouer la comédie.

— Je sais aussi cuisiner un ragoût, recoudre des filets et, bien entendu...

Elle agita une main au-dessus de sa tête.

— Changer le temps qu'il fait ? suggéra-t-il.

Elle acquiesça.

— Uniquement si c'est nécessaire. S'il n'y a pas de vent ou si nous avons besoin de faire diversion. Je ne le ferai pas ici.

— Votre don pourrait nous attirer à tous les trois de sérieux ennuis, lui rappela-t-il.

— Je sais, je sais..., soupira-t-elle. Je respecterai ma part de notre accord tant que vous respecterez la vôtre.

— Je vous ai dit que je n'abandonnais pas les femmes sans défense.

Il s'assit près d'elle. De l'autre côté de la chambre, les flammes crépitaient dans l'âtre.

— Avez-vous déjà lancé des éclairs ? demanda-t-il.

Elle ne put s'empêcher de sourire.

— Uniquement sur les bateaux très méchants.

— C'est-à-dire ?

Il se pencha en arrière, prit appui sur les coudes et contempla son beau visage.

Elle se tourna légèrement vers le feu, mais pas avant qu'il ait vu ses traits se fermer et ses épaules s'affaisser légèrement.

— Ceux qui tirent profit de la souffrance humaine.

— N'est-ce pas la définition même du pirate ?

Il ignorait pourquoi il la provoquait ainsi. Mais sa colère serait préférable à la tristesse qu'il venait d'entrevoir.

— Il existe différents degrés de souffrance, répondit-elle.

Elle avança à quatre pattes jusqu'en haut du lit, s'assit et rabattit la courtepointe sur ses jambes.

— Ce lit est incroyablement confortable, dit-elle en se tortillant et en tirant les couvertures jusque sous ses oreilles.

— Je dormirai près du feu.

Elle croisa son regard et haussa les sourcils.

— Ce serait idiot de dormir par terre alors que vous pouvez profiter d'un lit moelleux.

Elle se tourna sur le flanc, lui montrant son dos.

— Ça ne vous ennuie pas de partager le lit avec moi ? fit-il, étonné.

— Si vous voulez m'attaquer, vous pourrez le faire aussi facilement depuis la cheminée.

Certes, quoique ce soit une observation étrangement pragmatique de la part d'une jeune femme.

— En outre, poursuivit-elle d'une voix étouffée par les couvertures, je dors avec un couteau et je peux vous envoyer en enfer d'une simple décharge de foudre.

*

* *

Assis à côté de Dory sur le banc de la carriole, Ewan observait la jeune femme en douce. Le vent faisait rebondir ses boucles autour de son visage à demi enfoui sous la couverture drapée autour de ses épaules. L'air froid et humide faisait rougir ses joues. De longs cils noirs encadraient ses yeux vifs et observateurs. Chaque battement de ses paupières était beau.

Ils entrèrent dans la cour du château de Hampton Court, situé au sud-ouest de Londres. La bruine les accompagnait depuis Wulfhall et semblait assortie à l'anxiété de la jeune femme.

Un homme d'un certain âge vint à leur rencontre et appela un palefrenier :

— Gerald, conduis cette carriole et sa puanteur tout au fond des écuries, puis occupe-toi des chevaux.

Il étudia Ewan.

— Vous arrivez des Highlands ?

— Oui, nous sommes venus à la demande du roi Henri. On nous a dit qu'il résidait actuellement ici.

L'homme fronça les sourcils puis examina la lettre qu'Ewan lui avait tendue.

— Je vous inscrirai dans l'agenda du roi, conclut-il.

Dory se leva du banc. Ewan sauta à terre, tendit les rênes au garçon d'écurie et eut juste le temps de se retourner pour la rattraper, avant qu'elle s'affale à plat ventre dans la boue. Il la fit glisser contre lui jusqu'à ce que ses nouveaux souliers touchent le sol.

Il la tint contre lui, savourant la douceur de son corps.

— Madame préférerait-elle être portée ? demanda-t-il près de son oreille.

Il inhala le parfum fleuri qui ne la quittait plus depuis son bain à Wulfhall.

— Pas question, chuchota-t-elle.

— Une lady ne voudrait pas salir ses souliers...

— Fichtre ! grogna-t-elle. Bon, d'accord.

Riant sous cape, il la serra contre lui, glissa un bras sous ses genoux et la porta à travers la cour. Searc les suivit et lâcha la chatte, qui disparut à l'angle d'un grand bâtiment avec la carriole et le chien.

Ils entrèrent dans un hall sombre. Les yeux d'Ewan s'accoutumèrent rapidement à la faible lumière, diffusée par des appliques placées à intervalles réguliers sur les murs en pierre.

— Ce n'est pas ici que je risque de crotter mes souliers, déclara Dory avec un sourire forcé.

Il prit son temps pour la déposer. Lorsqu'elle s'écarta, il regretta aussitôt sa chaleur.

Un homme s'approcha, affichant un air suspicieux.

— Votre nom, milady ?

— Pandora... Brody. On m'appelle Dory.

— Vous êtes l'épouse de ce gentilhomme ?

— Oui, répondit-elle avant qu'Ewan ait pu réagir.

Diantre, elle semblait prendre un malin plaisir à se faire passer pour sa femme ! S'il n'y prenait garde, il risquait de s'habituer un peu trop à ce rôle, aussi grotesque l'idée soit-elle. Car il ne s'encombrerait jamais d'une telle responsabilité. Il préférait vivre seul. Les familles avaient le défaut de se désagréger, et il ne tenait pas à revivre une telle douleur.

— Nous voyageons avec notre cousin, indiqua-t-il en montrant Searc.

L'adolescent salua l'homme d'un signe de tête.

Ce dernier ne quittait pas Dory des yeux.

— Vous n'êtes pas écossaise, déclara-t-il. Anglaise ?

— Oui, bien que j'aie vécu dans les Caraïbes le plus clair de mon temps.

Il pinça les lèvres.

— Votre visage me semble très familier. Quel est votre nom de jeune fille ? Je connais peut-être des membres de votre famille.

Ils avaient prévu d'utiliser le patronyme d'Ewan. Ils ne s'étaient pas donné la peine de lui en chercher un autre.

— Bristol, répondit-elle le plus naturellement du monde.

Mazette, cette femme savait mentir ! Avait-elle dans son sac tout un arsenal de demi-vérités et de pures inventions prêtes à l'emploi ? Le manipulait-elle plus encore qu'il ne le pensait ? Les épaules nouées par la tension, il la regardait à l'œuvre.

— Pandora Bristol, répéta l'homme en hochant la tête. Je ne connais aucun Bristol... Pourtant, j'ai l'impression de vous avoir déjà vue.

— Et vous êtes ? demanda Ewan.

— William Spencer, régisseur de Hampton Court.

Dory regarda les hauts plafonds et l'enfilade de pièces où brûlaient des feux majestueux dans de hautes cheminées.

— C'est une énorme responsabilité, dit-elle en prenant un air impressionné.

Spencer gonfla aussitôt le torse.

— Surtout quand le roi est en résidence, répondit-il.

Dory hocha gravement la tête. Elle ne semblait plus nerveuse du tout.

— Pourrions-nous avoir une chambre ? intervint Ewan. J'aimerais que mon épouse se réchauffe et se repose un peu.

— Oui, bien sûr.

Le régisseur tourna les talons et ils le suivirent. Un valet vint à leur encontre dans un couloir.

— Il vous conduira à votre chambre, indiqua Spencer. Je vais prévenir les cuisines qu'il y aura deux couverts supplémentaires au dîner.

— Trois, dit Dory avant qu'Ewan ait eu le temps de corriger.

Elle prit Searc par le bras et appuya tendrement la tête sur son épaule.

— Notre cousin, expliqua-t-elle.

Searc semblait aux anges. Ewan attira doucement Dory devant lui et plaça les mains sur ses épaules. Si elle devait se reposer sur quelqu'un, ce devait être sur lui.

— Soit, fit Spencer. Une autre chambre. Néanmoins, puisque pratiquement toute la Cour est ici, les dernières disponibles sont petites.

— Un lit et un toit au-dessus de nos têtes suffiront, assura Dory.

Elle jouait très bien la dame modeste et reconnaissante. Une menteuse habile, une comédienne convaincante. Ainsi qu'une sorcière, une pirate, la bâtarde d'un traître et, peut-être, l'héritière d'une grande famille. La liste des facettes de Dory Wyatt ne faisait que s'allonger. Comment diable s'était-il retrouvé impliqué dans ses histoires ?

Le valet les conduisit en haut d'un grand escalier, puis dans un long couloir. Il s'arrêta devant l'une des nombreuses portes en bois sculpté et annonça :

— Le repas principal est servi lorsque le soleil est à mi-chemin de sa descente vers la ligne d'horizon. Une cloche vous préviendra.

— Merci, dit Dory en inclinant légèrement la tête.

L'homme parut surpris, puis poursuivit son chemin pour mener Searc à sa chambre.

— Les dames de la Cour ne saluent pas les domestiques, lui glissa Ewan.

— Je tâcherai de m'en souvenir, répondit-elle en entrant dans la chambre.

Elle regarda autour d'elle et commenta :

— Elle est encore plus luxueuse qu'à Wulfhall. Croyez-vous que je puisse demander un autre bain ?

Ewan se retint de sourire.

— Je n'en doute pas. Nous sommes au printemps, et j'ai entendu dire que c'est le moment où les Anglais se lavent.

Le sourire de Dory illuminait ses yeux tandis qu'elle se balançait sur la pointe des pieds en joignant les mains. On aurait presque dit une enfant avec une friandise. Sauf qu'elle n'était pas une enfant. C'était une femme adulte avec un corps doux et des courbes aussi voluptueuses que les collines des Highlands.

— Je vais vous faire monter un bain, chère épouse, dit-il, moqueur.

— Nous devrions continuer à prétendre être mariés, au cas où Jane arriverait, répondit-elle, sur la défensive.

— En effet, c'est plus sûr. La nuit, je pourrai vous protéger. Cependant, la Cour est aussi dangereuse durant la journée. Vous feriez mieux de rester dans la chambre.

— Comment me renseignerais-je sur ma famille en restant enfermée ici ?

— Pour le moment, votre identité doit rester secrète.

— J'enquêterai discrètement. Je me suis déjà présentée en tant que Dory Bristol.

— Ce qui m'inquiète, c'est que ce Spencer semble convaincu de vous avoir déjà vue. Vous n'auriez pas coulé son navire ou pulvérisé sa demeure avec une tornade ?

Dory lui lança son soulier. Il percuta son torse et retomba sur le parquet.

— Vous visiez mon cœur ? demanda-t-il.

— Estimez-vous heureux que ma dague soit dans ma sacoche de l'autre côté de la chambre.

Le sourire d'Ewan s'effaça au souvenir de l'arme avec laquelle elle l'avait attaqué la veille.

— Ce n'est pas une dague. C'est un *sgian dubh*.

— Un ski… âne… doux… ? répéta-t-elle en plissant le front.

— Il est plus petit qu'une dague, afin de pouvoir être facilement dissimulé sur soi. Quand on le lance, c'est une arme mortelle.

— Il tient bien dans ma main.

— On l'appelle « noir » en gaélique.

— Parce que le manche est noir ?

Il fit non de la tête, les lèvres pincées.

— Parce que celui qui le cache sur lui peut être animé par de noirs desseins.

— Qui sait, les miens le sont peut-être aussi ? rétorqua-t-elle, piquée. En tout cas, c'est une arme qui me convient bien.

Il se dirigea vers la porte et testa la barre.

— Abaissez-la après mon départ. N'ouvrez la porte qu'aux domestiques qui apporteront le tub et à moi. Ne faites confiance à personne.

— À vos ordres, capitaine.

Ewan referma la porte et attendit dans le couloir qu'elle obtempère.

— Dory, abaissez cette barre ou vous pourrez oublier votre bain chaud !

Il y eut un juron étouffé de l'autre côté de l'épais panneau en chêne, puis un coup sec. Elle lui avait lancé son autre soulier. Il sourit.

— Ce n'était pas la barre, dit-il.

Il entendit un autre juron coloré puis, enfin, la barre tomba en place. Il ne pourrait peut-être plus jamais entrer dans cette chambre, mais au moins elle y était en sécurité. Pour le moment.

5

26 novembre de l'an de grâce 1517

Ma très chère Katharine,

J'ai surpris Isabelle derrière mon bureau hier. Elle a été punie pour son impudence et on ne la verra pas déambuler dans les couloirs pendant au moins une semaine. Sous ses airs doux, c'est une obstinée. Elle passe ses journées à dorloter l'enfant, mais je vois bien l'envie de vengeance dans son regard. Maintenant que j'ai sa chevalière, elle ne m'est plus d'aucune utilité.

J'ai appris qu'Henri projetait des célébrations de Noël. Trouvez où il compte séjourner et chasser. La forêt offre de nombreuses cachettes.

Éternellement vôtre,

Rowland

— Si vous voulez mon avis, vous êtes la plus jolie dame du château.

Tilly, la servante qu'Ewan avait envoyée avec le bain, contemplait le reflet de Dory dans le miroir par-dessus son épaule. Elle s'y connaissait en toilettes féminines et avait sanglé, noué et fait bouffer chaque centimètre de celle-ci.

Dory se tourna d'un côté puis de l'autre, pour admirer les résultats d'un habillage et d'une coiffure selon les règles de la Cour. Elle portait une autre robe bleue de Jane, qui avait des roses brodées au fil d'or le long du corsage. Une fine chemise en lin dépassait sous le ruban en satin qui bordait un col échancré. Le corset faisait remonter sa poitrine que chatouillait un léger voile en dentelle. Son ample décolleté laissait voir le médaillon qu'elle portait toujours au bout d'une chaîne – son unique bijou, qui pendait juste au-dessus de la naissance de ses seins généreux.

— Oui, ravissante, conclut Tilly, les mains sur les hanches. Restez toujours près de votre mari, milady, ou un fripon pourrait vous entraîner dans un recoin sombre.

Dory hocha la tête.

— Merci pour votre aide, Tilly. Combien vous dois-je pour vos services... ?

Tilly l'arrêta d'un geste de la main.

— M. Brody m'a payée d'avance. Je reviendrai demain matin.

— Ah.

Dory fronça les lèvres. Elle n'appréciait pas d'avoir des dettes envers Ewan.

— Savez-vous si mon autre tenue pourrait être nettoyée ? demanda-t-elle en indiquant la robe pliée sur le dossier d'une chaise près de la cheminée.

Tilly la prit.

— Je m'en occupe.

Elle la déplia en la tendant à bout de bras, examina les taches de boue, s'inclina et sortit. À peine la porte s'était-elle refermée derrière elle qu'elle se rouvrit.

— Oui, Tilly ? demanda Dory en se retournant dans un bruissement de damas.

— La porte n'était pas barrée, gronda Ewan avant de s'arrêter net.

— Tilly vient de sortir, expliqua-t-elle.

— Tilly ? répéta-t-il.

— La servante que vous m'avez envoyée. Merci. Je vous dois de l'argent.

Elle lissa sa jupe en tournant sur elle-même. Le regard appréciatif d'Ewan lui fit monter le feu aux joues. Son pouls s'accéléra et elle inspira profondément, faisant gonfler sa poitrine et attirant l'attention d'Ewan sur sa chair nue dévoilée par le décolleté.

— Suis-je bien dans mon rôle ? demanda-t-elle.

Le regard d'Ewan se promena sur sa silhouette avant de remonter.

— Vous, oui. Mais eux, non, répondit-il avec un signe du menton vers ses seins.

Elle baissa les yeux.

— Tilly m'assure que toutes les dames portent ce genre de décolleté.

— Vous feriez mieux de vous faire porter pâle, ce soir.

— Pas après avoir passé une heure à enfiler cette robe et avoir eu le crâne lardé de coups d'épingles pendant qu'on me coiffait. Je ne me suis pas donné tout ce mal pour que personne ne me voie.

— Moi, je vous vois, dit-il avec un autre long regard sur sa tenue.

Dory s'efforça d'ignorer le frisson qui la parcourait. Elle attrapa au passage la petite veste assortie à sa robe et se dirigea vers la porte. Ewan la rattrapa, prit sa main, la coinça sous son coude et ils s'engagèrent dans le couloir.

La grande salle était longue et suffisamment large pour accueillir trois rangées de tables, tout en laissant assez de place pour les allées et venues des laquais chargés de plats et de carafes. Le soleil s'était couché depuis plusieurs heures et de hautes cheminées de part et d'autre chassaient la fraîcheur de ce début de printemps. Les centaines de bougies allumées sur de larges lustres ronds scintillaient comme autant d'étoiles que réfléchissaient les vitres des fenêtres le long d'un mur, augmentant encore l'impression de grandeur.

Searc les attendait près de l'entrée, très séduisant dans sa chemise propre. Lorsqu'ils pénétrèrent dans la salle, les convives du roi Henri se tournèrent vers eux. Elle ne l'aurait jamais admis, mais elle fut reconnaissante à Ewan pour la fermeté de son bras.

Il avançait d'un pas assuré tandis que des musiciens jouaient dans un coin et que le léger brouhaha des conversations polies enveloppait la salle dans un cocon sonore. Quelques rires distingués ponctuaient les murmures. Se moquaient-ils d'elle ? Devinaient-ils qu'elle n'était pas à sa place ?

Elle ralentit le pas. Ewan fronça les sourcils et lui glissa à l'oreille :

— Voulez-vous retourner dans notre chambre ?

— Je vous escorterai, proposa Searc.

— Non, c'est moi, trancha Ewan.

Elle fit non de la tête. Une boucle qui s'était échappée de sa coiffure lui chatouillait le cou. Elle devait résister à l'envie de tirer sur sa chemise brodée pour cacher un peu de sa poitrine. *Non !* Elle aurait préféré plonger au milieu d'un banc de requins, mais il n'était pas question de flancher et de fuir.

Ewan et Searc leur trouvèrent des places en bout de table, bien après la salière située au milieu et au-delà de laquelle prenaient place les personnes occupant une place plus importante à la Cour. Pour leur part, ils étaient juste au-dessus des domestiques, mais tout de même autorisés à dîner avec les courtisans, bien que Dory doute de pouvoir avaler une seule bouchée avec les nerfs qui lui nouaient le ventre. Elle se força à respirer lentement et s'assit avec toute la dignité d'une aristocrate. *J'ai déjà joué les putains, je peux très bien jouer les ladies.*

Quelque part dans le château, une trompette retentit et Dory manqua de laisser tomber sa cuillère dans le ragoût de gibier. Des grincements de chaises résonnèrent dans la salle. Ewan l'aida à se lever.

— Posez votre cuillère, chuchota-t-il.

Elle faillit la lâcher de nouveau dans son ragoût. Elle lança un regard de biais. Toutes les têtes étaient baissées, sauf celle d'un homme qui se tenait sur le seuil de la salle et regardait directement vers elle.

Elle était démasquée ! L'homme roux et corpulent, paré de velours et de bijoux, ne pouvait être qu'une seule personne.

— Sa Majesté le roi de toute l'Angleterre, de France et d'Irlande, le roi Henri ! aboya un homme en livrée près de la porte.

— Rasseyez-vous, mangez, festoyez ! ordonna le roi.

Les convives reprirent leurs places dans une nouvelle cacophonie de grincements de pieds de chaises. Cette fois, les conversations reprirent sur un ton plus mesuré.

Cela ne ressemblait pas vraiment aux « fêtes » que Dory connaissait. Il n'y avait pas de tambours pour accompagner le luth avec un rythme entraînant. Pas de danseurs éméchés pour bondir au milieu d'un cercle et montrer leur jeu de jambes sous les encouragements et les huées. Le cœur serré, elle but une petite gorgée de vin frais.

— Vous ne mangez pas, constata Ewan.

En effet. Sa famille lui manquait cruellement, au point que c'en était douloureux. Peut-être feraitelle mieux de feindre de se sentir mal, en effet. Elle approcha la cuillère de ses lèvres et avala l'épais bouillon épicé comme la dame assise en face d'elle. Un laquais remplit son verre de vin et elle but rapidement. Pour survivre à la soirée, elle avait besoin de s'étourdir un peu.

— Milady ? appela un valet derrière elle.

Ewan et Searc se levèrent aussitôt.

— Sa Majesté le roi Henri souhaite savoir qui est cette jeune dame, leur demanda le domestique.

— Mon épouse, répondit sèchement Ewan.

Dory en oublia de respirer. Il avait menti avec une telle véhémence qu'elle aurait pu y croire. Bien qu'elle soit déterminée à ne jamais se marier, incarner l'épouse du beau Highlander pouvait s'avérer intéressant. Pour un temps.

— Je m'appelle Ewan Brody et je suis venu à la Cour pour représenter Meg Boswell Macbain, poursuivit-il. J'apporte le corps de Rowland Boswell, ainsi que la preuve de ses intentions perfides à l'égard du roi et de sa fille Marie.

Le valet regardait toujours Dory.

— Mais comment s'appelle cette dame ?

Elle sentit le corps d'Ewan se tendre là où il effleurait le sien. S'il dégainait son épée, le jetteraient-ils dans un cachot ? *Cordieu, non !* Plus personne ne serait conduit à la Tour à cause d'elle.

Avant qu'Ewan ait eu le temps de faire une bêtise, elle répondit :

— Pandora Brody, épouse d'Ewan Brody d'Écosse.

Le valet tourna les talons et s'éloigna. La dame assise en face de Dory reposa son verre et la regarda fixement.

— Je suis lady Béatrice Pembroke, l'épouse de Richard Pembroke. Nous sommes-nous déjà rencontrées ?

— Mon mari et moi venons juste d'arriver en Angleterre, expliqua Dory.

La dame lança un regard vers la silhouette sculpturale d'Ewan. Ses lèvres rouges dessinèrent un petit sourire.

— Ma foi, cette terre de barbares sait produire d'impressionnants guerriers.

Un homme d'âge mûr séduisant qui se trouvait derrière elle posa une main sur son épaule.

— Prenez garde, ma chère, vous risquez de vous retrouver à la Tour. Admirer nos voisins du Nord relève de la trahison.

Elle lui donna une petite tape sur les doigts.

— Oh, Richard !

Il sourit et salua d'un signe de tête Ewan, Searc puis Dory. Mais il se figea soudain en écarquillant les yeux. Son sourire s'effaça.

— Juste ciel ! murmura-t-il.

— Je vous présente mon mari, Richard, dit lady Pembroke. Richard ? Asseyez-vous. Vous n'avez pas l'air dans votre assiette.

Le teint de Richard Pembroke était devenu aussi blanc que le pain que partageaient les convives.

— Non, non, je vais bien, assura-t-il sans quitter Dory des yeux.

— Quelque chose ne va pas ? demanda Ewan.

Sa voix grave fit frissonner Dory. Elle reconnaissait ce ton chargé de menaces.

— Par tous les saints…, jura encore sir Pembroke.

Son regard balaya la longueur de la table.

— Wellington est-il parmi nous, ce soir ?

— Je l'ignore, mon cher, répondit son épouse.

L'attitude de son mari l'inquiétait visiblement.

Ewan recula légèrement sa chaise comme s'il s'apprêtait à se lever, et Searc l'imita. Les deux Highlanders étaient soit très protecteurs, soit excessivement méfiants.

— Je répète, dit lentement Ewan. Y a-t-il un problème ?

Un peu plus loin, une voix lança :

— Ce qui se passe de l'autre côté de la salière a l'air beaucoup plus intéressant que de notre côté.

Cette remarque déclencha une vague de rires. La gorge de Dory se dessécha soudain quand le roi se leva pour voir de quoi il retournait.

— Vous êtes si jeune ! chuchota sir Pembroke. C'est impossible.

— Richard, je vous en prie, implora son épouse en tirant sur sa manche. Le roi nous regarde.

— Je crois qu'on nous a suffisamment lorgnés pour ce soir, déclara Ewan en prenant la main de Dory.

— Attendez ! s'exclama Pembroke.

— Vous, là-bas ! lança le roi Henri. Je veux savoir ce qui a rendu notre affable lord Pembroke aussi pâle qu'un spectre.

Dory se leva en même temps qu'Ewan. Ils ne pouvaient partir, pas alors que le roi les regardait fixement. Il y eut un cliquetis sur les dalles tandis que le monarque approchait. Sa démarche paraissait laborieuse.

Searc marmonna quelque chose qui ressemblait à un juron en gaélique.

Henri VIII grimaçait à chaque pas, l'air de fort méchante humeur en raison de sa douleur. Il arriva enfin près d'eux. Il était grand et large d'épaules, débordant de force physique et morale. Sa prestance attirait l'attention de tous et imposait le respect. Son regard perçant ne perdait rien de ce qui se passait autour de lui et semblait porter des jugements incessants.

Or il ne paraissait pas très bien disposé à leur égard. Dory se fendit d'une profonde révérence. Heureusement que ses jupes cachaient ses jambes car elle ne savait pas comment les positionner exactement. Elle baissa la tête et joignit les mains, comme le capitaine Bart le lui avait appris.

— Votre Majesté, murmura-t-elle.

— Redressez-vous, madame.

Le roi prit sa main, et elle visualisa aussitôt des tissus bleuis autour d'une plaie ouverte. Elle envoya une onde de magie curative vers sa jambe, si brève qu'il ne le remarqua pas. Cela calmerait la douleur. Elle lança un regard vers Ewan ; lui non plus ne s'était aperçu de rien.

Les traits rougeauds du roi se détendirent. Il lui sourit et son regard descendit vers son décolleté.

Ewan s'avança et reprit la main de Dory.

— Votre Majesté, je suis Ewan Brody, du clan Macbain de Druim, dans les Highlands. Voici mon épouse, Pandora Brody.

Richard Pembroke fut pris d'une quinte de toux et manqua de s'étrangler en fixant la poitrine de Dory.

— Ce médaillon…

Il semblait se retenir de le lui arracher.

Ewan poussa Dory derrière lui avec une telle rapidité que la tête lui tourna.

— Que vous arrive-t-il, Pembroke ? demanda Henri.

Pembroke pointa le doigt vers la jeune femme, qui essayait de le regarder par-dessus l'épaule d'Ewan.

— L'inscription sur le médaillon... C'est le blason des Wellington, et elle...

Un grondement de tonnerre retentit à l'extérieur. Ewan exerça une pression sur sa main, et elle s'efforça de respirer normalement.

— Alors, Pembroke, ça vient ? insista Henri, impatient.

— Cette dame est le portrait craché de Katharine Wellington, la belle-sœur de James Wellington, qui a été portée disparue en mer voilà deux décennies.

Tous les visages dans la salle, courtisans comme domestiques, se tournèrent vers elle. Certains tordaient le cou pour mieux l'examiner.

— C'est presque comme son fantôme, murmura Richard.

Il y eut un silence, puis Ewan déclara sur un ton menaçant :

— Ma femme est bien vivante, je vous l'assure.

En sentant monter la tension, deux gardes près de la porte d'entrée voûtée dégainèrent leurs épées.

— Que fait un Écossais à la Cour ? demanda Henri.

Ewan sortit la missive royale de sa poche.

— Vous m'avez convoqué, Votre Majesté.

Il tend la lettre au roi en effectuant une courbette.

Henri parcourut le message.

— Vous ne ressemblez pas à Meg Boswell.

— Mon chef, Caden Macbain, et lady Macbain attendent leur premier enfant d'un jour à l'autre.

Je me suis porté volontaire pour apporter le corps du traître à Votre Majesté.

— C'est donc ça, l'odeur pestilentielle près des écuries ? lança un homme luxueusement vêtu se tenant vers le bout de la table.

— Meg Boswell est devenue lady Macbain ? questionna Henri, étonné.

— Oui, ils ont été mariés par un prêtre devant témoins.

— Et, de toute évidence, ils n'ont pas tardé à consommer leur union, acheva Henri.

Constatant que sa plaisanterie avait déclenché quelques rires, il cessa de froncer les sourcils.

Il jaugea Ewan du regard et ce qu'il vit ne sembla pas lui plaire.

— J'examinerai les preuves supposées de la traîtrise de mon conseiller. Si elles ne m'apparaissent pas concluantes, j'en déduirai qu'il a été assassiné. Vous prendrez alors la place de lady Macbain en attendant que nous décidions de votre châtiment.

Dory ravala son souffle. Ewan allait-il être emprisonné dans la Tour, lui aussi ?

— Vous pouvez examiner le corps, Votre Majesté, répondit Ewan. Rowland Boswell est mort d'épuisement en tentant de retrouver ces lettres cachées dans une grotte des Highlands. Le terrain était difficile et son cœur fragile. Vous ne trouverez aucune marque sur son cadavre.

Henri n'apprécia pas que sa menace soit écartée aussi facilement.

— Néanmoins, vous êtes un Écossais.

— Sommes-nous en guerre ?

Ewan arqua les sourcils dans une attitude de défi. Ignorait-il que les rois n'aiment pas qu'on les provoque, surtout devant leur Cour ?

— Nous en sommes peut-être au début d'une nouvelle, répliqua Henri.

Un homme à l'air suffisant avança d'un pas.

— Votre Majesté, je vous mets en garde...

Henri leva une main lourde de bagues, et l'homme recula.

— Déclarer la guerre à la famille qui a déjoué les plans du traître qui projetait de vous assassiner, ainsi que la princesse Marie..., commença Ewan.

Plusieurs dames eurent des hoquets choqués.

— ... me paraît...

— ... inopportun, glissa Dory avec un sourire.

Le roi avait besoin d'être caressé dans le sens du poil. Lorsqu'il se tourna vers elle, elle baissa modestement les yeux, mais pas avant d'avoir vu une lueur d'appréciation dans son regard.

Ewan voulut s'avancer de nouveau devant elle, et elle le retint en lui pinçant une fesse.

Le roi Henri était comme tous ces pirates présomptueux qu'elle avait connus en grandissant. Ils avaient besoin des sourires de jolies femmes pour les distraire, les retenir de semer la pagaille et de commettre des meurtres. Cependant, contrairement aux voyous qui sillonnaient les mers, Henri VIII avait le pouvoir de faire bien pire que voler et tuer. Il pouvait piller et massacrer tout un pays.

— Peut-être que mon mari...

Elle pinça de nouveau Ewan qui, à son agacement, ne réagit même pas.

— Peut-être qu'Ewan pourrait examiner les lettres avec votre...

À court d'idées, elle chercha autour d'elle et vit l'homme qui s'était avancé un peu plus tôt.

— ... votre assistant.

Henri émit un petit rire.

— Vous entendez ça, Cromwell ? Vous êtes mon assistant.

— Votre Majesté n'a jamais eu besoin d'assistance, s'empressa de déclarer un autre courtisan qui s'approcha pour prendre les lettres des mains du roi.

L'amusement d'Henri se mua en un grand éclat de rire. Les courtisans hésitèrent un bref instant, puis l'imitèrent.

— Vous avez probablement raison, Charles, convint le roi avec un large sourire.

Dory se détendit. La tension était retombée. Seul Ewan demeurait raide comme un piquet. Elle toucha son poing fermé. Tous ses muscles étaient bandés comme un arc, prêts à agir. S'imaginait-il vraiment pouvoir se frayer une sortie à la pointe de l'épée dans une salle remplie d'Anglais défendant leur roi ?

Henri se tourna vers elle et lui offrit son bras. *Pardieu !* Elle ne pouvait refuser. Lançant un bref coup d'œil par-dessus son épaule, elle vit l'expression meurtrière d'Ewan. Un tel regard pouvait déclencher une guerre. Il ne restait qu'à prier pour que personne ne dise à Henri qu'Ewan ressentait des pulsions régicides.

— Faites attention où vous mettez les pieds, milady, lui recommanda le roi en l'attirant contre lui tandis qu'ils longeaient la table.

Il l'entraîna vers une porte voûtée.

— Peut-être apprécierez-vous une belle vue sur notre roseraie.

— C'est elle, James ! Ne me dis pas que ce n'est pas la sœur jumelle de Katharine !

Richard Pembroke était de retour, traînant derrière lui un homme de grande taille.

Henri leva les yeux au ciel et s'arrêta.

— Par la grâce de Dieu ! murmura le compagnon de Pembroke en regardant la jeune femme de haut en bas avant de revenir sur son visage. Qui êtes-vous ?

— Lady Brody, qui nous arrive d'Écosse, répondit Henri.

— Elle est mariée à un Écossais, ajouta Richard Pembroke. Quel est votre nom de jeune fille, milady ?

Fichtre ! Qu'avait-elle dit plus tôt ? Plus le mensonge était simple, plus il était facile à mémoriser. *Réfléchis !*

— J'ai été élevée à l'étranger, répondit-elle pour gagner du temps.

Si elle s'inventait un nouveau nom de jeune fille, quelqu'un se souviendrait certainement du précédent.

— Ce n'est pas Katharine, dit James Wellington. Ses yeux sont trop sombres, Richard. Sans compter que l'épouse de mon frère aurait une vingtaine d'années de plus, mais…

Richard pointa l'index vers son décolleté.

— Elle porte les armoiries des Wellington sur son pendentif.

— Où avez-vous trouvé ça ?

James faillit lui arracher le bijou en argent. Le regard noir que lui lança le roi l'arrêta juste à temps.

Un bruit derrière Dory lui indiqua qu'Ewan n'était pas disposé à la laisser seule. Elle soupira doucement. Elle devait agir. Apparemment, elle ressemblait trop à sa mère pour se cacher derrière un nom d'emprunt.

— Je suis née en mer, milord.

Richard ravala son souffle.

— Ma mère est morte peu après m'avoir mise au monde. Elle m'a laissé ce médaillon.

Elle enfonça un ongle dans la fente et l'ouvrit.

— Il contient son portrait.

— C'est Katharine ! C'est une Wellington ! s'exclama Richard, déclenchant une nouvelle vague de murmures dans la salle. Comme si elle s'était relevée de sa tombe, acheva-t-il.

— Comme je vous l'ai déjà dit, mon épouse n'est pas un fantôme, gronda Ewan.

Les gardes armés près de la porte firent un pas en avant.

Un roulement de tonnerre retentit dans le ciel, arrachant quelques cris de surprise aux dames. Dory respira lentement afin de contrôler ses pouvoirs. Ewan ne devait pas savoir que l'orage était de son œuvre. Elle devait se maîtriser.

William Spencer entra alors dans la salle et écarquilla les yeux en la voyant dans une robe de cour telle que sa mère avait dû en porter. Apparemment, lui aussi avait connu Katharine.

— Messieurs, dit-elle d'une voix forte et néanmoins teintée d'une fragilité toute féminine. Vous savez donc qui je suis ? (Elle s'appuya un peu plus sur le bras du roi.) Toute ma vie, je me le suis demandé.

Là-dessus, ses genoux fléchirent brusquement sous ses lourdes jupes.

— Elle défaille ! s'écria Henri en essayant de la retenir.

Elle sentit l'élancement violent qui traversait la jambe du roi tandis qu'il pivotait et se penchait vers elle, et elle sut qu'il allait la lâcher. Elle serra les paupières, se préparant à l'impact et à la douleur lorsque sa hanche heurterait le sol en pierre.

— Dory, chuchota Ewan.

Il l'avait attrapée sous les aisselles.

— Je la tiens, dit Henri avec une note de mise en garde dans la voix.

— Je peux soutenir mon épouse, répliqua Ewan en la redressant contre lui.

Avant qu'elle ait pu réagir, il glissa un bras sous ses genoux et la souleva de terre. Elle laissa retomber la tête contre son torse, son cœur battant aussi fort qu'une canonnade.

— C'est la fille de Katharine, je ne vois pas d'autre explication, déclara Richard.

— Katharine est morte en mer avec l'enfant qu'elle portait, insista James Wellington.

— Son corps n'a jamais été retrouvé, lui rappela William Spencer. Peut-être a-t-elle accouché avant son décès. Cette femme porte son médaillon.

— J'emmène mon épouse dans notre chambre, déclara Ewan d'une voix ferme.

Dieu merci ! Elle devait disparaître de cet endroit au plus vite. Bien qu'elle ait su l'identité de sa mère, elle n'avait pas imaginé que les gens réagiraient avec une telle intensité.

Ewan quitta la salle à grands pas. Il la tenait si étroitement contre lui que seules ses longues jupes effleuraient les murs en passant. Quel spectacle ! Elle en aurait ri si elle n'avait dû feindre d'être évanouie. Elle frissonna et Ewan resserra ses bras autour d'elle.

— Vous êtes consciente ? chuchota-t-il.

Elle hocha imperceptiblement la tête et le sentit se détendre. Sa respiration ralentit également. Avait-il vraiment été inquiet pour elle ?

Dans le couloir, elle entendit une autre paire de bottes cliquetant sur les dalles, sans doute celles de Searc. Ewan la tenait fermement, marchant d'un pas leste comme si elle ne pesait rien. Il entra dans leur chambre et la déposa sur le matelas souple.

Elle ouvrit les yeux.

Il la contempla, le front plissé.

— Vous sentez-vous bien ? Ce n'était qu'une ruse ?

Cela l'avait-il été ? Elle s'était réellement sentie étourdie.

— Bien sûr, répondit-elle avec un sourire.

Ewan ne parut pas convaincu. Il la dévisagea un moment, puis secoua la tête.

— Décidément très compliquée, marmonna-t-il.

Il se tourna vers Searc et lui parla longuement en gaélique. Le jeune homme lui répondit, adressa un bref sourire à Dory, puis sortit.

— Où va-t-il ? demanda-t-elle.

Ewan tisonnait les braises pour faire repartir le feu.

— Aux écuries, pour essayer d'en apprendre plus sur votre oncle.

— Ah oui, j'ai un oncle…

Même si ce n'était que par alliance.

— Jusqu'à présent, j'ai pu confirmer que votre mère était une Mereworth avant d'épouser un Wellington. Avec un peu de chance, personne ne saura que Boswell était votre père.

— Bâtarde et fille d'un traître, soupira-t-elle.

Sa vie en Angleterre semblait plutôt compromise. Une fois qu'elle aurait trouvé comment faire libérer le capitaine Bart et Will, elle retournerait à bord du *Queen Siren*, sa vraie maison. Là, elle serait chez elle et en sécurité. Dans ce cas, pourquoi gardait-elle ce poids sur la poitrine, qui l'empêchait de bien respirer ?

Elle se redressa et s'assit au bord du lit. Ewan prit place à côté d'elle.

— Nous ne sommes pas nos parents, dit-il en regardant droit devant lui. Nous faisons nos propres choix et sommes maîtres de nos actes.

Sans bouger la tête, il lui lança un regard de biais en ajoutant :

— En outre, vous êtes une Brody, désormais.

Elle émit un petit rire.

— Et comment Dory Brody va-t-elle sortir deux pirates de la Tour de Londres ?

Ewan se tourna vers elle. Il prit une profonde inspiration et son regard s'adoucit.

— Ils sont votre seule famille, n'est-ce pas ?

— La seule qui compte.

Il semblait préoccupé. La cicatrice sur son front ressortait sous les cheveux courts qui encadraient ses traits puissants. Un profond sillon barrait son menton. Ses enfants hériteraient-ils de cette adorable fossette ?

— Je comprends ce besoin de sauver ceux qu'on aime, dit-il. Cela vous ronge, n'est-ce pas ?

Elle acquiesça. S'était-il rapproché ? Il ne semblait qu'à quelques centimètres. En se penchant à peine, elle aurait pu poser les lèvres sur les siennes. Un baiser… Quel mal y aurait-il à échanger un autre baiser ? Serait-il aussi doux et délicieux que celui à Wulfhall ?

Elle se pencha.

Ewan se leva alors et elle tomba en avant. Elle se rattrapa de justesse en étendant les bras devant elle. Elle se rendit soudain compte qu'on venait de toquer à la porte. *Zut !*

— Qui est-ce ? demanda Ewan.

— C'est Tilly, milord. Lady Pembroke m'envoie au nom du roi pour savoir comment va la charmante Pandora.

Ewan ouvrit la porte tout en tenant une courte épée dans son dos. La grande et gentille servante qu'il avait recrutée plus tôt se tenait sur le seuil. Elle lança un regard à l'intérieur et sourit en voyant Dory assise sur le lit.

Celle-ci se leva et lissa ses jupes.

— S'il vous plaît, Tilly, informez le roi que je vais bien. Je me remets lentement du choc d'avoir appris que je suis une Wellington.

— C'est une Brody, désormais, précisa Ewan.

— Je le dirai à lady Pembroke, qui le rapportera à Sa Majesté, assura la servante avant de s'incliner et de disparaître dans le couloir.

Ewan referma la porte et déposa sa courte épée près du lit.

— Vous agissez comme si nous étions en territoire hostile, observa Dory en se rapprochant du feu pour réchauffer ses mains.

— Ne doutez pas de l'être. La cour d'Angleterre est un vrai nid de vipères. Au moindre faux pas, vous risquez de vous faire mordre.

— Vous étiez déjà venu ici ?

— Non, mais je suis allé à la cour d'Écosse à Édimbourg, et on dit que la cour anglaise est encore plus périlleuse. Surtout pour un Écossais.

— Je suppose que tous les pays sont malveillants envers les étrangers.

Elle contempla les flammes qui s'élevaient et se tordaient dans l'âtre, plongée dans ses souvenirs. Tant de ports, tant de visages las, crasseux, perdus. Son ventre se noua et elle massa un début de douleur au niveau de ses tempes. Tous les malheurs du monde semblaient soudain peser sur ses épaules, rendant même sa robe presque impossible à porter.

— Vous n'avez jamais eu de terre à vous, dit Ewan. Un lieu où des générations ont vécu avant vous et où tout le monde vous connaît.

Il s'était rapproché sans la toucher. Elle guetta une note de pitié dans ses paroles, mais n'en trouva pas. Elle se tourna, ses jupes frôlant ses chevilles.

— Peut-être pas, mais j'ai toujours eu un chez-moi, ce que beaucoup n'ont pas.

— Votre navire ?

— Le *Queen Siren* m'a recueillie quand bien d'autres m'auraient vendue en esclavage.

Ewan plissa le front. Elle se mordit la langue. Elle avait baissé sa garde et en avait trop dit. Le capitaine Bart l'attacherait au grand mât si elle divulguait leur secret.

— Le *Queen Siren* pratique-t-il le commerce d'esclaves ?

Des bûches craquèrent derrière elle. *Fichtre ! Que lui répondre ?* Elle mit son intelligence de côté et réagit d'instinct. Elle s'approcha de lui.

— Pourquoi ne m'avez-vous pas embrassée ce soir, guerrier aux oreilles parfaites ?

Il écarquilla légèrement les yeux. Il toucha l'une de ses oreilles, puis se passa la main dans les cheveux.

— Ne cherchez pas à me distraire.

— Pourtant, vous ne m'avez toujours pas embrassée.

Elle avança encore, ses souliers se posant sur ses bottes tandis qu'elle enroulait les bras autour de son cou et attirait doucement sa tête vers la sienne. La hauteur ainsi gagnée en se perchant sur ses orteils l'aidait. Elle allait donner à ce Highlander un baiser qui lui brouillerait l'esprit et lui ferait oublier le reste. Cela, dans le seul but de préserver le secret du *Queen Siren*, bien sûr.

Elle trouva sa bouche et pressa les lèvres contre les siennes. Le cœur battant à toute allure, elle inclina la tête, lui laissant le temps de prendre le contrôle. Enfin, il répondit à la pression de la bouche sur la sienne, sans brusquerie, mais fermement. Quand il effleura sa joue des doigts, elle sentit la chair de poule se répandre sur sa gorge. La chaleur de son corps l'attirait. Ses jambes mollirent, mais peu importait car il la tenait, sa force l'enveloppant tels de puissants courants marins.

Elle se détendit contre lui, s'abandonnant au baiser et à l'onde de chaleur qui l'envahissait. Elle n'avait encore jamais goûté une liqueur aussi forte, ni ressenti un tel vertige. Des papillons voletaient follement dans son ventre. Elle pressa ses formes douces contre son corps dur.

Elle sentit sa main descendre le long de son dos, jusque sur ses lourdes jupes. Il murmura quelque chose en gaélique. Bien qu'elle ne comprenne pas lcs mots, leur implication lui convenait parfaitement. Où la portait cette vague ? Elle s'accrocha à lui en espérant parvenir à garder la tête hors de l'eau.

Son grand corps semblait se déployer autour d'elle. Il posa sa paume sur sa joue et caressa sa pommette du pouce. Puis il se détacha doucement. Elle garda les yeux fermés. L'absence de ses lèvres lui fit plisser le front. Il lissa délicatement ce pli du bout des doigts.

— Pas satisfaite ? demanda-t-il.

Elle rouvrit les yeux et fut stupéfaite de voir son air inquiet se muer en un demi-sourire. S'intéressait-il vraiment à son plaisir ?

— Je ne suis pas satisfaite que vous ayez arrêté, non.

— Il faut bien que l'un de nous protège votre honneur, répondit-il en fronçant les sourcils à son tour.

Elle lui frotta le front.

— Maintenant, c'est vous qui n'êtes pas satisfait.

Il la dévisagea. Son regard était hypnotisant, presque subjuguant. Il semblait tellement déterminé à lire ses pensées qu'elle faillit s'écarter.

— Où avez-vous appris à embrasser ?

Elle battit des paupières, essayant de comprendre comment il était passé d'une chaleur de braise à une froideur polaire en quelques secondes.

Il inspira profondément, faisant gonfler son torse.

— Qui avez-vous déjà embrassé de cette façon ?

S'y était-elle mal prise ?

— Personne. Pas comme ça.

Elle humecta sa lèvre inférieure du bout de la langue. Elle n'avait pourtant pas l'impression que cela s'était si mal passé. Avait-elle mal agi ? Peut-être pour une nonne, ce qu'elle n'était pas. Elle secoua la tête.

— Non, pas de cette manière, répéta-t-elle.

— Mais vous avez déjà embrassé ? Des hommes ?

Sa première inquiétude commençait à céder le pas à de l'agacement.

— Je n'ai pas l'habitude d'embrasser des femmes.

— Mais des hommes, oui. Vous en avez déjà embrassé.

Ce n'était plus une question, mais une affirmation.

Elle ne put s'empêcher de rougir. Elle redressa néanmoins fièrement la tête.

— J'ai fait ce qu'il fallait pour aider ma famille.

— En embrassant des hommes ? gronda-t-il.

— Quand c'était nécessaire.

— Ils ont prétendu que vous les aidiez en embrassant des hommes ? s'écria-t-il, les poings serrés. Votre famille de pirates ?

Quelles images grotesques prenaient forme dans son esprit ? La prenait-il pour la putain du navire ?

— Je veux les noms de tous les hommes qui vous ont touchée, dit-il lentement sans desserrer les dents.

— Touchée ou embrassée ? le défia-t-elle.

Un seul baiser et il l'imaginait dans les hamacs de tous les membres d'équipage du *Queen Siren* !

— Les deux.

— Je ne connais pas leur nom à tous.

Le regard d'Ewan s'assombrit encore. Il lui saisit les épaules et elle sentit aussitôt le bouillonnement de son sang. Ses muscles étaient bandés pour le combat.

— Dites-moi ce qu'ils vous ont fait.

— Pourquoi ?

— Pour que je sache exactement quelle douleur infliger à chacun de ces bâtards quand je les éventrerai avec mon épée.

6

7 décembre de l'an de grâce 1517

Katharine,

Qu'entendez-vous par « Il pense que vous n'avez pas pris autant de risques que lui » ? Je suis général et je risque de payer le prix ultime si nous sommes découverts. Par conséquent, je mérite la récompense ultime quand le royaume sera enfin à nous. En outre, je possède l'anneau sigillaire des Lancastre et, par là même, le pouvoir qu'il représente. Même s'il m'est venu par la lignée d'Isabelle, c'est moi qui me suis montré assez malin pour gagner sa main et remporter le trophée.

Cet impudent ne se rend pas compte de tout ce que je fais en coulisses, subissant un mariage non désiré, amadouant Henri pour entrer dans ses bonnes grâces et avoir sa confiance. Dites à cet idiot que nous nous rencontrerons bientôt pour revoir les priorités dans nos plans.

Rowland

— Qu'ont-ils fait ? Et si vous ne connaissez pas leurs noms, à quoi ressemblaient-ils ?

Les doigts d'Ewan s'enfonçaient dans ses épaules.

« Ne montre jamais ta peur. » La première leçon du capitaine Bart résonna dans ses oreilles. Elle redressa le dos, soutint son regard et s'efforça de sourire.

— Certains ont frôlé mon bras quand j'étais au marché.

Elle fronça les lèvres en faisant semblant de fouiller sa mémoire. Elle savait qu'il ne parlait pas de ces effleurements accidentels. Cependant, comment osait-il insinuer qu'elle avait laissé des hommes la toucher ?

— Oh, et un vieil homme avec une cicatrice au-dessus de l'œil m'a percutée parce qu'il était trop soûl pour marcher droit. Il y a aussi ce garçon, presque un homme, avec des cheveux blonds, je crois bien. Il m'a fait les poches et, quand je l'ai surpris, je lui ai tordu le bras jusqu'à ce qu'il me rende ma pièce. Quoique, dans ce cas, ce soit plutôt moi qui l'ai touché.

Les traits d'Ewan ressemblaient à ce qu'elle s'imaginait des montagnes qu'il avait laissées derrière lui : rudes et mortelles pour les imprudents. Il battit des paupières, comme s'il essayait de comprendre ce qu'elle disait.

— Il y a bien un homme qui m'a prise dans ses bras, mais il était habillé en femme. Il portait une robe en satin violet, si je me souviens bien. Cela compte-t-il ? Il se peut qu'il se soit mépris parce que j'étais déguisée en garçon.

Bigre, qu'il était beau lorsqu'il était en colère ! Ses yeux bleus étaient plissés, ses pupilles dilatées. Sa mâchoire crispée faisait ressortir ses lèvres sensuelles. Il avait eu la même expression après leur premier baiser, ce qui était étrange. Était-il furieux lorsqu'il...

— Cela ne compte que s'il vous a tenue comme ça.

Ses mains glissèrent de ses épaules à ses hanches. Il l'attira de nouveau contre la chaleur de sa peau. La gorge soudain sèche, elle humecta ses lèvres. La rage et la puissance dans son regard lui coupèrent le souffle. Dans quel pétrin s'était-elle encore fourrée ?

Il se pencha sur elle avec un grognement sauvage. Elle se pressa contre lui, inclinant le visage, ses formes épousant sa carcasse d'acier. Ses seins frottaient contre son torse tandis qu'elle se hissait sur la pointe des pieds. Ses mains dessinèrent des traînées de feu dans son dos et descendirent sous ses fesses. Elle remua les hanches et sentit son érection entre ses cuisses.

Que faisait-elle ? Que le laissait-elle faire ? Que le poussait-elle à faire ?

Elle se tendit légèrement. Il la tenait toujours, mais laissa un petit espace entre eux. Elle cligna des yeux, étourdie par les sensations.

— Certainement pas comme ça, dit-elle doucement.

— Pardon ?

Il passa le pouce sur sa lèvre inférieure. Elle semblait légèrement enflée et brûlante, comme son ventre.

— Je n'ai pas été embrassée, tenue...

Elle recula d'un pas et agita la main.

— ... comme ce que vous venez de faire.

— Vous n'avez donc jamais eu de relation intime avec un homme ?

La question semblait s'être frayé un chemin à travers ses dents serrées.

Ses joues s'empourprèrent. *Nom de nom !* À quoi servait d'avoir de la force de caractère, si c'était pour rougir à tout bout de champ comme une simple d'esprit ?

— Ça ne vous regarde pas, répliqua-t-elle en lui tournant le dos.

Elle se dirigea vers la cheminée.

— Si. J'ai besoin de le savoir, pour occire tous ceux qui ont osé abuser de vous.

Plaisantait-il ? Elle s'arrêta et se tourna vers lui.

— Pourquoi feriez-vous une chose pareille ?

— Aucun homme honorable ne vous compromettrait sans jurer de prendre soin de vous.

— Je peux prendre soin de moi-même.

— Je veux dire, sans vous promettre l'amour ou le mariage.

Elle hésita, réfléchissant. Il paraissait sérieux avec son front plissé et cette lueur féroce dans les yeux. Cependant, de nombreux hommes savaient jouer la comédie. Elle inspira lentement, calmant son cœur qui voulait croire qu'il pouvait…

— Des promesses d'amour et de mariage ? Je ne vous ai pas entendu en prononcer.

— Je ne vous ai pas compromise.

Elle haussa les sourcils.

— Je ne sais pas vous, mais moi je me sens plutôt compromise.

Elle ressentait beaucoup d'autres choses aussi : du désir, de l'ardeur, une vibration inconnue sous son nombril… Des sensations qu'elle n'admettrait jamais.

Ewan poussa un soupir sonore et se dirigea vers la porte d'un pas lourd.

— Où allez-vous ?

— Dehors.

— Où, dehors ?

— Nager.

Nager ?

— Ce n'était pas ce à quoi je m'attendais.

Il se retourna et l'observa. L'espace d'un instant, elle eut l'impression d'être nue devant le feu. Elle baissa même les yeux pour le vérifier. Non, elle était toujours habillée. Ce devait être lui qui l'imaginait ainsi. Fichtre, elle s'avançait en terrain inconnu ! Dehors, le vent se leva. Elle se concentra sur sa respiration et cacha son malaise derrière un sourire enjôleur. C'était un masque familier qu'elle avait appris en regardant les prostituées dans les ports.

— À quoi vous attendiez-vous ? demanda-t-il.

— Je pensais que vous sortiez vous lancer à la recherche de l'homme habillé en femme qui m'a serrée dans ses bras, ou peut-être de ce vieillard ivre.

— Provoquer des hommes finira par vous attirer des ennuis.

— Si je vous provoque, me compromettrez-vous de nouveau ?

Que lui prenait-il de l'appâter comme si elle agitait un poisson au bout d'une ligne pour attraper un requin ? Bien que ce ne soit qu'un rôle pour cacher ses genoux tremblants, il ne pouvait le savoir.

— J'ai l'impression que vous n'avez pas idée de ce que je pourrais vous faire, dit-il d'une voix grave.

Elle déglutit laborieusement. Ses lèvres tremblaient légèrement.

— En réalité, j'ai une petite idée ou deux.

Elle essuya ses paumes moites sur ses jupes.

Les doigts d'Ewan sur la poignée de porte se crispèrent. *Zut !* Elle était allée trop loin. Allait-il faire demi-tour, la prendre dans ses bras, l'embrasser et lui montrer ce que les prostituées du port voulaient dire en déclarant qu'elles avaient grimpé aux rideaux ? Les gens faisaient-ils vraiment cela quand ils copulaient ? La jetterait-il sur ce grand lit et la toucherait-il là où elle brûlait ?

— Verrouillez la porte derrière moi, Dory. Je dormirai avec Searc cette nuit.

Il ouvrit d'un geste sec et sortit dans le couloir.

— Barrez la porte, répéta-t-il.

Le battant se referma en claquant.

Dory prit une inspiration tremblante. Était-elle soulagée ? Déçue ? Dans un cas comme dans l'autre, la partie était terminée, et elle n'aurait su dire qui avait gagné.

*

* *

Bang ! Bang !

Des coups de poing contre la porte réveillèrent Dory en sursaut. Elle se redressa d'un bond en position assise et tourna la tête d'un côté et de l'autre. Dans quel port se trouvait-elle ?

Bang ! Bang !

— Dory, vous êtes là ? Dory !

C'était la voix d'Ewan.

Elle se frotta les yeux en gémissant. Un flot de lumière se déversait par les petites fenêtres à croisillons. *Ah, oui.* Hampton Court. Apparemment, Ewan n'était pas revenu la nuit dernière, bien qu'elle l'ait attendu. Elle rejeta de côté sa chevelure emmêlée et regarda la porte. Elle avait mis une heure à défaire les agrafes et à dénouer suffisamment ses lacets pour s'extirper de la robe. S'il ne voulait pas s'en charger lui-même, il aurait pu au moins lui envoyer une femme de chambre pour l'aider.

— Dory !

Il jura, avant de donner un grand coup d'épaule dans la porte.

— Eh ! s'écria-t-elle en sautant hors du lit.

Pieds nus, elle traversa la chambre en courant et souleva la barre.

Elle recula d'un bond avant d'être percutée par la porte qui s'ouvrit avec fracas. Ewan se tenait sur le seuil, propre, portant un pantalon étroit et des bottes. Une mèche rebiquait sur son front. Il pantelait, son épée à la main.

— J'ai cru que vous n'étiez plus dans la chambre, fit-il, haletant. Que quelqu'un vous avait enlevée.

Il balaya la pièce du regard à la recherche d'un danger quelconque, puis referma le battant derrière lui.

— Comment la porte aurait-elle pu être verrouillée de l'intérieur, si je n'y étais pas ?

Elle lut sur son visage qu'il se rendait compte de l'absurdité de sa réaction.

— Je ne connais pas l'étendue de votre magie, répliqua-t-il.

Peuh !

— J'ai craint que quelqu'un soit ici avec vous, ajouta-t-il.

— Je vous ai dit que je savais me débrouiller seule.

— Vous auriez pu être souffrante. Il est presque midi.

— Je me suis couchée tard.

Il contempla sa chemise de nuit blanche, son regard remontant de ses pieds nus au col ouvert bordé de dentelle.

— Pourquoi ?

S'imaginait-il qu'elle avait invité des hommes dans sa chambre et fait la fête toute la nuit telle une gourgandine ? Tout en souhaitant le punir pour cette pensée, elle ne voulait pas qu'il ait cette image d'elle. Elle n'aurait pas dû s'en soucier mais, néanmoins, cela lui importait.

— J'essayais de m'extirper de ce foutu machin ! s'exclama-t-elle avec un geste vers la robe suspendue dans l'armoire.

Il regarda le meuble d'un air perplexe.

— Vous étiez coincée dans l'armoire ?

Dory tapa du pied, puis grimaça en sentant une douleur dans son talon.

— Mais non ! Vous m'avez abandonnée entièrement harnachée et saucissonnée dans cette robe, sans l'aide d'une femme de chambre.

La mâchoire d'Ewan se détendit légèrement.

— Je croyais que vous saviez vous débrouiller seule.

— Vous avez déjà vu une tornade déboutonner le dos d'une dame ? rétorqua-t-elle. D'ailleurs, je me suis débrouillée seule, même si cela m'a pris du temps.

Elle n'avouerait jamais avoir attendu dans le noir le son de ses bottes dans le couloir ou de discrets coups contre la porte lui indiquant qu'il était de retour pour la nuit.

Ils se toisèrent d'un air mauvais un certain temps. Pour une raison quelconque, il tenait à être fâché contre elle. *Grand bien lui fasse !* Elle pouvait en faire autant. En outre, il l'avait abandonnée. Son irritation commençait à se muer en colère. Elle ouvrit la bouche, s'apprêtant à prononcer un juron tellement affreux que ses oreilles parfaites se recroquevilleraient sur elles-mêmes.

— Je suis désolé, dit-il.

— Quoi ? fit-elle en manquant de s'étrangler.

— J'aurais dû demander à la servante de venir auprès de vous, répondit-il en s'approchant de la cheminée pour attiser le feu presque éteint. J'étais occupé à chercher des informations sur votre famille. Je n'ai pas pensé que vous auriez des difficultés.

— Eh bien...

Ne sachant plus quoi dire, elle s'efforça de se raccrocher à sa colère, qui fondait comme neige au soleil. Personne ne lui avait jamais présenté d'excuses. Ainsi, il l'avait tout simplement oubliée ? Elle rougit. Cela n'était nullement étonnant. Elle n'avait rien de spécial et n'était certainement pas l'une de ces dames qui avaient de quoi capter l'attention d'un beau guerrier.

— J'en ai quand même eu, répliqua-t-elle.

Il se dirigea vers l'armoire.

— Je pars chevaucher, et j'ai pensé que vous aimeriez accompagner vos compatriotes dans leur sport favori.

— Chevaucher ? Chevaucher quoi ?

Bien que sa question soit sincère, il secoua la tête comme si elle plaisantait.

— Des lions, plaisanta-t-il.

Il marqua une pause. Voyant qu'elle ne riait pas, il reprit :

— Des chevaux, naturellement. Dans le parc.

Fichtre, elle aurait presque préféré des lions.

— Je ne monte pas à cheval.

Avec un geste vers la penderie, elle ajouta :

— De toute manière, je n'ai rien à me mettre pour une telle occasion.

— Il me semble pourtant avoir vu une tenue d'équitation.

Il fouilla dans le meuble et en sortit une jupe et un corsage couleur prune.

— Vous avez dit que la garde-robe que Jane vous avait envoyée hier était complète, lui rappela-t-il. Ce sont ses mots.

— « Complète » signifie « incluant une tenue d'équitation » ?

— Je vous enverrai une servante pour vous aider.

— Je viens de vous dire que je ne monte pas à cheval.

Malgré ses oreilles parfaites, cet homme était sourd.

— Bien sûr que si.

— Puisque je vous dis que non !

— Vous n'êtes jamais montée sur un cheval ?

— Mes leçons à bord du *Queen Siren* incluaient la géographie, mais pas l'équitation.

Argh ! Encore une de ces activités de dames anglaises auxquelles elle ne connaissait rien. Elle détestait passer pour une gourde.

— Je vous apprendrai, dit-il.

Il retraversa la chambre en quelques enjambées, lançant derrière lui :

— Je vous retrouve dans une heure.

— Bonjour, milady, dit une femme de chambre depuis le seuil tout en inclinant la tête vers Ewan qui s'en allait.

Elle avait dû attendre dans le couloir.

Avec un soupir, Dory s'assit devant la coiffeuse tandis que la servante s'apprêtait à la soumettre à la torture de la brosse. Elle avait un gros souci, car il lui restait moins d'une heure pour trouver le moyen de grimper sur un cheval sans se couvrir de ridicule.

*

* *

— Tiens-toi prêt à déguerpir, au cas où, glissa Ewan à Searc en gaélique.

Il ne tenait pas à ce que le garçon, le dernier fils de Rachel encore en vie, soit jeté dans la Tour.

— Tu crains des ennuis ?

Searc tenait les rênes de leurs trois chevaux : sa propre monture, Gaoth et une jument au tempérament placide pour Dory. La chienne Maggie sautillait autour de ses jambes, tout en surveillant les autres cavaliers. Peut-être avait-elle appartenu autrefois à un chasseur. Le chat tigré se glissa le long du mur, jamais bien loin de l'adolescent.

— Les ennuis guettent toujours en Angleterre, répondit Ewan à voix basse. Surtout pour un Écossais. Sans compter que Londres est un repaire d'assassins.

Au même moment, comme invoquée par le mot « ennuis », Dory sortit du château. Elle portait la tenue d'équitation prune que Jane lui avait envoyée. Celle-ci lui semblait extrêmement reconnaissante. Il fallait espérer que les rumeurs étaient fondées et que la fille Seymour était réellement courtisée par le roi.

Quand Dory descendit gracieusement les marches du perron, pratiquement toutes les têtes dans la cour se tournèrent vers elle. Ses jupes ondulaient doucement autour de ses jambes à chaque pas. Le dos droit, elle affichait un doux sourire. Elle salua plusieurs dames en ajustant ses gants blancs en chevreau. L'élégante petite coiffe en soie brodée, perchée sur sa chevelure tressée et relevée, était assortie à sa veste cintrée.

Ewan fronça les sourcils en voyant le roi aller à sa rencontre, lui offrir son bras et l'entraîner vers sa jument.

— J'ai choisi pour vous la plus douce de mes écuries, assura-t-il en la dévorant du regard.

Pardieu, si ce cuistre avait eu des pouvoirs magiques, elle se serait retrouvée entièrement nue dans la brise printanière !

— Vous n'aurez qu'à suivre la chasse de loin, poursuivit Henri. La gentille Lucinda ne pourra galoper aussi vite que nous autres.

— Une chasse ? répéta Dory.

Elle lança un regard affolé à Ewan. Lui demandait-elle son aide ? Il en doutait.

— Oui. Pourquoi, vous n'appréciez pas ce sport ? fit Henri, étonné.

Il inspira profondément en tapant son torse massif.

— C'est excellent pour le sang, expliqua-t-il.

— Ma tendre épouse n'a pas l'habitude de monter à cheval, Votre Majesté, intervint Ewan. Elle a été élevée en mer et a passé le plus clair de sa jeunesse sur le pont d'un navire plutôt que sur une selle. (Il émit un petit rire.) Elle serait probablement plus à son aise en manœuvrant dans un port.

Dory sourit en hochant la tête tandis qu'Henri fronçait les sourcils. Cela calmerait peut-être les ardeurs royales.

— Mon jeune cousin serait ravi de participer à votre chasse, poursuivit Ewan avec un signe de tête vers Searc. Je pensais emmener Dory voir les lions à la Tour, Votre Majesté. Ainsi, elle ne ralentira pas les chasseurs.

— Oh oui ! s'exclama Dory en battant des mains. Je n'ai jamais vu de lion.

— Soit, déclara Henri en agitant la main.

Se tournant vers Dory, il prit son menton entre ses doigts gantés. Elle écarquilla les yeux. Cela démangeait Ewan de dégainer son épée.

— Soyez prudente, ma petite colombe, dit le roi. Il y a des voleurs à la tire partout dans les rues et vous ressemblez à une pêche qui ne demande qu'à être cueillie.

L'insinuation peu subtile la fit rougir et fit bondir Ewan en avant. Heureusement, Henri laissa retomber sa main puis tourna les talons.

— Rengainez votre arme avant que quelqu'un vous accuse de tentative de régicide, chuchota Dory.

Il se rendit compte qu'il avait sorti son épée.

Le grand conseiller du roi, Thomas Cromwell, regardait dans sa direction. Ewan examina son arme comme s'il cherchait de la poussière sur la lame étincelante, puis la rangea dans son fourreau.

Il se tourna vers Searc qui se tenait non loin.

— Ça te dit de suivre la chasse ?

Searc acquiesça, le regard brillant. C'était un excellent cavalier, et un peu d'action lui ferait du bien.

— Tends l'oreille, au cas où on parlerait de Dory ou de Boswell, lui recommanda Ewan en gaélique. Et, quoi qu'il arrive, ne te fais pas remarquer.

— Je ne suis qu'un simple cousin, participant à ma première chasse en Angleterre.

Searc était un garçon réfléchi. Il ferait un bon chef lorsque Alec lui laisserait la direction du clan Munro.

Ewan revint vers Dory, qui avait déjà placé un pied dans un étrier.

— Un petit coup de pouce serait bienvenu, dit-elle.

Elle lâcha un petit hoquet de surprise lorsque le cheval bougea. Ce souffle d'air entre ses lèvres douces était si attirant qu'il se précipita pour l'aider. Il la prit par la taille, la souleva et la déposa sur la selle d'amazone.

— Je ne pensais pas que vous seriez aussi pressée de monter à cheval, dit-il.

Elle se pencha vers lui.

— Je préférerais chevaucher un monstre marin plutôt que cette jument. Cependant, je ne peux pas rater une telle occasion de me rendre à la Tour. Quelle aubaine ! Nous allons pouvoir libérer le capitaine Bart et Will bien avant qu'on ait eu le temps de les condamner à la pendaison.

Le sourire d'Ewan se figea. Heureusement, elle avait déjà saisi les rênes et regardait ailleurs. En lui proposant de se rendre à la Tour de Londres, il avait voulu lui démontrer que la forteresse était impénétrable et lui faire comprendre que son plan était insensé.

Peu rassurée, elle grattait la tête de la jument entre les oreilles.

— Gentil cheval, chuchota-t-elle. Tout doux, tout doux...

Elle se tourna vers Ewan, qui n'avait pas bougé et l'observait.

— Alors, qu'attendez-vous ? lança-t-elle avec un geste vers Gaoth.

Ils franchirent le grand portail et s'avancèrent sur les pavés en direction de la Tour de Londres, tandis qu'Ewan lui expliquait les règles de base de l'équitation. Il leur faudrait près d'une heure pour arriver à destination, s'ils ne se perdaient pas dans le dédale de rues tortueuses.

Dory l'écoutait attentivement, le dos raide et les bras tendus devant elle. Ses doigts serraient les rênes comme si sa jument risquait de s'emballer d'un instant à l'autre.

— Alors, chevaucher vous plaît ? demanda-t-il.

— Presque autant que descendre un torrent en canoë avec deux tribus guerrières sur chaque rive se demandant quel goût aurait mon cœur, marmonna-t-elle.

Sa monture frissonna et donna un coup de queue sur sa croupe pour chasser des mouches. Dory frémit et serra les rênes un peu plus fort.

— Vous avez mené une drôle de vie, Pandora Wyatt Wellington Brody.

Fichtre, venait-il de l'appeler « Brody » ?

Elle lui adressa un sourire de biais.

— Vous n'imaginez pas à quel point.

— Comment devrais-je procéder pour que vous partagiez avec moi des épisodes de votre existence trépidante ?

Elle se tourna vers lui, tout en surveillant la jument du coin de l'œil.

— J'ignorais que cela vous intéressait, monsieur le guerrier.

En le voyant froncer les sourcils, elle ajouta :

— Vous pourrez peut-être me soutirer quelques histoires en échange de votre aide à la Tour.

— Ah ! fit-il. Je ne suis pas curieux au point d'y laisser ma vie.

Elle leva les yeux au ciel et regarda de nouveau droit devant elle.

— Encore ! Vous êtes décidément un augure de mort et de démembrement.

— C'est une possibilité à envisager quand on est avec vous.

— Nous pourrons peut-être demander à un garde où sont enfermés les prisonniers. Je me demande s'ils ont un lieu spécial pour les pirates.

— Oui, la fosse de l'enfer.

— Vraiment ? C'est le nom d'une partie de la Tour ? Où est-ce ?

— En enfer.

Elle pinça les lèvres et lui adressa un regard noir.

— Ce sont de bons pirates. Le capitaine Bartholomew Wyatt m'a sauvée, m'a protégée, m'a élevée.

— Il vous a enlevée à votre vraie famille.

— Il avait ses raisons, rétorqua-t-elle.

— Oui, vous faire jouer les putains dans les ports et grimper aux mâts.

Elle se tourna de nouveau vers la route, les mâchoires crispées. Bigre, pourquoi fallait-il qu'il la provoque jusqu'à ce qu'elle se referme telle une huître ? Il soupira. Il devait l'amener doucement à voir la réalité en face. Elle comprendrait alors que ses plans étaient vains. Personne ne s'évadait de la Tour de Londres.

Ils poursuivirent en silence leur chemin dans des rues jonchées de détritus. Elle gardait la tête haute et ne pressait pas un mouchoir sur son nez comme la plupart des dames. Bien qu'il ait plu la veille, la puanteur du vieux crottin et de l'urine remontait des caniveaux de chaque côté des rues. Des enfants assis sur les pas de porte les observaient. Parfois, une femme sortait pour envoyer un gamin faire une course. Quelques autres les suivaient, pieds nus. D'autres encore jouaient à faire rouler de fines roues sur les pavés.

— Ils vivent en haillons ? demanda Dory.

— Au moins, ceux-là ont un toit. Tous n'ont pas cette chance.

Elle secoua la tête.

— Dire que nous paradons devant eux sur nos destriers avec nos jolis petits chapeaux. Je n'aime pas Londres.

— La pauvreté est partout. Vous l'avez sûrement déjà vue ailleurs. Elle est laide.

— Les plus laids sont ceux qui l'exploitent.

Elle parlait comme quelqu'un qui l'avait vécue. Avait-elle souffert du froid qui s'infiltre dans les os quand on dort à même le sol dans des couvertures élimées ? Peut-être avaient-ils plus en commun qu'il ne l'avait pensé.

*

* *

La Tour de Londres se dressait au bord de la Tamise, imposante structure de pierres grises et brun clair. Au centre s'élevait la tour Blanche, le donjon original de Guillaume le Conquérant, visible de loin derrière les remparts et les bâtiments annexes. Conçue autrefois pour protéger le monarque, elle était devenue un symbole de justice – ou d'injustice, selon le côté où vous vous trouviez.

— C'est vaste et complexe, observa Dory tandis qu'ils s'arrêtaient devant une guérite près du portail massif.

Elle fronça le nez et ses lèvres roses se pincèrent. Quels plans se formaient dans son esprit aussi intelligent que téméraire ?

— En effet. Vous pourriez facilement vous perdre dans ce dédale. Aussi, ne vous éloignez pas de moi.

Elle poussa un soupir comme si elle avait affaire à un benêt. Il savait que trouver son père adoptif et son ami Will était sa priorité absolue. Il espérait que les gardes seraient à leur poste ; sinon, elle était capable de crocheter les serrures avec une épingle à cheveux. Il ne doutait pas qu'elle savait le faire.

— Faites-moi descendre de là, demanda-t-elle. Je n'arrive pas à réfléchir sur cette bête nerveuse.

— Lucinda est la jument la plus docile que j'aie jamais vue. Si elle est nerveuse, c'est parce que vous lui transmettez votre agitation.

Il mit pied à terre et l'aida à descendre de selle.

Un groupe d'enfants portant des manteaux et des chapeaux trop grands s'approchèrent. Le plus petit s'arrêta pour relacer son soulier. Ewan croisa le regard du chef de la bande, un grand garçon dont les yeux semblaient trop durs pour un gamin de son âge. Ewan dégaina sa courte épée. Les pickpockets pullulaient dans Londres. De toute évidence, ces garçons avaient sombré dans la délinquance. Aurait-il été réduit à faire lui aussi les poches des passants, s'il s'était retrouvé orphelin à Londres plutôt qu'à Druim ?

Le chef de bande fit un signe de tête aux autres, puis tourna les talons dès que le plus jeune eut fini de lacer sa chaussure.

— Attends-moi, Randolph ! lança ce dernier d'une petite voix fluette.

Le gamin s'élança au trot pour rattraper ses camarades, se dirigeant droit sur Dory comme s'il ne l'avait pas vue. Il la percuta. Avec un petit cri de surprise, elle tourna sur elle-même tandis qu'il s'empêtrait dans ses jupes. Elle attrapa son bras maigrelet.

— Lâchez-moi ! cria l'enfant.

Le tenant fermement par le poignet, elle se pencha vers lui.

— Je te lâcherai dès que tu m'auras rendu ma bourse.

Il écarquilla les yeux. De sa main libre, il semblait chercher quelque chose sur lui.

— Tu cherches ça ? demanda-t-elle en montrant un petit couteau à la lame si émoussée qu'Ewan doutait qu'elle soit dangereuse.

— Rendez-le-moi ! cria le galopin. Vous me l'avez volé !

— Dent pour dent.

Elle se redressa en arquant les sourcils.

L'enfant implora Ewan du regard. Ce dernier haussa les épaules.

— Madame n'aime pas les pickpockets, expliqua-t-il.

Dory fit un signe de tête vers le portail ouvert de la Tour.

— Ça tombe bien, nous sommes juste devant les gardes. Ils ont sûrement de la place pour un jeune voleur.

— Oh non, m'dame ! fit l'enfant, paniqué.

Il lui rendit la petite bourse en velours. Ewan savait qu'elle contenait le médaillon de Dory quand elle ne le portait pas autour du cou, ainsi que quelques pièces.

Elle retourna le couteau dans sa main et le présenta par le manche au garçon, qui ouvrit des yeux ronds.

— Tiens, dit-elle. Tu ferais mieux de l'affûter si tu veux qu'il te serve à l'avenir.

Il acquiesça, bouche bée. Ewan se rendit compte qu'il avait lui aussi la bouche grande ouverte et la referma.

Dory ne libéra pas l'enfant pour autant.

— J'ai vu des navires amarrés le long du fleuve, reprit-elle gravement.

— C'est la flotte du roi, répondit le garçon en rangeant sa lame dans un étui en cuir sous sa veste.

— Je connais les bateaux, déclara Dory d'une voix si basse qu'Ewan dut tendre l'oreille pour l'entendre. Ne traîne pas sur les docks ; c'est dangereux.

— Randolph veille sur nous.

— Tu es orphelin ? lui demanda Ewan.

Il hocha la tête.

— Raison de plus pour te méfier, dit Dory. Commence par éviter le quartier des docks. Ainsi que les alentours de la Tour. Il serait trop facile de t'y jeter et de t'y oublier.

Elle attendit qu'il acquiesce, puis le lâcha. Il détala pour rejoindre sa bande. Elle le regarda s'éloigner, les lèvres pincées, le front soucieux.

— Nous entrons ? proposa Ewan.

Ils attachèrent leurs chevaux devant le corps de garde qui protégeait le pont enjambant la douve. Des sentinelles se tenaient à intervalles réguliers le long du périmètre. Leur chef s'avança vers eux.

— Nous sommes de passage à Londres, et ma jeune épouse aimerait en profiter pour voir les lions de Sa Majesté, expliqua Ewan.

Dory agita sa petite main gantée et battit des cils.

— J'adore la puissance régalienne de ces grands fauves.

Le garde la dévisageait d'un air fasciné. Ewan vit sa pomme d'Adam rebondir.

— La ménagerie se trouve juste à droite, de l'autre côté de la douve, répondit le garde.

Dory se serra contre Ewan.

— Sont-ils bien enfermés, commandant ?

— Vous n'avez rien à craindre, milady. Les lions sont derrière des barreaux de fer.

Elle leva le nez vers les tours.

— Et les criminels, sont-ils bien enfermés aussi, commandant ? Vous gardez des criminels, n'est-ce pas ?

Le garde gonfla le torse, tel un coq s'apprêtant à annoncer le lever du soleil.

— Oui. Nous détenons ici certains des pires scélérats du royaume, dans des cellules situées un peu partout.

Dory s'accrocha au bras d'Ewan comme pour se soutenir. Il se souvint de ne jamais croire un mot de ce qu'elle disait sans preuve tangible. Si les femmes avaient été autorisées à monter sur scène, elle aurait fait une actrice fantastique.

— Il y a aussi des pirates ? chuchota-t-elle en se penchant vers le garde.

— Parmi les plus sanguinaires.

Elle posa une main sur son cœur, comme pour l'empêcher de jaillir de sa poitrine. Le regard du garde suivit son geste.

— Ils ne sont pas près de la ménagerie, n'est-ce pas ? demanda-t-elle.

Elle pivota pour contempler les épaisses murailles et frissonna.

— Ils sont tout près ?

Ewan l'attira à lui, comme pour réconforter son épouse inquiète. C'était surtout pour s'assurer que ce crétin de coq ne ferait rien qui l'obligerait à sortir son épée.

— Les pirates sont enfermés dans la tour Bell, dit le garde en pointant l'index vers les créneaux de l'une des tours. N'ayez crainte, milady. Ils sont entravés et retenus derrière des barreaux. La plupart sont désormais trop malades ou trop faibles pour nous causer des ennuis.

Ewan sentit Dory se raidir et perçut son petit hoquet, comme si elle avait reçu un coup dans le ventre.

— Je suis sûr qu'ils sont bien gardés, dit-il.

— Bah ! Avec leurs fers, ils n'ont pas besoin d'être gardés, mais on passe les voir de temps en temps. C'est surtout pour nous assurer qu'ils ne sont pas morts. Après, il est difficile de se débarrasser de la puanteur et on ne peut plus les pendre comme ils le méritent.

— Oh oui, vous devriez bien les nourrir et leur donner régulièrement à boire afin qu'ils soient suffisamment forts pour être pendus, vous ne trouvez pas ? fit Dory.

Le garde acquiesça sans grande conviction. Nourrir et abreuver les prisonniers aurait accru sa charge de travail.

— Merci, lui dit Ewan. Allons voir les lions, mon amour, afin que cet homme puisse se consacrer à son importante mission.

Dory inclina légèrement la tête et reprit le bras d'Ewan. Cette fois, elle s'appuyait davantage sur lui, quand bien même elle ne l'aurait jamais admis. L'idée que ses deux pirates soient en train de mourir semblait la terrasser.

Il posa la main sur la sienne.

— La seule manière de les aider, c'est par l'entremise d'Henri, chuchota-t-il à son oreille. Pas en tentant de les faire évader.

Ses lèvres effleurèrent son lobe. Il inhala son léger parfum fleuri qui couvrait la pestilence portée par la brise.

— Vous l'avez entendu. « Malades » et « faibles ».

— Il ne parlait peut-être pas des deux personnes que vous cherchez.

— Je dois les trouver, dit-elle en s'arrêtant et en le regardant dans les yeux. Il me suffira de les toucher pour les guérir et leur redonner des forces. Cela leur permettra de survivre jusqu'à ce qu'on trouve une solution.

Il sonda son visage à la recherche d'un doute et n'en trouva aucun. Elle était désormais convaincue que le capitaine Bart et son ami Will étaient sur le point de succomber à la fièvre qui circulait dans les geôles. Il ne parviendrait pas à la faire sortir de la Tour avant qu'elle les ait vus, du moins pas sans l'assommer. Or, il avait juré des années plus tôt de ne jamais frapper une femme, aussi irritante et têtue soit-elle.

Il lâcha un soupir exaspéré et se frotta le visage.

— Merci, dit-elle.

Elle se hissa sur la pointe des pieds et l'effleura d'un baiser. Le contact fut bref mais puissant, et il faillit la retenir contre lui. Mais elle s'était déjà écartée pour l'entraîner vers la ménagerie.

— Il doit y avoir un moyen de parvenir à l'autre tour sans être vus par les gardes, murmura-t-elle.

Que Dieu les préserve ! Ils finiraient eux-mêmes prisonniers avant la fin du jour.

Ils gagnèrent l'enclos ombragé où somnolaient des lions bien nourris. Un garde était adossé à un mur.

— Il faut qu'on se souvienne que nous sommes venus ici, au cas où les gardes seraient interrogés plus tard, chuchota-t-il en faisant mine de l'embrasser dans le cou.

Leur prétexte de visiter la ménagerie devait être crédible.

Dory s'écarta de lui, se planta au milieu de l'allée et posa les poings sur ses hanches.

— Vous détestez ma mère, n'est-ce pas ?

Ewan se prêta aussitôt au jeu.

— Non, mais je ne pense pas qu'elle devrait vivre avec nous. Nous venons de nous marier.

Il baissa la voix, pas trop néanmoins pour que le garde puisse entendre :

— Il y a des choses que je voudrais vous faire qui ne sont pas pour les oreilles d'une mère.

La garde pouffa de rire. Dory prit un air mortifié.

Ewan agita les sourcils d'un air salace en ajoutant :

— Nous ferions bien de la renvoyer chez elle avant ce soir.

— Vous êtes incorrigible ! s'exclama-t-elle.

Ewan l'entraîna hors de l'enclos, vers les jardins qui se trouvaient derrière. Ils n'étaient restés dans la ménagerie que quelques minutes, mais le garde pourrait témoigner de leur visite.

Dory longea la barbacane baptisée la « tour des lions » en référence à la ménagerie.

— Il doit y avoir un moyen de passer de l'autre côté.

— Ralentissez, dit Ewan. Nous devons mettre un plan au point, inventer une histoire au cas où on nous surprendrait près des pirates.

— Flûte ! gronda Dory. Je crois bien qu'il n'y a pas d'autre solution que de franchir le pont et de pénétrer dans la cour intérieure. Nous serons forcément vus.

Elle s'arrêta pour lancer un regard à l'allée qui menait au corps de garde principal.

Constatant qu'elle ne l'écoutait pas, Ewan la prit par les épaules et la força à se tourner vers lui.

— Vous devez vous comporter comme si vous ne connaissiez pas Will et le capitaine, au cas où les autres prisonniers parleraient. Dory, il nous faut un plan.

— Il faut juste que je les voie, répondit-elle, les yeux brillants.

Des larmes ? Il ne pouvait le croire.

— Si vous vous faites arrêter et emprisonner, vous ne pourrez pas les aider.

Elle ferma les yeux et inspira profondément.

— Je sais. Mais je suis... inquiète. Ils sont ma famille.

Un vague souvenir de sa mère remonta à la surface. Que ne ferait-il pas pour la protéger s'il en avait à nouveau l'occasion ? Il chassa cette pensée pour se concentrer sur le présent.

— Je sais, Dory. Mais il nous faut un plan.

— Vous avez une idée ?

Ewan contempla la grande forteresse devant lui. La ménagerie se trouvait à l'extérieur de la cour principale. Quelle raison pourraient-ils avoir de pénétrer dans la première enceinte ? Organisait-on une visite des lieux ? Qui penserait qu'une dame et un homme légèrement armé étaient capables de faire évader des prisonniers ?

— Peut-être pouvons-nous faire comme si nous visitions tout naturellement les tours. La tour Blanche est le bâtiment le plus ancien. Si on vous interroge, vous n'aurez qu'à dire que vous étiez dévorée par la curiosité. Je crois savoir que, quand il le faut, vous n'avez pas peur d'en rajouter.

Il se passa une main sur le front. Cette femme lui donnait mal au crâne.

— Faites-moi confiance, répondit-elle avec un clin d'œil.

À cet instant, il n'eut aucun mal à l'imaginer parfaitement à son aise au milieu de marins grossiers. Il toussa dans son poing et elle lui donna une tape entre les omoplates.

— Venez, marmonna-t-il en lui prenant le bras.

Ils retournèrent vers l'enclos nauséabond infesté de mouches où les lions se prélassaient en agitant leur queue. L'un d'eux urina entre les barreaux, manquant de les éclabousser.

— Ils sont comme le roi, chuchota Dory. Gavés de nourriture, paresseux et ne pensant qu'à marquer leur territoire partout sur le monde.

Le rire d'Ewan résonna entre les cages.

— Vous feriez bien de garder cette opinion pour vous, ou vous risquez de jouir d'une vue permanente sur ces tours, Dory.

Ils ressortirent hilares de la ménagerie, Dory s'accrochant à son bras telle une jeune femme éperdue d'amour. Du coin de l'œil, Ewan aperçut deux gardes qui regardaient dans leur direction. Il embrassa la main de Dory et la replaça sous son coude.

— Qu'y a-t-il là-bas ? demanda-t-elle à voix haute en pointant du doigt le portail devant la tour Blanche.

Elle le tira dans cette direction tandis qu'il traînait les talons en secouant la tête.

— S'il vous plaît..., roucoula-t-elle.

Il l'attira à lui pour un baiser – un aperçu fugace du paradis – puis se laissa entraîner à nouveau. Il haussa les épaules devant le garde près du portail.

— Si je ne la surveille pas étroitement, la curiosité de mon épouse finira par lui causer des ennuis.

— La mienne est pareille, répondit le garde avec un regard de compassion.

— Oh, comme elle est grande ! s'extasia Dory en lâchant Ewan pour hâter le pas vers la prochaine tour.

Le garde pouffa et secoua la tête.

— Un homme ne se lasse jamais d'entendre cette phrase, lui lança Ewan, le faisant se tordre de rire.

Elle releva ses jupes et trotta gracieusement sous l'arche de la tour Byward, pour s'arrêter devant l'imposante structure que le premier garde avait indiquée : la tour Bell. Elle la scruta comme si elle cherchait à faire apparaître une porte par la seule force de sa volonté. Puis elle la contourna. Ewan la suivait en lançant des regards à la ronde.

— Nous ne devrions pas être ici. Les gardes vont nous remarquer d'un moment à l'autre.

— Nous y sommes, dit-elle comme si elle ne l'avait pas entendu. Vous voyez une porte ?

— Si nous sommes surpris en train de tenter de nous introduire dans cette maudite tour, Henri n'écoutera jamais votre requête. Il nous jettera tous deux dans l'une de ses geôles.

Elle haussa les épaules et reprit son bras.

— Tant qu'on nous prend pour un simple couple visitant les lieux, nous ne risquons rien.

Ils continuèrent à longer le mur, Dory s'arrêtant de temps à autre pour pointer l'index vers un corbeau.

— Il n'y a pas d'entrée de ce côté-ci non plus, dit-elle en le dévisageant avec un regard adorateur. Nous devons passer par la cour intérieure où se trouve la tour Blanche.

Grommelant dans sa barbe, Ewan l'entraîna vers une autre arche en pierre qui débouchait sur la cour intérieure. Ils étaient entourés de soldats lourdement armés et, jusqu'à présent, personne ne les avait arrêtés, même s'il sentait sur eux des regards attentifs. Les gardes de faction s'ennuyant ferme les suivaient des yeux. Dory et lui étaient probablement ce qu'ils voyaient de plus intéressant ce jour-là.

Lorsqu'ils contournèrent le dernier bâtiment avant la tour Bell, deux gardes s'avancèrent vers eux d'un pas martial. De toute évidence, leur visite allait prendre fin.

— Dory...

— Je ne m'arrêterai pas, dit-elle avec un sourire forcé. Ils ont besoin de moi. Je le sens.

Ewan soupira et concentra son attention sur les deux gardes venant vers eux, ainsi que sur deux autres au sommet de la tour.

— Halte ! cria l'un des soldats en dégainant son épée.

Ewan se pencha vers Dory et lui glissa :

— Nous devons nous arrêter. Nous trouverons un autre moyen, même si je dois les faire évader moi-même. Vous ne pouvez pas rester ici.

Que racontait-il ? *Fichtre.* Il ne savait plus qu'une chose : il devait la mettre à l'abri.

Elle le dévisagea et hésita. Puis la détermination l'emporta dans son regard.

— Je n'aurai peut-être pas une autre occasion de les trouver. Je suis désolée.

7

30 janvier de l'an de grâce 1518

Ma très chère Kath,

Ma réunion avec notre avocat s'est bien déroulée. Ne vous inquiétez pas. Il fera ce que je lui dis ; il est trop impliqué à présent pour changer d'avis.

Quant à ma « réunion » avec vous, elle était parfaite, ma petite friponne. Je pense souvent à ces moments où nous sommes seuls. Un jour, nous pourrons être ensemble au grand jour.

Éternellement vôtre,

Rowland

Le cœur de Dory battait à tout rompre. Elle devait trouver le capitaine Bart. Lorsque Will et lui avaient été arrêtés et étaient montés à bord du vaisseau anglais, les fers aux pieds, ils étaient en bonne santé. Depuis, ils avaient sans doute été maltraités. Ils pouvaient être enchaînés et mourants, gisant dans la crasse au fond d'un cachot glacé. Tout cela à cause d'elle.

— Halte, j'ai dit !

— Mes bons messieurs ! lança Ewan. Nous souhaitions faire le tour de cette extraordinaire forteresse. Nous nous sommes un peu perdus. Si vous pouviez nous indiquer la sortie...

Dory inspira profondément, ignorant les odeurs de déjections humaines qui s'élevaient des douves derrière eux. La lumière de son pouvoir formait une petite boule bleue dans le creux de son ventre, reliée par une fine ligne à sa tache de naissance. Dans son esprit, elle la visualisait comme une lueur chaude. Elle l'imagina grandir et devenir plus vive, jusqu'à ce qu'elle s'échappe de ses lèvres à la prochaine expiration. Le vent souleva ses cheveux et plaqua ses jupes contre ses jambes. Son chapeau tira sur les épingles qui le retenaient sur son crâne.

Ewan saurait qu'elle en était responsable. La mépriserait-il pour avoir rompu sa promesse ?

Il discutait avec les gardes, mais elle n'entendait qu'un bourdonnement de voix. Avec une autre inspiration et expiration, elle donna de la vitesse au vent. Puis elle plia son index dans les plis de sa jupe. Le vent se mit à tournoyer en spirale, entraînant les nuages noirs qui affluaient depuis l'est.

— Bon sang ! s'exclama un garde. Vous avez vu ça ?

Toutes les têtes se tournèrent vers le tourbillon de nuages haut dans le ciel, formant un entonnoir. Des hommes sur les remparts se mirent à crier en le pointant du doigt. D'autres traversèrent la cour au pas de course tandis que des feuilles mortes filaient au ras du sol. Les corbeaux s'envolaient, se réfugiaient dans les recoins et sous les saillies des tours.

— Allons-y, dit Ewan, exaspéré.

Il lui agrippa le bras, ses doigts tels de l'acier, et ils se mirent à courir sous une averse de grêle.

— Non ! cria-t-elle.

Le vent sembla avaler sa voix.

Il la tirait derrière lui tandis qu'elle se concentrait sur la tempête, créant une trombe au-dessus des remparts. Comparée à la magie guérisseuse, la magie des orages était plus facile. Les deux consistaient à déplacer d'infimes particules de matière, sauf que la pluie et le vent bougeaient plus facilement dans l'air que le sang et les éléments dans le corps. Créer des tourbillons, des éclairs et des déluges lui demandait autant d'énergie qu'une marche d'un pas énergique. Elle pouvait continuer aussi longtemps qu'il le faudrait.

Bombardés par la grêle, ils zigzaguèrent entre les gardes qui couraient se mettre à l'abri. Dory essuya son visage ruisselant et hâta le pas près d'Ewan, tandis qu'ils se dirigeaient vers l'arche de pierre qui débouchait sur l'autre côté de la tour Bell.

Elle relevait ses jupes trempées pour mieux courir. Alourdi, le tissu mouillé s'emmêlait dans ses jambes, s'accrochant au couteau attaché à son mollet. Respirant profondément, elle imagina une pluie torrentielle et des vents violents, tout en fouillant du regard les murs en granit à la recherche d'une porte. Il devait bien y avoir une entrée !

— C'est vous, ce déluge ? cria Ewan par-dessus le raffut.

Elle ne voulut pas l'admettre. Bien qu'il ait réussi à la faire entrer dans la Tour de Londres, elle aurait peut-être encore besoin de lui pour en sortir. En outre, elle ne voulait pas lire la déception sur son visage.

— Par ici ! lança-t-elle en pointant le doigt vers un petit escalier menant à un sous-sol.

Quiconque les voyait penserait qu'ils s'abritaient de la tempête. Fichtre, la Tour de Londres était immense et tout en pierre ! Il n'y avait rien d'étonnant à ce que personne ne puisse s'en échapper. Ses poumons la brûlaient à force de courir et elle ressentait le début d'un point de côté. Ewan, lui, n'était même pas essoufflé.

Il la suivit dans l'escalier sans plus poser de questions. En bas des marches, ils trouvèrent une porte. Elle tira une épingle de sa chevelure.

— Elle doit être verrouillée, dit-elle. Reculez.

— Dory...

Elle se tourna vers lui et croisa ses yeux perçants. Il lâcha un long soupir, puis poussa simplement la porte qui s'ouvrit devant elle. Le vent s'engouffra avec eux, transportant des feuilles trempées. Une fois que les cieux s'étaient ouverts en déversant la pluie, elle n'avait plus besoin d'intervenir avec sa magie. En revanche, sans son aide, le vent mourrait bientôt.

À l'intérieur, elle chancela légèrement et Ewan la retint par le bras. Elle devait s'assurer que le capitaine et Will étaient toujours en vie. Qu'ils n'avaient pas payé le prix ultime pour la bêtise qu'elle avait commise un soir dans une taverne.

« Tu ne peux pas les sauver tous, Pandora. Elle est déjà morte. »

Ce souvenir raviva la douleur dans sa tête. Quand l'enfant avait bougé dans les bras de Julian O'Neil, Dory avait su qu'elle n'était pas morte. Elle avait couru derrière le trafiquant d'esclaves alors qu'il traversait la taverne en emportant la fillette. Le capitaine Bart avait alors été contraint d'intervenir.

Elle repoussa ces images dans un coin de son esprit.

L'humidité rance les engloutit tandis qu'ils s'enfonçaient dans la tour. L'odeur des corps crasseux et des excréments prenait à la gorge. Chaque cellule possédait une meurtrière, qui laisser filtrer un peu d'air frais et un rayon de lumière. Il n'y avait pas un bruit, hormis un couinement occasionnel ou un grattement furtif. Des rats. Le ventre noué, elle continua d'avancer. Une voix grave au bout d'un couloir attira son attention.

— Will, murmura-t-elle.

Elle se mit à courir dans les flaques devant les cellules, ses bottes projetant des éclaboussures nauséabondes.

— Attendez ! lança Ewan derrière elle.

Elle percevait des mouvements derrière les barreaux. Des hommes se levaient pour voir ce qui se passait, échangeaient des commentaires étouffés, appelaient à l'aide. Elle ne leur prêta pas attention.

— Capitaine Bartholomew Wyatt ! appela-t-elle.

Elle entendit Ewan jurer en gaélique derrière elle, ses pas lourds se rapprochant.

Ses yeux commençaient à s'accoutumer à la pénombre, rendue encore plus dense par la pluie qu'elle avait provoquée.

— Dory ?

Will !

Le visage de Dory s'illumina d'un sourire comme on n'en avait probablement jamais vu dans ce lieu maudit.

— Oui, ma grosse tête de mule, c'est bien toi ?

Elle s'accrocha aux barreaux glacés et les secoua.

Le grand corps musclé de Will se releva de sa position accroupie au fond de la cellule. Il fit un pas en avant et chancela avant de se rattraper sur l'autre jambe. Seigneur, il était blessé ! Lui qui était toujours si fort, invincible. Elle ne l'avait jamais vu souffrant.

Ses grandes mains passèrent entre les barreaux et saisirent sa tête pour la rapprocher de la sienne.

— Pandora, comme tu fais plaisir à voir !

Derrière eux, Ewan ordonna d'une voix menaçante :

— Lâchez-la.

Will ne la lâcha pas.

— Qui c'est, celui-là ? demanda-t-il.

— Will, embrasse-moi ou lâche-moi, répondit Dory. Tu empestes.

Will se pencha en avant, déposa un baiser sur son front, puis la libéra.

— Où est le capitaine ? demanda-t-elle, redoutant la réponse.

— Panda ? chuchota alors une forme sombre sur une paillasse au fond de la geôle.

— Il est malade, expliqua Will en regardant Ewan derrière elle. Je répète : c'est qui, lui ?

— Ewan Brody, répondit-elle. Il m'aidera à vous sortir de là. (Du moins l'espérait-elle.) Alors sois gentil avec lui. Capitaine ? Pouvez-vous vous lever ?

— Non, répondit Will à sa place, tout en continuant à observer Ewan d'un air suspicieux.

— Amène-le-moi, ordonna-t-elle. Il faut juste que je le touche.

— Bon sang, Dory, tu ne devrais pas être ici, grommela Will.

Il lança à Ewan :

— Vous auriez dû la retenir, la conduire en lieu sûr.

— Avez-vous déjà essayé de l'empêcher de faire ce qu'elle a décidé ? rétorqua Ewan.

Will esquissa un sourire et se tourna de nouveau vers Dory.

— Si le capitaine n'était pas aussi malade, il te botterait le train pour être venue ici.

— Et comment ! lança son père adoptif depuis sa paillasse. Pandora Wyatt, fiche le camp tout de suite ! C'est un ordre.

— Chuis navrée, cap'taine, mais on n'est plus en mer, répliqua-t-elle.

Il détestait qu'elle imite la façon de parler des pirates. Il insistait toujours pour qu'elle utilise une diction et une grammaire conformes à son rang de lady anglaise.

— Attends que je te ramène sur le *Queen Siren*. Tu laveras le pont tous les soirs pendant une semaine, mademoiselle.

Will soulevait déjà le capitaine de sa paillasse. D'ordinaire, il n'aurait eu aucune difficulté à le porter. Pourtant, elle le vit avoir du mal à le faire. Finalement, son père adoptif passa une main entre les barreaux.

— Dory, chuchota Ewan. Nous devons repartir.

Elle saisit la main du capitaine et sentit instantanément la maladie qui s'accrochait à ses organes. Il avait également un abcès au pied, probablement à la suite d'une morsure de rat. Elle laissa retomber le vent à l'extérieur et dirigea sa magie sur lui, visualisant dans sa tête la lumière curative bleue. Celle-ci passa de sa main à la sienne en diffusant une légère lueur dans la pénombre.

Elle sentit une chaleur dans son dos. Ewan ? Essayait-il de lui donner de la force ? Elle s'adossa à lui tandis qu'elle canalisait son pouvoir vers son père adoptif, s'attaquant aux taches autour et dans ses organes, assainissant la plaie de son pied. Elle devait se souvenir de respirer, car l'effort la vidait de ses forces. Déplacer les fluides et les maux dans un corps requérait beaucoup de finesse, de concentration et de pouvoir. Elle s'appuyait lourdement contre Ewan.

— Will, appela-t-elle.

Ce dernier s'avança et elle lui attrapa la main, ses doigts se refermant autour de son pouce.

Dès le premier contact, elle sentit des contusions et un tendon enflammé qui cicatrisaient déjà, si bien qu'elle ne s'en occupa pas. Elle se concentra sur la brume qu'elle percevait dans ses poumons et les matières noires qui se répandaient dans ses voies respiratoires.

— Je vais bien, objecta Will. Concentre-toi sur le capitaine.

— J'ai assez de force pour vous deux, répondit-elle en espérant que ce soit vrai.

Il tenta de retirer sa main, mais elle retint fermement son pouce.

— Lâche-moi, dit-il. Je suis assez fort.

Une fois la brume dissipée, elle rouvrit les doigts. Will recula sa main pour mieux soutenir le capitaine.

— Dory..., dit Ewan. Vous êtes en train de vous vider de vos forces.

— Tant pis, je lui donnerai tout.

Le capitaine Bart tira précipitamment sur sa main.

— Pas question !

Les jambes molles, Dory le lâcha. Elle sourit, en partie parce qu'Ewan l'avait rattrapée avant qu'elle ne tombe en arrière.

— De toute façon, j'ai terminé.

— Emmenez-la, chuchota Will à Ewan.

Dory ôta une épingle de sa chevelure.

— Prends ça et crochète la serrure, dit-elle à Will. Puis suivez-nous.

Ewan glissa un bras sous ses genoux et la souleva.

— Il y a des gardes partout, indiqua-t-il. S'ils la voient avec vous, ils sauront qu'elle vous a aidés. Il vaudrait mieux attendre cette nuit.

— Non, protesta Dory contre lui. Nous sommes arrivés jusqu'ici. Ils doivent s'évader maintenant.

— Non, mon enfant, objecta le capitaine Bart. L'Écossais a raison. Tu as suffisamment pris de risques. Nous trouverons une solution.

Elle ferma les yeux et entendit Will triturer la serrure avec l'épingle.

— Une fois la porte ouverte, nous pourrons sortir au moment opportun. Pars, Dory.

Will haussa la voix d'un cran pour s'adresser à Ewan :

— Si vous la laissez se mettre en danger à nouveau et qu'il lui arrive malheur, je vous hanterai jusqu'à ce que vous vous tranchiez vous-même la gorge.

— On ne peut pas arrêter une tornade, maugréa Ewan.

Le capitaine Bart émit un petit rire. Dory sentit ses doigts sur son poignet et rouvrit les yeux. Il avait son petit sourire en coin, celui qu'il avait affiché toutes les nuits en la bordant.

— Merci, Panda. Tu dois partir à présent.

Il lança un regard à Ewan.

— Protégez-la, l'Écossais. Jurez-le-moi.

Elle sentit l'abdomen d'Ewan se contracter et sa respiration se figer. Tous ses muscles se bandèrent comme s'il voulait l'envelopper dans une coquille protectrice.

— Je le jure.

La puanteur du moisi envahit ses sens, et elle laissa retomber ses bras.

— Halte ! Qui va là ?

— Nom de nom, gronda Will. Filez !

Ewan grommela quelque chose en gaélique et tourna les talons. Elle sentit de l'acide se répandre dans son ventre, et ses pupilles se dilatèrent. Ils étaient dans de sales draps. De très sales draps.

*

* *

Ewan pivota, mais l'expression sur le visage des deux prisonniers lui avait déjà indiqué qu'il n'y avait pas d'autre issue. Avec Dory dans les bras, un combat était hors de question. Il entendait les gardes hâter le pas vers eux dans le couloir. Combien étaient-ils ? Avec Will et le capitaine, pouvaient-ils les affronter ? Dans la lueur des torches, il distingua six soldats avançant deux par deux dans l'étroite galerie. Même s'ils les combattaient en y mettant toutes leurs forces, Ewan était le seul à être armé. Il lui fallait un autre plan pour mettre la jeune femme à l'abri.

— À l'aide ! cria-t-il. Par ici ! À l'aide !

— Bon sang, que faites-vous ? chuchota l'ami de Dory.

— Si vous voulez que Dory sorte d'ici vivante, retournez vous allonger sur la paillasse, répliqua Ewan.

Le capitaine tira le grand gaillard en arrière pour l'entraîner dans un recoin sombre.

— Nous sommes ici ! cria encore Ewan. Mon épouse ! Elle s'est évanouie.

Les gardes les rejoignirent, l'épée à la main. L'un d'eux regarda dans la cellule, mais ne vit personne près des barreaux.

— Que faites-vous ici ?

— Quand la grêle s'est abattue, nous avons couru nous réfugier dans le premier bâtiment que nous avons vu, sans savoir qu'il s'agissait d'une prison, expliqua Ewan.

— Pourquoi vous êtes-vous aventurés si loin ? demanda celui qui semblait être le chef.

— J'ai pensé qu'il y avait un passage vers un édifice plus sûr, afin de ne pas avoir à ressortir.

— Est-ce que..., commença Dory d'une voix faible. Est-ce que la tempête s'est calmée ?

Ewan la tint en équilibre sur une cuisse et écarta les cheveux de son visage.

— Je crois, mon amour.

Il interrogea un garde du regard et celui-ci acquiesça.

— Mon chapeau ! Ai-je toujours mon chapeau ? C'est un présent qu'on m'a fait. Il est assorti à ma tenue.

Ewan émit un petit rire et secoua la tête.

— Ah, les préoccupations d'une dame ! Je vous offrirai un million de chapeaux, mon ange, mais pour le moment nous devons vous conduire en sécurité.

Il se tourna vers les gardes.

— Dieu merci, vous nous avez trouvés ! Pouvez-vous nous conduire à la sortie ?

— Bien sûr, répondit l'un des gardes.

Le chef fronça les sourcils, puis tourna les talons.

Ewan emboîta le pas aux six hommes en portant toujours Dory dans ses bras. Plusieurs prisonniers s'approchèrent des barreaux, les observant. Les dénonceraient-ils ? Diraient-ils aux gardes qu'ils avaient parlé au capitaine Bart et à Will ? Ils les suivirent des yeux, mais aucun d'eux ne parla. Craignaient-ils à ce point les deux pirates ?

Lorsqu'ils émergèrent à la lumière du jour, Ewan cligna des yeux, momentanément aveuglé.

— Mon chapeau, répéta Dory en battant des cils. Pouvons-nous le chercher en chemin vers la sortie ?

Elle gesticula pour se redresser et Ewan la posa délicatement sur le sol. Elle se retint lourdement à son bras.

— Mon amour, nous devons y aller, lui dit-il. Ces braves hommes nous ont tirés d'affaire.

Elle se tourna vers les gardes avec un grand sourire et ils semblèrent se figer. Même échevelée, Dory avait l'air d'un ange. Une chevelure châtain clair striée de reflets dorés et encadrant des traits délicats. Des lèvres pleines et sensuelles qui sentaient la menthe. Des yeux vifs où une douce lueur pouvait naître aussi rapidement qu'une bourrasque. Des joues qui rougissaient facilement sous l'effet de la colère ou de la passion. L'ensemble était dévastateur et les malheureux gardes étaient conquis.

— Merci, mes bons messieurs, dit-elle d'une voix essoufflée. Vous nous avez sauvés.

Il y eut un silence tandis que cet éloge leur faisait gonfler le torse, comme envoûtés. Un groupe de coqs se tenant devant sa petite sorcière, sa pirate... et son épouse.

— Protéger et sauver est notre devoir, milady, répondit le chef, totalement sous le charme.

Elle posa des doigts délicats sur son bras.

— Vous êtes tous très courageux. Mon mari, vous devriez prendre exemple sur eux.

— Je ferai de mon mieux, mon épouse, répondit-il en jouant le jeu.

— Allons, milady, fit le garde. Vous ne pouvez vous attendre à ce que tous les hommes soient aussi valeureux que les célèbres gardiens de la Tour.

— Vous êtes trop charmant, roucoula-t-elle.

L'homme pouvait-il enfler davantage ? Si Ewan le transperçait avec la pointe de son épée, il s'envolerait comme un ballon de baudruche.

Il reprit le bras de Dory.
— Nous ferions mieux de partir, lui dit-il.
Elle salua les gardes qui les avaient escortés jusqu'au grand portail. Ewan marchait lentement pour lui laisser le temps de récupérer. Elle était encore pâle. Sa magie guérisseuse semblait l'avoir considérablement épuisée.
— Désolé pour votre chapeau, dit-il en la menant vers les chevaux.
— Pardon ?
— Votre chapeau, répéta-t-il avec une petite tape sur son crâne.
— Ah ! De toute façon, je le détestais.
— Je te tiens, sale petit mendiant !
Cette voix aiguë les arrêta net. Elle s'élevait de la rue qui longeait les douves.
— Cordieu ! s'exclama Dory avant de bifurquer dans cette direction.
— Dory ?
Il la suivit et lui reprit le bras. Un peu plus loin, il reconnut la femme en question. C'était l'épouse de Pembroke, qu'ils avaient vue la veille lors du dîner. Elle agitait la main vers un constable, tandis que son mari tenait par le col le garçon à qui Dory avait parlé plus tôt.
— Au voleur ! Au voleur ! Ce voyou a tenté de fouiller ma poche !
— Ah, te voilà ! s'exclama Dory en hâtant le pas. Petit sot, tu t'es trompé de poche !
Tout le monde se tourna vers elle. Même exténuée et privée de son chapeau, elle captait l'attention. Elle entra sans hésiter dans la mêlée, arracha l'enfant stupéfait des mains de Pembroke et se pencha pour le regarder en face. Le garçon roulait de grands yeux ronds. Ses traits délicats se plissèrent

en une expression de désarroi lorsque Dory agita l'index sous son nez.

— Je t'avais dit une robe violette, pas bleu canard.

Un garde de la Tour arrivait en courant.

— Que se passe-t-il ? demanda-t-il.

— Ce... Ce garçon..., commença lady Pembroke.

— ... s'est trompé, acheva Dory. C'est que, voyez-vous, ayant tellement entendu parler des pickpockets qui sévissent à Londres, je voulais apprendre à me défendre.

Elle montra Ewan, qui était aussi immobile que les autres et se demandait ce qu'elle mijotait encore. Plus tôt, elle avait prévenu l'enfant de ne pas rester dans les parages de la Tour. Apparemment, son conseil n'était pas rentré dans l'esprit téméraire du gamin.

Ewan scruta la foule et ne vit pas Randolph, le chef de la bande. Le garçon était livré à lui-même.

Tout en attirant celui-ci dans ses jupes, Dory poursuivit :

— Je l'ai donc engagé pour qu'il me fasse les poches, afin d'apprendre à faire la distinction entre un simple effleurement accidentel et un vol. Il m'a confondue avec lady Pembroke.

Dory sourit, comme si cette explication coulait de source. Tout cela était absurde. Néanmoins, Ewan ne pouvait la laisser se dépatouiller seule.

— Mon épouse a l'esprit pratique et tient à pouvoir se défendre des pickpockets plutôt que de dépendre de mon bras ferme.

Il lui adressa un regard de reproche.

— Je n'approuve pas toujours ses méthodes mais, en effet, ce garçon a été recruté pour lui faire les poches.

Il sortit un shilling de sa bourse et le pressa dans la paume crasseuse du gamin. Les doigts de l'enfant se refermèrent dessus comme s'il s'agissait d'un quignon de pain et qu'il n'avait rien mangé depuis trois jours. Ce qui était probablement le cas.

La coiffe de lady Pembroke s'agita.

— Je n'ai jamais rien entendu d'aussi... d'aussi...

— Progressiste, fit Dory. Je sais. J'aime me tenir au courant des dernières idées concernant la sécurité publique, pas vous ?

Elle interrogea le garde du regard.

Ewan remarqua que le garçon essayait de se libérer de la prise de Dory, qui le retenait fermement. Il se pencha et lui glissa à l'oreille :

— Reste tranquille, ou on t'abandonne à ton sort.

— Euh... oui, bien sûr, répondit le garde. Néanmoins, je vous conseille d'éviter les rues. Les voleurs sont de plus en plus nombreux dans la ville.

— Tss, tss, dit-elle. C'est vraiment regrettable. Plus les gens sont pauvres, plus ils sont prêts à faire n'importe quoi pour survivre.

Elle sourit à nouveau et demanda :

— Et vous, que feriez-vous si vous mouriez de faim ?

Ses sourcils délicats haussés, elle balaya du regard toutes les personnes assistant à la scène. Personne ne broncha. Ils étaient comme médusés. Les avait-elle ensorcelés ? Non, c'étaient ses paroles et son sourire qui les charmaient.

Comme si elle libérait son public, elle saisit le poignet du garçon et tourna les talons.

Ewan salua l'assistance et la suivit.

Dory entraîna l'enfant à une bonne distance, puis s'agenouilla devant lui pour le regarder droit dans les yeux.

— Je t'avais bien dit que tu finirais dans la Tour si tu continuais à chaparder dans le coin. Si je n'avais pas été là, le garde t'aurait arrêté.

— Merci, milady. Je peux partir, maintenant ? Je promets de ne plus jamais voler.

Dory émit un petit rire.

— Tu voleras encore, parce que tu n'as pas d'autre moyen de survivre. La faim te tord le ventre et tu t'efforces de dormir pour oublier la douleur un moment.

Comment le savait-elle ? Ewan sentit son propre ventre se nouer en l'imaginant affaiblie et affamée. Son cher capitaine Bart tolérait-il de telles tortures ?

Dory se redressa.

— Garde pour toi la pièce qu'Ewan t'a donnée. Ne la partage pas avec ce Randolph qui semble t'avoir abandonné.

Le garçon secoua la tête.

— Il ne pouvait rien faire. Ici, c'est chacun pour soi.

Sa voix était presque aussi mélodieuse que celle d'une petite fille. Quel âge pouvait-il avoir ?

Dory décrocha un dé à coudre en argent de la ceinture de breloques que lui avait offerte lady Seymour et le déposa dans son autre main.

— Si tu te lasses de donner tout ce que tu voles à Randolph, qui t'abandonne quand tu as le plus besoin de lui, viens à Hampton Court et montre ceci au garde en lui disant que tu travailles pour lady Pandora Brody. Je te trouverai un emploi honnête.

Elle ne lança pas un seul regard à Ewan, se concentrant sur les yeux du garçon. Ses promesses n'étaient pas réalistes, mais l'enfant ne viendrait probablement jamais. Il échangerait le dé contre de la nourriture. Il fallait espérer qu'il en garderait pour lui. Il y avait là de quoi le nourrir durant des semaines.

L'enfant acquiesça et Dory lui sourit.

— Ne te contente pas de vivoter. Tu vaux mieux que cela, beaucoup mieux.

Ces paroles étaient comme du miel pour l'enfant. Une lueur illumina son regard terne.

— Merci, milady.

Elle déposa un baiser maternel sur son front.

— Sois prudent, dit-elle.

Le gamin détala.

Alors qu'ils le regardaient se fondre dans la foule, Ewan observa :

— Vous ne lui avez pas demandé son nom.

Dory haussa les épaules.

— Il me le dira s'il vient me voir, répondit-elle tristement. Et sinon... il y a trop de noms dont il faut se souvenir.

*

* *

Ewan ouvrit la porte de leur chambre et regarda à l'intérieur. Une fois assuré que tout semblait en ordre, il laissa Dory entrer. Elle s'affala sur le bord du lit. Le vent et la pluie avaient froissé sa tenue de cheval. Le bas de ses jupes ainsi que ses bottines en cuir étaient couverts de taches jaunâtres et malodorantes.

— Vous devriez vous changer, dit-il.

Elle ne discuta pas. Elle n'avait pas dit un mot depuis qu'ils avaient repris la route. Il aurait dû être furieux contre elle. Elle était probablement responsable de la tempête et de la grêle. Le ciel s'était dégagé avant qu'elle ait besoin d'une diversion. Il espérait que personne n'établirait un lien entre elle et cet étrange phénomène météorologique.

Il l'aida à sortir les bras de sa petite veste cintrée, sans prêter attention à la manière dont sa poitrine gonflait son décolleté à chaque respiration. Elle se laissa tomber en arrière sur le dos.

Il lui souleva un pied et délaça sa bottine. Il en profita pour lui ôter son *sgian dubh* et le déposa sur la table de chevet en marqueterie.

— Votre magie vous a exténuée, gronda-t-il d'une voix rauque. Vous avez rompu votre promesse de ne pas y recourir.

Elle se couvrit les yeux d'un bras.

— J'avais des circonstances atténuantes. En outre, personne ne peut savoir que c'était moi.

— Je l'espère pour nous tous !

Il la fit rouler sur le ventre et dénoua habilement ses lacets.

— C'est vrai que vous êtes doué pour déshabiller les femmes, grommela-t-elle. Will mettait beaucoup plus de temps.

Ewan s'immobilisa.

— Will ? Le Will qui est en prison vous servait de femme de chambre ? Il vous *déshabillait* ?

La tension contractait les muscles de ses épaules et de ses bras.

— Il n'y avait pas d'autre femme à bord, expliqua-t-elle avec un haussement d'épaules. Quand le capitaine Bart a insisté pour que je commence à porter des vêtements féminins, il fallait bien que quelqu'un m'aide avec les agrafes et les lacets. Le capitaine a dit que ce n'était pas à lui de s'en charger. L'équipage aurait jasé.

— Alors que l'équipage ne trouvait rien à redire quand ce colosse vous déshabillait ?

Dory se retourna avec un air agacé.

— Will est comme mon frère. Il ne s'est rien passé d'inconvenant.

Elle fit un petit mouvement de la tête, avant de corriger :

— Enfin, presque rien.

Ewan avait vu l'homme en question dans une cellule sombre. Même couvert de crasse, avec des cheveux trop longs et sales, beaucoup de filles l'auraient trouvé beau. En outre, il avait l'âge de voir en Dory la femme adulte qu'elle était. La menace dans sa voix lorsqu'il avait parlé à Ewan avait contenu plus qu'une inquiétude fraternelle.

Dory se redressa sur les coudes et dévisagea d'un regard noir Ewan qui la surplombait. Il fut soulagé de constater qu'elle reprenait du poil de la bête, bien que ce soulagement soit tempéré par un accès de colère.

— Que vous a-t-il fait ?

— Une fois, il a voulu m'embrasser et cela a dégénéré. Je lui ai fait savoir que je n'étais pas intéressée.

Ewan se tendit.

— Dégénéré ?

— J'ai mis le holà.

— Comment avez-vous pu convaincre un molosse tel que lui que vous n'étiez pas intéressée ? grogna-t-il.

Dory acheva de se redresser. Sa poitrine généreuse étirait le drap fin de sa chemise en faisant pointer ses mamelons. Il se força à relever les yeux vers son regard noir.

— J'ai planté mon couteau dans le problème, répondit-elle succinctement, lançant un regard vers l'entrejambe d'Ewan.

Ce dernier avait le même problème.

— Vous avez planté votre couteau dans son… ?

Elle acquiesça.

Il grimaça. Comment le malheureux avait-il survécu ?

— Ensuite, je l'ai guéri, naturellement, déclara-t-elle. Néanmoins, il a compris le message.

Elle sourit avant d'ajouter :

— Un message bien senti, si je puis dire.

Ewan s'assit au bord du lit. Sa fureur qui s'était mêlée à une excitation croissante retombait à présent, tandis que la scène grotesque se jouait dans sa tête.

— Je vous ai dit que je savais me défendre, dit-elle en se levant pour tisonner le feu de cheminée.

Ewan resta assis pendant qu'elle se débarbouillait dans une bassine. Elle sortait une robe simple de l'armoire lorsqu'on toqua à la porte. Il se leva et ouvrit à Tilly, chargée d'un plateau.

— Milord, le salua-t-elle avec une petite révérence.

Elle déposa son plateau sur la table devant la cheminée.

— Milady, j'ai appris que vous étiez de retour et j'ai pensé que vous aimeriez une boisson chaude.

Elle se redressa et cessa de sourire.

— J'ai également été envoyée pour vous aider à vous habiller pour la soirée.

— Par qui ? demanda Ewan.

— Lord Cromwell. Il dit que vous êtes tous deux conviés au dîner du roi.

8

2 février de l'an de grâce 1518

Ma très chère Kat,

J'apprends que vous êtes souffrante. John semble inquiet. Demandez-lui qu'il vous éloigne de la Cour pour un temps. De toute manière, je n'aime pas la manière dont Henri vous regarde. Je surveillerai notre contact. Remettez-vous vite, ma douce Kat.

Éternellement vôtre,

Rowland

La grande salle à manger de Hampton Court brillait de centaines de chandelles, leurs petites flammes dansant comme des notes sur les cordes d'une mandoline. L'air était chargé d'odeur de cire d'abeille, de romarin et de viande rôtie. Des bruissements de soie et de damas fluaient et refluaient avec le bourdonnement des conversations chuchotées et des messes basses politiques.

Le roi était assis au centre de la grande table. Le voyant mordre dans un énorme pilon juteux, Dory se demanda si le gamin de la Tour avait pu se procurer de la nourriture. Elle lança un regard à ta table jonchée de plats de faisan, de porc, de pains et de fruits confits. Son estomac se retourna. Sacrebleu ! Avec ce qui était servi ici pour une cinquantaine de personnes, elle aurait pu nourrir tous les enfants de Port Royal.

— Souriez. Il vous regarde, lui glissa Searc.

Le roi Henri essuya sa bouche sur sa manche et lui sourit. Elle lui retourna son salut en espérant qu'elle ne paraissait pas aussi raide qu'elle se sentait.

Ewan se pencha vers son oreille.

— Il vous dévore des yeux. Vous êtes trop jolie dans cette robe.

Il paraissait encore plus bourru que le capitaine Bart, le ventre vide.

La robe qu'elle avait choisie était en brocart d'un bleu tirant sur le violet, son corsage rehaussé d'un motif de feuilles de lierre brodées au fil d'or. Elle était tellement ajustée qu'elle avait du mal à respirer – ou peut-être était-ce à cause du regard pénétrant du roi ?

— Vous auriez dû mettre une veste, ajouta Ewan en lançant un regard à Searc.

— Ne me regarde pas comme ça, protesta l'adolescent. Je n'ai pas de veste à lui prêter.

— Ce n'est rien, les gronda doucement Dory.

Certes, le décolleté était un peu profond, mais nullement exagéré. Une bande de dentelle bordait le col en satin. Aguicheur, sans rien montrer.

Henri lui fit signe d'approcher. Ewan décida de la suivre, en dépit du léger froncement de sourcils du roi. Dory s'accroupit en une profonde révérence, comme elle avait vu faire certains membres de l'équipage du *Queen Siren*. Ce souvenir l'aida à sourire lorsqu'elle se redressa.

— Votre Majesté.

Ewan répéta ces paroles d'une voix nettement plus forte.

Henri les regarda tous deux de haut en bas, et Dory se rendit soudain compte que le petit chapeau qu'elle avait perdu à la Tour se trouvait sur la table devant lui. Il était tout froissé.

— J'espère que la visite de ma Tour vous a plu, déclara le roi.

— Oui, Votre Majesté, malgré un temps effroyable. Je vois qu'on a retrouvé la coiffe que j'ai perdue.

— On m'a dit que vous étiez souffrante à votre retour, dit Henri en piochant une mûre dans une coupe.

— Toutes ces émotions l'ont épuisée, expliqua Ewan. Se retrouver dans une prison alors qu'une tempête faisait rage au-dehors l'a terrifiée.

— Sans compter que j'étais désespérée d'avoir perdu mon chapeau, ajouta-t-elle. C'est qu'il va avec ma tenue d'équitation, voyez-vous.

Henri poussa le chapeau vers elle sur la table et elle le saisit. Elle percevait une tension dans l'air, sans en comprendre la cause.

— Merci, Votre Majesté. Il est peut-être encore récupérable.

Quand elle vit Henri lancer un regard vers la porte de la salle devant laquelle deux soldats armés montaient la garde, les poils de sa nuque se hérissèrent. Le tonnerre gronda non loin. Elle sentait un danger aussi clairement que si on avait pressé une lame sur sa gorge.

Il y eut un silence pesant, qu'Ewan finit par briser :

— Votre Majesté, avez-vous eu l'occasion de...

— J'ai lu les lettres, l'interrompit Henri. Je conviens que Rowland Boswell était un traître. Sa charogne sera pendue et livrée aux corbeaux qui n'en laisseront que les os.

Dory frémit, non à cause de l'image repoussante mais en raison de l'atmosphère menaçante qui flottait dans la salle. Elle saisit discrètement la main d'Ewan et perçut aussitôt sa tension. Tous ses muscles étaient bandés comme s'ils n'attendaient plus qu'un signal pour passer à l'action.

Henri saisit son couteau et une prune. Il les fit tourner entre ses doigts, puis enfonça lentement la pointe de la lame dans la chair du fruit.

— Cependant, des informations reçues aujourd'hui me laissent penser qu'il existe d'autres traîtres dans mon entourage.

Un silence de plomb s'abattit sur la salle. Dory s'attendait presque à voir surgir un bourreau armé d'une hache, prêt à la couper en deux. Elle n'osait pas quitter Henri des yeux.

— Comme dans l'Éden, le pire ennemi de l'humanité est toujours une belle femme.

Une femme ? Vraiment ? Dory connaissait le monde et avait lu la Bible. Chaque coup mortel, chaque meurtre abominable, chaque monstrueuse traîtrise avait toujours été perpétré par un homme.

— Je crois que c'était un serpent, Votre Majesté, corrigea-t-elle.

Henri planta de nouveau son couteau dans le fruit et un jus rouge sang lui glissa le long des doigts. Il ouvrit la bouche, mais Ewan le prit de vitesse.

— Je crois que vous avez raison au sujet de la présence d'un traître dans votre cour, Majesté.

— Vous avez rendu visite à deux pirates notoires dans la Tour aujourd'hui, déclara Henri.

Ses narines se dilatèrent et il pinça les lèvres.

Dory s'efforça de respirer.

— En effet, répondit Ewan. Nous voulions nous entretenir avec l'homme qui a recueilli les dernières paroles de Katharine Wellington, la mère de mon épouse.

James Wellington s'approcha. Henri releva le menton et dévisagea durement Ewan.

— Pourquoi ce pirate les aurait-il entendues ?

— Parce qu'il a élevé Dory, après que sa mère est morte en couches à bord de son navire.

— Faux ! protesta Wellington. Le pirate a probablement tué ma belle-sœur et enlevé Rebecca.

— Non ! s'exclama Dory. Le capitaine Bartholomew Wyatt est un homme honorable. Il ne tuerait jamais une femme. Ma mère est morte d'une fièvre après ma naissance.

— S'il est si honorable, pourquoi ne vous a-t-il pas rendue à votre famille ? rétorqua Wellington.

— Ma mère l'a supplié de me protéger et de me garder en mer jusqu'à ce que je sois adulte.

— Balivernes ! Pourquoi aurait-elle agi de la sorte ? Ma belle-sœur aimait sa famille et aurait voulu que vous – si vous êtes réellement ma nièce – grandissiez ici chez elle en Angleterre.

Ewan glissa le pouce sous le médaillon en argent suspendu au cou de Dory.

— Avec ce bijou et leur ressemblance, il ne fait aucun doute que Pandora Wyatt Brody est bien Rebecca Wellington, l'enfant de Katharine.

Henri se massa le front.

— C'est pourquoi vous avez voulu libérer ce capitaine Bart et son marin ?

— Nous n'essayions pas de les libérer. Uniquement de les interroger.

— Néanmoins, ils devraient être libérés, ajouta Dory.

Ewan exerça une pression sur son bras.

— Les lettres parlent d'un troisième traître, reprit Ewan afin de les ramener sur le sujet important.

Henri acquiesça d'un air impatient.

— Vous voulez dire que cette Kat à laquelle s'adressent ces lettres serait Katharine Wellington ? Qu'elle était partie prenante dans le complot de Rowland Boswell ?

Dory blêmit et un éclair fendit le ciel, faisant sursauter plusieurs dames.

— Non, dit-elle.

— Oui, répondit Ewan en même temps.

— Non ! hurla Wellington. C'est un outrage !

Ewan leva une main pour l'arrêter.

— Je crois qu'elle a été dupée. Ou alors, elle a risqué sa vie pour vous sauver ainsi que votre fille, Votre Majesté.

— Soyez plus clair, fit Henri, agacé.

Dory retenait son souffle, une main sur le ventre. Elle ne pouvait le croire... Son père *et* sa mère auraient été des traîtres ? Qu'est-ce que cela faisait d'elle ? Pire qu'une bâtarde.

— Katharine Wellington était en mer lorsqu'elle a ressenti les premières contractions, expliqua Ewan.

— Elle traversait la Manche pour se rendre à Calais, intervint Wellington. Elle avait quitté mon frère. John était anéanti.

— Le capitaine Wyatt avait accepté de la prendre à son bord parce qu'elle était enceinte, poursuivit Ewan. Elle a accouché durant la traversée. Elle l'a supplié de garder sa fille avec lui quand elle a compris qu'elle allait mourir.

— C'est l'histoire qu'on m'a toujours racontée, confirma Dory.

— Mais pourquoi ? demanda Henri.

— Parce que je crois qu'elle n'était pas une traîtresse, contrairement à ce que ces lettres laissent penser. Quelqu'un voulait sa mort. Je pense qu'elle le savait et fuyait l'Angleterre afin de mettre son enfant à naître dans un lieu sûr. Puis, quand elle a compris qu'elle ne survivrait pas, elle a demandé au capitaine de protéger sa fille car elle craignait pour sa vie.

— Elle avait peur du troisième conspirateur mentionné dans les lettres ? demanda Henri.

Ewan acquiesça lentement.

— Son nom n'est jamais indiqué, mais Katharine était en contact avec lui.

— J'exige de voir ces lettres ! tonna Wellington.

Henri agita une main pour le calmer.

— Mon secrétaire est en train d'en faire des copies.

Il se tourna de nouveau vers Dory et Ewan.

— Donc, il y avait un troisième traître qui n'est jamais passé à l'acte et n'a pas été démasqué.

— S'il n'est pas passé à l'acte, cela fait-il vraiment de lui un traître ? demanda Cromwell qui se tenait à la droite du roi.

Henri lui lança un regard torve.

— Quiconque ne fait même que prier pour que je n'aie pas d'héritier est un traître. Vous avez votre fils, lord Cromwell ; je veux le mien.

— Je crois qu'il est passé à l'acte, dit Ewan, attirant de nouveau l'attention du roi. Combien d'enfants la mère de Marie a-t-elle perdus ?

Dory retint son souffle. Était-ce bien judicieux de mentionner la première épouse d'Henri, qu'il avait répudiée pour épouser la reine Anne ?

— Six, répondit sombrement Henri. Dans les lettres, il est écrit que le traître devait m'empêcher d'avoir des héritiers.

Il abattit son poing massif sur la table et se leva d'un bond.

— Je veux qu'on le trouve !

Il se pencha vers Ewan.

— Votre pirate l'a-t-il vu ?

— Je l'ignore. Je n'ai pas eu l'occasion de le lui demander.

Les méninges de Dory tournaient à toute allure. Ewan avait dû réfléchir à tous ces détails au préalable. Pourquoi ne lui avait-il rien dit ? Ne lui faisait-il pas confiance ? Après tout, il s'agissait de sa famille, aussi bien biologique qu'adoptive. Quelles que soient les autres affaires qui retenaient l'attention du roi, elle devait faire sortir de la Tour les seules personnes qui comptaient pour elle. Si Ewan ne partageait pas avec elle ses informations, elle n'avait aucune raison de lui faire part de ses plans.

— Si vous libériez Will et le capitaine Wyatt, vous pourriez les interroger, suggéra-t-elle.

— Je peux fort bien les interroger dans la Tour, répliqua Henri.

Dory refoula un haut-le-cœur. Un interrogatoire dans la Tour signifiait généralement la torture.

— Dans ce cas, ils ne pourront fournir les preuves qu'ils détiennent peut-être sur leur navire, objecta-t-elle. Et…

Elle saisit le poing fermé d'Ewan et l'attira contre sa jambe.

— … Ewan et moi collaborerons avec eux pour identifier votre traître et prouver que ma mère essayait de vous protéger ainsi que votre fille, Votre Majesté.

Elle sentit le pouls d'Ewan s'accélérer dangereusement et exerça une pression sur sa main. Il devait accepter. C'était sa seule chance de sauver son père adoptif et Will. En outre, il le lui devait, après lui avoir caché tout ce qu'il savait sur sa mère. Durant tout ce temps, il avait eu ces lettres avec lui et ne les avait jamais partagées avec elle !

Il y eut un long silence, tout le monde dans la salle guettant le moindre tic sur les traits sculpturaux du monarque. Dory respirait très lentement, la gorge trop nouée pour laisser passer plus qu'un filet d'air.

Ewan tendit la main au-dessus de la table. *Plink !* Une lourde bague tomba là où s'était trouvé le chapeau un peu plus tôt. Elle roula vers Henri, qui la saisit dans son poing. Son regard dur se concentra sur Ewan avec une haine non dissimulée.

— Elle est à vous ? demanda-t-il avec une moue de dégoût.

Que fabriquait Ewan ? Elle était presque parvenue à convaincre Henri de les laisser partir.

— Non. Boswell la portait lors de sa mort.

Les doigts du roi s'ouvrirent lentement pour révéler la chevalière en or. En la regardant, Dory pensa à celle que sa mère avait laissée au capitaine Bart et qu'elle n'avait jamais vue elle-même.

Tout le monde se pencha pour mieux voir. Dory, qui se trouvait au premier rang, distinguait clairement le dessin gravé sur la bague : une grande rose au-dessus de deux plus petites. La fleur principale semblait légèrement différente de la rose Tudor.

Henri releva les yeux vers Ewan.

— Il portait l'insigne des Lancastre ?

— Oui. C'est à se demander si Boswell et son complice ne projetaient pas de les mettre sur le trône d'Angleterre.

Des hoquets de stupeur et des chuchotements se répandirent le long de la salle. Henri frappa à nouveau du poing sur la table. Son visage replet était devenu écarlate.

— Ni la maison de Lancastre ni la maison d'York ne me prendront mon trône !

— Je crains néanmoins que cela n'ait été leur projet, Votre Majesté, dit doucement Ewan.

— Cromwell ! hurla le roi, alors que son ministre se trouvait juste à côté de lui.

— Oui, Votre Majesté.

— Ce capitaine Wyatt...

— Et Will Wyatt, ajouta Dory.

Henri agita une main en l'air comme s'il chassait une mouche.

— ... et l'autre pirate, reprit-il, nettoyez-les et faites-les conduire ici pour être interrogés.

Ses petits yeux noirs semblaient lancer des poignards en direction d'Ewan. Il était probablement furieux de ne pouvoir les faire exécuter pour passer à autrc chose. Cependant, Ewan avait encouragé sa suspicion au point qu'il lui fallait désormais des réponses.

— Ils aideront ces deux-là à démasquer le félon, poursuivit le monarque en fixant Ewan. S'ils échouent, les Brody prendront la place du traître sur Tower Hill[1].

*

* *

Ewan s'adossa au mur devant Searc qui, accroupi sur les dalles de l'écurie, affûtait la lame de son épée avec une pierre.

---

1. Petite colline située à proximité de la Tour de Londres où, du Moyen Âge à la fin du XVIIIe siècle, avaient lieu les exécutions publiques des personnalités de haut rang. *(N.d.T.)*

— Tu partiras demain avant l'aube, Searc.

— Pas sans toi ni la fille, répondit l'adolescent.

— Si Rachel était là, je suis sûr qu'elle te jetterait un sac sur la tête, te chargerait sur son dos et te porterait jusqu'en Écosse. C'est devenu trop dangereux.

— Ma mère n'est pas là, rétorqua Searc. Et je ne laisserai pas cette femme à ta merci.

— À ma merci ?

Searc esquissa un sourire et haussa une épaule.

— Lady Meg m'a ordonné de ne pas te laisser voler le cœur d'une Anglaise. J'ai donc le devoir de rester.

Le chat tigré s'étira sur la couche de l'adolescent et ronronna, comme pour marquer le fait qu'ils n'avaient aucune intention de partir.

Ewan émit un grognement de dépit.

— C'est un prétexte absurde. Dory est parfaitement capable de se défendre.

Elle savait également très bien le manipuler. Non, elle ne risquait pas d'avoir le cœur brisé comme les jeunes femmes ordinaires qu'il avait connues, avec leurs doux sourires et leurs âmes tendres. Elle était tellement différente des autres que ce serait comme comparer Gaoth avec un mouton. Cette fille était une combattante.

— Si la situation se corse encore, tu rentreras à la maison même si je dois t'assommer et t'attacher à ton cheval, gronda-t-il.

Ewan s'écarta du mur d'un coup de talon et sortit.

La chambre qu'il partageait avec Dory se trouvait au bout d'un long couloir qui courait sur tout le périmètre de Hampton Court. Dormait-elle encore ? Avait-elle abaissé la barre comme il se devait ? Probablement pas. Il s'arrêta devant la porte et tendit l'oreille.

Des voix ? *Des voix !*

Il ouvrit la porte, qui n'était pas verrouillée. Un homme se tenait devant la cheminée, torse nu, lui tournant le dos. L'espace d'un instant, Ewan crut s'être trompé de chambre, puis l'homme se pencha pour embrasser une tête ébouriffée aux reflets dorés qui se tenait devant lui.

Sa lame sortit de son fourreau dans un chuintement de métal. Son sang de guerrier battait à ses tempes.

— Que se passe-t-il ici ? s'exclama-t-il.

— Ewan ? dit la voix de Dory derrière le géant.

Ewan traversa la chambre, l'épée pointée sur la jugulaire du colosse.

Dory bondit entre eux.

— Arrêtez ! C'est Will et le capitaine.

Elle fit un geste vers le lit, sur lequel était assis l'homme plus âgé qu'il avait vu dans la cellule de la Tour. Ce dernier le salua d'un léger signe de tête, mais ne se leva pas pour défendre son fils – ou son marin, ou qui que soit cet individu à moitié nu.

Dory portait sa chemise de nuit blanche, le fin tissu cachant à peine les cercles sombres de ses aréoles. Will la poussa derrière lui, comme si Ewan la menaçait. Comment osait-il la toucher !

— Cessez tous de me pousser d'un côté et de l'autre, maugréa la jeune femme en revenant se placer devant le pirate. Ewan, abaissez votre épée. Will, recule.

Comme ni l'un ni l'autre ne bougeait, elle soupira et se tourna vers le lit.

— Capitaine Bart ? Votre aide ne serait pas de trop.

— C'est aussi drôle que regarder Will faire la danse de l'épée avec O'Neil, répondit le capitaine.

Du coin de l'œil, Ewan le vit néanmoins se lever.

— Les gardes les ont amenés ici il y a une heure, expliqua Dory. J'ai dû insister, car ils ne voulaient pas les laisser seuls avec moi sans votre présence.

— Ils n'auraient jamais dû se laisser convaincre, grommela Ewan sans quitter des yeux l'homme torse nu. Et pourquoi ne porte-t-il pas de chemise ?

Dory lui montra des guenilles empilées dans un coin.

— Elles sont irrécupérables. J'ai envoyé Tilly chercher des vêtements.

Les hommes pouvant rivaliser avec la musculature d'un Highlander étaient rares ; Will en faisait partie. En outre, Ewan n'était pas disposé à le laisser s'exhiber devant Dory. Peu importe qu'ils aient grandi ensemble et que cet énergumène l'ait déjà habillée et déshabillée.

Les mâchoires crispées, il se dirigea vers l'armoire dans laquelle il avait laissé sa sacoche et en extirpa une chemise propre.

— La mienne lui ira.

— Ça m'étonnerait, bougonna Will.

Dory leva les yeux au ciel et prit la chemise.

— Merci.

Leurs regards se croisèrent un instant. Il y avait tant de choses dans celui de Dory qu'il ne parvenait pas à déchiffrer. Des mystères, des secrets… des mensonges ? Elle pinça les lèvres, et ses yeux gris l'implorèrent en silence de faire preuve de patience ; puis elle tourna la tête.

Ewan la regarda habiller Will comme si ce grand benêt ne pouvait se vêtir tout seul. Il se laissait faire. Il esquissa même un sourire narquois vers Ewan pendant qu'elle nouait le col de la chemise.

Cela fit rire le capitaine. Dory se tourna vers Ewan et lui adressa un « merci » silencieux.

Elle ne l'aurait pas remercié si elle avait su qu'il était à un cheveu de s'assurer que Will ne se méprendrait jamais plus sur ses attentions. N'avait-elle pas dit qu'elle ne pouvait réparer un membre sectionné ?

Une fois Will habillé, le capitaine Bart se dirigea à son tour vers l'armoire et en sortit une robe simple.

— Ils se calmeront plus rapidement si tu enfiles quelque chose, dit-il sur un ton qui ne tolérait aucune contestation.

Dory prit la lourde jupe et le corsage, puis disparut derrière le paravent, les joues aussi roses qu'un coucher de soleil. Des coups sourds et des jurons indiquèrent qu'elle se dépêchait de se vêtir.

— Je vais t'aider, annonça Will en faisant un pas vers le paravent.

Sans réfléchir, Ewan se plaça devant lui, lui barrant la route.

— Si elle a besoin d'aide, je m'en chargerai.

— Qui êtes-vous pour l'aider à s'habiller ? grogna Will.

— Son mari.

— Par les tétons de la putain de Satan ! cria Dory derrière son paravent.

— Ça, c'est bien ma Panda, fit le capitaine Bart en riant.

— Vous n'êtes pas son mari, insista Will.

L'avait-il vraiment dit ? Avait-il déclaré qu'elle était son épouse, liée à lui pour la vie ? Ewan s'éclaircit la voix.

— Aux yeux de la Cour, je le suis.

Dory sortit de derrière le paravent avec un autre juron pittoresque qui fit sourire son père adoptif. Ewan, lui, ne voyait qu'elle. Sa chevelure cascadait sur ses épaules délicates. Ses manches en velours bleu retombaient mollement autour de ses poignets et son corsage était lâche. Cependant, ses jupes et sa taille fine la rendaient de toute beauté. Avant qu'il ait pu réagir, elle montra son dos au capitaine Bart. Ce dernier marmonna une imprécation dans sa barbe et laça l'arrière du corsage pendant qu'elle remontait et agrafait ses manches.

Will s'approcha.

— Alors comme ça, vous vous faites passer pour un couple marié, dit-il à Dory. Ça veut dire que tu couches avec lui ?

Ewan se figea. Il s'attendait à ce qu'elle le gifle, le poignarde, fasse un esclandre. À Druim, les femmes auraient poussé des cris à réveiller les morts si on leur avait parlé de la sorte. Mais Dory ne parut pas choquée le moins du monde. Elle afficha un sourire nonchalant, telle une chatte léchant des restes de crème sur ses moustaches.

— Peut-être, répondit-elle.

Le poing partit rapidement et Ewan réagit d'instinct. Il le para avec son avant-bras, faisant dévier l'élan de Will qui bascula en avant et se prit un grand coup de genou dans le ventre, avant de s'étaler de tout son long sur le sol avec un grognement.

— Là d'où je viens, on ne parle pas comme ça aux dames, déclara Ewan en le regardant.

— Et là d'où je viens, personne ne touche à ma Pandora, rétorqua le capitaine Bart.

Il tenait un couteau à la main.

— Apparemment, vous n'êtes pas au courant des agissements de Will, répliqua Ewan sans quitter la lame des yeux.

Même s'il était plus âgé, le capitaine était un pirate aguerri. Il était parfaitement capable de lui enfoncer son couteau dans le cœur.

Il tourna son regard noir vers Will, qui se relevait péniblement, un accroc à son pantalon révélant son genou en sang.

— Il a fallu que tu lui racontes ça, grogna-t-il en s'adressant à Dory.

— Il ne voulait pas croire que je savais me défendre, rétorqua-t-elle. Regarde-toi, tu saignes. Je peux soigner ton entaille, mais ne compte pas sur moi pour recoudre ton pantalon.

Le capitaine Bart tenait toujours son couteau, le pointant tantôt vers Ewan, tantôt vers Will.

— Qu'as-tu fait à ma petite Panda ? grogna-t-il à l'intention de ce dernier.

— Rien, papa, répondit Dory. Il a juste voulu m'embrasser.

Ewan émit un son de dédain et elle le mit en garde d'un regard.

— Je lui ai fait savoir que je n'étais pas intéressée, acheva-t-elle en croisant les bras.

Ce geste fit remonter ses seins, qui semblaient sur le point de sortir de son décolleté.

— Sacrebleu ! s'exclama le capitaine, à bout de patience. (Il pointa le doigt vers Ewan.) C'est lui qui t'a acheté cette robe ? Je me fiche qu'elle soit luxueuse ; elle est indécente. Tu n'es pas une putain, Pandora Wyatt.

Elle laissa retomber ses bras, son teint virant au cramoisi.

— Cette robe est un cadeau.

— Pas de moi, précisa Ewan.

Lui non plus n'appréciait pas ce décolleté plongeant. Les trois hommes la regardaient d'un air réprobateur. Elle ne se laissa pas démonter. Fidèle à elle-même, elle releva le menton. Ewan devina qu'elle préparait un juron. Les pirates paraissaient très fiers de leur langage fleuri.

— Tous les trois, vous n'êtes qu'une bande de gougnafiers tout... boursouflés d'arrogance asinienne. Que votre...

— Milady, sir Brody ? appela une petite voix dans le couloir. Je vous ai apporté votre repas.

Dory referma la bouche, sans cesser de les foudroyer du regard. Elle pointa l'index vers chacun d'eux comme si elle les menaçait de la pointe d'une épée.

— N'effrayez pas Tilly, chuchota-t-elle.

Puis elle lança en se tournant vers la porte :

— J'arrive !

Elle alla ouvrir en marmonnant :

— Dieu merci, nous sommes arrivés au petit déjeuner et personne n'est encore mort.

Le capitaine Bart abaissa sa dague, et Will jugea visiblement plus sûr d'aller se placer près de son chef.

Tilly entra avec un grand plateau garni de plusieurs plats couverts. Elle s'arrêta net en apercevant les deux pirates. Will lui sourit et elle rougit. Fichtre, était-elle en train de battre des cils ? Le colosse n'avait pas besoin d'être encouragé. Ewan lui prit le plateau des mains afin qu'elle puisse repartir au plus vite.

— Merci, dit-il en lui glissant une pièce dans la main.

Will déchira un morceau de pain et saisit un pilon. Il lança une petite pomme au capitaine, qui l'attrapa au vol et mordit aussitôt dedans. Depuis combien de temps n'avaient-ils rien avalé ?

Dory se tenait au milieu de la chambre.

— Bien, maintenant que vous avez la bouche pleine, on pourra peut-être s'entendre ?

Elle adressa un regard noir à Ewan :

— Quant à vous, pas un mot !

Ewan croisa les bras sur son torse. N'ayant pas l'habitude qu'une femme lui donne des ordres, il ne pouvait rien promettre. Dory considéra son silence comme un assentiment et se mit à arpenter la pièce.

— Nous devons concevoir un plan, déclara-t-elle.

— Facile, ma fille, dit le capitaine entre deux bouchées. Nous partirons de nuit. Le *Queen Siren* ne peut pas être bien loin. Nos hommes savent que tu es venue nous chercher. (Il prit une mine sévère.) Et tu n'aurais pas dû.

Elle lança un regard furtif vers Ewan, avant de se tourner de nouveau vers son père adoptif.

— Je ne pouvais vous laisser dans la Tour. Vous avez été arrêtés par ma faute.

Le capitaine Bart s'approcha et posa une main sur son épaule.

— J'ai secouru tant d'enfants au cours de ma vie. Comment aurais-je pu ne pas sauver ma propre fille ?

Ewan ne pouvait voir le visage de Dory. Cependant, à la manière dont ses épaules s'étaient affaissées, il devinait son émotion. Secourir des enfants ? Était-ce une habitude chez les pirates ? Le capitaine sourit et lui essuya la joue. Pardieu, venait-elle de verser une larme ?

— J'ai eu une belle vie, Panda. Si pour te sauver je devais passer mes derniers jours à la Tour, cela en vaudrait la peine. Tout s'est bien terminé, mais je suis furieux comme un requin blessé que tu aies presque rendu ma reddition vaine, avec ton petit numéro dans la prison.

— Il fallait bien vous sortir de là, répliqua-t-elle.

— Comme je te l'ai dit, ma fin approche.

— Pas si je suis là pour vous aider.

— O'Neil me coincera un jour. Il devient de plus en plus malin et je suis de moins en moins réactif.

— Mais Will...

— ... est un idiot, acheva le capitaine Bart.

— Amen, approuva Ewan tandis que Will poussait un juron.

Le capitaine ne leur prêta pas attention.

— Il n'était pas censé se jeter dans la mêlée avec moi.

— J'aidais Dory à s'enfuir, protesta Will.

— Je m'en chargeais très bien tout seul. Je ne tiens pas à gâcher ta vie aussi jeune.

— Je savais qu'elle nous ferait libérer si nous avions des ennuis, déclara Will.

— Vous vouliez qu'elle risque sa vie afin de sauver votre peau de bon à rien ? s'indigna Ewan.

— Non.

Will réfléchit un instant, puis sourit à Dory avant de conclure :

— Je savais simplement qu'elle viendrait.

Ewan se passa une main sur le visage. Le tissu d'intrigues qui se nouait autour d'eux était si lourd que cela le prenait à la gorge, et pourtant ce crétin riait et plaisantait au sujet des risques qu'avait pris Dory. Il serra les poings. Ils avaient besoin d'un plan précis.

Comme s'il donnait des ordres sur le pont de son navire, le capitaine Bart déclara :

— Nous allons nous remplir la panse, enfiler des vêtements décents, emprunter des chevaux et fuir d'ici.

Il prit le bras de Dory, marcha en rond dans la chambre comme s'il surveillait l'océan autour de lui, puis baisa sa main.

— Nous serons à bord du *Queen Siren* en moins de quinze jours et laisserons l'Angleterre loin derrière nous.

Fuir ? Dory s'en irait avec eux ? *Bigre !* Si elle voulait partir… qu'elle parte. Elle serait à l'abri de la fureur d'Henri quand il comprendrait que les pirates lui avaient échappé sans qu'il ait trouvé le traître. Oui, il valait mieux qu'elle disparaisse.

— Soit, convint-elle. (Le ventre d'Ewan se noua.) J'ai besoin de la boîte. Mon coffret, celui qui est dans votre cabine.

Elle y avait fait allusion lorsqu'elle lui avait expliqué la signification de son prénom. Il n'y avait plus pensé depuis.

— Oh, la boîte de Pandore ? demanda-t-il.

Le capitaine Bart cessa de déambuler et se tourna vers lui avec un petit sourire.

— Le nom que sa mère lui avait donné ne lui allait pas, alors je l'ai rebaptisée. Celui-ci lui convient mieux.

— Qu'y a-t-il dans cette boîte ? demanda Ewan.

— Une bague et une lettre, répondit le capitaine.

— Une autre bague ?

Ewan interrogea Dory du regard.

— Je ne l'ai jamais vue, mais ce coffret contient peut-être des informations qui nous aideraient à démasquer le traître.

— Que dit la lettre ?

— Je ne lis pas très bien, avoua le capitaine. Et j'ai considéré que c'était privé. Après que Katharine a fermé le coffret à clé, je ne l'ai jamais rouvert.

— Mais vous avez vu la bague. À quoi ressemblait-elle ?

Si Katharine avait pris la bague du troisième comploteur, celle-ci pourrait ressembler à celle de Boswell. Peut-être que la lettre révélait à qui elle appartenait.

Le capitaine se gratta le front.

— Elle était en or, je crois. Il y avait une rose gravée dessus. Je ne l'ai pas bien vue. Elle la gardait cachée et ne l'a sortie que pour la mettre dans la boîte.

Ewan et Dory échangèrent un regard inquiet.

— La rose était-elle blanche ?

Katharine aurait-elle secrètement été proche de la maison d'York, partisane de cette autre branche des Plantagenêts qui s'était opposée aux Lancastre au cours de la guerre civile[1] ? Même si, depuis, les Tudors avaient éloigné le danger, Henri était toujours très sensible à la moindre menace envers son trône.

— Elle était dorée comme le reste de la bague, pour autant que je m'en souvienne, répondit le capitaine.

— Il nous la faut, fit Dory.

Ewan n'aimait pas lui voir cet air profondément inquiet. Mais toute autre expression aurait été feinte, et il savait à quel point elle avait beaucoup de masques.

— Tu l'auras quand nous retournerons à bord du *Queen Siren,* répondit le capitaine en lui tapotant le bras. Tu es assez grande maintenant pour te protéger de ton passé. C'était la volonté de ta mère. Elle m'a demandé de ne pas te donner la boîte avant que tu aies atteint l'âge adulte. Désormais, tu sais assurer toi-même ta survie.

— C'est le moins qu'on puisse dire, déclara Will entre deux bouchées de pain.

---

1. La guerre des Deux-Roses (1455-1485) opposa les deux branches cadettes de la famille Plantagenêt, la maison d'York (rose blanche) et la maison de Lancastre (rose rouge). Le dernier souverain York, Richard III, fut vaincu par Henri VII, fondateur de la dynastie Tudor. *(N.d.T.)*

— J'ai besoin que vous m'envoyiez la boîte ici, dit Dory.

— Ici ? s'exclama le capitaine.

Elle tenta de reprendre son bras, mais il le retint fermement.

— Je dois aider Ewan à démasquer le traître et laver le nom de ma mère, expliqua-t-elle.

— Tu viens avec nous, déclara fermement Will.

— Je ne quitterai pas Ewan, rétorqua-t-elle.

Elle rougit, puis reprit :

— Je veux dire… si nous partons et qu'il ne peut pas livrer le traître à Henri, il subira sa colère et sera condamné. Ce sont les conditions qu'il a acceptées pour vous libérer.

— Il n'a qu'à s'enfuir aussi, suggéra Will avec un haussement d'épaules.

— Dans ce cas, les troupes anglaises attaqueront Druim, expliqua Ewan. Je représente les Macbain, si bien que tous les membres de mon clan seront considérés comme des traîtres. Je dois trouver le coupable ou je prendrai sa place sur la potence.

— Qu'il en soit ainsi, maugréa Will.

Dory lui donna un coup de poing dans l'épaule.

— Non, il n'en sera pas ainsi ! Si nous ne trouvons pas le traître, Henri pourrait être tué, ce qui entraînerait une nouvelle guerre civile.

— Ce n'est qu'un homme, dit le capitaine. S'il meurt, tant pis. La guerre décidera du prochain souverain de ce pays.

— La guerre entraînera la mort d'enfants, répondit-elle en dévisageant attentivement son père adoptif. Si Henri décide d'attaquer la demeure d'Ewan, des enfants mourront là-bas aussi. Tout ça parce que j'aurai choisi de fuir.

Le capitaine resta un long moment silencieux, plongé dans ses pensées. Ses traits étaient tirés, comme vidés. Enfin, il secoua la tête.

— Désolé, ma fille. Je ne te laisserai pas mourir ici par ma faute, parce que tu es venue me sauver.

Il lança un regard à Ewan.

— Je ne crois pas que vous vouliez qu'elle meure ici non plus, n'est-ce pas ?

— Ce n'est pas à lui de décider, fit Dory, indignée. En échange de votre libération, j'ai promis à Henri de trouver le traître.

Elle ouvrit grand les bras, les paumes vers le ciel, en ajoutant :

— J'ai juré sur mon honneur.

— Bon sang de bois ! s'écria Will. Comment as-tu pu, cervelle de moineau !

Ewan regardait la scène, perplexe. Elle mentait. Elle en avait eu l'idée, mais c'était lui qui avait traité avec Henri, pas elle.

— Il fallait que le roi sache que j'étais sérieuse, déclara-t-elle, le teint rouge vif.

— Vous l'avez laissée faire ? demanda le capitaine à Ewan.

Il hésita, ne sachant quoi dire. Dory semblait retenir son souffle. Il ignorait où il mettait les pieds.

— Avez-vous déjà essayé de l'empêcher d'agir, une fois qu'elle s'est mis une chose en tête ?

Ce n'était pas un mensonge, sans être une réponse non plus.

Le capitaine grommela, comme si cette explication lui suffisait.

— Le roi ignore ce que signifie pour nous de jurer sur notre honneur, Panda, insista-t-il. Viens avec nous et personne ne le saura.

— Moi, je le saurai, répliqua Dory. Will et vous aussi. Je dois respecter ma parole et trouver le traître qui complote la mort du roi d'Angleterre.

— Ce n'est pas grave, objecta Will. On te coupera les oreilles et tu les guériras ensuite.

Dory toucha ses petits lobes.

Les oreilles ? Enfin un début d'explication. Ewan observa le pirate. Il distinguait à peine ses oreilles sous ses cheveux longs et sales. Elles paraissaient déformées. Le capitaine Bart avait de profonds sillons dans l'une des siennes, comme si elle avait été fendue puis recollée.

— Si je les soignais, ce serait tricher, murmura Dory. Vous ne me laissez jamais soigner les autres lorsqu'ils versent le sang du déshonneur.

— Mais de quoi parlez-vous ? lança Ewan, agacé.

— C'est une histoire de marins. Ce n'est pas votre affaire, rétorqua Will.

— Dory est mon affaire, et il n'est pas question qu'elle verse une seule goutte de son sang.

Les trois autres le dévisagèrent, abasourdis. Il le pensait réellement. Personne ne ferait du mal à Dory.

— Depuis quand est-ce son...

Will s'interrompit sur un geste du capitaine. Incroyable, cette brute pouvait donc obéir ?

— Lorsque quelqu'un à bord du *Queen Siren* trahit sa parole, il le paie avec son sang, expliqua lentement le capitaine. Ce sont les serments que mes marins prêtent qui les font rester honorables et concentrés sur leur mission. Lorsqu'ils rompent leur promesse, ils perdent une partie de leur oreille.

Mazette ! Dory avait été élevée par des hommes qui avaient passé trop de temps sous le soleil.

— Peu importe, intervint Dory. Car je reste ici avec…

Elle sembla chercher ses mots, avant de reprendre :

— … afin de démasquer le traître, parce que j'ai donné ma parole au roi. J'ai besoin de ma boîte, car je crois que ma mère m'a laissé un indice qui pourrait nous mener à la personne qui complotait avec mon père biologique.

— Tu l'as rencontré ? demanda le capitaine d'un air renfrogné.

— Il est mort et se décompose actuellement dans les écuries.

— Ah, c'est donc ça qui pue ? s'exclama Will. Je croyais que c'était parce que les Écossais y faisaient leurs besoins.

Cet homme méritait d'avoir le nez cassé.

Le capitaine Bart dévisagea gravement Dory.

— Je suis désolé, ma fille.

S'il avait connu Rowland Boswell, il ne le serait pas autant. Néanmoins, puisque ce démon était mort, il était inutile de lui faire regretter davantage d'être sa progéniture. La famille d'Ewan serait aussi pour lui une source de honte jusqu'à la fin de ses jours.

Le capitaine Bart caressa la joue de Dory.

— Je comprends qu'il soit important pour toi de prouver que ta mère n'était pas une traîtresse. J'irai chercher ta boîte et je te l'enverrai.

Les traits de Dory s'illuminèrent et elle le serra dans ses bras.

On toqua à la porte.

— Ce sont vos bains, annonça-t-elle.

Elle ouvrit à une armée de domestiques portant deux tubs en bois et des seaux d'eau, dont deux en fer qui furent placés au-dessus du feu dans la cheminée.

— Vous allez adorer ce bain chaud, capitaine, dit Dory avec un sourire.

Will ôta précipitamment la chemise d'Ewan en la faisant passer par-dessus sa tête.

— Dory et moi devons... mettre sur pied une stratégie, déclara Ewan en la prenant par le bras. En outre, si on la découvre ici avec deux hommes nus, toute la Cour en fera des gorges chaudes.

Il l'entraîna vers la porte à la suite des laquais qui avaient apporté les seaux d'eau.

Le capitaine Bart les suivit.

— Ne t'attire pas d'ennuis, Panda, recommanda-t-il alors qu'elle franchissait le seuil.

Juste avant qu'Ewan ait pu la suivre dans le couloir, il referma la porte d'un coup sec, l'enfermant à l'intérieur avec Will et lui.

9

27 février de l'an de grâce 1518

Ma très chère Kat,

Je vous écris tous les mois. Ne recevez-vous pas mes lettres ? Je vous répète que je vous aime et peu m'importe que vous soyez mariée à un autre. Moi aussi, je vis une union sans joie. Un jour, nous serons libres de nous aimer et nous régnerons côte à côte.

Éternellement vôtre,

Rowland

Ewan se retrouva face au pirate autoritaire, si près qu'il pouvait voir ses narines se dilater. Il n'aurait pas été surpris de sentir sa dague s'enfoncer entre ses côtes.

— Ma Pandora est maligne, chuchota-t-il dans un souffle rauque. Elle ne donnerait pas sa parole au roi, et encore moins à un homme qui n'a aucune idée de ce que cela signifie.

Il regardait Ewan dans les yeux. Ce dernier ne dit rien. Dans le couloir, Dory tambourinait contre la porte.

— Donc, soit ma fille a perdu la raison, soit elle m'a menti pour pouvoir rester ici.

— Elle veut laver le nom de sa mère, répondit Ewan.

— Ouvrez ! hurla Dory.

— Ou alors ma Panda veut rester avec vous, poursuivit le pirate en scrutant ses traits comme s'il cherchait à détecter un mensonge. Si vous avez volé son cœur, ce ne sont pas vos oreilles que je couperai.

— Si vous éviscérez Ewan, vous aurez affaire à moi et je ne vous aiderai plus jamais ! cria Dory à travers la porte.

— Vous m'avez compris ? demanda Bart.

— Je crois bien que oui, capitaine, répondit Ewan.

Bart ôta sa main ridée de la porte qui s'ouvrit, et Dory tomba en avant, percutant Ewan. Elle se redressa, les cheveux en bataille, et le regarda brièvement de haut en bas. S'étant assurée que ses tripes ne pendaient pas hors de son ventre, elle se tourna vers son père adoptif.

— Que lui avez-vous dit ?

Il sourit.

— Je me suis juste assuré qu'il respecterait ma Panda.

— Vos menaces, vous pouvez les proférer devant moi, quelles qu'elles soient.

Le capitaine Bart acquiesça. Au front plissé de Dory, il était clair qu'elle ne croyait pas une seconde qu'il était sincère. Après un long silence, elle glissa un bras sous celui d'Ewan.

— Nous vous laissons à votre bain, Ewan et moi. Nous allons nous promener dans les jardins.

Elle l'entraîna avec elle et, cette fois, personne ne le retint.

Elle marchait d'un pas rapide. Il l'accompagna en silence, lui laissant le temps de se calmer.

Lorsqu'ils atteignirent la porte qui donnait sur l'un des jardins, il déclara enfin :

— Le capitaine Bart vous aime beaucoup.

À quoi aurait ressemblé sa propre vie avec un tel père ?

— Il se méfie de tous ceux qui m'approchent.

— Un vrai papa poule.

— Sans doute, sauf que la plupart des papas poules ne portent pas de dagues ou de sabres d'abordage.

— En effet, convint-il avec un haussement d'épaules. Dans les Highlands, ils portent des dagues et des épées à double tranchant.

Cela la fit sourire.

— Peut-être que les Highlanders sont un peu comme des pirates.

— Je commence à voir les similitudes.

Ils franchirent une porte voûtée et descendirent quelques marches vers le jardin. Il avait plu et le soleil de retour faisait briller les gouttes sur les roses et les tulipes. Une brise fraîche ébouriffa sa chevelure, qu'elle retint d'une main.

— Vous n'avez pas de châle, observa-t-il.

— Ce n'est rien. J'avais besoin d'un peu d'air frais.

Ils descendirent un sentier de gravier qui serpentait entre des haies et sous des treillis envahis de plantes grimpantes aux fleurs violettes.

Elle s'arrêta pour humer un rosier odorant.

— Qu'elles sont belles !

Le rouge des pétales était exactement assorti à ses lèvres. Elle inspira profondément, sa poitrine se soulevant sous l'étoffe de son corsage.

— N'est-ce pas ?

Il se rendit compte qu'elle le regardait en attendant une réponse, sauf qu'il n'avait aucune idée de ce qu'elle venait de dire.

— Les roses, précisa-t-elle. Elles sont belles.

— Ah, oui. Je n'avais encore jamais rien vu d'aussi beau.

Elle hâta le pas sur le sentier et se dirigea vers un banc niché sous une charmille couverte de fleurs mauves. Elle s'y assit en tirant sur les lacets d'une de ses manches. La rendait-il nerveuse ? Elle était capable d'embobiner des gardes pour s'introduire dans la Tour de Londres, alors qu'un simple compliment la mettait dans tous ses états.

Des herbes aromatiques poussaient dans les plate-bandes, ajoutant encore à la fragrance de l'air. Elle tripotait les plis de ses jupes. Il cueillit une fleur dans la charmille et la lui glissa dans les cheveux, près de son oreille. Après un premier mouvement de recul, elle se laissa faire. Il s'assit près d'elle, leurs cuisses se frôlant sur le banc étroit. Le vent agitait les tulipes, les faisant ployer tels des danseurs en harmonie.

— Dory ?

— Oui ?

Elle se mordillait la lèvre inférieure d'un air angoissé. Les filles anxieuses qui avaient besoin d'être amadouées, il connaissait et savait y faire. Les baisers qu'ils avaient partagés ouvraient la voie à de nombreuses possibilités. Une onde de chaleur le parcourut en pensant aux plus aventureuses d'entre elles.

Il posa sa grande main sur la sienne et referma les doigts autour des siens. Elle fuyait son regard telle une biche affolée.

— C'est vous, Dory, qui êtes incroyablement belle.

Il le pensait sincèrement en la contemplant à la lumière diaprée du soleil qui filtrait entre le feuillage de la charmille. Comme il s'y attendait, elle parut soudain légèrement essoufflée. Était-elle consciente d'être traquée par un chasseur accompli ?

Il avait appris l'art de courtiser et de charmer à un très jeune âge, après avoir compris que, s'il riait et souriait tout le temps, les gens cessaient de lui demander comment il se sentait. Il avait peaufiné l'art d'obtenir un baiser. Certains disaient qu'il utilisait des tactiques de guerre. Certes, sur un champ de bataille, la fente et l'esquive pouvaient se comparer à la danse de l'amour, mais une fille requérait plus de finesse.

Des mots doux sur la langue, un sourire facile aux lèvres, un regard ardent… Sous sa façade coriace, Dory était habitée par une passion comme il n'en avait encore jamais vu chez une jeune femme. S'il parvenait à la convaincre de laisser celle-ci s'exprimer… Cette pensée traça une ligne de feu jusque dans son entrejambe. *Fichus pantalons anglais bien trop moulants !*

Elle se tourna vers lui et il sentit une rafale de vent. D'un instant à l'autre, un tourbillon allait sûrement déraciner la moitié du jardin en semant l'effroi. Il se figea. Ils n'avaient pas besoin d'attirer sur eux davantage de suspicion.

Non, il allait devoir traiter Dory Wyatt différemment.

— Nous devrions établir une liste de ceux qui se trouvaient à la Cour à l'époque où votre mère y vivait, dit-il.

Elle battit des cils, l'air perplexe, puis acquiesça.

— Oh, oui. Oui, c'est une bonne idée.

— Ensuite, nous pourrons enquêter sur chacun d'eux. Sur leurs antécédents familiaux et leurs opinions politiques.

— Je me demande si les domestiques savent quelque chose.

— Généralement, ils savent tout.

Le vent était retombé en une paisible brise printanière. Il lui ouvrit la main et traça une ligne dans sa paume.

— Il y a votre oncle, James Wellington.

Il traça une autre ligne, le chatouillement lui faisant recroqueviller les doigts.

— Richard Pembroke connaissait certainement votre mère, puisqu'il a tout de suite vu votre ressemblance.

Il décrivit un cercle lent au centre de sa paume.

— Son épouse était aussi à la Cour à la même époque, déclara-t-elle.

— En effet, mais les lettres font toutes référence à un homme.

— Et Seymour ?

— Il n'est pas assez âgé.

Elle fixait sa main ouverte qu'il continuait à caresser.

— Il y avait des centaines d'hommes à la Cour il y a vingt ans, observa-t-elle. Comment allons-nous le trouver ?

— Il était forcément en lien avec Katharine et Boswell. Ce devait être quelqu'un d'important pour que Boswell ait suffisamment confiance en lui pour projeter ensemble de tuer le roi. Pembroke a un fils ; or un fils est mentionné dans les lettres. Je dois les étudier à nouveau.

— James Wellington a-t-il des enfants ? demanda-t-elle.

— Pas que je sache. Il a été marié, mais sa femme est morte sans laisser de descendance.

— Nous devrions interroger les serviteurs les plus âgés.

Un oiseau noir se posa un peu plus loin sur l'allée qui menait aux autres jardins. Ils restèrent assis en silence un moment. Il lui tenait toujours la main. Puis elle se tourna brusquement vers lui et une nouvelle rafale de vent chassa le petit oiseau, le faisant s'envoler hors de leur vue.

— Faites-le donc, dit-elle.

— Faire quoi ? fit Ewan, étonné.

Elle retira sa main et l'agita.

— Embrassez-moi, séduisez-moi ou je ne sais ce que vous êtes en train d'essayer de faire.

— Je... Vous voulez que je vous embrasse ?

Elle se mordilla la lèvre inférieure avant de répondre :

— Nous nous sommes déjà embrassés. Puis vous vous êtes levé et vous êtes parti. Ne serait-il pas temps de passer à quelque chose de plus... charnel ?

Ewan manqua de s'étrangler.

— Dory Wyatt, vous êtes décidément une femme peu conventionnelle.

— Je suis beaucoup de choses et je sais beaucoup de choses. Ce que je ne comprends pas, c'est tout ce tintouin qu'on fait autour de la fornication.

Il toussa dans son poing et refoula un rire en voyant son regard noir. Il n'avait pas l'habitude d'entendre une femme utiliser ce mot.

— Vous voulez savoir en quoi consiste la fornication ?

— Je sais comment ça fonctionne, répondit-elle en baissant la voix.

— Qui vous l'a expliqué ? Le capitaine Bart ? Will ?

Elle rougit.

— Non. Quand j'ai commencé à poser des questions, le capitaine m'a emmenée dans une mission.

— Une mission ? Avec des nonnes et des prêtres ?

Elle acquiesça.

— Sauf que les religieuses n'ont pas voulu me dire grand-chose, à part que je devais me marier et prier Dieu de m'aider à traverser cette épreuve.

Ewan arqua un sourcil.

— En effet, cela ressemble bien à ce que dirait une bonne sœur.

— Elles m'ont aussi parlé de la malédiction féminine mensuelle, sauf que je ne considère pas ça comme une malédiction. C'est gênant, bien sûr, mais sans cela comment pourrions-nous avoir des enfants ?

Attendait-elle une réponse de sa part ? Il acquiesça.

— Oui, vous en savez beaucoup, convint-il.

— Ensuite, le capitaine Bart m'a conduite chez sa putain favorite, Adela, qui m'a expliqué comment tout s'emboîtait.

Ewan avait l'impression d'écouter un étrange monologue, comme s'il était hors de son corps et observait la scène en se demandant où menait cette conversation.

— « S'emboîtait » ? répéta-t-il.

Elle inclina la tête sur le côté en haussant ses sourcils délicats.

— Oui, vous savez... s'emboîter.

Comme il ne réagissait pas, elle se frotta le front comme si elle avait un léger mal de crâne.

— Ne me dites pas qu'elle s'est trompée !

— Non, « s'emboîter » me semble le terme exact. C'est juste que je n'ai pas l'habitude de discuter de ces détails avec...

Il fit un geste pour la désigner.

— Avec quelqu'un qui veut forniquer, acheva-t-elle.

Cette fois, il fut pris d'une quinte de toux irrépressible. Elle lui tapa dans le dos.

— Vous devriez être plus prudent et éviter d'inspirer tout en déglutissant, recommanda-t-elle.

Il secoua la tête et s'éclaircit la voix avant de déclarer :

— Donc, elle vous a expliqué tous les détails.

Dory acquiesça.

— Oui, sauf que ça ne semblait pas aussi plaisant que les marins à bord le laissaient entendre. Adela m'a même avoué que ça faisait mal.

Elle l'interrogeait du regard.

— Uniquement la première fois, assura-t-il.

— Tant mieux. Si je suis blessée, je pourrai me guérir.

Il retrouva son sérieux.

— Ne guérissez pas complètement, Dory, ou cela vous fera à nouveau mal la fois suivante. Il vaut mieux parfois ne pas réparer certaines choses. Vous avez donc appris tout cela d'une prostituée ?

— Oui, pourquoi ? Est-ce différent pour les autres femmes ?

— Oui, c'est plus agréable.

— Plus agréable ? répéta-t-elle, incrédule. Pourtant, les putains et les marins de l'équipage ne parlent que de ça. À les entendre, forniquer est ce qu'il y a de mieux dans la vie. Comment pourrait-ce être plus agréable ?

Ewan massa un point de tension dans sa nuque. Cette conversation ne prenait pas du tout le tour attendu. Il essaya de se souvenir du discours que Caden lui avait tenu de nombreuses années plus tôt, lorsqu'il avait commencé à se rapprocher des filles.

— C'est différent... mieux... quand il n'y a pas de transaction financière.

— Le capitaine Bart dit qu'il tuera l'homme qui voudra me donner de l'argent pour forniquer. Je suis donc gratuite.

— C'est bon à savoir. Vous semblez aimer ce mot… « forniquer ». Il y en a d'autres plus… convenables.

— Copuler, culbuter, sauter, baiser…

Ewan leva une main pour l'arrêter. Vivre avec des pirates lui avait permis d'acquérir un vocabulaire très complet. Il lança un regard à la ronde pour s'assurer que les jardins étaient déserts. Bigre, elle pouvait finir à la Tour pour avoir utilisé un tel langage.

— Soit, tenons-nous-en à la fornication, conclut-il. Même si certains préfèrent dire « faire l'amour ».

— Oh, l'amour n'a rien à voir là-dedans, dit-elle sur un ton absolument convaincu.

— Qui vous l'a dit ?

— Will, Gregor, Geoffrey, James le Borgne, Jack. Le capitaine Bart semble d'accord avec eux, bien que je le soupçonne d'avoir des sentiments pour Adela.

Il resta silencieux un moment, digérant tout ce qu'il venait d'entendre.

— Beaucoup de gens pensent que forniquer avec une personne que l'on aime ou, du moins, que l'on aime bien, est beaucoup plus gratifiant, déclara-t-il enfin.

Elle lui sourit.

— Je vous aime bien, Ewan Brody, et j'ai très envie de comprendre pourquoi tout le monde semble obnubilé par ce sujet. (Elle baissa la voix.) C'est vraiment le seul auquel je ne connais rien.

Les muscles d'Ewan se détendirent et il se demanda depuis combien de temps il retenait son souffle. Elle ignorait tout du sexe. Elle en avait simplement entendu parler, sans jamais être concernée. Bien qu'élevée parmi la pire racaille de la terre, elle était restée pure. Ewan offrirait pour cela au capitaine Bart un tonneau du meilleur whisky des Highlands.

— C'est votre seul critère ? demanda-t-il. Que vous m'aimez bien ?

— Non, j'aime bien un tas de gens. Mais vous sentez le propre.

— C'est parce que je suis propre. Will le sera bientôt aussi. Pourquoi ne lui demandez-vous pas de vous montrer...

— Non ! s'exclama-t-elle avec un frisson. Will est comme un frère pour moi. Ce serait affreux.

Apparemment, Will ne le voyait pas du même œil.

Elle reprit :

— Il faut que j'aime bien la personne, plus que... Pas comme un frère.

Elle inspira profondément et fit un effort visible pour le regarder en face.

— N'est-ce pas ce que signifie votre main sur la mienne, vos paroles, notre baiser plus tôt ? Que vous voulez forniquer ? Si c'est le cas, j'accepte.

— Vous acceptez, répéta-t-il.

— Pour des raisons éducatives, précisa-t-elle.

— Vous ne voulez donc pas suivre les conseils de la religieuse ?

— Je prie déjà assez, mais pas pour ça.

Ewan lança un regard vers le ciel dégagé en guettant un éclair - qui viendrait de Dieu, pas de Dory.

— Effectivement, il vaut mieux ne pas en parler dans vos prières, dit-il. Je veux dire, du fait d'attendre d'être mariée.

— Je n'ai pas l'intention de me marier.

— Toutes les jolies filles se marient.

Une adorable rougeur réapparut sur ses joues.

— Je ne connais personne qui soit marié. Enfin, Geoffrey prétend qu'il a une femme mais, comme aucun de nous ne l'a jamais rencontrée, ils ne doivent pas forniquer beaucoup.

Ewan se retint de rire en voyant son air sérieux.

— Et des enfants ? demanda-t-il, captivé d'avance par ce qui allait sortir de cette bouche délicieuse.

Elle le dévisagea gravement.

— Ewan, il n'est pas nécessaire d'être marié pour avoir des enfants.

— Ce n'est pas très bien vu, lui rappela-t-il.

Il s'efforçait de contenir son amusement. Il s'agissait là de sujets sérieux.

— Il y a trop d'enfants non désirés dans le monde, dit-elle, l'air soudain triste. Quand j'en voudrai, j'en adopterai et je les aimerai comme les miens. Il est inutile, juste pour avoir des enfants, de m'attacher à un homme qui me trompera.

— Il existe parmi nous des hommes qui, une fois mariés, sont fidèles, protesta-t-il.

Il devait corriger certaines de ses notions. L'idée qu'elle ne se marie jamais et élève seule les enfants d'une autre lui déplaisait fortement.

— Comment le savez-vous ? demanda-t-elle. Êtes-vous marié ?

— Non, mais si je devais promettre à une femme de lui être fidèle et de l'aimer, je ne la tromperais pas.

Elle l'étudia un moment, comme si elle hésitait à le croire.

— Et si c'est votre femme qui va voir ailleurs ?

— Cela n'arriverait pas.

Elle arqua un sourcil. Projetait-elle d'être infidèle ? Puis elle se mit à sourire, une étincelle dans le regard. Elle lui tapota le genou en riant.

— Je suis sûre que n'importe quelle femme dont vous demanderez la main sera tellement folle de vous qu'elle ne songera jamais à aller voir ailleurs.

— Je ne vous le fais pas dire !

Puis il se mit à rire à son tour. Il était facile de plaisanter avec elle comme s'ils étaient de vieux amis. Toutefois, elle était beaucoup plus jolie que tous ses amis. Que penseraient Caden ou Donald de sa ravissante compagne ? *Sa* compagne ? Il cessa aussitôt de rire. Elle n'était pas à lui.

Aussi peu conventionnelle qu'ait été leur conversation sur la fornication, elle n'avait pas été gênante comme le long silence qui suivit. Deux étourneaux se pourchassaient entre les branches d'un jeune arbre fruitier. Ewan s'éclaircit la voix.

— Et quand souhaiteriez-vous... hum...

Il s'interrompit. Bon sang, il refusait de rougir ! Les guerriers ne rougissaient pas.

— ... forniquer ? acheva-t-il.

— Combien de temps cela prendra-t-il ?

Il poussa un long soupir. Il n'avait encore jamais rencontré une femme comme Dory.

— Fichtre... je ne sais pas.

— Vous l'avez déjà fait, n'est-ce pas ?

— Oui.

Il se passa une main sur le visage.

— Cela dépend de... beaucoup de choses.

Il regarda autour d'eux la charmille qui les cachait à peine.

— Nous ne le ferons certainement pas ici, ajouta-t-il.

— Bien sûr que non. Il fait trop froid pour que je soulève mes jupes ici, et quelqu'un pourrait surgir n'importe quand.

Au moins, Adela la prostituée lui avait fait valoir l'importance de l'intimité.

Au même moment, comme s'ils les avaient invoqués, deux hommes sortirent précipitamment en empruntant une porte de service. L'un d'eux pointa l'index dans leur direction. Ewan se leva en posant machinalement la main sur la poignée de son épée.

— Une lame courte est plus efficace dans un combat rapproché, observa Dory en glissant une main sous ses jupes.

— Je ne porte pas de *sgian dubh*.

Il voulut se placer devant elle, mais elle le contourna pour se tenir à son côté.

William Spencer se dirigeait vers eux sur le sentier en gravier, suivi d'un valet.

— Lady Wellington !

Elle s'appelait Brody, nom de nom !

— Oui ? répondit Dory d'une voix douce.

On avait du mal à croire que, quelques instants plus tôt, elle n'avait que le mot « forniquer » à la bouche.

Spencer s'arrêta devant eux, hors d'haleine.

— Il y a... une enfant à la grille. Une petite fille crasseuse.

Dory lança un regard perplexe à Ewan, qui haussa les épaules.

— Et ? questionna-t-elle.

— Elle demande à voir lady Brody.

— C'est bien elle, confirma Ewan, satisfait.

— Elle affirme être votre fille et nous a donné ceci, poursuivit Spencer en tendant la main.

Dory ouvrit sa paume et il y déposa un petit objet en argent.

Un minuscule dé à coudre.

*
* *

Serrant le dé dans son poing fermé, Dory sortit de la cuisine et descendit les marches menant au potager. La fille l'y attendait, tenant devant elle le bonnet en laine grise qui avait caché ses cheveux mi-longs. Généralement, Dory reconnaissait d'emblée les enfants rescapés en regardant leurs yeux. Soit ils étaient agressifs et sur la défensive, soit ils surnageaient dans une mer de tristesse et de douleur. Dans un cas comme dans l'autre, ils étaient terrifiés et avaient besoin de se sentir en sécurité.

Elle s'accroupit devant la petite, ses jupes encombrantes s'affaissant autour d'elle.

— Je suis contente que tu sois venue, dit-elle.

La fille redressa la tête. Les mêmes grands yeux bleus qu'elle avait vus la veille la dévisagèrent. Ils luisaient de larmes, et Dory remarqua l'ecchymose sur sa pommette. Elle refoula sa colère, s'efforça de sourire et tendit la main, paume vers le ciel.

— J'ai déjà donné le dé à l'homme, fit l'enfant en se méprenant sur son geste.

— Je sais. Je veux juste ta main.

— Et ton nom, ma petite, ajouta doucement Ewan derrière elle.

La fille pinça les lèvres.

— Je ne suis pas petite, protesta-t-elle en redressant les épaules. J'ai presque douze ans… je crois.

— Ta main, s'il te plaît, répéta Dory.

L'enfant la lui donna. Dory se retint de tressaillir en sentant les battements frénétiques de son cœur. La fillette était prête à prendre la fuite à la première alerte. Elle avait plusieurs blessures. Outre celle sur son visage, il y avait des taches de sang sous sa peau, entre ses cuisses, sur ses seins naissants, dans son dos. Dory retint son souffle en sondant plus profondément le corps de l'enfant, cherchant les signes révélateurs d'une lésion interne.

Elle se détendit. La petite était encore vierge. Elle voulut récupérer sa main mais Dory, qui était plus forte, la retint et lui envoya une impulsion magique.

— Ne bouge pas, ordonna-t-elle.

L'enfant écarquilla les yeux, sans doute parce qu'elle voyait la lueur bleue le long de sa main et sentait la chaleur qui l'accompagnait. Dory transmit des décharges régulières dans tous ses muscles, les soignant et les régénérant. Ewan pourrait se fâcher s'il le voulait ; tant qu'il n'y avait personne à la ronde pour la voir à l'œuvre, il n'était pas question qu'elle laisse cette enfant souffrir davantage. Elle avait déjà suffisamment peur comme cela. La guérir était facile et ne ferait que la fatiguer un peu.

Elle la lâcha enfin.

— Nous allons te trouver à manger, annonça-t-elle.

— Que m'avez-vous fait ? demanda l'enfant.

— J'ai soigné tes blessures, chuchota Dory. C'est un secret.

Elle attendit que la fille acquiesce, ce qu'elle fit au bout d'un moment.

— Je sais garder des secrets.

— Je n'en doute pas, dit Dory. Pour ma part, je ne te demanderai pas comment tu as reçu ces blessures. Je dirai seulement que tu es aussi coriace que le Highlander qui fait les gros yeux derrière moi.

L'enfant battit des paupières, puis un grand sourire illumina son visage crasseux.

— Comment vous savez qu'il fait les gros yeux ?

— Parce que je suis presque sûre qu'il est prêt à traquer et à punir celui qui t'a fait ça. Et puis, il aime faire les gros yeux.

La fille pouffa de rire. Elle n'était pas brisée, juste contusionnée.

— Qui t'a fait ça ? demanda Ewan.

Le sourire de l'enfant s'effaça.

— Vous avez dit que vous ne le demanderiez pas.

— *Elle* l'a dit, précisa-t-il. Pas moi. Je veux savoir.

Dory se hissa debout en prenant appui sur le mollet musclé d'Ewan.

— C'est le garçon plus âgé, n'est-ce pas ? poursuivit celui-ci. Randolph ? T'a-t-il forcé à… ?

— Non, répondit Dory à la place de la fille. Mais je devine que c'est à cause de lui qu'elle est partie.

Ewan ne se détendit pas pour autant.

— Si tu veux manger, tu dois d'abord me donner ton nom.

Dory lui lança un regard de reproche. Forcer l'enfant n'était pas une bonne idée.

— Tu peux nous donner n'importe quel nom, dit-elle. Nous avons juste besoin de savoir comment t'appeler.

L'enfant réfléchit un instant.

— Un jour, j'ai entendu le nom Charissa. Il me plaît bien.

— Va pour Charissa, conclut Dory en ignorant le grommellement d'Ewan. Allons te chercher à manger, puis tu prendras un bon bain chaud.

Elle glissa un bras autour des épaules de la fille.

— Je peux entrer dans la maison ? fit celle-ci, étonnée. Que dois-je faire ?

Elle avait grandi dans la rue, là où rien n'était gratuit.

Dory la regarda dans les yeux.

— Excellente question. J'attends de toi que tu te laves, que tu portes les vêtements chauds que je te donnerai et que tu me serves de femme de chambre. Acceptes-tu ce travail ?

— Je ne sais pas comment être une femme de chambre. Je ne sais pas tresser les cheveux ni…

— Je m'occuperai de te former. Si je te demande quelque chose que tu ne sais pas, tu dois me le dire. Nous sommes d'accord ?

— C'est tout ? demanda-t-elle.

Elle lança un regard vers Ewan.

— Je dois m'occuper de lui aussi ?

— Non, répondit Dory. Il peut s'occuper de lui-même.

— Et ce, depuis que je suis tout petit, renchérit Ewan. Et je ne sais pas tresser les cheveux non plus.

Charissa sourit et les suivit dans les cuisines où régnait une délicieuse odeur de pain frais. Tilly entra au même moment par la porte opposée.

— Tilly, pourriez-vous faire monter un bol de ragoût et une miche de ce merveilleux pain dans notre chambre ?

— Je… euh… J'en reviens justement…

Elle rougit comme une pivoine.

Nom de nom !

— Ils sont encore dans leur bain ? devina Dory en voyant son embarras. Je suis navrée, Tilly.

Si Will lui avait ouvert la porte, nu comme un ver, elle allait le frapper.

— Dans ce cas, nous emporterons nous-mêmes de quoi manger pour ma nouvelle… femme de chambre, Charissa.

Tilly inclina la tête et, s'approchant du feu, remplit une grande écuelle du ragoût qui mijotait au-dessus des flammes. Pendant ce temps, Ewan saisit une miche sur la grille de refroidissement.

— Merci, dit-il à Tilly. Je veillerai à ce que ces deux-là soient convenablement attifés la prochaine fois que vous les verrez.

— Qui sont ces deux-là ? demanda Charissa.

— Le capitaine Bart et Will, expliqua Dory en pressant sa main. Le capitaine est bon et gentil. Quant à Will, il est comme un frère pour moi et je le tiendrai à l'œil.

Légèrement inquiète, la fille prit le morceau de pain que lui tendait Ewan et les suivit dans le couloir en mâchouillant.

— Tu as bien fait de t'éloigner des docks et de venir me trouver, déclara Dory sur un ton détaché.

— Randolph a dit qu'il me vendrait sur le port si je ne me rendais pas utile.

Ewan s'arrêta net.

— Te vendre ?

Charissa hocha la tête.

— Il a dit qu'il y a des marchands qui cherchent des errants.

— Des errants… tu veux dire des enfants des rues ?

— Oui, répondit Dory. Je préviendrai le capitaine Bart.

— Pourquoi ? demanda Ewan.

Dory soupira. Elle ne lui avait toujours pas révélé quelle était la véritable mission du *Queen Siren*. C'était parce que leur secret était si bien gardé que le capitaine Bart et son équipage pouvaient aller et venir dans les lieux les plus malfamés.

— Il sait comment trouver de bons foyers pour les enfants, répondit-elle.

— De bons foyers ?

À son regard suspicieux, il était clair qu'il n'en croyait pas un mot. Cependant, elle ne comptait pas avoir cette conversation avec lui dans les couloirs de Hampton Court et en présence de Charissa.

— Oui, répondit-elle. J'ai eu beaucoup de chance de naître à bord de son navire.

Elle prit la main libre de l'enfant, releva le menton et se remit à marcher.

— Tu es entre de bonnes mains désormais, Charissa, assura-t-elle.

Elle s'arrêta devant leur chambre. Avant qu'elle ait eu le temps d'ouvrir la porte, Ewan tendit le bras pour l'arrêter.

— Écoutez.

Les paroles paillardes d'une chanson de marins filtraient à travers le panneau en chêne.

— Bande de paltoquets ! grommela-t-elle.

Charissa se couvrit la bouche d'une main, mais le tremblement de ses épaules trahissait son rire.

— Je ferais mieux d'entrer d'abord, dit Ewan.

Dory ne lui en laissa pas le temps. Elle ouvrit la porte.

— D'abord vous affolez Tilly, cria-t-elle. Puis vous menacez mon… Ewan. Ensuite vous vous faites livrer un festin, et à présent vous traînez nus en chantant que vous gonflez les voiles de putains. J'aurais dû vous laisser dans la Tour !

— Nus ? glapit Ewan.

Il la saisit par la taille et la poussa derrière lui.

— Charissa, ferme les yeux.

Dory contempla le dos d'Ewan pendant quelques secondes, le temps d'admirer la manière dont le tissu moulait ses muscles, puis elle le contourna.

— Du calme, le Highlander, lança Will.

— Panda, nous ne sommes pas vraiment nus puisque nous sommes enveloppés dans des draps, expliqua le capitaine Bart. Les habits propres qu'on nous a promis ne sont pas encore arrivés. Nous avons attendu dans l'eau du bain jusqu'à ce qu'elle soit froide.

Will fléchit les bras au-dessus de sa tête, sans doute pour exhiber ses muscles.

— Oui, mais avant ça, l'eau était aussi chaude que la chatte d'une...

— Assez ! tonna Ewan en couvrant la voix de Will.

Habituée à ce langage, Dory ne sourcilla même pas. En revanche, Charissa paraissait effrayée. Elle se tenait près d'Ewan, pratiquement collée à sa jambe.

— Capitaine Bart, nous avons une enfant dont il faut s'occuper, déclara-t-elle.

— Hmm ? fit le capitaine qui avait déjà remarqué la jeune fille.

— Capitaine Bart, Will, voici Charissa. Je crois qu'elle est seule au monde et a besoin de notre aide.

Elle fut soulagée de voir Will tirer son drap par-dessus ses épaules, à la façon d'une cape le couvrant entièrement. La plupart des enfants abandonnés ou maltraités avaient peur de la nudité, surtout celle d'un homme adulte.

Le capitaine Bart en fit autant et s'approcha de Charissa.

— Toutes nos excuses, mademoiselle. Nous chahutions un peu. (Il lui fit un clin d'œil.) Heureusement, Dory ici présente nous ramène toujours sur le droit chemin.

— Pfft ! fit Dory en riant.

— Nous fêtions notre liberté retrouvée, expliqua le capitaine.

— Will a une mauvaise influence sur vous, déclara-t-elle.

— Et j'en suis fier ! lança l'intéressé.

Charissa inclina la tête. Elle ne dit rien, mais son sourire était revenu.

— Cette enfant doit être nourrie et lavée, rappela Ewan. Que vais-je faire de ces deux pirates pendant que vous vous en occupez ?

*

* *

Comme si la chambrette de Searc n'était pas déjà assez exiguë, elle comptait à présent deux pirates fanfarons nus se cognant dans la table et renversant le seau à bois.

Searc capitula.

— Je vais m'assurer que Boswell ne s'est pas perdu, dit-il en sortant.

La puanteur de la chair en décomposition était encore préférable aux coups de coude de ces deux taureaux qui tentaient de s'habiller.

— Ces foutus pantalons sont trop serrés, grogna Will.

— Essaie cette autre paire, répondit le capitaine en indiquant la pile sur le lit.

Tilly avait passé la matinée à les nourrir puis à chercher des vêtements de seconde main qui leur permettraient d'être plus ou moins présentables à la Cour.

Adossé au mur près de la fenêtre à croisillons, Ewan résuma :

— Donc, le *Queen Siren* est un vaisseau pirate.

Le capitaine le regarda en achevant de boutonner sa longue veste.

— C'est ce que Panda vous a dit ?

Ewan inclina la tête sur le côté.

— En réalité, non. Elle ne m'a rien dit de précis et semble embarrassée lorsque j'aborde le sujet.

Le capitaine Bart haussa les épaules en souriant.

— Oui, nous sommes bien des pirates. De la pire espèce.

Will émit un petit rire.

— À votre place, je ne m'en vanterais pas à la Cour, dit Ewan. Dory s'est démenée pour vous sortir de la Tour. Ne faites rien qui pourrait la faire condamner et jeter en prison avec vous.

— À ce sujet, dit le capitaine Bart en avançant d'un pas. Si les choses tournaient mal…

— Elles tournent toujours mal, grommela Will en se tortillant dans un autre pantalon.

— Si les choses tournent mal, emmenez Panda loin d'ici, reprit le capitaine avec un geste vers la fenêtre. Quelque part où elle ne risquera pas d'être enfermée par ces bouffons, ni brûlée pour sorcellerie.

— Le roi Henri a le bras très long, lui rappela Ewan.

— Alors mettez-la à bord d'un navire : il ira plus vite que n'importe quel roi, dit Will. En moins d'un an, Dory en deviendra le capitaine.

Même s'il parlait sur le ton de la plaisanterie, il était clair qu'il en était convaincu.

— À propos de navires…, fit Ewan.

— Je ne vous ai pas entendu promettre, l'interrompit le capitaine.

— J'emmènerai Dory en lieu sûr, assura Ewan. Dussé-je l'enfermer contre son gré dans la cale d'un vaisseau en partance.

Bart parut satisfait.

— Un navire est amarré aux docks près de la Tour, reprit Ewan. D'après la fille que Dory vient de recueillir, ses marins enlèvent des enfants des rues. Cela vous dit quelque chose ?

Les traits du capitaine Bart se durcirent.

— O'Neil, cracha Will comme s'il s'agissait d'un juron.

— La fille vous a-t-elle dit quel pavillon il battait ? demanda le capitaine.

Ewan fit non de la tête.

— Elle n'était pas en état d'être interrogée. Dory lui soutire peut-être plus d'informations en ce moment. Qui est cet O'Neil ?

Will s'assit au bord du lit pour enfiler une botte.

— Le diable, bougonna-t-il.

— C'est un marchand d'esclaves, expliqua Bart. L'un des pires.

— Il vend des enfants ? demanda Ewan, horrifié.

— Il les enlève, les vend, les maltraite, répondit Will, les traits aussi tendus que ceux du capitaine. Il s'amuse probablement aussi avec, si vous voyez ce que je veux dire.

— Pourquoi Dory a-t-elle peur de lui ?

— C'est ce qu'elle vous a dit ? questionna Will, étonné. Elle n'a peur de rien.

— Elle ne me l'a pas dit exactement, mais chaque fois que son nom est évoqué, le temps change.

Le capitaine Bart hocha lentement la tête.

— Parce c'est un monstre, répondit-il en passant une main dans ses longs cheveux, ses yeux froids comme de la glace. Parce qu'elle sait aussi qu'il la veut.

10

9 mars de l'an de grâce 1518

Ma très chère Kat,

Mon cœur se réjouit d'apprendre que vous avez reçu ma lettre. Ne doutez jamais de mon amour. Êtes-vous sûre de ne pas en avoir reçu d'autres au cours de l'automne ? Je vous ai écrit fidèlement tous les mois.

Tenez-vous prête lorsque l'été arrivera. Quand les gens de la Cour commenceront à fuir la chaleur et la pestilence, nous agirons.

Éternellement vôtre.

Rowland

L'idée de Dory violée et vendue en esclavage faisait bouillir le sang d'Ewan.

— Qu'entendez-vous par « il la veut » ? Et d'où la connaît-il ?

Le capitaine Bart prit la place de Will sur le bord du lit pour enfiler ses nouvelles bottes. Son expression était plus éloquente que n'importe quel discours. Un frisson parcourut l'échine d'Ewan.

— Cette ordure a appris que j'avais à bord le bébé d'une aristocrate anglaise. Il voulait la rendre à sa famille, ici en Angleterre, contre rançon.

— Mais vous ne la lui avez pas vendue, dit Ewan.

Le capitaine Bart le regarda comme si cette suggestion était ridicule.

— Non, je savais ce qu'il lui arriverait entre les mains de O'Neil. En outre, sa mère ne voulait pas qu'elle rentre en Angleterre avant d'être assez grande pour se défendre. Ce furent ses dernières volontés.

— Vous les avez honorées.

— Oui. Notre Pandora était le plus joli petit ange de ce côté-ci du paradis. (Ce souvenir le fit sourire.) Elle irradiait une lumière bleue. Je savais qu'elle était magique.

— Et vous n'étiez pas prêt à l'abandonner à O'Neil.

— Il y a des années de cela, Julian O'Neil et moi étions membres du même équipage à bord du *Crimson Rose*. Il aimait les filles jeunes, parfois trop jeunes. Il a rencontré d'autres hommes qui avaient les mêmes goûts. Des types tout aussi pervers que lui. Lorsqu'il a eu son propre vaisseau, il s'est vite rendu compte que vendre des enfants était plus lucratif que d'attaquer des navires marchands.

Le capitaine Bart s'adossa au mur.

— Il ne m'a pas demandé Panda juste une fois. Il me la réclame dès que nos routes se croisent.

Ewan plissa les yeux.

— Il la traque, expliqua le capitaine. Il sait que je l'aime comme ma propre fille, et cela la rend encore plus désirable à ses yeux.

— On devrait peut-être la lui livrer, suggéra Will. Elle le tuerait sur-le-champ, mettant un terme à la pire forme d'esclavage.

— Il n'est probablement pas le seul marchand d'enfants qui sévit sur les mers, murmura Ewan.

— Non, de loin, répondit Bart. Mais c'est le seul que je ne parviens pas à arrêter.

— Vous chassez les marchands d'esclaves ?

Le large sourire du capitaine révélait des dents jaunies.

— Oui.

— Vous n'êtes donc pas des pirates.

— Et nous ne vendons pas d'enfants.

— Non, l'Écossais, ajouta Will. Nous les sauvons.

— Pourtant, vous vous comportez comme des pirates.

— Il faut bien se fondre dans le décor si on veut savoir ce qu'il y a dans la cale d'un navire et où il va, répondit le capitaine. Panda comprend à quel point il est important pour nous d'être considérés comme de vrais pirates. Elle sait garder notre secret.

Mais elle ne lui faisait pas assez confiance pour lui révéler la vérité. Ewan observa les deux hommes. Ils jouaient leur rôle de pirates à la perfection.

— Donc, vous ne volez pas, ne violez pas, ne pillez pas ?

— Violer ? Si un de mes hommes maltraitait une femme, je lui couperais la langue avant de le chasser de mon navire. Pour le reste, un homme doit se nourrir. Si nous nous emparons d'un vaisseau pour libérer les enfants, tout ce qu'il y a à bord nous revient pour nous dédommager de notre peine.

— Personne n'a jamais découvert votre véritable mission ?

— Personne qui ait survécu pour en parler, répondit Will en mimant une fente avec une épée imaginaire. Les petits sont envoyés dans une mission où sœur Mary leur trouve de bons foyers.

— O'Neil est le seul à le soupçonner, dit Bart. C'est un vrai serpent. Je l'avais presque coincé quand Panda a tapé dans l'œil de ce capitaine anglais. (Il secoua la tête.) Quelle poisse !

— C'est comme ça que vous avez atterri à la Tour ? En sauvant Dory ?

— Dory voulait absolument venir en aide à une petite gamine enlevée par O'Neil, raconta le capitaine. Il prétendait qu'elle était sa fille. Dory n'en croyait pas un mot et l'a défié en plein milieu de la taverne. Pour ma part, j'étais convaincu que la petite était déjà morte. Le capitaine anglais, qui observait Dory dans son coin, a été séduit par son courage. Un peu trop.

— On ne savait pas qu'il y avait tout un peloton qui l'attendait dehors, ajouta Will en contemplant ses ongles. C'est comme ça qu'on a fini à la Tour.

— Imbécile ! lui lança Bart. Il en avait seulement après moi, pour m'être interposé, quand tu lui as envoyé ton poing dans la figure. Du coup, ils nous sont tous tombés dessus.

— Oui, mais Dory a pu s'enfuir, fit Ewan. A-t-elle retrouvé l'enfant ?

— Non.

Sa réponse était aussi sèche que le bruit d'un clou enfoncé dans le cercueil de la petite fille.

On toqua à la porte et Ewan alla ouvrir. Dory se tenait sur le seuil, sa chevelure retombant librement sur ses épaules. Il pouvait l'imaginer cheveux au vent sur le pont d'un navire. Sous ses jupes, ses jambes seraient légèrement fléchies et écartées à la manière des marins pour maintenir son équilibre.

— Que signifie ce sourire ? demanda-t-elle d'un air suspicieux.

Elle lança un regard vers les deux pirates derrière lui, qui prirent un air innocent.

— Où est Charissa ? demanda Ewan.

— Elle est propre, nourrie et elle dort à présent, répondit-elle en se détendant légèrement.

— Dans notre lit ?

— Bien sûr. Où pourrions-nous la mettre ? Elle partagera notre chambre.

Ewan serra les dents malgré lui. Comment allait-il lui démontrer qu'il n'y avait rien de mieux dans la vie que la fornication ? Il savait déjà qu'avec elle ce serait merveilleux. Il ne s'avouait pas vaincu.

De l'autre côté de la porte ouverte, quelqu'un se racla la gorge. Se retournant, Ewan vit un page qui attendait d'être remarqué.

— Oui ?

— Lord Cromwell vous demande.

Ewan s'avança. Autant en finir tout de suite avec ce maudit Boswell, que les Anglais choisissent de l'enterrer ou de planter sa tête sur une pique.

— Vous tous, milord, précisa le garçon. Les deux de la Tour, votre épouse et vous, lord Brody.

Alors qu'ils se dirigeaient vers le couloir, Ewan croisa le regard du capitaine Bart. Les yeux las, le vieil homme lui fit un léger signe de tête. Ewan y répondit, telle une promesse silencieuse. Quoi qu'il advienne, il emmènerait sa Panda loin d'ici et en lieu sûr.

*

* *

Dory donnait le bras à Ewan, le capitaine Bart et Will marchant derrière eux.

— Qui est Cromwell, exactement ? chuchota-t-elle.

Sentir ses muscles puissants contre elle, comme si elle se tenait près d'une montagne, l'aidait à apaiser les battements frénétiques de son cœur.

Le page l'entendit et répondit par-dessus son épaule :

— Mon maître est lord du sceau privé, chancelier de l'université de Cambridge et conseiller de Sa Majesté notre roi.

— Sur quoi le conseille-t-il ? demanda-t-elle.

— La loi, humaine et divine, et les affaires intérieures et extérieures.

Il se lança dans une énumération des nombreux accomplissements de son maître, paraissant à la fois fier de les citer et irrité qu'elle ne les connaisse pas.

— Oh, fit-elle quand il eut fini.

Ils s'arrêtèrent devant une porte ouvragée tout en marqueterie.

Thomas Cromwell était assis derrière un bureau massif. Il ressemblait à une taupe géante avec des lèvres fines, de petits yeux noirs et un nez bulbeux. Ses luxueux et volumineux habits accentuaient ses airs de rongeur déguisé en membre du Parlement. Elle le reconnut pour l'avoir vu au dîner deux soirs plus tôt. Le page s'inclina puis disparut quand Cromwell le congédia d'un geste.

— Asseyez-vous, dit-il, bien qu'il n'y ait que deux sièges devant son bureau.

Dory sentit la main d'Ewan la pousser en avant d'une légère pression dans le creux des reins. Elle aurait préféré rester debout, mais elle devait jouer son rôle de lady. Elle s'assit dans le fauteuil tandis qu'Ewan, le capitaine Bart et Will restaient debout derrière elle, laissant l'autre siège vide.

— Je veux savoir tout ce qu'il y a à savoir sur cette menace pesant sur notre grand roi Henri, déclara Cromwell en les regardant l'un après l'autre.

Les doigts d'Ewan se posèrent sur l'épaule de Dory.

— Vous avez lu les lettres écrites par Rowland Boswell ?

— Bien entendu. Aucune ne livre le nom du troisième traître.

— Il n'a pas encore été prouvé que Katharine Wellington avait trahi, souligna Dory, le dos droit.

— Il n'a pas été prouvé qu'elle ne l'avait pas fait, rétorqua Cromwell.

Son regard féroce tentait de la clouer sur place et de la réduire au silence. C'était mal la connaître.

— Les lettres…

— … la rendent complice non seulement du complot contre Sa Majesté et la princesse Marie, mais également de la tentative d'empêcher toute naissance d'un héritier au trône, l'interrompit Cromwell en haussant la voix. Savez-vous, lady Wellington, combien d'enfants a perdus notre roi au cours de ses premières années avec Catherine d'Aragon ?

Dory se garda bien de lancer un chiffre au hasard.

— Cinq, voire six. Deux fausses couches, un mort-né et deux garçons qui n'ont pas vécu plus de quelques semaines. Or, il semblerait que votre mère ait fait partie du complot visant à s'assurer qu'aucun héritier ne survive. Ce n'est pas seulement une abomination, c'est de la haute trahison.

— Comment aurait-elle pu commettre de tels crimes ? protesta Dory. Elle n'avait pas de…

— Katharine Wellington était connue pour être guérisseuse, lâcha Cromwell comme s'il prononçait une sentence.

Dory resta interdite. Sa mère, une guérisseuse ? Comme elle ? Possédait-elle également la lumière bleue ? Celle-ci pouvait-elle être utilisée pour… ? Elle ne voulait même pas y penser.

Elle secoua la tête et regarda Cromwell dans les yeux.

— Comme vous dites, ma mère était une guérisseuse, pas une meurtrière. C'était également une femme, avec l'instinct de protéger la vie, surtout la vie d'enfants.

Sa voix trembla et elle sentit à peine la main d'Ewan presser sur son épaule.

Le capitaine Bart s'assit sur le siège à côté d'elle et lui prit la main. L'homme qu'elle considérait comme son père serra ses doigts et déclara :

— Lord Cromwell, avant de mourir, Katharine Wellington a évoqué ses péchés.

Dory pouvait à peine respirer. Le capitaine Bart mentionnait très rarement la période où elle était née.

— Dans son délire fébrile, elle parlait de lettres, de rencontres… jamais de tuer ou d'empoisonner qui que ce soit. Il était clair qu'elle aimait son pays et son roi. Elle était désespérée à l'idée que j'emmène son bébé à Londres, car elle craignait que Pandora… je veux dire Rebecca n'y soit en danger. Probablement à cause de l'homme que vous cherchez.

— A-t-elle donné un nom ? demanda Cromwell en agrippant le bord de son bureau.

— Non, répondit le capitaine avec un haussement d'épaules. Cependant, elle semblait avoir peur de son beau-frère.

— James Wellington, dit Ewan. Qui se trouve ici à la Cour et qui est, semble-t-il, très proche du roi.

Les yeux de Cromwell se réduisirent à deux fentes.

— Je lui parlerai.

Il se concentra de nouveau sur le capitaine Bart.

— Vous possédez une chevalière laissée par Katharine Wellington sur votre navire.

— En effet.

— À quoi ressemble-t-elle ?

— Elle est gravée d'une rose.

— De quelle couleur ?

— Je ne l'ai pas vue depuis longtemps, et uniquement un bref instant lorsque lady Wellington l'a sortie d'une poche secrète et enfermée dans le coffret.

— Un coffret ?

Dory ravala un soupir, attendant la réponse habituelle.

— Oui, la « boîte de Pandore », répondit le capitaine Bart. Comme je savais que la petite serait source d'ennuis, je l'ai appelée Pandora. Et comme je savais que cette bague allait causer des problèmes, je l'ai laissée là où elle était.

— De quelle couleur est la rose ? répéta Cromwell.

— Dorée, je crois.

— La chevalière Lancastre, comme celle que possédait Boswell, grommela Cromwell.

Cette information ne sembla guère améliorer son humeur.

— Y a-t-il une inscription sur la bague ? demanda-t-il à voix basse.

Tout le monde dans la pièce retint son souffle.

— Je ne l'ai jamais vue de près, répéta le capitaine Bart. Lady Wellington l'a gardée cachée jusqu'au moment de la mettre dans la boîte. Elle semblait en avoir peur.

— Vous irez me la chercher, ordonna Cromwell. Je dois l'examiner pour m'assurer que notre roi n'est plus menacé.

— Cette menace date d'il y a vingt ans, fit Ewan. Rien ne dit qu'elle existe encore.

— Un traître attend toujours son heure, répondit Cromwell. La reine Anne a perdu deux fils mystérieusement. Le troisième complice est peut-être toujours aussi déterminé à laisser l'Angleterre sans héritier. La princesse Elizabeth pourrait être en danger en ce moment même.

Cromwell saisit une feuille de vélin, rédigea brièvement un message, la plia, versa quelques gouttes de cire fondue dessus et la scella avec sa propre chevalière. Il la tendit au capitaine.

— Ce laissez-passer vous permettra de vous déplacer à travers toute l'Angleterre. Faites-vous accompagner par lui, déclara-t-il en désignant Will du menton. Rebecca Wellington restera ici à la Cour, à la place de sa mère.

Ewan se redressa.

— Elle n'est pas sa mère et ne devrait pas être punie à sa place.

— Personne ne parle de punition, l'Écossais. Lady Wellington restera ici, là où elle doit être, avec vous, son époux. Vous continuerez à enquêter sur d'éventuelles activités illicites liées aux lettres de Boswell et me rendrez compte directement de toute découverte.

Dory se détendit. Pourquoi l'idée de quitter l'Angleterre lui était-elle soudain devenue insupportable ?

— Le roi a-t-il reconnu que Meg Boswell de Druim avait bien répondu à sa requête ? demanda Ewan.

Il avait toujours une main sur son épaule, et elle pouvait sentir la tension qui vibrait dans ses muscles.

Cromwell agita le laissez-passer en direction du capitaine Bart jusqu'à ce que celui-ci le prenne, puis répondit :

— Oui, Boswell a bien été livré comme demandé. Il a été conduit ce matin à la Tour, où son cadavre sera pendu afin de faire réfléchir tous ceux qui auraient des velléités régicides.

Ewan se détendit légèrement.

— Si je comprends bien, mon épouse et moi devons rester à Londres parce que le roi Henri craint une menace dont le responsable aurait peut-être un lien avec lady Brody ?

— Vous avez épousé une Wellington, lord Brody, lui rappela Cromwell. Si l'un de ses parents s'est rendu coupable de trahison, tous les autres membres de sa famille doivent faire l'objet d'une enquête.

Fichtre ! Ewan devait regretter de l'avoir rencontrée. Les lèvres de Dory remuèrent d'elles-mêmes.

— J'envisage de divorcer de lord Brody, déclara-t-elle.

Tous les regards se tournèrent vers elle.

— Si c'est le cas, sera-t-il libre de quitter l'Angleterre ?

Elle retint son souffle, sans savoir quelle était la réponse qu'elle espérait.

— Il faudra me passer sur le corps ! dit Ewan.

Ses doigts s'enfoncèrent un peu plus dans l'épaule de Dory. Elle refusait de lever les yeux vers lui, se concentrant sur l'air surpris de Cromwell.

— Je ne sais...

Cromwell s'interrompit, réfléchit quelques instants, puis reprit :

— Le divorce est un processus lent et pénible, lady Wellington. Ce n'est pas une décision à prendre à la légère ni sur un caprice.

— Il me bat.

— Quoi ? Jamais de la vie !

Ewan se planta devant elle. Il paraissait tellement furieux qu'elle se retint de sourire.

Elle se pencha sur le côté pour regarder Cromwell et ajouta :

— Et il couche avec d'autres femmes. Je crois qu'il vaut mieux que vous le laissiez rentrer dans son pays de sauvages. Il est bien trop grossier pour un pays aussi raffiné que l'Angleterre.

Tous la regardaient comme si elle avait perdu la raison. Elle sentit une petite bulle de fou rire nerveux dans sa gorge et pinça les lèvres. Si elle éloignait Ewan de ce pétrin, elle se sentirait moins coupable. Car c'était sûrement la culpabilité qui lui retournait les tripes, et non la perspective qu'il s'en aille.

— Ou une annulation, reprit-elle. Notre mariage n'a pas encore été consommé. Oui, je souhaite demander une annulation, au motif qu'il a négligé d'exercer son devoir conjugal.

Elle hocha la tête pour ponctuer cette affirmation.

Ewan émit un petit rire de dédain et se tourna vers le conseiller du roi. Celui-ci esquissa ce qui ressemblait presque à un sourire. De petites dents brunes apparurent entre ses lèvres fines.

Les coudes sur son bureau, il croisa les doigts et mit ses mains en clocher.

— Lady Wellington, aucun membre du conseil, après vous avoir vus tous les deux, ne croira un mot de ce que vous racontez. (Il indiqua Ewan d'un geste.) Lord Brody est jeune et plein de vigueur ; quant à vous, vous êtes d'une beauté exceptionnelle.

Elle aurait rougi du compliment s'il ne venait d'un homme qui possédait le droit de vie ou de mort sur eux.

— Je vous jure sur l'âme de ma mère que je suis toujours vierge.

— L'âme de votre mère est peut-être déjà perdue, hélas.

Cromwell se tourna vers Ewan.

— Je vous suggère de rectifier la situation avant que votre épouse décide de déposer une demande d'annulation, dans une étrange tentative de vous protéger en vous renvoyant en Écosse.

— Il ne me sera pas facile de rectifier la situation, étant donné que nous partageons une chambre avec son père adoptif, son... frère et désormais une jeune dame de compagnie, répliqua Ewan.

Cromwell indiqua le laissez-passer dans la main du capitaine Bart.

— Ils sont libres et vivement encouragés à retourner sur leur navire pour chercher la bague. La dame de compagnie sera logée dans une chambre de domestique. La reine Anne étant restée à Whitehall, le château est loin d'être plein.

Il fixa le capitaine.

— Sachez que si vous ne revenez pas avec la bague, lady Wellington prendra votre place à la Tour.

— La mer est imprévisible, lord Cromwell, répondit Bart. Il y a des tempêtes, des attaques de pirates. Et si nous ne revenons pas à temps ?

Cromwell sourit.

— La dame est jeune. Elle attendra votre retour le temps qu'il faudra.

*

* *

Ewan suivit Dory hors du bureau de Cromwell. La fureur qui bouillait en lui le faisait se sentir à la fois faible et déterminé. Cinq pas. C'est tout ce qu'il lui accorderait.

Un, deux, trois, quatre... Elle s'arrêta. Morbleu ! Elle rangea son *sgian dubh* dans son fourreau, puis fit un autre pas. *Cinq !* Il l'attrapa par le bras et l'entraîna dans une alcôve.

— Nous vous retrouverons dans la chambre de Searc, lança-t-il derrière lui au capitaine et à Will.

— Eh, où l'emmenez-vous ? protesta Will.

— Viens, mon garçon, lui dit sagement le capitaine. Je crois qu'ils ont quelques comptes à régler. Nous ferions mieux de nous mettre à l'abri, au cas où Panda se mettrait à lancer des éclairs.

Il prononça cette dernière phrase à voix haute, comme un avertissement à Ewan. Ce dernier s'en moquait.

Il surplombait Dory, si bien qu'elle devait incliner la tête en arrière pour le regarder dans les yeux. Il n'avait jamais utilisé sa taille ou sa force physique pour intimider une femme. Certes, il n'était pas un ange, mais il ne dépasserait jamais les limites avec une femme, bien qu'il n'ait jamais été aussi proche d'en étrangler une.

— Qu'avez-vous fabriqué dans ce bureau ? demanda-t-il sans desserrer les dents.

Elle ouvrit sa jolie petite bouche pulpeuse pour répondre, mais il ne lui en laissa pas le temps.

— Je vais vous le dire : du grand n'importe quoi ! Vous avez donné stupidement de fausses informations à l'un des hommes les plus puissants d'Angleterre. Primo, il sait déceler un mensonge à peine sorti de votre bouche ; secundo, vous n'étiez pas du tout convaincante.

Un grondement de tonnerre retentit dehors.

— Vous pouvez déclencher une tornade et détruire ce château pierre par pierre, peu m'importe, poursuivit-il. N'essayez plus jamais de divorcer, d'annuler notre mariage ou de vous débarrasser de moi.

— On ne peut pas annuler ce qui n'existe pas, chuchota-t-elle.

Il aurait juré percevoir une pointe de douleur dans ses paroles, même si ses beaux traits n'exprimaient que de la colère.

— Tout le monde ici nous considère comme mariés ; par conséquent, en Angleterre, nous le sommes.

Fichtre, cela n'avait aucun sens. D'autant plus qu'il avait toujours fui toute forme d'engagement. Cependant, il pensait réellement ce qu'il venait de dire.

— Par conséquent, dès que nous aurons franchi la frontière ou que nous aurons pris le large, ce sera fini, terminé ? demanda-t-elle. Comme s'il ne s'était rien passé ?

Il ne sut quoi répondre. Voyant qu'il restait silencieux, elle enchaîna :

— C'est la définition même d'une annulation. Il ne s'est rien passé.

Elle voulut le contourner, mais il la retint. Elle refusait de le regarder en face.

— Dory.

Il glissa un doigt sous son menton et elle capitula enfin, relevant la tête vers lui. Ses yeux humides et brillants ressemblaient à deux nuages d'orage. Il entendait à peine le vacarme de la pluie à l'extérieur.

Il l'attira doucement à lui et étudia son visage. Sa colère semblait s'être émoussée, cédant la place à une pâleur qui lui donnait un air vulnérable. Il préférait de loin l'étincelle de sa fureur.

— Qu'avez-vous tenté de faire dans ce bureau ? insista-t-il plus doucement.

— Je ne vous laisserai pas mourir à cause de moi.

— Je n'ai aucune intention de mourir.

— Comme la plupart des gens.

— Si cela tourne mal, je nous sortirai d'ici sains et saufs.

— Mais... vous ne pourrez pas rentrer chez vous, n'est-ce pas ?

Effectivement. Il ne pourrait retourner à Druim. Si le roi Henri pensait que Caden Macbain abritait un fugitif, il lancerait une armée contre son clan. Il ne pouvait leur faire courir ce risque. Était-ce cela qui la perturbait ?

— J'ai toujours voulu voyager et voir le monde, répondit-il nonchalamment. Peut-être à bord d'un navire. Quelqu'un m'a dit que les Highlanders ont beaucoup en commun avec les pirates.

— J'ai détruit votre vie, dit-elle comme si c'était la fin du monde.

Il ne l'avait jamais vue aussi désemparée. Dehors, les éléments se déchaînaient.

Il prit son visage entre ses paumes afin de la regarder au fond des yeux. Il était conscient qu'elle saurait s'il mentait, tout comme Meg pouvait lire en Caden. Il réfléchit un instant, puis répondit sincèrement :

— Si ma vie était détruite, je ne crois pas que je me sentirais aussi bien.

Elle demeura un instant perplexe, suffisamment pour ne pas reculer lorsqu'il prit sa bouche. Ses lèvres restèrent d'abord immobiles, froides, et il faillit s'écarter et s'excuser. Puis elle inclina légèrement la tête et entrouvrit sa douce bouche dans un souffle.

Les mains d'Ewan quittèrent son visage pour glisser dans son dos, l'aspirant dans une puissante étreinte. Le léger gémissement qu'elle émit acheva de l'embraser. Il l'entraîna plus profondément dans l'alcôve et tira un épais rideau derrière eux, les cachant à la vue. Ses jambes rencontrèrent un objet dur, un fauteuil assez grand pour deux. Il s'y laissa tomber en attirant Dory sur ses genoux. Bigre, pouvait-elle sentir l'effet qu'elle lui faisait à travers ses jupes ? Oui, bien sûr. Grâce à sa magie, elle percevait tout ce qui se passait en lui.

Il enfonça les doigts dans sa chevelure et quitta sa bouche pour déposer une ligne de baisers de son oreille jusqu'au creux de l'épaule.

— Je pourrais vous embrasser du sommet de votre crâne jusqu'au bout de vos orteils, chuchota-t-il.

Il la sentit frémir. Ses dents effleurèrent la peau délicate à la base de son cou.

— Ewan, murmura-t-elle. Que me faites-vous ?

— Pas encore assez, parvint-il à répondre avant de reprendre ses lèvres entrouvertes.

Elle enfouit les doigts dans ses cheveux, puis les fit courir le long de son cou et de son dos. Elle semblait vouloir le toucher partout. Elle se trémoussa sur ses genoux, ses fesses frottant son érection en lui arrachant un gémissement.

Avant de jeter tous ses principes aux oubliettes et de lui arracher ses vêtements, là, dans ce couloir, il la fit glisser sur le siège à son côté. Il la serra contre lui en continuant à savourer sa bouche délicieuse. Elle glissa les mains sous son pourpoint, puis sous sa chemise. Ses doigts l'explorèrent, caressant son torse, ses abdominaux, descendant toujours plus bas, attisant son feu jusqu'à... Il retint sa main.

— Dory, murmura-t-il contre sa bouche. Nous sommes dans un couloir.

— Peu m'importe, répondit-elle en se frottant contre lui. Je crois qu'Adela avait raison. Il n'existe rien de mieux que la fornication.

L'effort qu'il devait faire pour se retenir était littéralement douloureux. Elle l'implorait presque de la prendre. Il porta sa main à ses lèvres et la baisa.

— Je ne déflorerai pas une vierge dans un couloir.

— Je ne ferai pas de bruit, promit-elle avant de l'embrasser.

Il lui mordilla le lobe de l'oreille.

— Ça vous sera difficile quand je serai entre vos cuisses, chuchota-t-il.

Il sentit tout son corps frissonner contre lui. Il gémit et se leva, la laissant se ressaisir. Lorsqu'il baissa les yeux, il constata qu'elle avait le visage au niveau de son érection très visible.

Elle continuait à fixer son entrejambe lorsqu'il la mit debout. Ayant vécu à bord d'un navire rempli d'hommes, elle devait connaître leur anatomie.

— Dory ?

Elle avait les yeux un peu plus ronds qu'à l'accoutumée.

— Êtes-vous plus grand que la normale ? demanda-t-elle.

— Je ne sais pas, je n'ai jamais étudié la question, répondit-il en ajustant son pantalon. Vous n'avez jamais vu un homme nu ?

Elle fit non de la tête, et Ewan remercia chaleureusement en pensée le capitaine Bart. Il se pencha sur elle. Il ne l'avait encore jamais vue intimidée, et le spectacle lui plaisait assez. Il savait qu'une puissante tornade se cachait en elle ; il était déterminé à être celui qui la libérerait.

— Ne vous inquiétez pas, dit-il. Tout s'emboîtera parfaitement.

Elle rougit et ouvrit la bouche pour répondre. Au même moment, un bruit de pas résonna dans le couloir. Il posa un index sur ses lèvres encore chaudes de leur baiser.

— Que me veut-il ? maugréa une voix d'homme.

À travers la fente des rideaux, Ewan vit James Wellington se diriger vers le bureau de Cromwell, derrière le page.

— Lord Cromwell veut vous poser quelques questions, expliqua ce dernier.

Wellington entra dans le bureau du conseiller du roi, claquant la porte derrière lui au nez du page. Celui-ci le traita de sagouin, lança des regards à la ronde, puis repartit dans l'autre direction.

— Wellington va se retrouver en danger à cause de moi, déclara Dory qui observait la scène de l'autre côté du rideau.

— Il sait naviguer dans ces eaux mieux que vous, répondit Ewan.

Elle acquiesça.

— Le capitaine Bart dit toujours que, quand on est pourchassé par un requin, le tout n'est pas de nager plus vite que lui, mais plus vite que celui qui nage à côté de vous.

Malgré sa plaisanterie, elle avait un air coupable. Ewan sourit. Cela lui passerait car elle avait un cœur de guerrière. Il écarta le rideau et l'entraîna dans le couloir.

— Nous reprendrons cette discussion plus tard, glissa-t-il en caressant doucement le creux de ses reins.

C'était une promesse.

11

11 avril de l'an de grâce 1518

Ma très chère Kat,

N'ayez crainte, votre nouvelle m'honore. John pensera que le bébé est le sien puis, quand nous régnerons, l'enfant deviendra notre héritier. Peut-être aurai-je enfin un fils, car le ventre d'Isabelle n'a produit qu'une fille. Je ne la supporte plus. Je ne pense qu'à vous, mon amour. Vous apaisez mon esprit en ébullition.

Votre serviteur,

Rowland

— *Cha… leig le.*

Dory fut réveillée lentement par le marmonnement d'une voix masculine. Elle battit des paupières dans le noir. Où était-elle ? Elle resta immobile, remuant uniquement ses doigts sous l'oreiller pour saisir le manche frais de son couteau.

À ses côtés, elle distingua une petite tête lui faisant face. Elle soupira. Charissa, endormie dans leur lit. Sa chambre de domestique ne serait prête que le lendemain.

Cependant, ce n'était pas sa voix qu'elle avait entendue.

— Chut. La petite dort.

Ewan avait parlé à voix basse. Lui aussi venait de se réveiller, semblait-il.

Dory s'immobilisa tandis que le bras d'Ewan l'attirait contre lui sous l'épaisse couverture. Contrairement à sa voix endormie, son corps semblait très éveillé. Le pouls de Dory s'accéléra. Elle sentit ses lèvres effleurer sa nuque là où elle avait relevé ses cheveux.

— Vous parliez dans votre sommeil, chuchota-t-elle.

Il se tendit.

— Qu'ai-je dit ?

— C'était en gaélique.

Elle roula doucement face à lui, mais son visage n'était qu'une ombre.

— Je rêvais des Highlands, dit-il avant de déposer un baiser sur son front et de l'attirer contre lui.

— Votre pays vous manque.

Il émit un petit son qui ressemblait à une réponse positive.

— Parlez-m'en, demanda-t-elle.

— Les paysages sont vastes et sauvages, non souillés par l'activité humaine. Les landes vertes se couvrent de fleurs sauvages au printemps. Les montagnes majestueuses transpercent les nuages. Quand le soleil apparaît, les lochs scintillent.

— Ce doit être beau, dit-elle, le cœur lourd. Vous aimez beaucoup votre terre.

— Elle fait partie de moi, de mon sang. Parfois, elle est douce et paisible, mais elle est pleine de passion et a un tempérament fougueux.

— On dirait la mer.

Elle sourit, la joue contre son torse.

Il resta silencieux un long moment, avant de répondre :

— En effet, les fleurs en plus.

Elle rit doucement.

— Oui, les fleurs en plus. J'aimerais la visiter un jour.

Elle inspira en inhalant son odeur. Un long moment passa et elle libéra son souffle, déçue.

— Je peux vous y emmener, Dory.

Ses sens le sondèrent aussitôt. Sa respiration demeurait régulière, ses muscles détendus. Il ne mentait pas.

— Cela me plairait bien, murmura-t-elle.

Il l'embrassa. Ce fut aussi doux que la caresse d'une feuille effleurant ses lèvres, et pourtant tous ses sens s'embrasèrent.

Il s'écarta.

— Mais d'abord, nous devons nous sortir vivants de ce pétrin. Dormez, Dory.

— Pas de fornication ce soir, le taquina-t-elle.

— Cela nécessite de l'intimité, répondit-il, même si elle savait qu'il y pensait également.

Elle sourit dans l'obscurité.

— En fait, d'après Adela, ce n'est pas indispensable. Elle m'a raconté l'histoire de deux types qui…

— Dormez, Dory.

Elle soupira, se tourna face à Charissa et le poussa légèrement avec ses fesses. Elle entendit un léger grognement. Tant mieux. Puisqu'elle dormirait mal cette nuit, il lui semblait juste que ce soit aussi son cas. Elle ferma les yeux avec un sourire, surprise d'avoir le cœur aussi léger après la journée qu'elle venait de vivre.

*
* *

— Où étais-tu passé, petit flemmard ? Elle te cuisinait des gâteaux au lieu de préparer mon dîner !

Les yeux injectés de sang, les lèvres retroussées et humides, son père agitait les poings en l'air, frémissant de rage.

Les yeux fixés sur le corps gisant sur le plancher, Ewan avait les pieds cloués au sol. Il voulait aller vers elle. Il se serait jeté sur elle, si seulement il avait pu bouger.

Les yeux d'Ewan s'ouvrirent avant que son esprit soit totalement sorti de ce cauchemar. Il desserra les poings et se frotta le visage. En dépit de la fraîcheur dans la chambre, sa peau était recouverte d'un voile de sueur. Pardieu, cela faisait plus d'un an qu'il n'avait pas rêvé de son père !

Le loquet de la porte tressauta. C'était le bruit qui l'avait réveillé. Ewan se glissa silencieusement hors du lit et saisit son épée.

— Il y a quelqu'un ? demanda Dory.

Elle était assise dans le lit, le col lâche de sa chemise de nuit la couvrant à peine.

— Panda ? appela une voix.

— Capitaine ? Le jour ne s'est même pas encore levé !

Elle sortit du lit, pendant qu'Ewan déverrouillait la porte.

— Will et moi partons, annonça le capitaine Bart.

Derrière lui, Will lança un regard vers la jeune fille endormie et donna un coup de coude à Ewan.

— Je vois que nous n'avons rien interrompu.

Cette plaisanterie laissait surtout deviner à quel point il aurait aimé être à la place d'Ewan dans le lit avec Dory.

Sa presque demi-sœur ne lui prêta pas attention.

— Pourquoi partez-vous si tôt ? demanda-t-elle.

— Nous avons dormi un peu dans la chambre de Searc, répondit le capitaine. Un bien brave garçon. (Il lança un regard à Ewan.) Je lui ai offert une place à bord du *Queen Siren*, mais il semble très attaché à ses Highlands.

— Et à sa maman, ajouta Will, goguenard.

— Plus tôt nous rejoindrons notre navire, plus vite je pourrai te donner cette maudite boîte, poursuivit le capitaine en posant les mains sur les épaules de Dory.

— Comment comptez-vous vous y rendre ? demanda Ewan.

— Hier, nous sommes descendus sur les docks. Un navire marchand pourrait nous conduire jusqu'à Barry au pays de Galles, avant de mettre le cap sur l'ouest. Tu m'as dit que le *Queen Siren* attendait au large de la côte ouest, n'est-ce pas ?

— Oui, à moins qu'ils aient eu des ennuis.

— Si c'est le cas, Pete aura conduit le navire dans le port de Barry pour se ravitailler. C'est là que je les trouverai. Je reviendrai probablement par voie de terre.

— Si tout se passe bien, vous devriez être de retour dans deux semaines, dit Ewan.

— Je n'aurai même pas le temps de vous manquer, plaisanta le capitaine Bart avant de déposer un baiser sur le front de Dory. O'Neil est ici, lui aussi. J'ai vu le *Raven* amarré aux docks.

Ewan sentit Dory se raidir.

— Il ramasse des enfants des rues, comme l'a dit Charissa, murmura-t-elle.

— En aucun cas tu ne dois t'approcher de lui, lui ordonna le capitaine avec un bref regard à Ewan. Nous l'affronterons au large.

— Je la tiendrai à distance, assura Ewan. Elle a le don de s'attirer des ennuis.

— Vous aussi, rétorqua Dory en lui lançant un regard noir.

— À dire vrai, surtout depuis que je vous connais.

Bart se mit à rire.

— Ma Panda a besoin de quelqu'un de fort à ses côtés pour l'empêcher de se précipiter tête la première dans un désastre ou un autre.

— Capitaine...

— C'est la vérité, ma fille.

Il se tourna vers Ewan avec un sourire.

— Elle est synonyme d'ennuis mais, si vous restez un certain temps avec elle, vous découvrirez que ces catastrophes en valent la peine.

— Capitaine ! répéta-t-elle aussi fort que possible sans réveiller la petite.

S'il y avait eu assez de lumière, Ewan était sûr qu'il aurait vu ses joues cramoisies.

Son père adoptif l'embrassa de nouveau puis tourna les talons. Avant qu'Ewan ait pu intervenir, Will s'approcha, la souleva du sol dans une profonde étreinte et l'embrassa bruyamment avant de la reposer. Il lança un regard de défi à Ewan tandis que Dory lui donnait une tape sur l'épaule.

— On se revoit dans deux semaines, lança-t-il.

Une fois sur le seuil, il se retourna vers Ewan.

— Comme l'a dit le capitaine, prenez bien soin de notre amie.

— Je peux très bien prendre soin de moi toute seule ; tu es bien placé pour le savoir, lança Dory dans son dos tandis qu'il franchissait la porte.

Son petit rire s'éleva dans le couloir, puis ils disparurent.

Elle resta un moment à contempler la porte fermée. Ewan replaça la barre.

— Ils s'en sortiront très bien, assura-t-il.

Elle acquiesça sans cesser de mordiller sa lèvre inférieure. Elle se sentait coupable. Elle ne méritait pas tous ces efforts.

— Il semblerait que je mette toujours les autres en danger, soupira-t-elle.

— Bah ! Un peu de danger rend la vie plus trépidante.

Elle releva le menton, un léger sourire atténuant la tension sur son visage.

— On croirait entendre un vrai pirate.

— J'ai une soudaine envie de vous voir grimper au grand mât, dit-il en l'attirant dans ses bras.

Il l'embrassa tendrement. Oui, un peu de danger n'avait jamais eu un goût aussi délicieux. Elle était délicate et forte à la fois. Elle toucha sa langue avec la sienne, lui arrachant un grognement sourd de contentement. Sur le lit, Charissa se retourna. Dory soupira contre sa bouche et il la libéra.

— Je dormirai près du feu, annonça-t-il en tournant les talons.

— Le lit est assez grand, répondit-elle en se glissant de nouveau entre les draps.

Il lui lança un regard. On aurait dit un ange tout vêtu de blanc, parmi les fourrures et les épaisses couvertures. Se rendait-elle compte à quel point elle était attirante ?

— Dormez, ordonna-t-il doucement. Demain, nous devrons faire revenir un traître d'entre les morts.

*
* *

La matinée passa rapidement. Tilly leur apporta le petit déjeuner, puis tressa les cheveux de Charissa pendant que Dory l'interrogeait sur la vie de la Cour vingt ans plus tôt.

— Je n'étais qu'une jeune servante quand votre mère vivait entre ces murs, milady, répondit Tilly en entrelaçant habilement les mèches de Charissa entre ses doigts.

— Vous rappelez-vous qui elle fréquentait ? Ou peut-être l'avez-vous déjà vue partir à cheval avec un homme ?

— Hmm… Un autre homme que son mari, lord Wellington ? Une fois ou deux, peut-être. Elle se promenait beaucoup dans les jardins. Elle était si belle ! Tout comme vous, milady. Elle avait de nombreux admirateurs.

Dory contempla les lettres éparpillées sur le petit secrétaire.

— L'avez-vous vue discuter avec Richard Pembroke ?

Tilly plissa le front, se concentrant.

— Non, je ne m'en souviens pas. En revanche, je me rappelle une dispute avec le frère de son mari, dont la Cour a parlé pendant une semaine.

— James Wellington ?

— Oui. Je l'ai aussi vue discuter avec un homme maigre, doté de petits yeux noirs. Je les ai surpris chuchotant dans l'alcôve qui se trouve près de ce qui est devenu le bureau de lord Cromwell.

Rowland Boswell ? Dory rougit en se demandant si elle avait été conçue dans ce recoin sombre où elle-même avait presque exigé qu'Ewan la prenne.

— Cromwell n'était pas encore conseiller du roi à cette époque ?

Tilly acheva de tresser la courte natte, puis l'enroula sur le crâne de Charissa.

— Non, milady, répondit-elle sans quitter sa tâche des yeux. Il était jeune et studieux. Il a su s'attirer les faveurs de Sa Majesté en l'impressionnant par son érudition et son intelligence. Ce fut efficace. Voyez où il en est, aujourd'hui. Seul le roi a plus de pouvoir que lord Cromwell.

— Très intelligent, en effet, murmura Dory en se plongeant à nouveau dans les lettres.

— Oh, au fait ! reprit Tilly. On a trouvé une chambre pour la demoiselle, juste à côté de la mienne.

Elle se pencha vers l'oreille de Charissa en exerçant une pression sur ses épaules.

— Et je t'ai dégoté quelques robes.

Peu après qu'elles furent toutes deux parties, Searc et Ewan entrèrent. Dory leur rapporta ce que la servante lui avait appris.

Ewan se tourna vers Searc.

— Vois ce que tu peux soutirer au vieux palefrenier grisonnant dans les écuries.

Le garçon répondit quelque chose en gaélique, son regard se posant brièvement sur Dory. Ewan soupira d'un air résigné puis acquiesça. Elle attendit que Searc soit ressorti en refermant la porte derrière lui, puis interrogea Ewan du regard.

— Searc a vu un navire correspondant à la description du *Raven*. Il est toujours amarré aux docks près de la Tour.

— Où exactement ?

— Vous n'irez pas là-bas.

Cet ordre hérissa Dory, bien que ce soit le même que celui de son père adoptif. Dieux ! O'Neil était à sa portée et il ignorait qu'elle se trouvait à Londres. Elle pouvait le frapper durant son sommeil, lui trancher la gorge dans son lit infesté par la vérole.

Elle n'avait encore jamais tué personne. Cependant, O'Neil méritait d'être envoyé en enfer. Combien d'enfants avaient souffert et étaient morts par sa faute ? L'image d'une petite fille rousse surgit dans son esprit, son petit poing s'ouvrant tandis qu'elle s'affaissait dans les bras du félon. Elle avait pu être cette enfant, si sa mère avait été capturée par le *Raven*.

Dory sentit derrière ses yeux la brûlure de larmes contenues. Elle repoussa l'image. La fillette était probablement morte à présent, et au paradis, où elle était aimée et à l'abri. Quoi qu'il en soit, cette ordure méritait la mort.

— Vous m'avez compris, Dory.

— J'ai compris que vous vous efforciez d'obéir aux ordres du capitaine Bart, ce dont je vous félicite.

— Dory, vais-je devoir vous attacher à moi ? fit-il, menaçant.

Elle esquissa un sourire espiègle.

— C'est vrai qu'Adela m'a dit que certains hommes aimaient jouer avec des cordes.

Il fronça les sourcils. Elle pouvait presque voir son pouls s'accélérer au creux de son cou.

— Dory, il est trop dangereux pour vous d'affronter seule cet individu abject.

— Vous serez avec moi, que je vous ordonne de rester ici ou pas.

— Vous, m'ordonner ?

Il leva les yeux au ciel, comme si c'était la suggestion la plus absurde qu'il ait jamais entendue.

— Oui, j'ai bien dit « ordonner », insista-t-elle en baissant sciemment les yeux vers son entrejambe. Je ne sais pas pourquoi les gens pensent que, simplement parce qu'ils possèdent un cinquième membre, les hommes sont les seuls à pouvoir donner des ordres. Je suis bien plus puissante que n'importe quel homme de ma connaissance.

Ewan la dévisagea un long moment.

— Vous pouvez donc tout faire toute seule ?

Elle sentit un piège, sans vraiment savoir où il se trouvait.

— Comme vous enfuir de la Tour ? poursuivit-il. Ou échapper aux griffes d'Henri ? Vous pouvez le faire toute seule ? Sans l'aide de personne ?

Elle se sentit rougir.

— Je pourrais me débrouiller, d'une manière ou d'une autre.

— Vous pourriez aussi mourir, ou pire.

Elle n'avait pas besoin de lui demander ce qu'il entendait par « pire ». Elle l'avait vu sur le visage des enfants arrachés aux mains des marchands d'esclaves.

— Ma mort en vaudrait la peine, si O'Neil ne peut plus nuire ensuite.

Ewan l'attrapa par les épaules et lui hurla presque au visage :

— Rien ne vaut que vous mouriez !

Ils se défièrent un moment du regard, puis Ewan ferma les yeux et expira. Il abaissa sa voix à un volume normal.

— Si vous mourez… cela affligera votre père adoptif, qui me tuera probablement pour avoir échoué à vous protéger. Charissa n'aura plus personne pour la défendre, et il vous reste certainement de nombreux enfants à sauver. Tout cela vaut-il la vie d'une seule ordure ?

— Je n'ai pas dit que je comptais me sacrifier, répliqua-t-elle en se libérant. Juste que je voulais me rendre sur les docks, le tuer et revenir aussitôt.

— Vous connaissez sûrement O'Neil mieux que ça. Je doute que ce soit aussi facile, Dory. Vous ne pouvez pas agir selon un plan aussi succinct.

— Vous réfléchissez trop.

Elle saisit un petit pain sur le plateau que Tilly avait apporté.

Ewan se passa une main sur le visage, comme s'il avait préféré s'arracher la peau plutôt que d'avoir cette conversation avec elle. Son geste lui rappela le capitaine.

— Dory, vous avez du pouvoir, beaucoup de pouvoir...

Il dégaina sa longue épée qu'il avait fourbie plus tôt dans la matinée. Dory observa les muscles de son bras étirer le lin de sa chemise lorsqu'il la brandit haut. Il recula d'un bond, atterrissant les pieds légèrement écartés et le bras tendu devant lui comme si l'arme était une extension de son corps.

Wiz ! La lame s'abaissa en fendant l'air, pivota et plongea en avant, transperçant un ennemi invisible.

— ... mais si vous ne réfléchissez pas, si vous ne perfectionnez pas ce pouvoir...

Il abaissa de nouveau l'épée jusqu'à ce que la pointe touche le tapis. Il n'était même pas essoufflé ! Il la leva.

— ... il pourrait tuer des innocents, dont vous.

Dory avait lâché le petit pain sans s'en rendre compte. Ewan Brody était extraordinaire ! Elle n'avait jamais vu une telle force. Son jeu de bras portait une promesse de mort indéniable. Elle avait passé sa vie entourée de ferrailleurs. Ewan était différent, tout en puissance retenue, d'une beauté létale.

Il la dévisagea comme si c'était à elle de faire une démonstration de ses talents. Elle ne se souvenait même pas de son dernier commentaire. La gorge sèche, elle se passa la langue sur les lèvres pour les humecter.

— Montrez-moi à nouveau comment vous maniez l'épée, demanda-t-elle.

Il haussa un sourcil, surpris. Il prit une profonde inspiration puis fit lentement non de la tête.

— S'il vous plaît, insista-t-elle, son ordre se muant en requête.

Il se figea, semblant fasciné par sa voix.

— Je vous en prie, répéta-t-elle dans un souffle.

Il leva de nouveau sa lame d'acier et balança son arme d'une main à l'autre dans un équilibre parfait. Il fit un pas de côté, puis de l'autre, plongea en avant, pivota et fit chuinter sa lame dans l'air. Il ne semblait pas faire le moindre effort, effectuant une danse aussi naturelle que sa respiration, avec la grâce d'un ange de la mort. Elle pouvait aisément l'imaginer au milieu d'une bataille, une horde de guerriers s'amoncelant à ses pieds.

Si seulement il avait ôté sa chemise, elle aurait pu voir le roulement de ses muscles se contractant à chaque mouvement. Cette pensée fit déferler une onde de chaleur en elle. Elle exhala longuement, et une rafale de vent s'engouffra en sifflant dans la cheminée, aplatissant les flammes l'espace d'un instant.

Il s'arrêta et abaissa son arme. Elle s'approcha lentement de lui.

— Il n'y a plus d'enfant dans la chambre, chuchota-t-elle. Je suis prête pour ma leçon.

Un grondement de tonnerre s'éleva au loin. Elle avança encore d'un pas, sa poitrine frôlant son torse, espérant de toutes ses forces qu'il lui réponde.

Il émit un son guttural et laissa tomber son arme sur l'épais tapis. Il leva les mains pour les refermer sur son crâne, et ses doigts s'enfoncèrent dans sa chevelure. Sa bouche s'écrasa contre la sienne. Elle sentit son sang déferler, ses muscles se contracter, ses pupilles se dilater. Tout comme elle. Ensemble, ils étaient le pouvoir à l'état pur ; celui d'Ewan était physique, le sien magique.

Ewan la souleva du sol sans interrompre leur baiser. Elle enroula les bras autour de son cou puissant tandis qu'il la portait à travers la pièce. Lorsqu'elle sentit le bord du lit contre ses cuisses, elle tira les pans de sa chemise hors de son pantalon et dénoua les lacets. Elle effleura la peau nue de son bas-ventre et sentit un vertige la saisir. Elle avait dû se raidir, car il recula pour la regarder dans les yeux.

— Vous avez peur, dit-il, le souffle court.

Oh non ! Il n'allait pas se défiler maintenant !

— Je vous fais confiance, répondit-elle.

— Je ne mets pas des vierges dans mon lit.

Il commença à reculer et elle le retint en agrippant sa chemise. Oui, elle avait peur – mais surtout qu'il s'arrête. Il hésita, puis tenta à nouveau de reculer. *Nom de nom !* Elle bloqua sa retraite en plaçant un pied derrière lui. Fébrile, elle déboutonna son pantalon, glissa la main à l'intérieur et referma les doigts sur son membre. Il était grand et dur, du velours sur de l'acier.

— Je ne suis pas n'importe quelle vierge, dit-elle en remuant la main. Et vous avez promis de m'apprendre.

Avec un gémissement, il se pencha sur elle, la repoussant en arrière. Ses bras se posèrent de chaque côté de son visage sur la couverture en fourrure.

— Vous jouez avec le feu, dit-il d'une voix rauque.

— Je sais.

Adela avait dit vrai. Une femme pouvait contrôler un homme en le menant par le bout de sa verge.

Les mains d'Ewan glissèrent le long de son corps incandescent. C'était comme si elle était en proie à une violente fièvre, sauf que ce n'était pas de la douleur qu'elle ressentait mais du plaisir ; un plaisir qui lui faisait cambrer les reins, l'implorer en silence de la toucher partout.

Alors qu'elle pensait être sur le point de défaillir, il quitta sa bouche pour tracer une ligne de feu avec ses lèvres le long de son cou, tandis que ses doigts écartaient son corsage. Elle tira de nouveau sur sa chemise et il la passa par-dessus sa tête, la laissant retomber sur le sol. Son torse était doré par la lueur des flammes. Elle glissa ses paumes sur sa peau, écartant les doigts entre les petits poils frisés qui couvraient la partie supérieure de son buste. Il se pencha pour goûter le creux de son cou, puis descendit.

Il tira sa chemise de nuit vers le bas, dénudant sa poitrine. Elle ravala son souffle tandis qu'il vénérait ses seins, les caressant, les pinçant, les suçant. Son corps se mit à onduler de lui-même.

— Ewan…, haleta-t-elle.

Il saisit ses jupes sous ses hanches et les lui ôta. Il en fit de même avec son propre pantalon. Elle écarquilla les yeux en voyant son membre massif et dressé. Il l'observa, en attente. Guettait-il des signes de peur ? Envisageait-il d'arrêter ?

Le regardant dans les yeux, elle releva sa chemise, la passa par-dessus sa tête et la lança sur le côté. Elle se rallongea et étala sa chevelure sur la fourrure.

— Venez, l'invita-t-elle.

— Mon Dieu, que vous êtes belle, murmura Ewan.

Il se pencha sur elle, capturant de nouveau ses lèvres, puis s'étendit sur le flanc à son côté afin de laisser sa main errer sur son corps. Ses doigts sur sa peau nue déclenchaient des frissons de plaisir dans leur sillage. Ils descendirent vers sa toison et elle gémit contre ses lèvres. Ses baisers devinrent sauvages, exigeants. Il répondait à chacun de ses mouvements avec la même fougue. Il la goûtait, la savourait. Il joua avec sa langue jusqu'à ce qu'elle se sente défaillir. Parallèlement, il caressait son sexe, augmentant peu à peu la cadence jusqu'à ce qu'elle se presse contre sa main en gémissant.

— Vous êtes si humide et chaude, souffla-t-il.

Elle fléchit les genoux et écarta les jambes. Ses orteils s'enfonçaient dans la fourrure, se recroquevillant sous les sensations exquises. Ewan continua de la caresser, attisant le feu avec ses doigts habiles. Les flammes qui la consumaient lui apparaissaient comme un nouveau pouvoir, une autre forme de magie, se déployant dans son ventre et se diffusant dans ses membres jusqu'aux extrémités de ses doigts et de ses orteils.

— Je brûle, gémit-elle.

Cela ne fit qu'encourager Ewan à poursuivre le supplice. Tout son être était secoué de pulsations lancinantes. Elle détacha sa bouche de la sienne pour reprendre son souffle. Il laissa glisser ses lèvres le long de son cou et plongea vers ses seins qu'il suça de nouveau. Dory s'agrippa à ses larges épaules. Ses ongles griffaient désespérément sa peau comme si elle ressentait le besoin de ramper loin du feu qui la consumait, alors qu'elle n'avait aucune envie de lui échapper. La chaleur tourbillonnait en elle telle une tornade, toujours plus dense, toujours plus puissante. À chaque mouvement de ses doigts en elle, son pouls s'accélérait et ses muscles tremblaient.

— Ewan ! Bon sang... *Ewan !*

Une vague explosa au plus profond d'elle-même et se répandit en pulsations de plaisir dans tout son corps, la laissant pantelante.

— Oui, ma beauté. N'est-ce pas divin ?

Elle hocha vigoureusement la tête. Il l'embrassa puis se redressa légèrement, lui sourit et se positionna au-dessus d'elle.

— À présent, quelque chose de mieux encore.

Elle le sentit guider son membre entre les plis de sa fente. Les avant-bras de chaque côté de sa tête, Ewan la regarda dans les yeux.

— *Bean bainnse*. Tu es à moi, grogna-t-il en s'enfonçant en elle.

Une douleur vive lui traversa le ventre. Elle ravala son souffle tandis qu'un éclair illuminait le monde de l'autre côté de la fenêtre, suivi immédiatement d'un *crac !* assourdissant.

12

5 mai de l'an de grâce 1518

Ma très chère Katharine,

Je commence à croire que mes lettres ne vous parviennent pas toutes. Votre contact reçoit-il les siennes ? Pour lui, j'ai recours à un messager différent qui vit loin de chez moi. Oui, je suis très heureux que vous soyez enceinte. John soupçonne-t-il quelque chose ? Pourquoi James vous interrogerait-il au sujet de l'enfant ? Met-il en doute votre loyauté envers la famille Wellington ?

Votre dévoué serviteur,

Rowland

Ewan s'immobilisa, enfoncé en elle jusqu'à la garde. Son corps réclamait qu'il se retire pour s'enfoncer de nouveau, et il devait faire appel à toute sa force de volonté pour ne pas bouger. Sous lui, Dory respirait lentement, sa chair sensuelle se raidissant.

« Ne mets jamais une vierge dans ton lit, l'avait prévenu son grand ami Caden. Sauf si tu as l'intention de l'épouser. »

Dory cligna des yeux, le regard vitreux.

— Nous ne sommes pas compatibles, gémit-elle.

Il esquissa un sourire.

— Nous le serons.

Comme il était difficile de rester immobile alors que ses seins magnifiques réclamaient ses attentions ! Caden avait raison, les vierges étaient difficiles à aimer. Il se pencha et embrassa doucement Dory sur les paupières, le bout du nez, puis baisa ses lèvres qui étaient devenues froides. Il lécha et titilla le creux de son cou, sa paume se posant sur un sein. Il le caressa et le pétrit doucement, jusqu'à ce qu'il sente les jambes de Dory remuer contre les siennes. Il grogna de plaisir. Il crut apercevoir une lueur bleue, mais il n'en était pas sûr.

— Morbleu, Dory, dites-moi que je vais bientôt pouvoir bouger.

— Je vous fais mal ?

— Non, vous me mettez au supplice.

Son petit sourire en coin lui donna la permission dont il avait besoin. Son fourreau, humide et chaud autour de lui, l'étreignait étroitement. Il se retira lentement et s'enfonça une nouvelle fois.

— Par tous les saints ! lâcha-t-elle dans un soupir. C'est beaucoup mieux.

Elle remua à son tour, accompagnant son va-et-vient avec des oscillations du bassin. Ewan se retenait, redoutant de lui faire mal. Elle enroula les jambes autour de ses hanches, l'attirant à elle. Elle s'accrocha à ses épaules, hissant son torse vers le sien. Sa passion reprenait vie sous lui. Elle entrouvrit les lèvres et enfonça la tête dans l'oreiller, exposant la longue colonne de sa gorge. Il la couvrit de baisers en accélérant la cadence. Il posa ses mains sur les siennes de chaque côté de sa tête et entrelaça leurs doigts. Elle frémissait sur la fourrure.

Tous les muscles de son corps étaient bandés. Il lâcha une de ses mains et glissa la sienne entre eux pour caresser son bourgeon de chair. Elle tressaillit. Un coup de tonnerre retentit au-dehors. Le vent sifflait dans la cheminée, attisant les flammes qui dansaient follement, reflet du brasier en eux.

— À moi, rugit-il. Tu es à moi !

Dory lui répondit par ses propres gémissements, s'agrippant à lui de toutes ses forces, l'encourageant. Le courant qui circulait entre eux était comme le pouvoir à l'état pur, une force infinie, d'une détermination féroce.

— À moi, chuchota-t-il encore en ralentissant.

Il la regarda dans les yeux. Il fallait qu'elle sache, qu'elle le ressente ou non, qu'elle était désormais marquée. Dory Wyatt lui appartenait.

— À vous ? interrogea-t-elle.

Ewan roula sur le côté et l'attira dans ses bras, de sorte que sa joue repose contre son torse. La tenir ainsi lui paraissait juste. Elle était différente de toutes les autres femmes. Sa chevelure lui chatouilla le menton lorsqu'elle tourna la tête pour le regarder.

— Qu'est-ce que ça veut dire ? demanda-t-elle.

— Vous êtes à moi, désormais. Ma femme. J'ai pensé que vous deviez le savoir.

Elle se redressa. L'orage s'était éloigné, emportant ses ombres. Une belle lumière d'après-midi filtrait par la fenêtre. Il enroula une de ses mèches autour d'un doigt. De longs brins soyeux et dorés qui retenaient les reflets du soleil.

— Est-ce une sorte de demande en mariage ?

— Je vous ai déflorée. Nous sommes donc mariés, à la manière des Highlands.

— Mariés ? Je n'ai pas dit « oui ».

Elle se redressa en position assise et replia les jambes sous elle. Elle ne se donna pas la peine de se couvrir. Ses seins parfaits remuaient en rythme quand elle parlait, suivant le mouvement de ses mains.

— Je n'y connais pas grand-chose en mariage, mais je suis presque sûre qu'à un moment ou un autre, les deux parties doivent dire « je le veux », « oui » ou quelque chose comme ça.

Son ton s'était haussé au fil de sa phrase, s'achevant sur un son suraigu.

Quand il voulut l'attirer de nouveau contre lui, elle l'esquiva. Avec un soupir, il saisit une fourrure et la lui drapa autour des épaules.

— Vous avez couché avec moi, vous m'avez donné votre hymen, expliqua-t-il. Cela veut dire que vous étiez consentante.

Il se leva pour aller chercher un verre d'eau.

— Je... Je..., balbutia-t-elle.

Elle s'interrompit. Une fois de plus, elle lui faisait penser à un chaton furieux.

— Vous étiez consentante, répéta-t-il.

Il sourit, mais se retint de rire en lui tendant le verre. Il voyait la colère monter en elle. Pouvait-elle lancer la foudre à travers la fenêtre ? Peut-être devrait-il se mettre à l'abri.

— Je vous ai demandé de me montrer comment forniquer, pas de m'épouser !

— « Forniquer » signifie autre chose dans les Highlands.

Il omit de préciser qu'il avait couché avec de nombreuses filles consentantes sans en épouser aucune.

— Je ne suis pas des Highlands, répliqua-t-elle. Et nous ne sommes pas mariés.

— Tout le monde ici nous considère mari et femme.

— C'est une farce !

Il haussa les épaules. Dory frémissait presque de rage. Le regard noir, les lèvres retroussées, elle était nue et drapée dans de la fourrure. Totalement captivante. Cette femme était pleine de passion et il avait à peine soulevé un coin du voile. Dessous se trouvait un trésor, il en était sûr. En attendant, il devait s'assurer qu'elle ne disparaîtrait pas, et donc l'attacher à lui paraissait logique. C'est pourquoi il l'avait déflorée. Il était avide et en voulait plus. Il ne pouvait la laisser lui échapper.

— Si vous voulez, vous pouvez consentir avec des mots, même si ce n'est pas nécessaire.

Serrant la fourrure autour de son cou, Dory sortit du lit, se dirigea vers l'armoire et attrapa une jupe bleu pâle et un corsage.

— Pas nécessaire, grommela-t-elle. C'est de l'esclavage ! Vous n'avez pas le droit de vous accaparer les gens comme ça.

Le tonnerre gronda de nouveau à l'extérieur. Ewan enfila sa chemise et indiqua la fenêtre d'un geste.

— Vous êtes en train de gâcher la journée de bien des gens.

— Vous avez de la chance de ne pas être dehors, rétorqua-t-elle. La foudre pourrait vous tomber sur le crâne.

— Alors vous seriez veuve. Jane n'a pas prévu de tenue appropriée dans votre trousseau.

— Grrr…

Elle enfila la jupe et tira sa chemise en dessous.

Il la rejoignit en deux enjambées et la prit dans ses bras avant qu'elle ait pu le repousser. Elle renversa la tête en arrière afin de le foudroyer du regard.

— Je suis navré si vous ne ressentez pas la même chose, dit-il.

— Je n'ai pas dit ça, rétorqua-t-elle.

Il arqua un sourcil.

— Ah bon ?

Il ne voulait pas lui laisser une occasion de se défiler – du moins, pas encore. Pas après avoir ressenti sa chaleur, son cœur battant contre le sien.

— Vous m'avez trompée, Ewan Brody.

Il remarqua qu'elle avait rosi légèrement. Se souvenait-elle qu'il lui avait dit les mêmes paroles ? Il la fit tourner lentement. Ses doigts glissèrent les petits boutons de son corsage dans leurs œillets, cachant sa peau soyeuse.

— Ce n'était pas mon intention, répondit-il en la libérant.

C'était la vérité. Elle avait voulu forniquer et il avait voulu goûter sa peau, glisser sur ses formes voluptueuses, étaler sa chevelure sur les fourrures et sentir ses cuisses autour de ses reins. Il plissa le front. Il n'avait pas non plus eu l'intention de la revendiquer comme sienne.

— Je suis navré si je vous ai trompée, mais ce qui est fait est fait.

— Alors, défaites-le.

La passion dans son regard sapait son raisonnement. Il s'apprêtait à la prendre de nouveau dans ses bras quand on toqua à la porte. Il jura dans sa barbe et alla ouvrir.

Charissa et Tilly se tenaient sur le seuil. La jeune fille portait un plateau chargé de nourriture.

— Très bien, la félicita Tilly. À présent, incline la tête et demande si tu peux déposer le déjeuner…

En parlant, Tilly regardait Ewan. En voyant son léger sourire, il se demanda si elle avait écouté derrière la porte.

— ... puisqu'ils ont raté le repas dans la grande salle, acheva-t-elle.

Charissa répéta ces paroles et Ewan prit le plateau de ses petites mains. Comment une enfant aussi maigrelette pouvait-elle porter une charge aussi lourde ?

— Merci, dit Dory en souriant. Tu as trouvé en Tilly un excellent professeur.

Charissa acquiesça.

— Elle se débrouille aussi très bien avec le raccommodage, déclara Tilly en ramassant la chemise déchirée de Dory au pied du lit dont les draps étaient froissés.

Le teint de Dory vira à l'écarlate lorsque Tilly annonça à Charissa qu'elle allait lui apprendre à faire un lit. S'étant approchée, la servante vit la tache de sang qui révélait la déchirure de son hymen.

— Finalement, je crois que nous allons plutôt changer le linge, déclara-t-elle en arrachant les draps.

— J'ai besoin de prendre l'air, annonça Dory en quittant la chambre.

Ewan dut faire un effort surhumain pour ne pas la suivre. Elle venait de vivre des moments intenses. Sans doute était-il préférable de lui laisser un peu d'espace pour réfléchir.

— Le temps est décidément très imprévisible, ces temps-ci, observa Tilly. J'espère que lady Wellington ne sera pas surprise par la pluie.

— Lady Brody, corrigea Ewan.

— Pardonnez-moi, dit nerveusement Tilly.

Elle fit une profonde révérence comme s'il avait aboyé. Était-ce le cas ? Il se sentit penaud en lisant la peur dans le regard de la servante. Il s'efforça de sourire et de desserrer les poings, avant de sortir à son tour. Il ne maîtrisait plus rien. Il perdait le contrôle de sa vie bien ordonnée. Il était venu à Londres livrer un traître, rien de plus. Or, voilà qu'il venait de revendiquer comme sienne la sorcière-pirate-héritière la plus compliquée, ingrate et fascinante qui soit. Elle avait bouleversé son existence simple.

— Morbleu ! jura-t-il en se rendant compte que cela ne lui déplaisait pas du tout.

*

* *

Me revendiquer comme si je n'étais qu'un vulgaire trophée !

Dory tournait le dos à Charissa. Tilly lui apprenait à tresser les cheveux.

Voleur !

Elle grimaça lorsque la brosse se prit dans un nœud. Tilly s'excusa mais Dory ne l'entendit même pas, l'esprit entièrement absorbé par ce qui s'était passé un peu plus tôt.

Elle n'avait jamais eu l'intention d'épouser Ewan. En outre, en l'absence d'un prêtre ou de témoins, ce type de mariage à l'écossaise était aussi absurde que fragile. Il devait être fou ou idiot pour croire qu'ils étaient mariés simplement parce qu'ils avaient forniqué.

Forniquer. Elle se sentit rougir. Ce qu'ils avaient fait paraissait bien différent des ébats qu'Adela lui avait décrits. « Forniquer » n'était sans doute pas le mot juste. « Faire l'amour », peut-être ?

L'amour était pour les idiots. Le capitaine Bart lui avait toujours dit que seules les sottes croyaient les mots doux des hommes – surtout des hommes qui avaient envie de forniquer.

De toute façon, Ewan ne lui avait pas parlé d'amour. Elle pinça les lèvres. Non, il l'avait simplement déclarée sienne. Si elle avait été une vraie lady, avec un bon lignage et des parents honorables, lui aurait-il proclamé sa flamme ? Au lieu de la « revendiquer » simplement comme un barbare des Highlands ?

— Comment empêchez-vous toutes ces mèches de vous glisser entre les doigts ? demanda Charissa en observant Tilly au travail.

— En tirant dessus, voilà comment, maugréa Dory.

Charissa pouffa de rire. C'était la troisième fois de la journée. La jeune fille retrouvait la joie et la légèreté d'une enfant.

— Je suis navrée, lady Brody, fit Tilly. Vos cheveux sont comme de la soie et semblent animés d'une vie propre. Je crois qu'ils veulent simplement être libres.

Libres ?

— J'ignorais que le concept de liberté existait en Angleterre, maugréa Dory.

Tilly lui tapota l'épaule, comme si elle savait ce qui la tracassait. Comment l'aurait-elle pu ? À ses yeux, Dory n'était qu'une jeune épouse qui venait enfin de consommer son mariage avec un immense guerrier outrageusement viril.

— J'ai terminé, déclara Tilly en contemplant son œuvre. Toutefois, ce serait plus joli si vous n'aviez pas cet air renfrogné, comme si quelqu'un venait de marcher sur vos souliers en satin.

Dory se leva avec un soupir. Elle sentait le poids de sa chevelure en partie relevée sur sa tête ; l'autre partie retombait en cascade dans son dos. Elle alla se regarder dans le miroir près de la cheminée.

— Vous êtes ce que j'ai vu de plus joli dans ma vie, affirma Charissa.

Sa nouvelle toilette était arrivée, avec un simple message de Jane.

Votre traitement a fonctionné. Je vais bien et me rendrai bientôt à Hampton Court. J'espère vous y retrouver.

Amicalement,

Jane

Apparemment, elle avait enfin eu ses règles, ce qui lui permettait d'espérer mettre au monde un héritier.

Dory laissa retomber ses lourdes jupes autour d'elle et contempla son reflet. Le corsage en velours bleu nuit était très cintré à la taille, puis s'évasait par-dessus les jupes en soie d'un bleu tirant vers l'émeraude. Il était bordé de tresses de soie, avec un décolleté dangereusement bas qui laissait paraître la dentelle de la chemise. Des broderies au fil d'or dessinaient de complexes volutes le long des manches qui se terminaient par des guipures couleur crème.

Elle passa un doigt sur les broderies dorées. Elle n'avait encore jamais vu une robe aussi belle. Elle espérait qu'aucun enfant n'avait été contraint de travailler des heures durant pour créer cette perfection.

Elle releva les yeux vers son visage. Des perles et des rubans de soie avaient été tressés dans ses cheveux à la manière d'une couronne. Sa coiffure était si belle qu'il n'était pas question de la cacher sous le capuchon habituel. Qu'en penserait Ewan ?

Elle tourna la tête d'un côté et de l'autre. Cela ne lui ressemblait pas, même quand elle enfilait une robe pour jouer les prostituées dans les ports.

— Certaines disent qu'un peu de charbon autour des yeux les rend plus mystérieux, déclara Tilly. Personnellement, je vous trouve parfaite sans aucun fard.

Charissa acquiesça et tourna sur elle-même pour faire gonfler ses propres jupes en laine rêche.

— Vous serez la plus belle du bal masqué !

Dory se tourna vers elle.

— Quel bal masqué ?

Tilly alla chercher un objet dans son panier de linge propre.

— Charissa et moi l'avons fabriqué aujourd'hui. Je le trouve assez réussi.

Elle lui tendit un petit masque sur une tige à laquelle étaient attachés des rubans. Des éclats d'or et des plumes dans différents tons de bleu tapissaient l'objet qui se posait sur le haut des pommettes.

— Quel talent ! s'exclama Dory en l'examinant.

Intérieurement, elle pestait. Elle allait encore devoir endosser un nouveau rôle ce soir. Elle n'était pas cette dame drapée dans la soie et le velours.

— En quel honneur y a-t-il un bal ? demanda-t-elle.

— Un émissaire espagnol est arrivé à la Cour pour discuter d'un éventuel mariage entre l'une des filles de Sa Majesté et le fils du roi d'Espagne, expliqua Tilly. Il a été décidé de donner un bal pour l'occasion. (Elle haussa les épaules.) Cela a engendré un surplus de travail dans les cuisines.

— Je suis désolée que vous ayez dû fabriquer ce masque pour moi, dit Dory.

— Pensez-vous ! Cela nous a amusées.

— Il est ravissant.

— C'est vous qui êtes ravissante, déclara Charissa à son reflet dans le miroir.

Et Ewan ? La trouverait-il ravissante ? Ou bien risible, comme un imposteur ?

*

* *

Ewan balaya du regard l'opulente grande salle où Henri déambulait parmi ses invités parés de costumes colorés et luxueux. Des milliers de chandelles diffusaient une lumière chaude et dorée tandis que les nobles paradaient sur les épais tapis. Les membres de la délégation espagnole s'étaient retranchés dans un coin, l'air mal à l'aise dans leurs habits sombres. Un quatuor entama un air enjoué alors qu'un espace était dégagé pour les danseurs.

Ewan portait son habit de cour habituel. S'ils devaient rester plus longtemps, il allait devoir en commander un autre. Caden lui avait donné des fonds pour subvenir à leurs besoins durant leur séjour, mais la vie ici était chère. Il allait devoir en discuter avec Cromwell, si on les obligeait à demeurer à la Cour jusqu'à ce qu'ils aient démasqué le traître. Pour le moment, leur enquête piétinait. Le vieux palefrenier que Searc avait interrogé avait vu Katharine Wellington avec Rowland Boswell et James Wellington, ainsi qu'avec son mari, naturellement. Cela ne les avançait guère.

Il sirota son vin en réfléchissant. S'ils ne parvenaient pas à trouver le traître, Ewan devrait mettre Dory à l'abri et s'exiler. Il ne pourrait pas rentrer à Druim. Il devait également penser à Searc et à

Charissa. Oui, afin d'assurer leur sécurité à tous, il devait toujours conserver une longueur d'avance sur Cromwell.

Une dame en jaune lui sourit. Elle était gironde, tout en courbes douces et sensuelles. Il la salua brièvement d'un signe de tête, puis se détourna. Elle n'avait pas de luxuriantes boucles soyeuses lui retombant sur les épaules. Ni un long cou fin et des épaules droites capables de soutenir le poids du monde en secourant les enfants des rues.

Où était Dory ? Viendrait-elle au bal ? Il l'imaginait aisément dans une veste de capitaine pirate en damas rouge et dentelle. Dangereuse et vulnérable à la fois. Ses longues jambes exposées. Un grand chapeau orné de longues plumes écarlates, avec lesquelles il la chatouillerait plus tard. Il les ferait courir le long de sa colonne vertébrale, du creux de ses reins à sa croupe superbement rebondie.

Il ferma les yeux un instant, inhalant les parfums capiteux et écoutant les rires blasés autour de lui. Bigre, comme il aurait aimé être de retour chez lui, avec Dory en sécurité dans ses bras ! Où était-elle donc ? Avec tous ces satanés masques, la reconnaîtrait-il ? Peut-être ne descendrait-elle que plus tard dans la soirée. Il lui avait laissé toute la journée pour se calmer et accepter le fait qu'il ne la laisserait plus partir. S'il lui avait demandé sa main, aurait-elle accepté ? Probablement pas, car ils se connaissaient depuis peu de temps. Les femmes aimaient qu'on leur fasse longuement la cour. Non, la faire sienne avait été la meilleure solution.

Son regard fut attiré par une silhouette svelte se tenant près de l'entrée voûtée. Contrairement aux autres femmes, la dame ne portait pas de capuchon ni de chapeau. Sa chevelure était ornée de perles qui scintillaient dans la lueur des chandelles. Des rubans s'enroulaient autour de sa main qui tenait la tige de son masque. Son autre main soulevait ses jupes émeraude pour lui permettre de marcher. Il apercevait le bout de ses souliers tandis qu'elle avançait dans sa direction. Sa grâce retenait l'attention.

Il se tourna vers l'autre extrémité de la salle, où Searc discutait avec une jeune servante portant une robe couleur prune.

Il aurait dû être plus attentif à ce que faisait l'adolescent. Rachel Munro lui ferait la peau si son fils se réveillait un beau matin, enchaîné à une domestique anglaise. L'ironie ne lui échappa pas. Il s'inquiétait pour Searc alors qu'il venait lui-même de se passer la corde au cou. Cela le fit rire malgré lui.

Un mouvement effleura sa jambe, et il se retourna. La dame vêtue d'émeraude était juste derrière lui. Il s'inclina. Pour une fois, il ne trouvait pas les mots. Bien que son visage soit en partie dissimulé, elle était sublime. La lueur des chandelles sur ses clavicules lui donnait un aspect presque magique. L'étoffe précieuse de la robe moulait ses formes et, l'espace d'un instant, il imagina le son que ferait le vêtement en glissant au sol à ses pieds.

— Excusez-moi, dit-il enfin, se ressaisissant.

Il s'écarta pour la laisser passer. Il prit une inspiration pour dissiper sa réaction absurde et se figea. Ce parfum particulier. Les fleurs, la chaleur, la liberté… Il huma de nouveau et sourit.

Elle glissa une main gantée sous son bras.

— Vous décrétez que je suis à vous et vous n'êtes même pas fichu de me reconnaître, grogna-t-elle.

Elle écarta son masque pour lui adresser un regard noir.

Les muscles d'Ewan se détendirent. Parallèlement, son pouls s'accéléra.

— C'est à cause des masques, se justifia-t-il. Je ne reconnais personne.

— Pourtant, vous connaissez mon corps. Ou bien l'avez-vous déjà oublié ?

— Je connais votre corps nu et se trémoussant sous moi, répliqua-t-il.

Elle releva aussitôt son masque, sans pouvoir cacher la rougeur qui avait envahi ses joues.

Il prit sa main, la retourna et déposa un baiser dans sa paume ouverte. Elle fléchit les doigts par réflexe.

— Et je ne l'oublierai jamais, ajouta-t-il.

Ce n'était pas la première fois qu'il prononçait ce genre de paroles, mais cette fois... son ventre se noua et son sourire s'effaça. Il observa la manière dont ses cheveux glissaient sur la peau nue de ses épaules tandis qu'elle se tournait pour contempler la salle.

— C'est vous qui vous êtes coiffée ainsi ? demanda-t-il.

Elle fit non de la tête, faisant danser ses tresses.

— C'est Tilly qui a fait ce miracle.

— Et le costume ?

— Tilly et Charissa ont fabriqué le masque. La robe est un cadeau de Jane.

— Jane est décidément très reconnaissante.

Des danseurs s'avançaient par deux, se séparaient, se retrouvaient, joignaient les paumes de leurs mains puis tournaient sur eux-mêmes au rythme du luth.

— Vous dansez ? demanda-t-il.

Ses lèvres rouges esquissèrent un petit sourire ironique.

— Oui, mais pas ces danses-là.

— Trop ennuyeuses ?

Elle feignit de bâiller.

— Elles ne nécessitent pas de couteaux.

Il se mit à rire et elle l'imita, si bien qu'il ne put savoir si elle plaisantait ou non. Ils contemplèrent les danseurs encore un moment.

— Si on regarde bien, ça n'a pas l'air si difficile, déclara-t-elle. Vous connaissez les pas ?

— Oui. Vous voulez essayer ?

— Plutôt que de rester plantée là à tenir mes lourdes jupes ? Oui.

Il tendit la main. Elle la prit et se laissa entraîner à l'arrière de la piste.

Bien qu'elle ne connaisse pas cette danse, elle apprit rapidement les pas. Elle circulait entre les gens avec une grâce évidente, virevoltait sans percuter personne ni écraser aucun pied. Plusieurs hommes se frottèrent contre elle, et la main d'Ewan lui démangeait de dégainer son épée. Dans cette foule, il aurait été plus facile de la protéger avec un *sgian dubh,* mais il n'en portait plus sur lui depuis qu'il était enfant.

Lorsque la musique s'arrêta, il la prit par le bras et l'entraîna vers la longue table flanquée de bancs. Avant qu'elle ait pu s'asseoir, le page du roi, un très jeune homme aux cheveux blonds coupés court, s'approcha.

— Sa Majesté souhaite que lady Wellington le rejoigne en tête de table.

— Je ne vais nulle part sans mon mari, répondit-elle en s'accrochant au bras d'Ewan.

Le page écarquilla les yeux, puis inclina la tête et les escorta vers Henri, assis sur son trône. Le roi sourit en la voyant, avant de lancer un regard noir à Ewan.

— Lady Wellington, vous êtes plus belle qu'un saphir dans votre costume, ce soir.

— Merci, Votre Majesté, répondit-elle en faisant la révérence.

Ewan ne la lâcha pas, refusant de la laisser seule avec ce monarque coureur de jupons. Les rumeurs sur ses conquêtes allaient bon train, surtout depuis qu'il s'était lassé de sa seconde épouse, Anne. Il examinait Dory comme si elle était une montagne à escalader, une beauté stupéfiante et un excitant défi à relever. Bigre, Ewan aurait dû envoyer la jeune femme avec le capitaine Bart !

— Nous n'avons encore rien trouvé, Votre Majesté, déclara-t-il afin de détourner l'attention du souverain.

Henri continuait de fixer Dory. Il prit même sa main et l'embrassa. *Foutu chien d'Anglais !*

— Creusez davantage, dit-il. Examinez toutes les possibilités.

Il baisa de nouveau la main de Dory.

— Nous n'y manquerons pas, Votre Majesté, assura-t-elle en reculant lentement.

Ewan la vit essuyer discrètement le dos de sa main sur l'arrière de sa jupe.

Derrière lui, quelqu'un tenant une cruche lui donna un léger coup de coude.

— Je ne peux pas passer, fit une voix plaintive.

Refusant de quitter des yeux Dory qui, hélas, prenait un siège à la gauche d'Henri, Ewan saisit la cruche et se pencha pour la déposer sur la table. Henri leva son verre et le regarda, une lueur de défi dans ses yeux bleus perçants. Oh, comme il aurait aimé vider la cruche sur le crâne royal de ce goujat ! Mais ce ne serait pas une bonne idée. Henri Tudor n'attendait qu'une occasion de le jeter dans la Tour afin de pouvoir consoler sa pauvre épouse. Ewan se retint de sourire en imaginant la réaction de Dory. Peut-être devrait-il la laisser se défendre toute seule, même si elle risquait de commettre un régicide.

Il remplit le verre du roi, puis celui de Dory.

— Merci, dit-elle en lui adressant un regard adorateur.

Il déposa un baiser sur le sommet de son crâne puis resta derrière elle, les mains sur ses épaules.

Au moment où Henri portait le verre à ses lèvres, le jeune page s'avança.

— Votre Majesté, lord Cromwell a dit que je devais goûter d'abord tous vos plats et vos boissons.

Henri s'immobilisa, à la fois agacé et résigné, puis lui tendit son verre. L'adolescent but une gorgée. Ewan lança un regard à Dory, qui se figea à son tour, reposa son verre et le dévisagea en écarquillant les yeux.

Son regard lui glaça le sang.

— Attendez !

Le page avait déjà avalé. Dory se leva d'un bond en renversant son tabouret en bois, tandis que le jeune homme s'effondrait sur le sol.

13

16 juillet de l'an de grâce 1518

Ma chère Katharine,

Je regrette que vous ayez parlé de notre héritier à ce chacal. Il considérera l'enfant comme une menace. Son épouse lui a déjà donné un fils, mais je trouverai un moyen pour que ce soit le nôtre qui règne. Dans notre projet, il n'est qu'un assistant. Ses origines communes ne le destinent pas à la royauté.

Rowland

— Reculez ! cria quelqu'un.

Ewan resta aussi immobile qu'un rocher tandis que des courtisans se précipitaient pour conduire Henri à l'abri. Dory se laissa tomber à genoux près du page, ses jambes touchant les siennes. Ewan tenta de la cacher, craignant qu'elle ne se trahisse. Le vin était-il empoisonné ou l'adolescent avait-il eu un malaise ? Après une longue minute de conjectures et d'angoisse, il vit les épaules de Dory s'affaisser sur le garçon. Celui-ci remua, puis ouvrit les yeux. Cordieu, elle l'avait guéri !

— Écartez-vous ! lança-t-il en la soulevant dans ses bras. Elle s'est évanouie.

Le page se redressa en position assise. Une servante joua des coudes dans la foule jusqu'à lui et le serra dans ses bras.

— Votre femme a-t-elle bu le vin ? demanda Richard Pembroke.

— Non, répondit quelqu'un dans l'assistance.

— Je vais bien, assura le page. J'ignore ce qui m'est arrivé.

— Juste au cas où, jetez ce vin, recommanda Ewan.

Serrant Dory contre lui, il se fraya un passage entre les convives affolés.

— Je vais bien, chuchota la jeune femme sans ouvrir les yeux.

Néanmoins, il devinait à ses membres lourds qu'elle s'était vidée de son énergie. Au moment de sortir de la salle, il croisa le regard de Cromwell. Il ne put le déchiffrer. De l'agacement ? De la suspicion ?

Une fois dans le couloir, Dory rouvrit les yeux.

— Vous pouvez me déposer à présent.

— C'était du poison ?

— Oui. Reposez-moi.

— Vous êtes encore faible, après l'avoir guéri.

— Ce n'était pas un poison puissant.

— Mais vous êtes épuisée.

Il enfila un couloir, grimpa l'escalier quatre à quatre et ne la reposa qu'une fois devant leur chambre. Lorsqu'elle voulut entrer, il la retint.

— Vous pensez qu'il y a quelqu'un à l'intérieur ? demanda-t-elle, étonnée.

— Je commence à penser que la Cour est plus dangereuse qu'un champ de bataille, répondit-il.

Il entrouvrit la porte, scanna la pièce du regard et aperçut un homme trapu se tenant devant le feu de cheminée. Son sang de guerrier ne fit qu'un tour.

— Prépare-toi à mourir ! lança-t-il en gaélique, dégainant son épée.

Alors qu'il s'élançait dans la chambre, l'intrus se retourna. Ewan s'arrêta net.

— Alec ?

Du coin de l'œil, il aperçut Searc près de la fenêtre.

— Il semblerait que ma mère ne puisse se passer de moi, déclara ce dernier.

Alec Munro s'avança et agrippa fermement l'avant-bras d'Ewan.

— Nous nous demandions où tu étais passé, dit-il. Si tu t'étais fait pendre... (Son regard se posa sur Dory qui venait d'entrer dans la chambre.) Ou si tu avais épousé une Anglaise.

— Il est venu me ramener au pays, expliqua Searc, dépité.

Alec confirma d'un hochement de tête sans quitter Dory des yeux.

— Et vous êtes ? demanda-t-il.

Elle sourit au grand rouquin vêtu à l'écossaise, avec des vêtements élimés. C'était un miracle qu'il ait pu pénétrer dans le château.

— Dory, répondit-elle. Je crains d'être la raison pour laquelle ils ne sont pas encore rentrés chez eux.

— Disons plutôt que c'est la faute du roi Henri, précisa Ewan.

Il était surpris qu'elle n'ait pas donné de patronyme. À quoi s'était-il attendu ? À ce qu'elle se présente sous le nom de Wyatt ? Wellington ? Brody... ?

Le regard d'Alex alla de l'un à l'autre, puis il tira sur sa barbe.

— Tu t'es débarrassé de Boswell ? demanda-t-il à Ewan.

— Oui. Henri l'a accepté, puis il nous a ordonné de trouver le troisième conspirateur. Le second est mort également.

Il lança un regard à Dory. Elle s'assit sur le bord du lit en se massant le front.

— Oh, vous devez être épuisée..., dit-il en se dirigeant vers elle.

En réalité, il ne savait pas quoi faire. La mettre au lit et la border ? Pas avec toutes ces couches de tissu sur elle.

Elle le repoussa d'un geste.

— Tout va bien, je suis juste un peu fatiguée.

— Que s'est-il passé ? demanda Searc.

— Il semblerait qu'il y ait encore un traître à la Cour. Il a essayé d'empoisonner le roi et Dory avec du vin.

— Empoisonner ? s'exclama Alec.

L'impressionnant volume de sa voix de stentor ne fit même pas sourciller Dory. De fait, elle sourit.

— Pardieu, parler fort me manquait, déclara-t-elle. Cette fichue Cour est bien trop civilisée.

Alec écarquilla les yeux.

— Elle a été élevée avec des pi... avec des marins, expliqua Ewan. Et... elle possède les mêmes talents que Rachel et Meg, entre autres.

L'air ahuri d'Alec le fit sourire. Il en fallait beaucoup pour surprendre un vieux Highlander.

Ce dernier se rapprocha de Dory.

— Qui sont vos parents, ma belle ? Vous devez avoir un lien de parenté avec elles.

Il lança un regard à Ewan.

— Il y a aussi la petite lumière ?

Ewan acquiesça et Alec jura en gaélique.

— Elle doit avoir du sang Brindle, fit Alec en se massant la mâchoire.

Dory redressa les épaules.

— Mon père biologique était Rowland Boswell et ma mère, Katharine Wellington. Ils n'étaient pas mariés, ce qui fait de moi une...

— Bien jolie fille, acheva Alec. Votre mère devait être très belle car votre père, avec ses petits yeux de fouine...

— On dit qu'elle est le portrait craché de sa mère, avec des yeux plus sombres, intervint Ewan. D'autre part, elle vient juste de sauver la vie du page d'Henri.

— C'est une chance qu'elle ait été présente, observa Searc. Qui a donné le vin à Henri ?

Ewan essaya de se remémorer les détails.

— Moi, répondit-il, surpris.

— Tu as servi du vin empoisonné au roi d'Angleterre ? s'enquit Alec, incrédule.

— Quelqu'un derrière moi m'a tendu une cruche en disant qu'il ne pouvait pas passer. Le vin a pu être empoisonné n'importe quand entre les cuisines et la table du roi.

— En effet, dit Alec. Mais celui qui a mis le poison voulait certainement que tu sois suspecté, tu ne crois pas ?

Ewan venait d'en arriver à la même conclusion.

— Heureusement, rien ne prouve que le vin était empoisonné puisque le goûteur est indemne, dit-il.

— Vous m'en avez servi à moi aussi, ajouta Dory. Pourquoi auriez-vous empoisonné votre épouse ?

— Vous en avez bu ? lui demanda Alec.

— À peine.

— On pourrait aussi penser que vous êtes de mèche et que tu lui as versé du vin empoisonné pour vous disculper, dit Alec.

Il s'interrompit brusquement, puis releva :

— Ton *épouse* ?

— C'est une ruse, expliqua Dory. Une histoire que nous avons inventée pour nous protéger à la Cour.

Alec haussa ses sourcils broussailleux et se tourna vers Ewan.

— Je l'ai faite mienne, dit celui-ci en anglais.

Il aurait dû parler en gaélique, car un grondement de tonnerre retentit à l'extérieur.

— Tienne, hein ? Meg avait raison.

Alec se tourna vers son fils avec un sourire moqueur.

— Elle va te dépecer vivant pour l'avoir laissé voler le cœur d'une petite Anglaise.

De l'autre côté de la fenêtre, la foudre éclata dans un fracas qui fit vibrer l'aiguière dans la bassine.

Alec lança un regard surpris à Dory.

— Tu as dit qu'elle avait d'autres pouvoirs ? demanda-t-il en gaélique.

— Au feu ! cria quelqu'un dehors.

Searc regarda par la fenêtre.

— Ce n'est qu'un arbre qui a reçu la foudre dans le verger de l'autre côté du mur, constata-t-il.

— Je ne suis pas une « petite Anglaise », déclara Dory en mimant l'accent écossais. Et personne n'a volé mon cœur. Notre union n'a été que charnelle.

Alec se mit à tousser, s'étouffant presque.

— Elle est assez directe, expliqua Ewan.

Il ne put retenir un sourire en voyant son visage rouge. Dory s'approcha rapidement de lui et le toucha brièvement. La quinte de toux d'Alec cessa aussitôt.

— Il se peut donc que quelqu'un essaie de me faire passer pour un traître, résuma Ewan, soucieux d'éviter de mettre Dory en colère.

— Je crois que toi et… ton épouse, vous devriez venir avec Searc et moi, déclara Alec. Rentrons dans le Nord, où il est peu probable qu'Henri nous suivra.

Ewan fit non de la tête.

— Je ne veux pas donner aux Anglais une raison d'attaquer Druim ou le château de Munro.

— S'ils viennent, nous vous cacherons dans les grottes. Nous dirons que vous n'êtes jamais réapparus.

Ewan lança un regard à Dory dont les traits restèrent impassibles. D'une grande beauté, mais peu expressifs.

— La famille de Dory vit en mer. Ils vont revenir avec des indices concernant le troisième traître. Si elle n'est plus là, ils seront pendus. Elle ne peut pas partir maintenant.

— Donc, tu ne partiras pas non plus, fit Alec en gaélique.

Il se gratta la barbe.

— Soit, Searc et moi partirons seuls. Je préviendrai Caden et lui expliquerai ce qui te retient ici. Meg était aussi inquiète que Rachel.

— Dis-lui surtout de ne pas venir, ajouta Ewan en sachant que son ami voudrait l'aider. Si Meg l'accompagne, Henri pourrait essayer de l'emprisonner pour les crimes de son père, Boswell.

— Je ne peux pas partir, déclara Searc.

Si sa voix était douce, son regard était déterminé.

— Vous devriez tous partir, dit Dory en reprenant sa place sur le bord du lit.

— Pa, tu n'as qu'à rentrer ; moi je reste, répéta Searc. Il se passe trop de choses ici que…

— Pars. Mets-toi à l'abri, ordonna Ewan.

— Tu veux dire que l'Angleterre est trop dangereuse pour un Highlander ? rétorqua Searc en gaélique.

— Henri cherche un bouc émissaire pour défouler sa colère car il ne parvient pas à avoir un héritier mâle. Quel meilleur choix qu'un Écossais ?

— Raison de plus pour rester et t'épauler, répliqua Searc.

Alec observait son fils en lissant sa barbe. Searc se tenait le dos droit. Le garçon avait-il grandi au cours des deux dernières semaines ? Quoi qu'il en soit, il paraissait plus mûr.

— Je vois que tu as arrêté ta décision, conclut Alec. Tu es aussi têtu que ta mère.

Ewan se retint de rire en l'entendant traiter quelqu'un de têtu, lui qui était connu pour son opiniâtreté.

— Fort bien, fit Alec, se résignant. Je vais rester quelque temps à Londres jusqu'à ce que cette affaire soit résolue.

— Je vous ai dit que vous pouviez tous partir, lança Dory à Ewan.

Celui-ci soutint son regard.

— Je sais que vous ne vous êtes pas encore faite à l'idée d'être mienne… (Il marqua une pause, s'attendant à un nouveau grondement de tonnerre, qui ne vint pas.) Néanmoins c'est un fait et, par conséquent, il n'est pas question que je vous abandonne.

Alors qu'elle ouvrait la bouche pour répondre, on toqua sèchement à la porte. Un profond silence s'abattit dans la chambre. Alec se glissa dans l'armoire parmi les robes, tandis que Searc se plaquait dans un recoin sombre. L'épée à la main, Ewan s'approcha du battant.

— Qui est-ce ?

— Ouvrez, Brody, tonna la voix de Cromwell.

Après un bref regard derrière lui pour s'assurer que seule Dory était visible, Ewan s'exécuta.

— Le roi a failli être empoisonné, déclara Cromwell en entrant.

— J'ai cru comprendre que le goûteur s'était rétabli, répondit Ewan.

— Nous avons mis la cruche dans la cour. Un pigeon a bu dedans et en est mort.

— C'est affreux, fit Dory en grimaçant. Pourtant, le garçon allait bien. Peut-être était-il nerveux et s'est-il simplement évanoui ?

Cromwell tourna vers elle des traits pincés.

— Des rumeurs courent selon lesquelles on vous aurait entendue invoquer le diable. Vous avez touché le page. L'avez-vous ramené à la vie avec une promesse à Satan ?

Les doigts d'Ewan se resserrèrent autour de la poignée de son épée.

— Ne lancez pas d'accusation contre ma femme, dit-il d'une voix calme mais chargée de menaces. Si vous souhaitez que nous quittions la Cour, il vous suffit de le dire. Sinon, aidez-nous à trouver le traître au lieu de propager des affabulations basées sur de sottes rumeurs.

Les yeux de Cromwell semblèrent saillir encore plus de son visage rond. La tension dans la pièce était presque étouffante tandis que le second homme le plus puissant du pays jaugeait la situation.

Dory prit son air le plus timide et innocent.

— Lord Cromwell, dit-elle d'une voix douce, je vous assure que je n'ai aucun lien avec le diable. Je ne saurais pas comment l'invoquer pour sauver un jeune page. Je comprends votre préoccupation pour la santé du roi mais, je vous en prie, pensez à... l'extravagance de vos propos.

C'était élégamment dit, mais tout de même tranchant. Cromwell se tourna vers Ewan.

— Je vous aurai à l'œil.

Ewan lui tint la porte sans répondre. Ceux qui avaient la force et la sagesse de leur côté n'avaient pas besoin d'avoir le dernier mot. Cromwell sortit en faisant voler sa courte cape.

— Il semblerait que tu te sois fait un puissant ennemi, déclara Alec en sortant de l'armoire quelques secondes plus tard. C'est une bonne chose que nous restions, puisque tu ne veux pas partir.

Où Cromwell avait-il entendu parler des pouvoirs de Dory ? Se basait-il simplement sur des rumeurs ? Alec s'approcha de la porte et colla son oreille contre le bois.

— Si tu as faim, j'ai à manger dans ma chambre, déclara Searc. J'ai demandé à Charissa de m'apporter un repas.

— J'avalerai un morceau puis m'éclipserai avant l'aube, répondit Alec en se détachant de la porte. Je trouverai à me loger quelque part dans le coin.

— Quant à moi, je reste à la Cour, annonça Searc sur un ton plus doux, maintenant qu'il avait réussi à convaincre son père.

Il lança un regard dans le couloir sombre et, s'étant assuré que la voie était libre, fit signe à son père de le suivre.

Ewan abaissa la barre derrière eux. Dory s'était approchée de la table et avait étalé les copies des lettres de Boswell que le page de Cromwell avait apportées. Elle les fixait comme si le nom du traître allait en jaillir d'un instant à l'autre.

Ewan vint se placer derrière elle, suffisamment près pour qu'elle sente sa présence, sans toutefois la toucher. Quelques boucles s'étaient détachées de sa coiffure et retombaient librement. Il savait que s'il les touchait, elles glisseraient comme de la soie entre ses doigts, et que s'il y enfouissait le visage, ses sens seraient enveloppés d'un parfum subtil de fleurs.

Il recula d'un demi-pas.

— Je crois qu'à partir de maintenant, nous devrions prendre nos repas dans notre chambre, déclara-t-il.

— Vous êtes coincé ici par ma faute.

— Non, ce sont les intrigues de la Cour qui m'ont coincé ici.

— Vous auriez pu partir. Vous vous sentez responsable de moi. Ce n'est pas ce que je voulais.

Sa voix était lourde, chargée de culpabilité et... d'autre chose. De regret ?

Il s'avança à nouveau. Son visage se retrouva juste au-dessus de sa tête et il huma son parfum.

— Je ne suis pas piégé, Dory.

— Vous êtes ici parce que je devais libérer mon père et Will. Vous seriez déjà rentré chez vous si vous ne m'aviez pas rencontrée.

Et vous seriez morte.

Cette pensée le bouleversait. Il inspira profondément pour chasser l'inconcevable.

— Mais je vous ai rencontrée et j'ai appris l'art de survivre à la cour d'Angleterre avec, à mes côtés, la plus jolie femme du monde.

Et sa vie ne serait plus jamais la même.

Quand elle se retourna, il ne recula pas, si bien qu'elle dut incliner la tête en arrière pour le regarder dans les yeux.

— C'est un bien joli discours, mais on m'a déjà suffisamment abreuvée de mots doux.

Naturellement. Avec sa beauté, elle avait probablement tous les hommes à ses pieds.

— Les mots ne signifient pas grand-chose, ajouta-t-elle.

— Certains, si.

Comprenait-elle qu'il parlait de son serment ? Du fait qu'il l'avait déclarée sienne ? Il glissa les mains autour de sa taille.

— J'ai choisi de vous aider et je continuerai à le faire. Je sais que vous n'avez pas besoin de mon aide, mais vous l'avez quand même.

— Je vous en suis reconnaissante, mais je ne la mérite pas. Mon père était un traître et, apparemment, un individu horrible. Quant à ma mère... je ne sais pas.

Il glissa un doigt sous son menton pour l'inciter à redresser la tête.

— Votre père, le seul qui compte, est un grand capitaine qui sauve des enfants de l'esclavage. Votre mère s'est battue pour que vous soyez en sécurité et libre. Tous deux courageux, forts et sages. Vous n'avez aucune raison d'avoir honte.

Elle était tendue, comme si elle n'acceptait pas ces mots.

— Les enfants ne sont pas responsables des péchés de leurs parents, insista-t-il.

C'était ce qu'on lui avait répété, encore et encore. Il ne parlait jamais de ses parents, pas depuis que le père de Caden l'avait recueilli et élevé comme son fils. Des Brody, il n'avait que le nom ; ses autres liens avec sa famille d'origine avaient été coupés.

— Je sais de quoi je parle, poursuivit-il. Mon père... Je ne suis pas comme lui.

Il referma la bouche, la gorge soudain sèche. Les souvenirs de cet homme, de son air narquois, l'emplissaient de rage.

Dory lança un regard vers son épaule qu'il serrait apparemment un peu trop fort.

Il laissa retomber son bras et recula.

— Je ferais bien de retrouver Alec pour l'aider à chercher un logement dans les parages.

— Vous partez ?

Il s'efforça d'ignorer son ton légèrement blessé. Il enfouit profondément le spectre de son passé et s'efforça de sourire.

— Vous avez besoin de vous reposer et, si je reste, vous ne risquez pas de dormir.

Il tourna les talons et sortit avant qu'elle ait eu le temps de protester.

*

* *

Le brouillard enveloppait Dory, en dépit de ses efforts pour le repousser. Le vent tirait sur ses cheveux et les rabattait brutalement sur son visage. En revanche, les boucles rousses autour du visage en forme de cœur de la fillette ne bougeaient pas, alors qu'elle courait à toutes jambes. Comment s'appelait-elle, déjà ?

— Petite fille ! Arrête-toi !

Dory avait beau crier, elle n'émettait qu'un mince filet de voix. Elle voulait à tout prix rattraper l'enfant, la serrer contre elle, l'aimer, la sauver.

Elle hurla à nouveau et la fillette s'arrêta enfin. Elle se retourna. Dory s'immobilisa, regardant de grands yeux gris foncé, des cheveux blonds, un menton têtu. C'était elle. Elle émit un son étranglé lorsqu'un homme surgit de la brume et agrippa le bras de cette jeune version d'elle-même.

— Ewan ! cria-t-elle en se redressant d'un bond dans son lit.

Quelqu'un tambourinait à la porte.

Fichtre, elle ne l'avait pas verrouillée. Un bref regard dans la chambre lui confirma qu'Ewan n'y était pas. Au même moment, quatre gardes firent irruption dans la pièce. Elle glissa la main sous son oreiller pour chercher son couteau, tout en sachant qu'il ne lui serait guère utile contre autant d'hommes.

— Lady Wellington, vous êtes en état d'arrestation pour pratique de la magie noire, annonça leur chef. Nous vous accordons quelques minutes pour vous habiller, avant de vous escorter jusqu'au bureau de lord Cromwell.

Dory rejeta les couvertures, sans se préoccuper du fait qu'elle ne portait qu'une fine chemise de nuit blanche.

— Où est mon mari ?

Le garde se retourna, écarquilla les yeux puis se détourna de nouveau.

— Lorsque nous l'aurons trouvé, il vous rejoindra.

Le trouver ? Serait-il parti avec Searc et son père ? Cette idée s'effaça aussi rapidement qu'elle était apparue. Il ne l'abandonnerait pas… si ? *Non !*

Elle se précipita pieds nus vers l'armoire et sortit la robe qu'elle avait portée la veille, ainsi qu'une cape. Les gardes tournèrent le dos mais refusèrent de sortir pendant qu'elle enfilait en hâte jupes et corsage.

— Je ne peux pas lacer mon corset, déclara-t-elle.

Leur chef aboya un ordre, et un garde ouvrit la porte. Dory aperçut plusieurs autres hommes dans le couloir. Croyaient-ils avoir besoin de tout un peloton pour l'arrêter ? L'un d'eux poussa une petite silhouette dans la chambre. Charissa.

Elle avait le visage fermé tel un bouclier. Elle marcha rapidement vers Dory en trébuchant sur ses longues jupes.

— Ils ont dit que je pouvais vous aider, expliqua-t-elle.

Dory l'attira à elle, l'étreignit et déposa un baiser sur le sommet de son crâne.

— Charissa, je suis désolée.

Elle se pencha pour la regarder dans les yeux. Elle ne vit aucune plaie ni ecchymose mais, souvent, les blessures intérieures étaient les pires.

— Ils ont été méchants ?

— Mon vrai nom est Margery, chuchota la jeune fille. Juste Margery.

Dory sourit devant cette preuve de confiance.

— Pourrais-tu me lacer le dos, s'il te plaît ? Autrement, ils sont capables de me traîner à travers la grande salle à moitié déshabillée.

— Je ne vous quitterai pas, promit Margery.

Reconnaissante, Dory exerça une pression sur sa main en se disant qu'elle ferait tout pour que la jeune fille ne soit pas inquiétée.

— Assez parlé, gronda un garde. Cromwell attend.

— Cromwell attend, répéta Dory dans un chuchotement pour faire sourire Margery et chasser la peur dans ses yeux.

Elle prit sa main et elles se dirigèrent ensemble vers la porte.

— Ma femme de chambre doit retourner auprès de Tilly, dit-elle au chef.

— Non, protesta Margery en se tournant vers le garde. Je reste avec Milady.

— Avancez toutes les deux, ordonna-t-il.

Dory soupira. Sauver les gens n'était jamais simple.

Où était Ewan ? S'il n'était pas parti, avait-il décidé de passer la nuit ailleurs ? La jalousie lui noua le ventre. Le capitaine Bart l'avait prévenue : les hommes n'étaient jamais fidèles. Tous des débauchés. Les gardes étaient sûrement allés vérifier la chambre de Searc. S'il n'y était pas, où était-il ?

Elle releva le menton. Elle pouvait se débrouiller seule. Du moins, une fois qu'ils seraient à l'extérieur et qu'elle pourrait commander les éléments – ce qui, inévitablement, la ferait condamner pour sorcellerie. *Diable !* Elle était perdue si elle ne faisait rien ; elle était perdue si elle se défendait.

— Où est lord Brody ? chuchota Margery.

Dory haussa les épaules.

Ils passèrent devant la chambre de Searc. La porte était entrebâillée. Il n'y avait personne à l'intérieur. Searc et son père s'étaient peut-être rendus en ville pour chercher un logement pour Alec. Ewan était-il avec eux ? Peut-être avait-il décidé de séjourner avec son vieil ami.

Lorsqu'ils passèrent devant l'alcôve, Ewan ne surgit pas de derrière le rideau. Elle devait cesser d'attendre qu'il vole à son secours. « Tu ne peux compter que sur toi-même. » Les paroles du capitaine Bart la hantaient et, au fond d'elle-même, elle redoutait qu'il n'ait raison.

Le garde toqua à la porte du bureau, puis les fit entrer. Dory balaya rapidement du regard la pièce. Un homme se tenait dans l'ombre, derrière Cromwell. Il n'avait ni la taille ni la carrure d'Ewan. Où était-il, bon sang ?

— Lady Wellington.

Assis à son bureau, Cromwell soupira comme s'il était surchargé de travail et avait mieux à faire que de s'occuper de cette nouvelle complication.

Il releva la tête, semblant attendre une courbette ou une révérence. Il l'avait arrachée à son lit et n'aurait donc ni l'une ni l'autre.

Elle refoula un sourire de satisfaction en le voyant froncer les sourcils. Elle le regarda droit dans les yeux d'un air irrité. En général, plus elle avait peur, plus elle avait une expression féroce. Pour le moment, elle avait probablement l'air de vouloir découper le conseiller du roi en petits morceaux.

— Vous êtes accusée de pratiquer la magie noire et de vous acoquiner avec Satan.

— Nous en avons déjà discuté hier, lord Cromwell. Je n'ai jamais fréquenté le diable.

— Pourtant, on vous a entendue l'invoquer à plusieurs reprises.

Diable ! Elle avait pourtant essayé de ne plus utiliser son juron favori. Quelques-uns avaient dû lui échapper.

— Franchement, lord Cromwell, on ne peut pas porter des accusations aussi graves et abjectes pour un mot irréfléchi.

— En effet, sauf que nous avons un témoin qui attestera de votre perfidie envers Dieu.

— Où avez-vous donc déniché un tel menteur ?

L'autre homme s'avança et sortit de l'ombre. Le reflet des lampes à huile fit luire ses cheveux châtain clair. Le sourire sur ses lèvres était le même que dans son cauchemar. Un frisson de panique parcourut tout le corps de Dory. Il marcha droit sur elle, telle une panthère qui sait que sa proie est acculée. Elle pouvait presque l'imaginer se léchant les babines et agitant la queue.

— Bonjour, Pandora. Je ne vous ai presque pas reconnue, vêtue d'une robe.

L'un des gardes ricana, comprenant qu'elle ne portait généralement pas de vêtements.

— Il faudrait vous décider, O'Neil. Suis-je une prostituée ou une sorcière ?

En dépit de son air calme, le grondement de tonnerre au loin faisait écho aux battements de son cœur.

— Qui sait, milady ? Vous êtes tellement de choses à la fois.

Il lança un regard vers la fenêtre, puis s'adressa à Cromwell.

— Vous avez intérêt à la garder à l'intérieur, ou vous risquez de vous prendre la foudre sur le crâne.

Dans un soupir théâtral, Dory leva les yeux au ciel.

— La foudre ? répéta-t-elle avec une moue ironique. Vraiment ?

Elle s'efforça de respirer lentement, regrettant de ne pas avoir emporté son petit couteau. Ou valait-il mieux tourner de l'œil, jouer les demoiselles en détresse, en espérant qu'une once d'humanité demeure chez Cromwell ?

Alors qu'elle réfléchissait à ces options, le capitaine scélérat vient se planter en face d'elle.

— J'ai conclu un accord avec lord Cromwell.

Dory sentit un frisson d'angoisse courir le long de sa colonne vertébrale. Un accord avec le capitaine Julian O'Neil était comme un pacte avec le diable. Cet homme faisait depuis toujours une fixation sur elle. Elle se tut et attendit en regardant ses yeux rieurs et cruels.

— Je vous emmènerai loin d'Angleterre où vous ne reviendrez jamais.

— En quoi cet accord me bénéficie-t-il ?

— Ai-je dit qu'il vous bénéficiait ?

Il se massa le menton d'un air songeur, avant d'ajouter :

— Néanmoins, il signifie que vous vivrez un peu plus longtemps.

Ce qui ne serait pas son cas une fois qu'ils seraient en mer. Mais O'Neil n'était pas un idiot et il avait eu un aperçu de ses pouvoirs. Il devait avoir un plan pour la contrôler.

— Plutôt mourir qu'être votre esclave, répondit-elle sèchement.

Elle lança un regard à Cromwell qui observait la scène en silence. Cet homme n'avait-il donc pas de cœur ? Que lui avait-elle fait ?

O'Neil eut un rire épais qui hérissa les poils sur sa nuque.

— Bien sûr. Cependant, abandonneriez-vous votre petite protégée ?

Il se tourna vers Margery qui releva le menton et serra les poings, prête à se battre.

— Ne la touchez pas, répondit Dory. Laissez-la ici pour qu'elle apprenne le métier de femme de chambre avec Tilly, et je vous suivrai sans faire d'histoires.

O'Neil semblait sur le point de répliquer quand un fracas retentit de l'autre côté de la porte. Le chef des gardes agrippa le bras de Dory, ce qui déclencha un nouveau grondement de tonnerre à l'extérieur. Deux autres coups résonnèrent dans le couloir, les faisant tous sursauter.

— Laissez-moi passer ! rugit une voix masculine avec un fort accent écossais.

Il y eut un bruit de corps percutant l'écu Tudor dans le couloir.

Dory sourit, le regard rivé sur la porte.

— Capitaine O'Neil, je crois que vous n'avez pas encore rencontré mon époux.

La porte s'ouvrit brusquement et Ewan fit irruption dans le bureau. Sa chemise ouverte pendait hors de son pantalon. Il n'était pas rasé et ses cheveux hirsutes paraissaient aussi sauvages que son regard. Il lança un coup d'œil dans la pièce comme s'il en dressait l'inventaire, puis se dirigea droit sur Dory.

— Lâchez-moi, ordonna-t-elle au garde qui la tenait.

Le malheureux n'eut pas le temps de décider s'il devait lui obéir ou non. Le poing d'Ewan l'atteignit en plein visage, le projetant en arrière. L'homme gémit en tenant son nez cassé.

Ewan saisit Dory par les épaules, son regard sondant son visage.

— Vous n'avez rien ?

— Où étiez-vous ? répondit-elle en sentant des larmes malvenues lui piquer les yeux.

— Vous n'avez rien ? insista-t-il.

En périphérie de son champ de vision, elle vit O'Neil dégainer son épée.

— Non. Attention !

Ewan pivota à peine le « non » avait-il quitté ses lèvres. Il para le coup du capitaine avec son épée et, d'un mouvement rapide, envoya la lame de O'Neil rebondir sur les dalles du sol. L'expression du pirate était un mélange de stupeur, de fureur et de soif de vengeance. Sans le savoir, Ewan venait de se faire un ennemi à vie.

— Comment osez-vous entrer ici avec une arme ? beugla Cromwell en se levant de derrière son bureau.

Étrangement, ce reproche ne concernait pas O'Neil. Cromwell pointa l'index vers la porte ouverte, de l'autre côté de laquelle on apercevait plusieurs corps gisant dans le couloir.

— Et vous avez assassiné des hommes innocents qui ne faisaient que leur devoir !

Ewan s'avança vers lui et jeta son épée sur le bureau. L'arme glissa sur le bois et les papiers, sa pointe s'arrêtant à quelques centimètres de la bedaine du conseiller du roi.

— Vous ne verrez aucune trace de sang sur ma lame, déclara Ewan. Vos hommes sont en vie. Cela dit, ils manquent cruellement d'entraînement. C'était comme de brider des volailles.

Margery pouffa de rire dans son coin.

— À présent, allez-vous me dire ce qui se passe ici, nom de nom ? exigea Ewan.

Cromwell souleva l'épée et la posa prudemment sur son siège, hors de portée. Bigre, ce que venait de faire Ewan n'avait sans doute pas été une bonne idée. Efficace sur le plan théâtral, certes, mais peu stratégique. Il avait donné son arme tandis que O'Neil ramassait déjà la sienne.

— Ewan, O'Neil a récupéré son épée.

— O'Neil ? répéta Ewan en se tournant vers le pirate. Julian O'Neil, capitaine du *Raven* ?

Il le toisa de haut en bas.

— Plus de muscles que je ne le pensais, mais piètre spadassin.

Dory vit le sang monter au visage du capitaine. Ewan le provoquait, alors qu'il était désarmé.

— Plus de muscles ? s'enquit Cromwell, perplexe.

Ewan haussa une épaule et lança un regard méprisant vers O'Neil.

— Il n'est pas nécessaire d'avoir de la force physique pour violer et vendre de petits enfants. Mais puisque vous semblez en forme, voyons si vous êtes homme à affronter un Highlander.

— Non, Ewan ! intervint Dory. Il ne respecte aucune règle.

Ewan sourit, sans quitter O'Neil des yeux.

— Ça tombe bien : moi non plus.

— Il n'y aura ni affrontement ni combat ici ! tonna Cromwell en agitant la main. Votre épouse sera conduite à la Tour et jugée pour sorcellerie. Quant à vous, vous êtes inculpé pour avoir attaqué des sujets anglais.

— Je peux envoyer ce brigand en enfer tout de suite, proposa O'Neil en pointant sa lame vers Ewan.

— Déclarer vouloir se battre après avoir appris que c'est interdit, voilà bien la fanfaronnade d'un lâche, rétorqua ce dernier, narquois.

O'Neil plongea en avant. Ewan bondit de côté en lui donnant un coup de coude sur le poignet. L'épée tomba de nouveau sur les dalles.

— Arrêtez ! cria Cromwell.

Il fit un signe au garde qui tenait toujours son nez sanglant.

— Vous semblez décidément avoir bien du mal à garder votre épée à la main, railla Ewan en tirant Dory derrière lui.

Cromwell sautillait pratiquement sur place en serrant les poings.

— J'ai dit : arrêtez ! O'Neil, reculez ou notre accord est annulé.

— Quel accord ? demanda Ewan.

— Cela ne concerne que le capitaine O'Neil et moi-même, rétorqua Cromwell.

Il tentait de lancer des regards noirs à Dory derrière les larges épaules d'Ewan, qui semblait encore plus grand dans l'espace confiné.

— Plutôt que de me juger, il me donnera à O'Neil pour qu'il m'emmène loin d'ici, expliqua Dory à Ewan dans son dos. Je crains que la petite ne subisse un sort pire encore.

Elle espérait qu'il avait vu l'épée accrochée au mur sur sa gauche, ainsi que la lance décorative dans le coin sur sa droite.

— Il n'y aura pas d'accord, déclara-t-il à Cromwell. Nous avons déjà expliqué ce qui était arrivé au goûteur.

— Le pigeon est mort.

— Votre pigeon était vieux. Le page était nerveux et s'est évanoui de peur, parce que le vin avait un goût étrange. Il faut dire que votre alcool ici est infect.

Cromwell agita l'index vers lui.

— Estimez-vous heureux de ne pas être accusé d'avoir voulu empoisonner le roi. La trahison est passible d'une mort douloureuse.

— Vous cherchez coûte que coûte à accuser le premier venu, comme si l'assassin errait toujours dans les couloirs.

— Je ne vous inculpe pas pour trahison, rétorqua Cromwell. Uniquement pour avoir attaqué des Anglais. Quant à lady Wellington, elle a utilisé la magie noire pour soigner des gens. Le capitaine O'Neil m'a fourni une longue liste de ses sortilèges.

— Et vous le croyez ? Un pirate qui vend des esclaves ?

— Je suis un marchand, pas un pirate, protesta O'Neil. C'est plutôt Pandora, la pirate. J'ai été témoin de ses agissements à bord du *Queen Siren*.

— Menteur ! Fermez votre clapet puant ! lança Dory par-dessus l'épaule d'Ewan, hissée sur la pointe des pieds.

— Assez ! rugit Cromwell.

Il agita une main vers l'escouade de nouveaux soldats qui venait d'arriver et attendait de l'autre côté de la porte.

— Ces hommes vous conduiront à la Tour, où vous serez interrogée. Je déciderai ensuite si vous devez être jugée ou livrée à O'Neil.

— Quel profit en tirez-vous ? lui demanda Dory. Je n'ai rien fait pour mériter votre colère, mettre en danger votre position ou nuire au roi. Qu'a donc O'Neil qui vous intéresse autant ?

— Je n'ai pas à répondre aux questions d'une sorcière, d'une pirate ou d'une femme.

Les doigts de Dory se resserrèrent sur le bras d'Ewan. Elle se pencha en avant pour lui glisser :

— Nous pourrons mieux les combattre lorsque je serai dehors.

— Rangez ça, ordonna Cromwell à O'Neil, qui avait de nouveau ramassé son épée.

O'Neil obéit, puis se dirigea vers le recoin où s'était retranchée Margery, l'attrapa par le bras et, regardant Dory dans les yeux, lui plaqua une dague sous la gorge.

— Si je sens le moindre courant d'air plus fort qu'une brise printanière, cette fleur délicate mourra.

— Avancez, ordonna Cromwell.

Ewan entraîna Dory avec lui. Deux gardes marchaient devant, huit autres derrière, suivis par Cromwell et O'Neil qui traînait la pauvre Margery. Ils formaient une procession bien sinistre dans les couloirs de Hampton Court.

William Spencer les regarda passer en secouant la tête. Il pressa un mouchoir sur son nez. Il n'y avait pas d'aide à attendre de ce côté-ci. Il n'intervenait même pas en voyant une enfant traînée dans les couloirs avec une lame sous la gorge. Apparemment, Cromwell était trop puissant.

Dory regardait les murs tout en marchant, à la recherche d'une arme éventuelle. Mais que pouvait-elle faire contre dix hommes, en plus de O'Neil qui tenait sa dague pointée sur la jugulaire de Margery ? Son ventre était noué, au point qu'elle se crut un instant sur le point de vomir. Elle aperçut Béatrice Pembroke qui prit un air pincé, ses petites lèvres rouges se plissant dans une moue de dégoût. Dory tourna la tête de l'autre côté et vit les portes ouvertes de la salle du trône.

Henri riait, sa tête aux cheveux fraîchement coupés penchée vers une femme en bleu. La chevelure blonde de cette dernière était parfaitement relevée et ordonnée autour d'une coiffe en brocart à la dernière mode. Le roi releva les yeux vers eux en entendant le bruit des bottes des soldats, son sourire charmeur se figeant un instant. Il n'y avait pas de surprise dans son regard, uniquement de la condamnation. Dory pouvait aisément deviner l'issue d'un éventuel procès rien qu'à son expression.

La femme blonde se tourna vers eux à son tour.

— Pandora ?

Jane, adorable, si généreuse avec ses toilettes, était assise près de l'homme le plus puissant d'Angleterre, voire du monde. Elle se leva avec un regard interrogateur, et Henri l'imita.

— Vous connaissez cette femme ?

Cromwell avait fait signe à ses hommes de s'arrêter quand le souverain s'était levé.

Jane sourit à Dory et Ewan.

— Oui, Votre Majesté. Elle m'a aidée lorsque j'étais souffrante à Wulfhall. Peut-elle se joindre à nous ?

Apparemment, elle n'avait pas remarqué leur escorte.

Cromwell ouvrit la bouche et la referma lorsque Henri leva une main pour le faire taire. Le conseiller paraissait sur le point d'exploser. Son teint était rouge vif et ses joues gonflées.

Dory sourit à Jane et baissa les yeux vers la ravissante robe qu'elle avait enfilée à la hâte.

— Merci beaucoup pour vos tenues.

— Vous lui avez envoyé des vêtements ? fit Henri, étonné.

Le teint pâle de Jane rosit.

— Quelques robes pour la remercier de son aide. Pandora est une herboriste accomplie.

Elle vit soudain les gardes et sa roseur disparut aussitôt. Dory remarqua que la salle derrière eux n'était pas vide comme elle l'avait d'abord cru. Une table avait été dressée et une douzaine de courtisans assis autour d'elle les observaient en silence.

Jane avait dû prendre conscience de sa position précaire. Elle avait admis connaître Dory, avoué que celle-ci l'avait aidée et qu'elle lui avait envoyé des robes comme l'aurait fait une amie. Elle lança un regard à Cromwell et blêmit. Elle venait de comprendre que, s'il interrogeait Dory sur leur relation, celle-ci serait peut-être contrainte de divulguer ses soucis d'infertilité.

— Lady Wellington vous a aidée ? demanda Henri.

Il intégrait déjà cette nouvelle information dans les calculs qui se faisaient dans sa tête. À présent, tout dépendrait de ses sentiments pour Jane. Si la rumeur était avérée, elle pourrait devenir la prochaine reine. On la disait pure de corps et d'âme, très pieuse et douce. Tout ce que la reine actuelle n'était pas. Si Henri comptait réellement l'épouser, rien ne devait ternir sa réputation, ou alors elle serait écartée. Tout dépendait de ce qui se passait dans la tête de cet homme.

Jane semblait sur le point de tourner de l'œil. Henri lui tapota la main et sourit.

— Ne craignez rien, milady. Que savez-vous de cette dame ?

Jane déglutit laborieusement.

— Elle s'appelle Pandora Brody et est mariée à cet homme. (Elle inclina la tête vers Ewan.) C'est un Écossais. Ils voyagent avec un autre homme plus jeune.

Ewan se fendit d'une élégante courbette.

— Lady Seymour, c'est un grand plaisir de vous revoir.

Un léger pli se creusa sur le front d'Henri avant qu'il se tourne de nouveau vers Jane.

— Apparemment, son nom entier est Pandora Rebecca Wellington Wyatt Brody. (Il lança un regard à Dory.) Une dame très compliquée.

Le regard pétillant, il esquissa un demi-sourire.

— Cromwell ? appela-t-il.

— Oui, Votre Majesté ?

— Toute amie de ma belle lady Jane est une amie de cette cour, d'autant plus si elle lui a rendu un service.

— Son mari a attaqué la garde.

— Quelqu'un est-il mort ?

Cromwell hésita, puis fit non de la tête.

— Dans ce cas, ils sont tous deux invités à notre petit déjeuner.

— Votre Majesté..., intervint O'Neil en s'avançant. Je crois savoir que cette femme est accusée de...

— Assez ! tonna Henri, couvrant la voix d'O'Neil. Pourquoi tenez-vous une lame sur le cou de cette enfant ?

Plusieurs dames, dont Jane, lâchèrent un petit cri d'effroi en remarquant Margery.

— Craignez-vous qu'elle vous attaque et vous égorge, alors qu'elle n'est pas armée et vous arrive à la taille ?

Dory cacha son sourire.

— Cette fille est la servante de lady Wellington, expliqua O'Neil en abaissant sa dague et en la rangeant dans son fourreau. Je les escortais à la…

— Je vous ai suffisamment entendu, l'interrompit Henri avant qu'il dise à voix haute qu'une amie de Jane était conduite à la Tour. Qui êtes-vous ?

Tous les regards se tournèrent vers le pirate.

— Le capitaine Julian O'Neil, du *Raven*.

— Que faites-vous à ma cour ?

Serait-il assez sot pour mentionner à nouveau Dory et ses crimes supposés ?

Les traits de O'Neil se figèrent tandis qu'il cherchait une excuse plausible.

— Je… Mon navire nécessitait des réparations. Alors que j'étais dans le port, j'ai appris qu'un tournoi aurait lieu bientôt. J'aimerais y participer.

— Vraiment ?

— Peut-être pourrait-il se mesurer à l'Écossais, si celui-ci en a le courage, suggéra Cromwell.

— Alors ? demanda Henri en se tournant vers Ewan. Acceptez-vous, ou préférez-vous détaler la queue entre les jambes et vous réfugier dans vos montagnes, comme tous vos congénères ?

— J'affronterai ce marchand d'esclaves sur n'importe quel champ de bataille, répondit fermement Ewan.

— Un marchand d'esclaves ? s'exclama Jane en se rapprochant légèrement d'Henri.

Celui-ci en profita pour passer un bras autour de ses épaules et déposer un baiser sur le sommet de son crâne.

— Fort bien, déclara-t-il. Lord Brody combattra le capitaine O'Neil dans la lice. En attendant, lady Wellington et son époux se joindront à nous pour le petit déjeuner. (Il lança un regard à O'Neil.) Quant à vous, ne vous avisez plus jamais de toucher à cette enfant.

Son regard noir s'adoucit légèrement lorsque Jane lui murmura quelque chose à l'oreille.

Ewan donna un discret coup de coude à Dory, et ils s'avancèrent dans la pièce sous les regards des convives. Margery les suivit.

— Les autres, vous pouvez disposer, déclara le roi.

Cromwell fit signe aux gardes et à O'Neil de se remettre en route.

Étant passée de prisonnière à invitée d'honneur, Dory se sentait légèrement étourdie. Peut-être était-ce un bon moment pour s'évanouir. Alors qu'Ewan la guidait vers le bout de la table, Henri agita une main pour leur indiquer de se rapprocher.

— Je crains de ne pas être habillé pour l'occasion, déclara Ewan en regardant les habits des courtisans attablés.

Dory avait oublié son allure dépenaillée et hirsute. Ce qui lui rappela qu'il n'était pas revenu dans leur chambre, la nuit précédente.

Son sourire s'effaça. Il n'avait pas non plus répondu à sa question.

— Où étiez-vous ? chuchota-t-elle.

En tête de table, Henri fit une grasse plaisanterie sur les Écossais qui aimaient dormir avec leurs moutons. Jane demeurait silencieuse et pâle.

— Oui, expliquez-nous donc pourquoi votre épouse est correctement vêtue et... pas vous, demanda Richard Pembroke.

Ewan but une gorgée du vin qu'on venait de déposer devant lui. Une fois que les ricanements se turent et comme les convives le regardaient en attendant une réponse, il haussa une épaule en lançant un regard faussement contrit vers Dory.

— Je préférerais ne pas révéler où j'étais ce matin devant ma femme.

Henri éclata de rire en martelant son accoudoir du poing.

— Pères, enfermez vos filles !

Dory contempla un moment son verre, puis elle but. Avait-il vraiment été avec une autre femme ? Elle lui lança un regard furtif, notant son allure négligée. Il n'était pas rentré de la nuit et ne lui avait pas dit où il était. Certes, ils n'avaient guère eu le temps de discuter. Cependant, il n'était pas non plus dans la chambre de Searc lorsqu'ils étaient passés devant.

Sentant sur elle les regards moqueurs ou de pitié, elle commençait à douter sérieusement des promesses d'Ewan. « Les hommes raconteront n'importe quoi pour se glisser sous tes jupes, Panda. Ne l'oublie jamais. » Les paroles du capitaine Bart résonnaient dans son esprit.

Le repas lui sembla interminable et insipide. Son esprit troublé dressait l'inventaire de tous les visages féminins qu'elle avait vus à la Cour. Laquelle l'avait attiré dans son lit ? Certainement pas Béatrice Pembroke. Les Pembroke avaient-ils une fille ? Searc et Alec l'avaient peut-être entraîné dans un lupanar en ville. Bien qu'elle ait été élevée par des hommes qui ne se cachaient pas de satisfaire leurs besoins avec des prostituées, l'idée d'Ewan dans un bordel lui retournait les tripes.

Les conversations continuaient autour d'elle. Elle n'y prêtait pas attention, sauf quand on s'adressait directement à elle. On ne parlait que de sujets superficiels, et personne ne fit allusion à leur arrestation avortée.

Elle sentit soudain une main serrer la sienne sous la table. Près d'Henri, Jane était assise en diagonale à côté d'elle.

— Je suis heureuse que la robe vous aille si bien, dit-elle.

Dory lui sourit poliment, se surprenant elle-même de parvenir à afficher un air plaisant au cours de ce repas difficile à supporter.

— Merci encore, répondit-elle à voix basse. Vous m'avez sauvé la vie.

Jane baissa les yeux vers son ventre.

— Et vous la mienne, chuchota-t-elle si bas que Dory ne fut pas sûre d'avoir bien entendu.

Ce fut la fin de leur conversation – et, probablement, de leur amitié. Si Jane devait être la prochaine reine d'Angleterre, il lui fallait se tenir à distance de tout ce qui risquait de ternir son nom. Aujourd'hui, Henri était intervenu en sa faveur. Cependant, s'il se lassait d'elle, elle se retrouverait seule. La Cour était plus dangereuse qu'une jungle.

*

* *

Ce fichu repas n'en finissait pas ! Enfin, les plats furent retirés et les convives commencèrent à se lever pour discuter par petits groupes. Ewan étira ses jambes endolories sous la table. Il n'aspirait qu'à emmener Dory hors de cette salle. Diable, comment ces gens supportaient-ils de vivre continuellement ainsi ? Des loups pompeux et intrigants, prêts à fondre sur le plus faible de la meute.

Henri sortit, Jane à son bras. Ewan se tourna vers Dory qui avait été très silencieuse durant le repas.

— Remontons dans notre chambre, proposa-t-il.

Elle se raidit.

— Vous n'avez qu'à retourner auprès de celle avec qui vous forniquiez cette nuit. Personnellement, je partirai ce soir avec Margery.

Il lui prit le bras et l'entraîna vers la porte, Margery leur emboîtant le pas.

— Allons, dit-il avec un sourire. Une fois dans notre chambre, nous pourrons discuter de la prochaine étape.

Il dut la serrer trop fort, car elle tenta de se libérer d'un coup sec. Il la lâcha aussitôt afin de ne pas lui faire mal. Elle prit Charissa – ou Margery, il n'y comprenait plus rien – par la main et s'éloigna au petit trot. Il la rattrapa en quelques enjambées. Il pouvait percevoir la fureur qui émanait d'elle et entendit un roulement de tonnerre au loin. Que pensait O'Neil chaque fois qu'un orage menaçait ? Que Dory était dans les parages ?

Elle fit entrer la jeune fille dans leur chambre et voulut lui fermer la porte au nez. Il fut plus rapide, se glissa à l'intérieur et abaissa la barre derrière lui.

En la voyant ouvrir l'armoire et commencer à trier les habits, il déclara calmement :

— Vous n'irez nulle part ce soir, et certainement pas sans moi.

Elle émit un son de dédain et sortit sa tenue de cavalière qui avait été lavée.

— Parfois, j'ai l'impression que vous préférez être en colère plutôt que d'entendre raison, dit-il en s'approchant.

Elle s'interrompit et lui lança un regard noir.

— Les putains du port se fichent sans doute que leurs... clients passent d'une femme à l'autre. Pour ma part, même si je ne suis pas une vraie dame, je ne suis pas une prostituée et vous aviez prétendu que j'étais à vous.

Ewan remarqua que Margery les observait en écarquillant les yeux et baissa la voix.

— Vous croyez vraiment que j'ai passé la nuit avec une autre femme ?

— Vous n'êtes pas rentré hier et vous avez l'air d'avoir dormi dans du foin.

— J'ai passé la plus grande partie de la nuit dans une grange avec Searc et Alec, en attendant que ce dernier puisse s'éclipser sans se faire remarquer. Quand je suis revenu, j'ai aperçu une servante cachée dans l'alcôve du couloir. Elle espionnait probablement pour quelqu'un. Je n'ai pas voulu qu'elle me voie me faufiler furtivement dans le château la nuit, si bien que je suis retourné dans la grange où j'ai, effectivement, dormi dans du foin.

— Mais, devant le roi, vous avez dit...

— Quiconque me connaît saurait que c'était un mensonge.

Elle n'était pas encore prête à admettre qu'elle s'était trompée.

— C'est bien là le problème, n'est-ce pas ? Je ne vous connais pas.

— Je crois que je vais retourner dans ma chambre, annonça la jeune fille près de la porte.

Elle avait vraiment l'air pressée de s'enfuir.

— O'Neil pourrait t'y trouver. Va plutôt chez Tilly ou dans la chambre de Searc ; elle est vide aujourd'hui, conseilla Dory. Je peux...

— Je sais très bien me déplacer sans me faire voir, assura Margery en soulevant la barre. Dois-je préparer un sac ?

— Il est toujours bon d'avoir quelques affaires prêtes en cas de départ précipité, répondit Ewan sans se retourner vers elle. Cependant, tu ne partiras pas ce soir.

La jeune fille sortie, il soutint le regard noir de Dory et répéta :

— Non, pas ce soir.

Elle lui tourna le dos et sortit un sac de voyage de l'armoire.

— Je ne vous crois pas, dit-elle.

— Pourquoi ?

— La plupart des hommes mentent, surtout quand il est question de fidélité.

— Vous avez reçu une éducation limitée. Comment pouvez-vous savoir comment sont la plupart des hommes si vous avez toujours vécu au milieu de pirates, de marchands d'esclaves et de prostituées ?

Elle s'immobilisa un instant, puis jeta dans son sac une brosse, une chemise, un morceau de savon.

— Caden, mon meilleur ami, dit que sa femme, qui possède les mêmes dons de guérisseuse que vous, sait si une personne ment rien qu'en la touchant. Et vous ?

Elle s'immobilisa de nouveau. Elle refusait toujours de le regarder.

— Touchez-moi, dit-il.

Elle poussa un long soupir et se redressa enfin vers lui. Il tendit la main, paume vers le ciel. Elle posa lentement dessus la sienne, beaucoup plus petite. Le doux contact de sa peau lui fit l'effet de braises rougissant dans le creux de son ventre.

— Posez-moi une question dont vous connaissez déjà la réponse et je mentirai.

— Comment vous appelez-vous ?

— Henri Tudor, roi d'Angleterre et de toutes les autres terres dont je peux m'emparer.

Il vit un léger sursaut d'amusement à la commissure de ses lèvres.

— Ai-je menti ? demanda-t-il.

Elle acquiesça.

— Vos pupilles se sont dilatées, votre pouls s'est accéléré et les muscles de votre nuque se sont contractés.

— Posez-moi une autre question et je répondrai la vérité.

— Aimez-vous votre famille ?

Ewan hésita un instant.

— Certains d'entre eux.

— Certains d'entre eux ?

— Ils sont tous morts, de toute façon.

— Donc vous êtes orphelin, vous aussi ?

— Depuis longtemps.

— Je suis navrée, dit-elle d'une voix douce mais ferme et dénuée de compassion. Ils sont morts quand vous étiez enfant ? Il y a eu une épidémie ?

Le ventre d'Ewan se noua. Si seulement il avait pu s'agir d'une chose aussi banale qu'une maladie !

— Ils ont été assassinés. Posez-moi une autre question.

Elle le dévisagea un instant comme si elle tentait de lire ses pensées, puis demanda :

— Êtes-vous le meilleur guerrier de tout le pays ?

Il sourit.

— C'est très subjectif. Cependant, comme nous sommes en Angleterre, je dirais que je le suis.

Elle sourit à son tour.

— Vos yeux sont détendus, tout comme votre nuque et vos épaules. Votre respiration est normale. Vous vous vantez avec sincérité.

— À présent, demandez-moi où j'étais hier soir, ce que je faisais ou avec qui j'ai couché.

Elle pinça les lèvres.

— Avez-vous forniqué avec quelqu'un hier soir ?

— Non. J'ai dormi dans la grange qui, hélas, sent encore un peu le cadavre.

Quand elle voulut retirer sa main, il la retint et entrelaça leurs doigts.

— Mais j'aurais mille fois préféré être ici avec vous.

Il l'attira à lui, et elle se laissa faire, le corps légèrement alangui comme si elle était soulagée. Il l'enlaça et prit sa bouche, si douce et délicieuse. Leurs lèvres fusionnèrent. Il glissa les mains sur sa nuque, puis les descendit le long de son dos en tirant sur les lacets et en défaisant les nœuds. Le dos du corsage s'ouvrit et le vêtement glissa au sol, entraînant les manches encore attachées. Il serra son corps chaud contre le sien.

Elle gémit, sa respiration saccadée contre sa bouche. Il traça une ligne de feu avec ses lèvres dans son cou, jusqu'à la merveilleuse petite saillie de sa délicate clavicule. Il la souleva et la porta jusque devant le lit. Elle resta debout pendant qu'il délaçait l'arrière de ses jupes.

— Il y a beaucoup trop d'attaches sur ces fichues robes, grommela-t-il.

Il sentit une traction sur son pantalon et, baissant les yeux, vit les doigts fins de Dory dénouer ses lacets puis glisser la main à l'intérieur.

— Oooh ! souffla-t-il contre ses lèvres.

Il émit un grognement sourd lorsqu'elle remua les doigts.

— Vous devriez peut-être verrouiller la porte, chuchota-t-elle.

Ewan oublia un instant de respirer. Puis il gagna la porte en se débarrassant de sa chemise, la passa par-dessus sa tête et abaissa la barre. Lorsqu'il se retourna, Dory était allongée sur les fourrures du lit, se soutenant sur les coudes. Ses seins étiraient le fin tissu de sa chemise, les mamelons pointant vers le plafond.

— Bigre, je n'ai jamais rien vu d'aussi alléchant !

Sa chevelure qui retombait en cascade sur les fourrures projetait des reflets dorés et brillants. Là où sa chemise ouverte révélait des endroits que le soleil n'avait jamais touchés, sa peau semblait aussi lisse que de la crème.

Il se débarrassa de ses bottes et grimpa à quatre pattes sur le lit. Elle recula précipitamment avec un sourire malicieux et il bondit sur elle. Quand elle essaya de glisser de nouveau les doigts dans son pantalon, il attrapa ses poignets et les plaqua au-dessus de sa tête.

— J'aime vous avoir à ma merci, dit-il en souriant.

Elle ondula sur le lit comme pour implorer ses caresses. De sa main libre, il ôta rapidement son pantalon et s'allongea sur elle, leurs jambes s'enchevêtrant.

Elle fléchit un genou et enroula une jambe autour de sa hanche. Il l'embrassa goulûment et sentit qu'elle soulevait le bassin, le pressant contre lui.

— Maintenant, murmura-t-elle.

— Pas encore.

— Maintenant, répéta-t-elle en se frottant contre lui.

Sa chemise était remontée, exposant son corps parfait. Il lui saisit les hanches pour la retourner.

— Que faites-vous ? demanda-t-elle, se retrouvant à plat ventre.

— Faites-moi confiance.

Il repoussa sa chevelure sur le côté et retroussa sa chemise pour exposer la courbe sensuelle de ses fesses, le creux de ses reins, les lignes de son dos et de ses épaules. Le vêtement glissa aisément pardessus sa tête et alla rejoindre les autres sur le sol.

Plutôt que de la toucher, il déposa un baiser sur sa nuque. Elle frémit. Il huma l'odeur brûlante de Pandora, une sauvageonne des mers, une sirène qui pouvait l'attirer n'importe où. Il glissa lentement les mains le long de son dos, la faisant grogner de plaisir, ses hanches se soulevant d'elles-mêmes.

Il caressa le haut de ses épaules, son derrière arrondi et jusqu'au bout de ses petits orteils chatouilleux. Ses mains larges capturèrent ses hanches, les tenant fermement tandis qu'il se penchait pour embrasser sa nuque, son cou, son oreille.

Puis il glissa une main sous elle pour effleurer son sexe.

— Vous êtes à moi, rien qu'à moi…

Il s'étendit sur elle, glissant sur sa chair moelleuse jusqu'à ce que la simple friction le mène au bord de l'explosion. Elle gémissait, les fourrures étouffant les sons de cette torture érotique. Il ne cessa de la titiller, attisant le feu encore et encore.

— Ewan ! cria-t-elle.

Son nom sur ses lèvres et sa chair moite qui se contractait autour de ses doigts manquèrent lui faire perdre tout contrôle.

— Tout à moi, murmura-t-il en gaélique.

Il la hissa à quatre pattes devant lui et se pencha sur elle. Elle lança un regard par-dessus son épaule en léchant sa lèvre inférieure.

— Maintenant, exigea-t-elle.

Tenant fermement ses hanches, il plongea en elle. Il ferma les yeux pour mieux savourer la chaleur exquise, l'étroitesse, l'odeur de Dory. Il tendit les bras et caressa ses seins, les malaxant et les pinçant tout en remuant en elle.

— Tu as mal ? chuchota-t-il.

Elle fit non de la tête, sa chevelure roulant sur son dos. Elle inspira profondément et bascula le bassin en arrière, l'engloutissant tout entier.

— Doux Jésus ! gémit-il.

Elle se mit à rire et ondula de nouveau. Il grogna avant de s'enfoncer en elle, suivant un rythme auquel elle répondit avec enthousiasme. Ils bougèrent ensemble tandis qu'il lui embrassait la nuque et que ses doigts excitaient son bourgeon de chair.

— Ewan ! cria-t-elle encore.

Il ne ralentit pas, les menant toujours plus haut vers le paroxysme alors que ses cris se muaient en halètements rauques. Puis elle fut agitée par de violentes secousses d'extase. Les contractions autour de son membre l'entraînèrent par-dessus bord. Il prononça son nom dans un râle de plaisir pur, plongeant profondément en elle jusqu'à ce que les spasmes s'estompent, laissant dans leur sillage le contentement et la satiété.

Il la tint contre elle en roulant sur le côté. Leurs jambes, leurs cheveux, leurs chaleurs et leurs odeurs s'entremêlaient ; leurs corps, si différents, ne faisaient plus qu'un.

Il ne s'était jamais senti aussi fort, ni aussi repu de sa vie. Il enroula les bras autour de Dory, la tenant en cuillère contre lui. Elle posa la joue sur son bras. Ils restèrent ainsi en silence, la fraîcheur de la pièce caressant leur peau moite. Quand il la sentit frissonner, il rabattit une courtepointe sur eux.

Elle émit un petit rire.

— Qu'y a-t-il ? demanda-t-il en embrassant ses cheveux.

— Nous avons tous les deux les genoux un peu râpés.

Il rit à son tour et la serra plus fort.

— Je suis sûr que tu sauras y remédier.

Il distingua une faible lumière bleue, suivie d'une onde de chaleur, puis la légère sensation de brûlure sur ses genoux disparut.

Il la fit se tourner vers lui pour la regarder dans les yeux. Son sourire était une pure merveille. Il la contempla un long moment, incapable de trouver les mots pour décrire une telle perfection. Car il n'y en avait pas. Néanmoins, il avait besoin de dire quelque chose, quelque chose qui apaiserait la tension dans sa poitrine.

— Mon Dieu, Dory, chuchota-t-il. Tu ne me quitteras jamais. Tu es à moi pour toujours. Toujours.

14

25 juillet de l'an de grâce 1518

Katharine,

Je tiens ma bague directement d'Isabelle. Notre allié possède, paraît-il, sa propre rose, ciselée par un forgeron allemand. Le sot ! Ce chacal n'a même pas décoché quand j'ai donné le signal durant la chasse. Je lui avais indiqué où attendre avec son arc prêt. Lorsque Henri et moi nous sommes trouvés seuls un moment, je suis tombé de mon cheval, mais aucune flèche n'a sifflé ! Ce fut un échec total, me faisant apparaître comme un crétin incapable de tenir en selle. Henri s'est gaussé de moi, affalé dans la boue, alors qu'il aurait dû agoniser à mes pieds.

Éternellement vôtre,

Rowland

Après s'être assuré que la fille était en sécurité avec Tilly et avoir bouchonné Gaoth pour le tournoi qui aurait lieu dans deux jours, Ewan fit un détour par les cuisines pour prendre de la nourriture. Un jeune homme arrivant avec une bouilloire s'arrêta en le voyant.

— N'est-ce pas votre femme qui m'a sauvé la vie ? demanda-t-il en posant sa bouilloire.

— Vous avez l'air en excellente santé, répondit Ewan.

— Le vin du roi, chuchota le page. Il avait un goût amer, lourd. Était-il empoisonné ?

— Non, il était juste passé. Autrement, vous ne seriez pas là aujourd'hui.

Le jeune homme se rapprocha.

— Tilly m'a dit que votre épouse m'avait sauvé. Je m'appelle Owen et je vous suis redevable.

Ewan allait devoir parler à Tilly.

— Vous ne me devez rien, répondit-il avec un sourire. Être le goûteur du roi est un métier dangereux.

Le page sembla vouloir insister au sujet du vin, puis il se ravisa et acquiesça.

— Dites à votre épouse que ma mère et moi récitons des prières pour elle.

— Je n'y manquerai pas.

Ewan quitta les cuisines. Dory devait avoir terminé son bain. Quoique… Elle adorait se prélasser dans l'eau chaude. Vivre à bord d'un bateau devait être difficile pour une femme.

Un plateau en équilibre sur une main, il s'apprêtait à toquer quand la porte s'ouvrit.

— Je vais vous chercher de quoi déjeuner, milady, déclara Tilly par-dessus son épaule.

Elle écarquilla les yeux en apercevant Ewan sur le seuil. Il posa un doigt sur ses lèvres pour la faire taire et s'effaça pour la laisser sortir. Tilly fit signe à Margery, qui la suivit.

— Merci, Tilly, lança Dory depuis le petit tub en bois placé devant la cheminée.

La nuque posée sur le rebord, les bras sur les côtés, elle était plongée dans l'eau fumante, ses genoux perçant la surface tels deux îlots. En s'approchant, il remarqua qu'ils étaient toujours irrités.

— Pourquoi n'ont-ils pas cicatrisé ? demanda-t-il en posant son plateau.

Dory sursauta, projetant de l'eau par-dessus bord. Ses seins firent surface tandis que ses genoux disparaissaient sous l'eau.

— Tu m'as guéri, dit-il. Tu ne peux pas te soigner toi-même ?

— Que fais-tu ici ?

— J'apporte à manger. Pourquoi tes genoux sont-ils encore à vif ? Et le reste ? J'espère ne pas...

— Je vais bien, l'interrompit-elle en rougissant.

Il vit une vague lueur bleue dans le tub, puis elle laissa ses genoux émerger de nouveau. Ils étaient guéris.

— Tu vois ? Tout va bien.

Il étudia ses traits.

— Pourquoi n'as-tu pas...

— J'allais le faire.

Elle contempla les bulles de savon à la surface de l'eau et en fit éclater une d'une chiquenaude.

— Quand je me soigne, je me soigne entièrement car ma magie circule dans tout mon corps, expliqua-t-elle en rosissant de plus belle. Peut-être voulais-je conserver quelque temps... un souvenir de ce que nous avons fait.

— Tu voulais que tes genoux piquent pour te rappeler que nous avons...

— Pas mes genoux, crétin.

Elle s'enfonça dans l'eau. Elle devait se contorsionner pour que toutes les parties de son corps soient couvertes, ne laissant émergée qu'une moitié de sa tête.

— À l'intérieur, chuchota-t-elle.

— Oh ! Tu es donc recousue ? Aucune preuve d'intrusion ?

Elle gémit, mortifiée.

Il s'approcha et s'arrangea pour faire tomber le savon dans l'eau. En deux temps trois mouvements, il avait ôté sa veste et remonté une manche.

— Je vais le récupérer, dit-il en plongeant un bras dans l'eau.

Elle ravala son souffle lorsqu'il trouva ce qu'il cherchait.

— Ce n'est pas le savon, glapit-elle.

Elle voulut s'écarter, mais sa main la suivit. Elle ne parvint qu'à se redresser légèrement, faisant de nouveau émerger ses seins.

Il se pencha au-dessus du tub et l'embrassa, tandis que ses doigts continuaient à lui rappeler sa première intrusion. Elle cessa de se débattre et se détendit, posant les mains sur ses épaules – ce qui mouilla sa chemise. Il se redressa juste le temps de l'ôter avant de reprendre ses caresses.

S'il y avait eu la place, il serait entré dans le tub avec elle. Penché au-dessus de l'eau, il glissait les mains sur son corps chaud, projetant des éclaboussures sur les dalles.

— Ta peau est encore plus lisse, murmura-t-il contre ses lèvres.

— C'est parce que je suis une sirène, répliqua-t-elle, taquine, en le tirant presque au-dessus d'elle.

Elle enroula les bras autour de son cou, le maintenant en place.

— Oui, ma sirène. Ça explique pourquoi je ne peux plus te sortir de ma tête.

Il explora lentement les contours de sa bouche, puis l'aida à se mettre debout dans le tub. Il s'écarta juste assez pour admirer son corps ruisselant.

— Ah oui, une vraie sirène…

L'air frais faisait durcir ses tétons. La chaleur de l'eau et le feu qu'il avait attisé en elle avaient rosi sa peau. Elle était tout en courbes et vallées. Il avait envie d'embrasser chaque centimètre de ce corps magnifique. Il saisit un drap de bain, l'enveloppa dedans et la porta près du feu.

— Ne bouge pas, ordonna-t-il.

Il alla chercher les plaids en fourrure sur le lit et les étala devant la cheminée.

Dory décrivit un petit cercle avec ses lèvres et souffla doucement. Une brise descendit dans le conduit de cheminée pour nourrir les flammes qui grandirent et enveloppèrent voracement une bûche.

— Appétissante et efficace, commenta-t-il en l'allongeant sur la fourrure.

Elle rit lorsqu'il la déballa lentement, tel un présent.

— Exquise, murmura-t-il, et il laissa courir ses mains sur le velours de sa peau.

— Ne sommes-nous pas censés chercher un traître ? dit-elle en se redressant sur les coudes.

S'imaginait-elle à quel point elle était belle, étendue sur les fourrures, un genou fléchi, la lueur du feu dorant sa peau ? Ses seins étaient tels deux grands choux à la crème qu'il avait la ferme intention de dévorer.

Il se pencha pour en lécher un.

— Demain, nous nous mettrons en chasse, dit-il. À présent, nous festoyons.

*

* *

— Réveille-toi, ma sirène.

Dory s'étira sous les épaisses couvertures, rechignant à ouvrir les paupières. Elle sourit d'aise en sentant ses lèvres près de son oreille. Il déposa une ligne de baisers le long de sa mâchoire, jusqu'à ses lèvres. Elle soupira et ouvrit les yeux.

Ewan, le cheveu hirsute, mal rasé, ses cicatrices donnant un air voyou à son sourire, était l'homme le plus magnifique qu'elle ait jamais vu. Ce sourire se reflétait dans ses yeux bleus, les faisant briller comme s'il détenait un secret amusant.

— Bonjour, dit-il avant de l'embrasser de nouveau. Il est temps de se lever.

Il roula sur le côté et se redressa d'un bond. Elle tendit la main vers lui.

— Reviens te coucher. Le monde peut attendre.

— Oh, tentatrice ! répondit-il en enfilant son pantalon.

Il alla chercher les restes de leur dîner de la veille, du pain et du fromage. Lorsqu'il se pencha pour soulever le plateau, elle observa les muscles de ses bras et de ses épaules rouler sous la peau. Comment se pouvait-il que le seul fait de le regarder la mette dans tous ses états ?

— Si tu ne reviens pas au lit, mets au moins une chemise, bougonna-t-elle en se levant à son tour.

— Tu ferais bien d'en faire autant, répondit-il en contemplant son corps nu d'un air avide.

Elle ne cessa de sourire en passant une chemise propre et en choisissant une robe pour la journée.

— Je vais m'assurer que tout va bien avec la petite et Tilly, annonça-t-il en l'embrassant brièvement sur les lèvres.

Avant qu'il ait pu se retourner, elle l'attrapa par la chemise et l'attira à elle pour un baiser plus long et plus profond. Lorsqu'elle eut terminé, il dut remettre de l'ordre sous sa braguette avant de sortir.

— Foutus pantalons anglais ! grommela-t-il en refermant la porte.

Le sourire toujours aux lèvres, elle passa une brosse dans la masse de nœuds qu'était sa chevelure. Un soleil radieux s'était levé avec l'aube, et elle s'approcha de la fenêtre. Elle se sentait légèrement étourdie et euphorique. Était-ce de la joie ? La vie paraissait belle, vraiment belle. Devait-elle revendiquer Ewan, comme lui-même l'avait fait ? Cela l'empêcherait-il de la quitter ? Oui, elle devait le faire : cela les lierait encore plus l'un à l'autre. Déclarer quelqu'un comme sien était-il proche de l'amour ? Cette possibilité fit palpiter son cœur.

Un mouvement dans les jardins en contrebas attira son attention. Son sourire s'effaça. Un homme s'éloignait d'un pas leste de deux autres qui se tenaient près de hauts buissons. Cromwell et O'Neil. Ils se disputaient. Elle se hissa sur la pointe des pieds pour tenter d'apercevoir le troisième homme, mais il était déjà hors de vue. Cromwell devait être idiot. Ne savait-il pas que O'Neil était parfaitement capable de l'assassiner en plein jour ? Le capitaine de ses cauchemars hochait la tête tandis que Cromwell agitait ses petites mains.

On gratta discrètement à la porte.

— Lady Brody ?

Dory fit entrer Margery, lui prit son plateau qu'elle déposa sur la table et l'étreignit doucement.

— Tu as bien dormi ?

— Oui, répondit l'enfant en allant faire le lit.

Dory lança un nouveau regard par la fenêtre. Il n'y avait plus personne dans le jardin. Elle reprit les copies des lettres de Boswell, essayant d'imaginer à quoi ressemblait son père. Il semblait avoir été très amoureux de sa mère, bien que le ton de certaines de ses instructions soit un tantinet autoritaire. Il était minutieux, intelligent, prudent... Pourtant, d'après ce que lui avait dit Ewan, c'était un véritable monstre. Comment avait-il réagi en apprenant que son grand amour et leur enfant à naître avaient disparu ?

Elle poussa un soupir. Ses espoirs de trouver des parents bons et honorables étaient partis en fumée. Heureusement, elle avait sa famille de cœur à bord du *Queen Siren*. Bien qu'étant son oncle, James Wellington n'avait pas fait le moindre effort pour lui parler. Sans doute avait-il peur qu'elle ne réclame une part de la fortune familiale. Elle n'en avait aucunement l'intention, même si un peu d'argent aurait été bienvenu pour qu'elle s'établisse quelque part. Elle aurait aimé cultiver un jardin. Et avoir des enfants à elle.

Elle se redressa brusquement. D'où était surgie cette idée ? Il y avait déjà trop d'orphelins abandonnés dans ce monde. En outre, quel genre d'enfant engendrerait-elle ? Son père était un traître, et sa mère probablement aussi. Tous deux étaient des adultères et elle était une bâtarde. Cependant, l'enfant d'Ewan serait si particulier, si beau... Elle rougit.

— Ewan t'a-t-il dit où il allait ? demanda-t-elle à Margery.

— Sur le terrain d'entraînement, afin de se préparer pour le tournoi de demain.

— Avec des épées et des lances ? fit Dory, affolée.

Et s'il se blessait pendant qu'elle était dans leur chambre et ne pouvait le soigner ?

— Tilly dit qu'ils y vont doucement durant l'entraînement. Certains font même semblant d'être faibles pour tromper leurs futurs adversaires. Lord Brody a-t-il une grande expérience des joutes ?

— Je... Je n'en sais rien.

*

* *

Ewan fendit l'air avec sa lame, la faisant chanter, ses bras remuant sur un rythme élégant. Qu'il était bon de s'entraîner de nouveau ! À Druim, les guerriers passaient chaque jour des heures à répéter les mouvements et les passes de bataille, presque comme des danses… mortelles. La claymore, tenue des deux mains, requérait des gestes particuliers, et seuls certains guerriers parvenaient à la manier avec efficacité. Ewan avait apporté la sienne, ainsi que son épée habituelle. Il comptait s'entraîner avec les deux, puis s'exercer à faire des galops avec une lance sur Gaoth. Bien que les Highlanders n'organisent pas de joutes, ne considérant pas les combats comme un jeu, il avait déjà combattu en chevauchant. Le tournoi n'inquiétait donc pas Ewan. Il avait hâte de tuer O'Neil ; cette raclure méritait de mourir.

Il souleva haut sa claymore, la laissa retomber en contrôlant sa chute et pivota pour pourfendre un ennemi pris par surprise. Au loin, il aperçut le pirate scélérat qui l'observait d'un œil mauvais. O'Neil leva les mains et mima des applaudissements, puis reprit son entraînement au coutelas. Oui, ce félon allait mourir.

— Vous allez tuer cette ordure, j'espère.

Ewan fit volte-face, son épée prête à frapper. James Wellington recula précipitamment, les mains levées.

— Ouh, du calme ! Je ne suis pas armé.

Ewan abaissa son arme.

— Il est dangereux de s'approcher furtivement d'un guerrier en entraînement.

— Ce n'était pas si furtivement, répliqua James, amusé. Vous étiez occupé à toiser le pirate qui veut ma nièce.

— J'ignorais que vous l'aviez reconnue comme telle.

— Tant qu'elle ne me demande pas plus que la modeste rente que je compte lui accorder, cela me conviendra.

Il s'approcha et ajouta à voix basse :

— Bien que nous sachions tous les deux qu'elle n'est pas de mon sang.

Ewan se garda de réagir.

— Je suis au courant de l'infidélité de ma belle-sœur avec le traître dont vous avez amené le cadavre, ajouta Wellington.

— Comment ?

— Un renseignement d'un ami, il y a longtemps.

Il pinça les lèvres, faisant comprendre qu'il n'en dirait pas plus.

— Vous désiriez quelque chose ? demanda Ewan.

— Plusieurs circonstances pourraient nuire à la réputation de ma famille.

— Plus que le fait que Katharine ait participé à un complot contre le roi ?

Les lèvres de James se pincèrent encore plus.

— Cela n'a pas été prouvé. Ces deux pirates rapporteront la preuve qu'elle a agi pour empêcher les assassinats.

Il devait sans doute être dans les confidences de Cromwell.

— Katharine pourrait alors être considérée comme une héroïne, poursuivit Wellington. Mais pas si on apprend qu'elle était une catin. Pandora sait sûrement que Boswell était son père. Qu'elle soit arrivée ici avec son cadavre serait une trop grande coïncidence.

Ewan ne broncha pas.

— Je ne veux pas qu'un autre scandale éclate à cause de l'adultère dont a été victime mon frère, poursuivit l'autre. Or, vous me semblez suffisamment intelligent pour ne pas révéler le lien entre votre épouse et un traître notoire.

— Elle ne devrait pas être jugée pour les crimes de son père.

— Vous savez bien qu'elle le sera malgré tout, dit James avec un sourire. Je vous paierai pour que vous gardiez le silence et repartiez le plus tôt possible là d'où vous êtes venus.

— Pourquoi souhaitez-vous la mort de O'Neil ?

— Il connaît la vérité. Voyez-vous, Julian O'Neil était le capitaine qui a accepté d'emmener Katharine avant la naissance de son enfant. À présent, il réclame une certaine somme pour ne pas révéler la parenté de Pandora. Il serait préférable pour nous tous que cet homme ne survive pas au tournoi de demain.

Ewan lança un regard vers le pirate qui effectuait plusieurs fentes au loin.

— Il traque ma femme. Je veillerai à ce qu'il ne se relève pas dans la lice.

— Nous sommes donc d'accord. Tant mieux. Votre jeune cousin vous servira-t-il d'écuyer ?

Bien que son père soit en ville, Searc continuait de vivre à la Cour et pouvait assister Ewan.

— Oui, répondit-il.

Mais il n'avait aucune idée de ce que faisait un écuyer. Searc se renseignerait.

— Les Écossais ne joutent pas, n'est-ce pas ?

— Nous ne considérons pas la mort comme un amusement.

— Hmm..., fit James en hochant la tête. Le roi aime les jeux et le spectacle. Faites venir votre cousin, je le présenterai à mon écuyer, Lawrence. Il vous expliquera à quoi vous attendre et vous montrera la marche à suivre.

— Pardon ?

— Il y a un certain ordre et une étiquette à respecter durant les tournois.

Allait-il devoir s'incliner et baiser la bague du roi anglais ?

— Avez-vous au moins une armure ? demanda James.

— Les Écossais se battent dans du cuir, pas du métal.

— Demain, vous porterez du métal, mon cher.

Une armure anglaise, probablement aussi inconfortable que leurs fichus pantalons. Que n'aurait-il donné pour porter son kilt et chevaucher Gaoth à travers la lande qui entourait le château de Druim ! Puis il pensa à Dory.

— Puisqu'il le faut, dit-il, résigné.

*
* *

Ewan examina le papier que Margery avait laissé avec le plateau de leur petit déjeuner.

— Le capitaine Bart n'a finalement pas pu trouver un navire pour les conduire à Barry.

Dory drapa une fourrure autour de ses épaules et s'approcha pour lire le message rédigé de manière rudimentaire. C'était l'écriture de Will.

— Ils sont toujours à Londres ?

Ewan acquiesça.

— Voici leur adresse, mais ils partiront par voie de terre demain si ce capitaine refuse toujours de les prendre à son bord.

— C'est vrai que Will et le capitaine Bart ont l'air de voyous, dit-elle non sans une certaine fierté. Il est difficile pour les autres marins de leur faire confiance. Au bout d'une semaine, le capitaine Bart pourrait prendre le contrôle de n'importe quel navire si l'envie lui en prenait. Il a l'âme d'un chef, même quand il n'est pas sur le *Queen Siren*.

Ewan enfila une chemise, cachant son superbe torse musclé. Dory soupira.

— Es-tu sûr que ce soit une bonne idée ? demanda-t-elle. Tu pourrais trouver d'autres moyens de coincer O'Neil sans participer au tournoi.

Il déposa un baiser sur ses lèvres froncées.

— Je suis un guerrier et je relèverai toutes les épreuves auxquelles ils veulent me soumettre.

— Tu n'as pas l'habitude de te battre dans ces armures ridicules.

— Certes, mais O'Neil non plus.

Le seul nom du marchand d'esclaves suffisait à lui nouer le ventre.

— Tu devras peut-être affronter d'autres chevaliers aussi.

— Gaoth ne me laissera pas tomber.

Il déchira un petit morceau de l'étoffe en laine vivement colorée qu'il avait apportée de chez lui, prit son poignet et le lui noua autour.

— Qu'est-ce que c'est ?

— On m'a dit que la bénédiction d'une jolie femme me portera chance. D'après Lawrence, tu dois attacher ce petit bout de tartan à ma lance.

Il rit de sa plaisanterie alors que Dory serrait les dents. Assise sur le bord d'une chaise près du feu, elle le regarda enfiler son pourpoint en cuir matelassé. L'écuyer de son oncle lui avait trouvé une armure pour mettre par-dessus.

— Gaoth n'y pourra sans doute rien si tu reçois un coup trop puissant. Je ne vois pas comment tu pourrais te relever, après être tombé de cet animal géant.

Ewan revint vers elle d'un pas fluide. Il se déplaçait avec la grâce d'un prédateur.

— Un bon guerrier sait comment tomber.

Bien sûr, mais il pouvait tomber et ne plus jamais se relever. Il refusait de prendre la situation au sérieux alors que cette seule pensée lui piquait les yeux et lui comprimait la poitrine. Elle refoula les larmes qui montaient pour lui adresser un regard noir.

Il se pencha sur elle et posa les mains sur ses épaules.

— Si je meurs, emmène Margery et rejoins ton père. Alec sera dans la foule ; Searc et lui t'aideront. Fais-le vite, avant que O'Neil ait le temps de réagir.

— Ewan, tu le penses vraiment ! Tu penses que tu pourrais mourir aujourd'hui ?

Il caressa sa joue du pouce. Doux Jésus, ses yeux étaient si bleus qu'elle aurait pu les contempler des heures durant.

— Un guerrier peut mourir n'importe quand, Dory. Tu le sais bien. Toi aussi, tu es une guerrière, pleine de courage, de ruse et de passion.

Lorsqu'il se pencha pour l'embrasser, elle enfonça les ongles dans l'épaulette renforcée de son pourpoint. Ses sens furent enveloppés par l'odeur du cuir et par sa chaleur masculine.

— Nous fêterons ça ce soir, promit-il en posant le front contre le sien.

Ce soir, elle le lui dirait : elle le revendiquerait comme il l'avait revendiquée, le liant à elle d'une manière irrévocable. Elle envoya une rapide onde de magie curative dans son corps, effaçant les nouvelles brûlures sur ses genoux et les traces de ses ongles dans son dos. Le reste de son corps débordait de santé virile.

— Et si j'avais voulu garder tes griffures, pour me souvenir de ce que nous avons fait ce matin ? demanda-t-il avec un sourire espiègle.

— Je t'en ferai d'autres quand nous fêterons ça ce soir, promit-elle.

— J'espère bien.

Elle toucha sa joue et il partit.

*

* *

Dory marchait seule vers la lice. Un groupe de dames hilares la dépassa. Elle semblait être la seule femme non accompagnée. Elle enroulait et déroulait la mince bande de tartan autour de son doigt en scrutant la foule à la recherche de la haute silhouette du père de Searc. Bigre, à quoi se raccrocherait-elle si elle devait se séparer de ce bout de tissu ?

— Permettez-moi de vous escorter, lady Wellington.

Elle se retourna brusquement, sa main glissant déjà vers le couteau attaché à son mollet, et se ressaisit en constatant que cette voix suave appartenait à James Wellington. Il lui souriait. Elle n'aurait jamais pensé que sa bouche soit capable d'un tel effort.

— Je peux trouver un siège moi-même, merci, répondit-elle en lui tournant le dos et en se remettant à marcher.

Il la rejoignit pour se placer à son côté et déclara à voix basse :

— Lord Brody vous a-t-il dit que je voulais, moi aussi, la mort de O'Neil ?

— Oui, répondit-elle sans le regarder.

Ewan lui avait rapporté leur conversation la veille, ainsi que la manière dont Wellington s'était arrangé pour que O'Neil capture sa mère. Il n'y avait rien d'étonnant à ce que le pirate l'ait toujours traquée. Il considérait qu'elle lui appartenait.

— Nous sommes donc dans le même camp, n'est-ce pas ? Allons soutenir votre mari ensemble.

Elle ne répondit pas.

— Vous ne m'aimez pas beaucoup, lady Wellington ?

Elle s'arrêta, se tourna vers lui et répliqua calmement :

— Vous avez intrigué pour que ma mère, et moi avec, soit vendue en esclavage. La seule raison pour laquelle vous m'appelez « lady Wellington » est que m'appeler par un autre nom pourrait nuire à la réputation de votre famille. Et vous voudriez que nous soyons amis ?

— Vous ne craignez pas de dire ce que vous pensez. C'est rafraîchissant.

Elle se remit à marcher, James à son côté. Pour un homme de son âge, il paraissait en grande forme.

— Pourquoi ne participez-vous pas au tournoi ?

— Une blessure au genou droit. Mon médecin m'a recommandé de ne pas le forcer pendant une saison.

Dory poursuivit son chemin, marchant légèrement devant lui, et rejoignit les gradins qui entouraient la lice. Elle ne voyait toujours pas de grand Écossais dans la foule, qui était dense et s'étirait jusqu'à la lisière de la forêt. Jane était assise dans la tribune royale, avec d'autres dames en grande tenue et ornées de plumes. Henri n'y était pas.

— Le roi joute aussi ? dit-elle, étonnée, sachant que James était juste derrière elle.

— Plus depuis qu'il a eu un accident presque fatal en janvier dernier.

— Il n'est pas dans sa tribune.

James indiqua une rangée de sièges près de la tribune royale. Dory remonta légèrement ses jupes pour se faufiler entre les rangs. Il s'assit près d'elle – un peu trop près à son goût. Il sentait le clou de girofle et la transpiration.

— Henri doit être avec les concurrents pour les encourager. Frustré de ne pouvoir participer, il ne tient pas en place et n'a guère envie de se retrouver assis parmi les dames.

C'était une belle journée ensoleillée avec une douce brise qui faisait voler les étendards. Les rires et les exclamations emplissaient l'air tandis que les nobles et les roturiers se mélangeaient en se disputant les meilleures places. Les gradins étaient bondés et il y avait au moins cinq rangées de gens debout.

— Avez-vous déjà assisté à un tournoi ? demanda James en saluant d'un signe de tête Richard Pembroke, assis un peu plus loin.

— Non.

Dory étirait le cou pour tenter d'apercevoir Ewan. Malheureusement, tous les combattants patientaient dans un bâtiment fermé qui communiquait avec les écuries.

— Vous le verrez lorsqu'ils sortiront tous ensemble pour la parade, précisa James en devinant son inquiétude.

Un héraut s'avança et souffla dans une longue trompe dorée, à laquelle était attaché un fanion triangulaire rouge orné du lion d'Henri Tudor. La foule applaudit.

— Les voici, annonça James.

Dory sentit un regard insistant sur elle et, tournant la tête à droite, vit Jane qui l'observait. Elles échangèrent un sourire. Dory espérait qu'elle survivrait à sa relation avec Henri et lui donnerait un fils en bonne santé.

Elle mit sa main en visière pour se protéger du soleil quand les chevaliers entrèrent dans la lice, précédés de leurs pages brandissant des bannières aux couleurs vives.

— Ce sont les enseignes des familles proches de la Cour et des concurrents, expliqua James.

Il indiqua du menton un jeune homme marchant dans le groupe de tête en levant haut une tige à laquelle était attaché un tartan et se mit à rire.

— Je vois que Lawrence a trouvé un étendard approprié pour Brody.

Il se distinguait nettement du reste, et Dory fronça les sourcils en voyant plusieurs personnes le pointer du doigt en ricanant. Le porte-étendard n'était autre que Searc. La lourde laine écossaise qu'il brandissait pendait mollement plutôt que de claquer au vent comme les autres drapeaux.

James lui tapota la cuisse à travers ses nombreuses couches de jupes.

— Ne le prenez pas mal, milady. Ils ne cherchent pas à l'insulter.

Peuh ! Les insultes voilées et la cruauté faisaient partie de la vie. Cela ne signifiait pas qu'elle devait les accepter ni les pardonner. Un grondement sourd s'éleva au loin, et plusieurs personnes levèrent des yeux surpris vers le ciel bleu.

— J'espère qu'il n'y aura pas d'orage alors que nos meilleurs guerriers seront enfermés dans du métal, dit James en la regardant attentivement. Cela attire la foudre.

Dory se demanda s'il croyait les rumeurs qui circulaient, la tenant responsable du climat erratique qu'ils subissaient depuis quelque temps. Depuis son arrivée à Londres, elle s'efforçait d'être prudente. Cependant, il suffisait d'un commentaire suspicieux alimenté par la peur pour rameuter une foule prête à brûler des sorcières.

James se tourna vers la lice en ajoutant :

— D'un autre côté, un éclair perçant le cœur de O'Neil ne serait pas malvenu.

Lui demandait-il vraiment de foudroyer un homme ? Elle ne comptait pas lui expliquer que toutes les personnes à proximité seraient probablement tuées aussi. Elle se tourna vers la procession de porte-étendards qui venaient de former un rang devant la tribune royale.

— À présent, c'est le tour des combattants, annonça James.

Les chevaliers en armure avancèrent au pas dans la lice deux par deux ; certains casqués, d'autres tenant leur heaume sous le bras.

Enfin ! Dory était assise tout au bord de son siège pour mieux voir. Gaoth trotta hors des écuries avec pour seule parure le tartan vivement coloré qu'Ewan avait apporté de sa terre natale. Celui-ci chevauchait droit sur sa selle, son heaume sous le bras, les traits sévères.

— Lawrence s'assurera que l'écuyer de Brody lui donne l'arme appropriée pour chaque combat.

— « Chaque » combat ?

— D'abord, ils joutent. Ensuite, quand un adversaire est désarçonné et s'il peut encore marcher, ils s'affrontent au sol avec des épées, des haches, des masses ou l'arme de leur choix. C'est une véritable simulation d'un affrontement sur le champ de bataille.

— Y a-t-il souvent des morts ?

— Cela arrive, répondit James avec un haussement d'épaules. Généralement, le roi les arrête avant qu'il ne soit trop tard. Ou le combat prend fin quand l'un des deux perd connaissance ou se rend.

En dépit de leurs tenues d'apparat et du cérémonial grandiose, ce tournoi était aussi barbare que les rixes à bord d'un navire quand une dispute éclatait.

Ewan arrêta Gaoth devant l'étendard en tartan. Chaque chevalier faisait avancer sa monture d'un pas à tour de rôle, sous les applaudissements de la foule.

— Où est O'Neil ? demanda-t-elle.

— Je crois que c'est le second tout au bout de la rangée là-bas, répondit James. Celui avec son heaume déjà en place. Je ne connais pas ses couleurs.

Dory, elle, les reconnaissait. La silhouette noire d'un corbeau sur un champ rouge et or correspondait au pavillon du *Raven*.

— Milady, lui glissa James avec un coup de coude.

Elle aperçut l'éclat d'une armure tandis qu'Ewan s'avançait jusqu'à la barrière qui séparait les spectateurs de la lice. La foule se tut brusquement.

— Laissez-la passer, lança James à ceux assis sur les rangées de gradins plus bas. Allez-y, milady.

Elle refusa la main qu'il lui tendait et descendit jusqu'à la barrière. Gaoth l'examina avec ses gros yeux et la huma. Ewan abaissa sa lance vers elle, près de la tête massive de son cheval.

— Sur la partie étroite, chuchota une petite voix.

Dory baissa les yeux et vit Margery cachée dans les plis d'un grand châle. Elle lui sourit. Ne voulant pas se séparer de son bout de tartan, elle sortit un ruban bleu de sa poche et le noua autour de la mince tige d'acier sous la pointe. Elle soutint le regard d'Ewan, l'implorant en silence d'être prudent. Le tonnerre gronda au loin.

Il lui sourit.

— Les Highlanders sont forgés par les montagnes. Garde les larmes à distance.

Il lança un regard vers le ciel pour signifier qu'il faisait allusion à la pluie. Il fit avancer et tourner Gaoth, puis se pencha vers elle par-dessus la barrière. Les murmures dans les tribunes laissaient clairement entendre que cela ne se faisait pas.

— *Mo ghaol ort gu brath,* chuchota-t-il avant de l'embrasser.

Même si elle ne comprenait pas le gaélique, son ton était éloquent. Il se redressa sous une explosion d'acclamations puis fit reculer son cheval et tourna afin de rejoindre les autres.

James prit son coude.

— Nous devrions retourner à nos sièges.

Son ton pincé laissait entendre qu'il estimait que le baiser avait été de mauvais goût.

Plusieurs autres combattants s'avancèrent pour recevoir les faveurs de leur dame, bien qu'aucun ne réclame un baiser. Quand vint le tour de O'Neil, il se dirigea droit sur elle.

— Il n'oserait pas, murmura-t-elle.

— Nom de nom, fit James à son côté.

O'Neil s'arrêta là où Ewan s'était tenu un peu plus tôt et abaissa sa lance vers elle. Elle fut tentée de lui envoyer un éclair pour l'éjecter de sa monture. Au lieu de cela, elle détourna la tête – un affront flagrant.

Le public hua. Elle n'aurait su dire si c'était elle ou lui qui était visé. Un ricanement sinistre résonna à l'intérieur du heaume.

— Plus tard, vous regretterez votre manque de charité à mon égard, cria-t-il avant de rejoindre le rang des chevaliers.

— Jamais, maugréa-t-elle sans desserrer les dents.

Plusieurs trompettes jouèrent une gamme mélodieuse, puis la procession de chevaliers retourna dans les écuries tandis que les premiers concurrents étaient appelés. Deux Anglais s'affrontèrent, le premier frappant le second à la poitrine, le faisant basculer sur la croupe de sa monture. Il tomba à terre dans un amas de métal et de chair. En dépit des hourras, Dory sentit la bile lui monter dans la gorge. Elle lança un regard vers Jane, qui tenait un mouchoir devant sa bouche.

Les écuyers coururent saisir les rênes des deux chevaux. Celui qui était toujours en selle mit pied à terre et prit son épée. Il donna à celui sur le sol le temps de se relever et de saisir son arme, mais il ne lui fallut que deux passes pour l'envoyer de nouveau à terre. Une trompette signala la fin du combat.

Le vainqueur remonta en selle et fit le tour de la lice sous les acclamations.

— Se battra-t-il encore ? demanda Dory.

— Oui. Après que chaque paire a combattu, les vainqueurs s'affrontent.

Dory ravala son souffle lorsque Ewan réapparut, son heaume sur la tête. Parvenait-il à voir quelque chose ? Il était habitué à se battre avec un pourpoint en cuir, pas dans cette lourde armure d'acier qui recouvrait son corps. Son cheval était habitué à un cavalier moins lourd. Le ventre noué, elle se força à respirer.

Son adversaire entra à son tour. Ce n'était pas O'Neil. *Seigneur, faites que...*

Les chevaux prirent place chacun à une extrémité du terrain. Elle aperçut son ruban bleu flottant au bout de la lance d'Ewan lorsqu'il l'abaissa parallèlement à la terre battue.

Le cor donna le signal du départ, et Gaoth s'élança, ses naseaux se dilatant, du feu dans les yeux. Ewan se dressa dans ses étriers, tout comme l'autre cavalier. *Bam !* La lance de son adversaire se fracassa contre le plastron d'Ewan et vola en mille éclats. Ewan se pencha en arrière, mais resta en selle.

— Asseyez-vous, ordonna James en la tirant par la manche.

Elle ne s'était pas rendu compte qu'elle s'était levée.

— Et cessez de jurer, ajouta-t-il en chuchotant.

Son haleine était aussi fétide que l'était probablement son cœur. Les poils de sa nuque se hérissèrent quand elle sentit son souffle contre son oreille. Elle avait besoin de mettre un peu de distance entre eux.

— Vous devriez marcher un peu, étirer ce genou blessé, suggéra-t-elle en frottant la chair de poule sur ses bras. (Du coin de l'œil, elle vit Ewan reprendre sa place au bout de la lice.) Lequel était-ce, déjà ?

Il essaya de se rappeler ce qu'il lui avait dit.

— Le genou droit, répliqua-t-il avec assurance.

— Vraiment ? Tout à l'heure, vous massiez le gauche.

Ce n'était pas vrai, mais elle éprouva un plaisir malsain à le voir hésiter et rougir. Il s'écarta. Les sens de Dory lui disaient très clairement que ses deux genoux étaient en bonne santé. C'était un menteur. Cette fausse blessure était peut-être un simple prétexte pour ne pas participer au tournoi, mais elle pouvait aussi avoir d'autres motifs plus sournois.

Bam ! Oumff !

Elle se tourna brusquement vers la lice. L'autre combattant était à terre, son cheval trottant tranquillement vers les écuries. Les écuyers accoururent avec des épées tandis qu'Ewan mettait pied à terre.

En dépit du coup qu'il avait essuyé plus tôt, il marchait d'un pas assuré. Il attendit que son adversaire se relève.

— C'est le fils de Pembroke, John, annonça James.

— Il ne semble pas avoir trop souffert de sa chute.

Sitôt debout, John attaqua Ewan en espérant sans doute le prendre par surprise. Ewan fit un bond de côté, pivota et lui donna un puissant coup de pied dans les fesses, le projetant à plat ventre dans la poussière.

— Peu conventionnel mais efficace, commenta James tandis que John se relevait et chargeait à nouveau. C'est toute la différence entre un jeune irréfléchi et un guerrier expérimenté.

John balança la masse d'armes que son écuyer venait de lui donner. Ewan esquiva la sphère hérissée de piques en acier et frappa son adversaire en plein ventre. Celui-ci s'effondra. Autour de Dory, les femmes poussèrent de petits cris d'effroi. D'autres agitèrent des éventails au-dessus de Béatrice Pembroke, qui s'était évanouie en voyant son fils recevoir un coup potentiellement mortel.

Le jeune Pembroke ne bougeait plus. Son père se leva et descendit vers la barrière en serrant les poings.

— Bon sang, maugréa James. Ils ne devraient jamais laisser de jeunes sots participer aux tournois. Je crains que vous ne veniez de vous faire un puissant ennemi.

Dory se leva à son tour. Elle pouvait aider le garçon.

— Je dois descendre dans la lice.

James la retint par le poignet.

— Laissez les hommes s'en charger.

— Lâchez-moi.

Elle était sur le point de prononcer des mots qu'il n'avait probablement jamais entendus dans la bouche d'une dame, quand une explosion de joie ébranla la foule.

— Grands dieux ! murmura James en oubliant son poignet.

Dans la lice, Ewan avait tendu la main vers John Pembroke qui, contre toute attente, la prit pour se hisser debout. Ce qui avait semblé être le coup de grâce avait juste été assez puissant pour le plier en deux. Son père le rejoignit et l'aida à ôter son heaume. Le jeune homme était pâle et grimaçait de douleur. Sans doute avait-il quelques côtes cassées. Son père lui parla rapidement, inclina sèchement la tête vers Ewan, puis l'entraîna hors de la lice. La trompette sonna la victoire d'Ewan. Il rengaina son épée et se dirigea vers Gaoth que tenait Searc.

— Il a une sacrée chance que sa cotte de mailles ait tenu, déclara James.

Un homme plus âgé assis devant eux se retourna vers Dory.

— C'est le talent de l'Écossais qui a sauvé le gamin. Votre mari aurait très bien pu le fendre en deux. Il a utilisé juste la force nécessaire pour remporter le combat sans tuer. C'est digne d'un gentleman.

Dory lui sourit.

— Merci. Oui, c'est un vrai gentleman.

L'homme ôta son chapeau et inclina la tête. L'étincelle malicieuse dans ses yeux lui rappela le capitaine Bart.

Toutefois, l'angoisse de Dory lui tordit de nouveau les tripes en voyant O'Neil terrasser son adversaire, puis l'achever d'un coup d'épée à la tête. L'homme fut emporté sur un brancard sans qu'on annonce s'il était mort ou pas. Après avoir levé les mains en signe de victoire, O'Neil s'inclina vers elle.

— Cela va durer encore longtemps ? demanda-t-elle.

— Je ne crois pas, répondit James. Préférez-vous rentrer au château ?

Au loin, elle reconnut soudain le père de Searc se tenant près d'un bosquet, avec plusieurs gaillards à l'allure rustique. Peut-être devrait-elle le rejoindre. Cependant, Ewan la chercherait en vain du regard lors de son prochain combat et elle ne voulait pas perturber sa concentration.

— Puis-je me rendre aux écuries ? demanda-t-elle.

— Seuls les hommes y sont admis, et encore, ils doivent avoir une bonne raison d'y être.

Dory serra les dents.

— Dans ce cas, je reste ici.

Elle étira ses jambes et ses bras. Ses longues manches glissèrent en arrière.

— C'est une marque inhabituelle, observa James. Une libellule ?

Dory rabattit aussitôt sa manche.

— Une simple tache de naissance.

Il resta silencieux un moment.

— Votre mère en avait une également, reprit-il. Mon frère m'a dit qu'elle l'avait sur la hanche. Il trouvait cela étrange. Je comprends pourquoi.

Il sembla frissonner. De révulsion ?

— Vous n'avez qu'à partir, si vous voulez, grommela-t-elle.

— Ah, ma chère, il n'est pas question que je vous abandonne. Cependant, il serait sage de ne montrer cette marque à personne.

— Je ne voudrais pas risquer de souiller le nom de notre famille, rétorqua-t-elle, moqueuse.

Sa mère avait donc une tache semblable. Possédait-elle aussi des pouvoirs ? Dans ce cas, comment avait-elle pu se laisser mourir après sa naissance ? Peut-être ne savait-elle pas comment utiliser sa magie. Dans cette société inhibée et pleine d'interdits, elle n'avait probablement pas eu l'occasion de développer ses dons.

La trompette annonça un nouveau combat. Le tartan rouge et gris d'Ewan réapparut. Elle attendit en retenant son souffle. Telle une pierre sombrant dans l'océan, son cœur lui tomba dans les talons en voyant arriver derrière le corbeau de O'Neil. Sous son armure, elle ne pouvait distinguer son sourire arrogant ni la promesse d'une mort longue et douloureuse. L'œillère de son heaume se tourna vers elle. Elle frotta son ventre avec sa main, parvenant à peine à effacer la douleur à travers le corsage et le corset. Lord Wellington serait-il épouvanté si elle vomissait sur lui ?

Elle serra le morceau de tartan autour de son index jusqu'à ne plus sentir le bout de son doigt.

— Rapprochons-nous de la barrière afin d'assister de plus près au trépas de O'Neil, proposa James.

Le héraut annonça les noms des combattants, puis les tambours leur indiquèrent de se préparer.

— Ewan ! appela-t-elle.

— Chut ! fit James.

Ewan fit décrire un demi-cercle à Gaoth, releva sa visière et la chercha dans le public. Puis il la vit et s'immobilisa. Son regard était plus éloquent que n'importe quel geste ou discours.

— Je vaincrai, assura-t-il.

— Tu vaincras, répéta-t-elle.

— *Mo gahol ort gu brath.*

Il avait parlé avec une telle intensité et une telle détermination qu'elle sentit les yeux lui piquer. Elle hocha la tête, bien qu'elle ne comprenne pas ses paroles.

Autour d'eux, la foule s'était figée. Plusieurs dames avaient la main posée sur leur cœur.

— Sacrebleu, murmura une voix grave avec un fort accent écossais derrière elle.

Lançant un regard par-dessus son épaule, elle vit un grand guerrier aux longs cheveux noirs lissés en arrière. Il la regardait, ses bras nus croisés sur le torse.

— Qui êtes-vous pour qu'Ewan Brody vous jure son amour éternel ?

Amour ? Il avait dit « amour » ? Elle lança un regard vers la lice où Ewan avait pris sa place à l'opposé de O'Neil.

— Et vous, qui êtes-vous ? demanda James sur un ton indigné.

— Un membre de la famille, répondit succinctement l'inconnu en se rapprochant de la barrière.

Dory suivit son regard fixé sur l'une des pattes postérieures de Gaoth, où elle remarqua du sang séché.

— Gaoth est-il blessé ? fit-elle, inquiète.

— Ce n'est qu'une égratignure. Pourquoi Ewan Brody est-il engoncé dans cette ferraille ? Qui êtes-vous ?

Dory observa Ewan, cherchant un signe pouvant indiquer qu'il était lui aussi blessé. Son armure le cachait entièrement. Elle tremblait presque de frustration.

— S'il tombe, je peux l'aider, chuchota-t-elle à l'Écossais. Si vous êtes de sa famille et qu'il est blessé, vous devrez me conduire à lui.

— Certainement pas, protesta James. C'est absurde. Les femmes ne sont pas admises dans la lice.

Dory fut incapable de lui répondre. Elle pouvait à peine respirer.

Le cor sonna et les destriers s'élancèrent. Leurs sabots grondaient tel un roulement de tonnerre ; les lances s'abaissèrent ; les combattants se penchèrent en avant sur leur selle. Elle aurait juré que Gaoth rugissait… ou était-ce Ewan ?

Il se dressa sur ses étriers. Une fraction de seconde avant que sa pointe percute O'Neil, la sangle de l'un d'eux céda.

Ewan glissa en arrière, ratant O'Neil au moment où la lance de celui-ci s'écrasait sur son plastron.

— Non ! hurla Dory.

Ewan rebondit sur la croupe de Gaoth puis s'écrasa sur le sol dans un fracas de métal.

— Faites-moi passer par-dessus la barrière, demanda-t-elle à l'Écossais.

Il se tourna vers elle avec un calme frustrant.

— Ma fille, je ne vous ferai passer nulle part tant que je ne saurai pas qui vous êtes.

Dory expira le peu d'air qui lui restait dans les poumons. Des éclats de lumière blanche dansaient devant ses yeux tandis qu'elle regardait Ewan gisant sur le sol, Searc se précipitant vers lui.

— Je suis sa femme.

15

1er octobre de l'an de grâce 1518

Ma très chère Kat,

John dit que vous l'avez quitté. Êtes-vous à Merrimont ? Vous serez délivrée de votre fardeau d'un jour à l'autre. J'ai hâte de lire que vous avez donné le jour à notre héritier et qu'il est en bonne santé. James continue-t-il de vous traquer ? Il n'a aucune preuve. En outre, il ne ferait rien qui puisse nuire à l'enfant ou à l'épouse de son frère. Vous êtes paranoïaque, comme Isabelle. C'est une affection toute féminine. Ces derniers temps, j'ai le plus grand mal à contenir ma colère à son égard. Je crois qu'elle soupçonne notre liaison.

Écrivez-moi vite pour que je sache que vous allez bien.

Votre éternellement dévoué,

Rowland

Dory se tourna vers l'Écossais.

— Soulevez-moi par-dessus la barrière.

— Il n'en est pas question ! s'exclama James. Vous embarrasserez Brody et toute notre famille.

L'Écossais regarda vers la lice.

— Ewan Brody est un vrai produit des Highlands. Il en a vu d'autres. Ce n'est pas la première fois qu'il tombe de cheval.

Il indiqua le terrain. Se tournant, Dory vit Ewan se redresser en position assise, sous les acclamations de la foule. Searc courait vers lui.

L'Écossais jura en gaélique.

— Que fiche Searc Munro ici ?

Avant que le jeune homme ait pu rejoindre Ewan, O'Neil éperonna son cheval et s'élança au grand galop, les sabots de sa monture projetant des mottes de boue. Searc eut juste le temps de bondir sur le côté. O'Neil fonçait droit sur Ewan afin de le piétiner.

— Lève-toi ! hurla Dory en grimpant sur le premier barreau. Ewan, attention !

Le tonnerre gronda au-dessus de la lice, étouffant les cris du public. Le vent arrachait les premiers bourgeons, les faisant pleuvoir dans les tribunes telle de la grêle. Les capuches et les chapeaux s'envolaicnt.

Dory sentait les rubans de sa coiffure cingler son visage. Elle n'essayait même pas de contrôler son pouvoir. Elle arrêterait O'Neil, quelles que soient les conséquences.

Au dernier instant, Ewan se jeta sur le sol et roula hors de la trajectoire du cheval. Il arracha son heaume, détacha son gorgerin et les lança sur le côté. Lawrence accourut avec son épée. Searc saisit la main d'Ewan et l'aida à se redresser. Lorsque l'écuyer de James les rejoignit, le regard que lui lança Ewan glaça le sang de Dory.

— Ewan pense que la sangle de son étrier a été coupée, dit l'Écossais.

— Descendez ! ordonna James en tirant sur sa robe.

Il croisa le regard de l'Écossais et recula prudemment d'un pas.

— Vous le pensez aussi ? demanda Dory.

Sur le terrain, Ewan continuait à se débarrasser d'autant de pièces de son armure que possible. Les épaulières, le plastron, les gantelets volèrent vers Lawrence, qui s'efforçait d'esquiver la pluie de métal. Le public riait, sans se rendre compte de la lueur assassine au fond des yeux d'Ewan. Searc lui tendit l'épée que Lawrence avait abandonnée.

— Oui, répondit l'Écossais. Elle a dû être coupée au tout dernier moment car, avant le combat, Searc et lui les ont sûrement vérifiées.

Dory sentait son pouvoir tournoyer dans son ventre, attendant qu'elle le libère dans un souffle. Mais O'Neil était une cible mouvante. La part de raison de son esprit la mettait en garde. À cette distance, elle risquait de tuer aussi Ewan, ainsi que d'autres personnes, surtout celles qui portaient une armure de métal. Elle se retint de hurler.

O'Neil revint à la charge en brandissant son épée. Le vent souleva de la poussière devant son visage. Les grondements du tonnerre et des sabots noyaient tous les autres bruits.

Elle sentit qu'on lui touchait le bras, près du poignet où se trouvait sa tache de naissance. L'Écossais jura dans sa barbe et retira sa main.

— Dites amen, tout de suite, ordonna-t-il à voix basse. Tout de suite !

Dans la lice, O'Neil avait échappé au nuage de poussière et jeté son heaume sur le sol déjà jonché de débris. Ses cheveux trempés de sueur retombaient sur son visage. Il frappa Ewan depuis son cheval.

— Amen, murmura-t-elle.

— Plus fort, insista l'Écossais.

— Amen ! cria-t-elle.

Elle eut un mouvement de recul en voyant Ewan parer le coup. Seigneur, il n'avait pas de bouclier ! Searc courait vers les écuries, probablement pour en chercher un.

— À présent, priez, déclara l'Écossais en la poussant du coude.

Elle joignit les mains.

— Seigneur, sauvez Ewan...

— À dire vrai, il s'en sort très bien tout seul, observa l'Écossais, légèrement plus détendu. On voit qu'il a été formé par les meilleurs.

Il faisait sûrement allusion à lui-même.

Elle lui lança un bref regard.

— Vous êtes un cousin d'Ewan ?

— Plutôt comme un frère.

De fait, il était aussi grand et large d'épaules qu'Ewan, à moins que les Highlands n'engendrent que des hommes bâtis comme leurs montagnes.

— Comment vous appelez-vous ?

— Caden Macbain de Druim, répondit-il avec un petit salut de la tête.

— N'êtes-vous pas censé avoir un bébé d'un jour à l'autre ?

— Ma petite femme dit que ce n'est pas encore pour tout de suite, répliqua-t-il avec un sourire.

Dory se tourna de nouveau vers la lice, juste à temps pour voir O'Neil charger encore une fois. Le pirate riait.

— Le fils de catin ! dit-elle.

Caden se pencha vers elle.

— Je constate que vous êtes étroitement surveillée, lui glissa-t-il. Comment vous appelez-vous ?

— Dory.

Ewan ne quittait pas O'Neil des yeux. Le cor ne cessait de sonner la fin du combat.

— Cette ordure refuse de s'arrêter, gémit-elle. Il veut sa mort.

— Je crois que le sentiment est réciproque, répondit Caden.

Dory aurait voulu le secouer comme un prunier pour lui faire comprendre la gravité de la situation.

— Ce n'est pas juste. L'un est à cheval, l'autre à pied.

— La guerre n'est jamais juste.

Dory s'agrippa à la barrière. Ewan venait une nouvelle fois d'éviter d'être piétiné. Caden posa une main sur son épaule, lui recommandant tacitement de se calmer, mais elle ne tenait pas en place. Et si Ewan était mortellement blessé ? Son pouls battait si vite qu'elle tremblait. Ses doigts s'enfonçaient dans le bois de la rambarde pour soutenir ses jambes molles. Elle devait lutter de toutes ses forces pour se retenir de déclencher un déluge. Il ne fallait utiliser la magie qu'en dernier ressort.

O'Neil s'élançait de nouveau. Le corniste semblait avoir capitulé. Dory se tourna vers la tribune royale. Elle ne vit que Jane et des dames. Le roi ne s'y trouvait toujours pas. Était-il dans les écuries ? Ne pouvait-il pas ordonner l'arrêt du combat ? Ou le tyran se prenait-il pour César, savourant le spectacle d'un gladiateur dévoré par les lions ?

— Démon, grommela Dory sans se soucier de savoir si on l'entendait.

O'Neil profita de ce qu'Ewan avait le dos tourné pour charger de nouveau. Ewan resta immobile, son épée prête, à l'affût.

Le sang figé, Dory ne pouvait cligner des yeux ni se détourner en voyant l'épée s'abattre. Au dernier instant, Ewan pivota, esquiva le coup et planta sa lame dans l'aisselle d'O'Neil, là où son armure béait.

Un hurlement guttural s'éleva tandis que O'Neil laissait son cheval le porter vers les écuries.

— Ce combattant n'est pas un guerrier, commenta Caden en ricanant.

— Non, c'est un pirate, répliqua Dory. De la pire espèce.

— Pourquoi, il y en a de meilleures ?

Elle ne répondit pas.

Ewan ramassa son heaume et cria :

— Où vas-tu, O'Neil ? Tu détales comme le lâche que tu es ?

O'Neil fit tourner sa monture avec sa main valide. Ewan lança son épée sur le sol, ne gardant que son heaume à la main.

— Viens donc combattre, pleutre ! Ou ne sais-tu te battre qu'avec des femmes et des enfants ?

— Tu vas goûter de ma lame, sale rat de cale ! riposta O'Neil.

Il se pencha en avant tandis qu'Ewan lançait son heaume en l'air et le rattrapait de l'autre main. Ses cheveux étaient collés sur son crâne par la sueur et la poussière. Des éraflures striaient son visage.

O'Neil poussa un long cri à donner la chair de poule et chargea. Ewan ne bougea pas. Il n'avait que son heaume à la main.

— Ramasse ton épée ! cria Dory.

— Vous n'avez donc pas lu la Bible ? lui demanda Caden. L'histoire de David et Goliath ?

Ewan attendit que O'Neil ne soit plus qu'à trois foulées, prit son élan et lança le lourd casque à la tête du pirate, juste avant de plonger de côté et de rouler sur le sol. O'Neil reçut le projectile en plein visage.

— Eh oui, Ewan ne rate jamais sa cible, commenta Caden, non sans une certaine fierté.

Le public poussa une exclamation en voyant O'Neil dégringoler de sa monture. Son étalon caparaçonné fit un tour de lice avant de rentrer dans les écuries. Ewan ramassa alors son épée et avança vers son adversaire.

L'écuyer de O'Neil accourut avec son coutelas, qu'il emportait partout. Dory avait vu des enfants contraints d'embrasser sa garde incrustée de rubis.

— Frappe-le avant qu'il se relève, murmura-t-elle.

— Il ne le fera pas.

— Il devrait.

— Trop d'honneur coule dans ses veines.

Un fracas d'acier attira de nouveau son attention sur le terrain. Caden avait raison : Ewan avait attendu que son adversaire se remette debout. Cordieu, l'honneur entraînait souvent la mort. Dory ferma les yeux. *Ne meurs pas. Ne meurs pas. Ne meurs pas…*

Elle sentait qu'Ewan était blessé. Probablement une plaie interne, car ses mouvements semblaient plus lents. En dépit de la sueur qui faisait luire son visage, son expression restait détachée, tel un masque de fortitude.

Les traits de Caden s'étaient tendus. En touchant sa main, elle sut que son pouls s'était accéléré. Il était inquiet.

O'Neil eut un grand rire théâtral et commença à danser autour d'Ewan, plus statique. Sa chute ne semblait pas l'avoir beaucoup affecté, bien qu'un filet de sang coule sur son front. Il serrait contre lui son bras blessé, mais elle savait qu'il était ambidextre. Il attaquait, bondissait, feintait, mais l'épée d'Ewan parait chacun de ses coups.

Ses mouvements semblaient de plus en plus brefs.

— Caden ?

— Il économise son énergie, répondit l'Écossais.

Malgré cette explication, il paraissait tendu.

— Savez-vous faire plus que souffler un peu de vent ? chuchota-t-il à son oreille.

Ewan fit soudain un bond en avant et sa lame atteignit l'oreille de O'Neil.

— Bon sang ! gronda celui-ci.

Il ne pouvait s'arrêter pour évaluer les dégâts. Sa main droite était inutilisable et il se battait avec la gauche.

— Oui, mais les frappes mortelles ne sont pas précises, répondit Dory.

Elle laissa sa magie déclencher une série d'éclairs.

Quelques dames quittèrent les tribunes. D'autres, dont les compagnons étaient trop absorbés par le combat, lançaient des regards inquiets vers le ciel.

— Vous avez également des pouvoirs de guérison ?

— Si Ewan tombe, conduisez-moi à lui.

Il pinça les lèvres et acquiesça. Son mouvement de la main avait été si discret qu'elle se demanda si elle l'avait vraiment vu.

Dans la lice, Ewan trébucha, laissa tomber son épée, puis la ramassa juste à temps pour contrer une attaque de O'Neil.

— Il faiblit, fit Dory, paniquée.

— Non, il fait semblant.

— Comment le savez-vous ?

Ewan para un autre coup en grimaçant.

— Il se bat avec la main gauche.

— Alors qu'il est droitier, murmura-t-elle.

O'Neil grognait à chaque mouvement et commençait à peiner, ses attaques se faisant plus molles. Ewan passa soudain son épée dans son autre main et le rythme du combat s'accéléra. Ses coups devinrent plus puissants et rapides, entaillant O'Neil ici et là, presque comme s'il le titillait avec le bout de sa lame.

— Mais enfin, qu'attend-il ? chuchota Dory.

— Une erreur.

Plus O'Neil se fatiguait, plus il lâchait des jurons colorés qui faisaient rougir les femmes et froncer les sourcils des hommes. Son visage ruisselait de sueur et ses cheveux lui retombaient lourdement devant les yeux. Puis il trébucha et Ewan plongea, lui enfonçant son épée dans le flanc, à travers son armure. O'Neil s'effondra.

— Est-il mortellement blessé ? demanda Dory en grimpant de nouveau sur la barrière.

Le corniste sonna la fin du combat, empêchant Ewan d'assener le coup de grâce. *Fichu honneur !*

Ewan lança un regard dans sa direction, puis aperçut Caden. Une lueur d'inquiétude traversa son visage, sans doute à cause de l'épouse de son ami. Caden fit non de la tête, ce qui sembla rassurer Ewan qui essuya son front sur son avant-bras.

Il recula tandis que quatre écuyers accouraient avec une civière pour emmener O'Neil hors de la lice, sous la tente du médecin. Le corniste sonna de nouveau et la foule applaudit. Ewan se dirigea vers Gaoth, qui l'attendait de l'autre côté du terrain avec Searc.

Alors qu'il n'était plus qu'à un pas de son cheval, un trait fendit l'air. Dory hurla tandis qu'Ewan était soulevé de terre par la force de l'impact. Il tomba et atterrit sur le dos, une flèche plantée dans la poitrine.

*

* *

Il avait déjà senti la brûlure d'une flèche, mais jamais en plein torse. Il avait ôté les plates de son plastron, avec leurs bords tranchants et leur poids, mais cela n'aurait rien changé s'il les avait gardées. Les arcs longs perçaient les armures à tous les coups. Ces pensées traversèrent son esprit comme si le temps avait ralenti ; il bascula en arrière et se sentit comme soulevé de terre.

L'atterrissage fut plus douloureux, l'impact de son corps sur le sol dur, la flèche lacérant ses chairs. Il lutta pour rester conscient tandis qu'un froid glacial envahissait son corps, l'insensibilisant. Fichtre ! Mourir maintenant… Non, pas encore. Dory avait besoin de lui. Il ne pouvait l'abandonner. Des visages passèrent au-dessus du sien. Que disaient-ils ?

Un ange apparut dans son champ de vision qui rétrécissait. Ses lèvres pleines et rouges remuaient ; des larmes coulaient de ses yeux gris. Une boucle retomba sur sa joue rose. Oh, comme il aurait voulu la toucher, l'écarter de son visage, essuyer ses larmes ! Un ange ne devrait jamais pleurer.

L'ange ferma les yeux et une onde de chaleur l'envahit, se concentrant dans sa poitrine. Elle redoubla d'ardeur, se muant en un feu comme s'il était léché de l'intérieur par des flammes tandis que la flèche quittait son corps. Il tenta d'ouvrir les paupières ; elles semblaient collées. Dans le brouhaha assourdissant autour de lui, des mots commencèrent à se former.

— Que fait-elle ?

— Sacrilège !

— Ses mains sont bleues !

Ewan s'extirpa de sa torpeur et ouvrit les yeux. Dory flottait au-dessus de lui, ses mains et son corsage cramoisis. Quelqu'un s'écria :

— Il est vivant ! Seigneur, elle l'a ressuscité !

La voix de Caden résonna à son oreille :

— Fais le mort, dit-il en gaélique.

Dory s'affaissa sur lui et il referma les yeux.

— Ne bouge pas, ordonna Caden.

Le poids de Dory sur lui disparut.

— Une civière ! cria Caden. Mon ami est blessé et sa femme s'est évanouie. Écartez-vous !

— Mon père et Donald cherchent l'archer, dit la voix de Searc. Est-il... ?

Il paraissait essoufflé, comme s'il avait couru.

— À l'article de la mort, répondit Caden en anglais.

— Je l'ai vue exercer sa magie sur lui, insista quelqu'un sur sa gauche. Ses mains ont bleui. Cherchez la plaie.

Ewan sentit une couverture être étalée sur son torse.

— Ne dites pas de bêtises, grogna Caden. Je n'ai rien vu de la sorte. Ce devait être un effet du soleil. Il est blessé. Nous devons le conduire auprès d'un médecin. Je m'occupe de sa femme.

Plusieurs mains soulevèrent Ewan et le déposèrent sur un brancard. Il se concentra sur le fait d'être un poids mort, refoulant son impulsion de bondir au secours de Dory. Il voulait la serrer contre lui, la rassurer en lui montrant qu'elle l'avait sauvé, la soutenir pendant qu'elle se remettait de l'effort. Lui dire une fois de plus qu'il l'aimait, en anglais cette fois. Hélas, ils étaient observés, jugés ; pour qu'elle survive et s'échappe, il devait paraître grièvement blessé.

Qui lui avait décoché cette flèche ? L'un des hommes de O'Neil ? D'Henri ? De James Wellington ? Les possibilités étaient nombreuses mais, pour le moment, elles étaient secondaires. Le plus important était de conduire Dory à l'abri.

Des graviers crissèrent sous les semelles tandis que des hommes le portaient.

— Par ici, appela Caden un peu plus loin.

— Un instant !

La voix autoritaire fit ralentir les porteurs. *Flûte, Cromwell !*

— Mon compatriote a besoin d'un médecin, laissez-nous passer, répondit Caden d'une voix grave et menaçante. Allons-y !

— Je veux voir sa plaie, déclara Cromwell.

— Le temps presse ! protesta Searc.

D'autres pas résonnèrent autour de lui.

— Cordieu, il est mort ?

On aurait dit la voix de Gavin. Combien de Highlanders avaient accompagné Caden ?

— Sa poitrine bouge.

Cette voix appartenait sans le moindre doute à Donald.

— Assez ! dit Caden en gaélique.

— Posez-le et ouvrez sa chemise, ordonna Cromwell.

Les hommes qui le portaient s'exécutèrent aussitôt.

— Vous voulez sa mort ? gronda Caden. Nous devons l'emporter sur-le-champ. Il est grièvement blessé !

— Je ne suis pas n'importe qui, répondit lentement Cromwell d'une voix sèche. J'ai le pouvoir du roi et j'exige de voir le torse de cet homme. Tout de suite.

Caden jura en gaélique et Ewan sentit que son épée était déposée le long de son bras. Un signal silencieux de se tenir prêt, même s'il n'avait aucune idée de ce qui l'attendait lorsqu'il rouvrirait les yeux.

Il gémit et fronça les paupières.

— Il se réveille ! s'exclama l'un des porteurs.

— Que... Que s'est-il passé ? demanda Ewan.

Il vit d'abord les visages des hommes qui l'entouraient, des soldats anglais. Caden avait reculé. Il portait toujours Dory contre son torse. Il devait l'emmener au loin, et vite.

— Vous avez été transpercé par une flèche, expliqua le garde se tenant à côté de Cromwell.

Ewan croisa le regard de Caden.

— *Siuthadaibh,* dit-il. Searc sait où aller.

Il lança un regard vers le garçon, qui hocha la tête en commençant déjà à reculer dans la foule. Ce cher Searc. Il veillerait à ce que Caden conduise Dory auprès du capitaine Bart. Dans les écuries, avant le tournoi, Ewan lui avait donné l'adresse où celui-ci logeait avec Will.

— Examinez son torse, ordonna Cromwell.

Un homme retira la couverture qui le protégeait. Un courant d'air froid s'insinua sous sa chemise imbibée de sang. Il y avait un trou aux bords effilochés au niveau du cœur. Oui, la blessure avait été fatale. Dory l'avait réellement rattrapé in extremis au seuil de la mort. Elle avait tout risqué devant la Cour entière pour le sauver. Il ne permettrait pas qu'elle le paie de sa vie.

— *Siuthadaibh,* répéta-t-il en faisant mine de se tordre de douleur.

Sa main glissa sous la couverture froissée à son côté et se referma sur le pommeau rond et familier de son épée. Il attendit. Caden lui fit un discret signe de tête puis se fondit dans la foule, emportant Dory.

— Montrez votre torse, tonna Cromwell.

Ewan n'avait pas besoin de regarder sous sa chemise pour savoir que son torse était indemne. Dory serait considérée comme responsable de ce prodige, et il serait arrêté. Tout cela parce qu'il respirait encore !

Cromwell fit signe à deux gardes, qui s'avancèrent pour saisir les bras d'Ewan. Avant qu'ils l'aient rejoint, il se leva en tenant son épée. La foule fit un bond en arrière en poussant des « Oh ! » et des « Ah ! ». Oui, il aurait dû être mort ou du moins inconscient, attendant que les anges – ou le diable – viennent le chercher.

— Reculez ! ordonna-t-il.

Le cercle de badauds autour de lui s'élargit. Malheureusement, les soldats n'obéissaient pas à ses ordres mais à ceux de Cromwell. Ils s'avancèrent.

— Écartez-vous ! s'exclama une voix au fort accent écossais.

Alec joua des coudes jusqu'à lui.

— Bon sang, Alec, grommela Ewan en gaélique. Ne reste pas ici. Ils veulent du sang.

Avant qu'il ait pu répondre, Searc apparut à son tour, se faufilant entre les curieux en tenant son épée au-dessus de la tête. Des cris et des hourras s'élevèrent, les gens du peuple accourant vers la lice pour regarder le nouveau combat.

— Searc refusait de te laisser, expliqua Alec en se positionnant dos à dos avec Ewan. Or il n'est pas question que j'abandonne mon fils.

— Dory ? demanda Ewan.

Il prit un garde par surprise en lui entaillant l'épaule. L'homme recula précipitamment, tenant son bras ensanglanté.

— Sur Gaoth avec Caden, répondit Searc en gaélique en parvenant à leurs côtés. Donald et Gavin les suivent.

— Tu aurais dû en faire autant, grommela Ewan.

Néanmoins, il était soulagé de savoir que Dory était déjà loin.

Cromwell sembla justement se rendre compte qu'elle n'était plus dans les parages.

— Cherchez la femme ! lança-t-il.

Trop tard, songea Ewan avec satisfaction. Rassuré au sujet de Dory, il pouvait se concentrer sur la situation actuelle qui dégénérait rapidement. Il ne leur restait plus qu'à se tirer de ce nouveau pétrin.

Il jaugea rapidement les huit gardes qui les cernaient, une tactique de combat se dessinant dans son esprit à mesure qu'il analysait les détails concernant ses adversaires : deux gardes trop gras qui étaient déjà essoufflés ; un avec une épaule blessée qui tenait à présent son arme dans la mauvaise main ; trois aux coups hésitants ; un qui appelait des renforts à grands cris ; le dernier, face à lui, qui semblait être le seul entraîné au combat à l'épée.

— Dès que vous le pourrez, filez d'ici, ordonna-t-il en gaélique. Alec, emmène Searc même si tu dois le porter. Je ne serai pas responsable de la mort du fils de Rachel.

Searc grommela dans sa barbe.

— D'accord, répondit Alec. En attendant, on assure tes arrières.

D'autres gardes accouraient en repoussant les curieux. Il serait bientôt impossible pour les Munro de s'enfuir. Le garde devant lui s'élança et Ewan para le coup en accompagnant son élan pour le déséquilibrer. Quand il virevolta pour frapper à nouveau, Ewan eut juste le temps de bondir de côté. Alec et Searc refoulaient des attaques de part et d'autre. Afin de ne pas se gêner entre eux, un seul soldat attaquait, mais les autres se tenaient prêts.

Ewan se concentra sur le garde devant lui, qui était un bon bretteur et répondait à chacun de ses assauts en grognant et la bave aux lèvres. Il fit abstraction de la foule, des clameurs et des exhortations, de la ruée continue de gardes et du fait qu'ils étaient trop nombreux. Il effaça tout de sa conscience pour se focaliser sur chaque fente, chaque pirouette, chaque pas, si familiers après des années d'entraînement au combat qu'il pouvait se battre les yeux fermés. Il entendait à peine le fracas de l'acier contre l'acier, les grognements des hommes autour de lui. La sueur rafraîchissait son corps dans la brise tandis qu'il pivotait, bondissait, fendait l'air. Son adversaire voulait sa mort. Tout cela parce qu'il n'avait pas été tué dans la lice.

Du coin de l'œil, il vit un deuxième garde attaquer Alec par-derrière. Ewan esquiva, virevolta mais, à la seconde même où il allait secourir son ami, Searc se débarrassa de son propre adversaire et frappa celui qui s'apprêtait à pourfendre son père. Un éclat de métal rappela Ewan à l'ordre juste au moment où le garde qu'il affrontait chargeait à nouveau. Il eut à peine le temps de se baisser en pivotant, lui plantant sa lame en plein ventre. Le garde se plia en deux sur son épée à l'instant où l'homme derrière lui, celui que Searc avait intercepté, émettait un gargouillis guttural comme si on lui avait tranché la gorge.

Ewan extirpa sa lame. Bigre, elle était tachée de sang. De sang anglais. Ils ne pouvaient plus reculer, à présent.

— *Siuthadaibh !* cria-t-il à Alec et Searc tout en tranchant le bras du soldat qui venait de prendre la place de son camarade mort. Partez !

Il parvint à lancer un bref regard par-dessus son épaule vers l'endroit où quatre gardes gisaient déjà sur le sol. Alec entraînait son fils à travers la foule. Les gens s'écartaient sur leur passage comme s'ils avaient la lèpre, les suivant des yeux sans chercher à les arrêter.

— Saisissez-le ! cria Cromwell.

Quatre soldats se précipitèrent sur Ewan en même temps. Il assomma le premier avec le pommeau de son épée, et l'homme s'effondra dans un grognement. Avant qu'il ait pu se retourner pour défendre ses arrières, deux colosses se jetèrent sur lui et le plaquèrent au sol. L'impact lui coupa le souffle. Il s'immobilisa, son sang rugissant dans ses oreilles jusqu'à ce qu'il retrouve sa respiration.

Quelqu'un donna des coups de pied dans sa main, jusqu'à ce qu'il ne la sente plus et lâche son épée. Aïe, un Highlander sans son épée... La bataille était terminée. Il se laissa mollement hisser debout, sans pouvoir retenir un petit sourire en coin. Finalement, il avait gagné. Dory et ses compatriotes s'étaient échappés.

*

* *

Dory sentit le roulis d'un pas régulier sous elle et se força à ouvrir les yeux. Où était-elle ? Sa joue pressait contre un torse masculin dont l'odeur... Non, ce n'était pas Ewan. Elle voulut s'écarter.

— Eh, doucement.

Caden, l'ami d'Ewan, la stabilisa tandis que des devantures d'échoppes défilaient de part et d'autre.

Le claquement de sabots sur les pavés prit soudain un sens. Elle était sur un cheval. Un très grand cheval. *Gaoth.*

— Où est Ewan ?

Sa voix n'était qu'un chuchotement rauque.

Caden ne répondit pas et tenta de l'attirer de nouveau dans le cercle de ses bras. Elle résista, tout en évitant de se pencher en avant pour ne pas être prise de vertige.

— Caden, où est-il ? Que s'est-il passé ? L'ai-je… ?

— Oui, vous l'avez sauvé.

Elle poussa un soupir de soulagement.

— Ouf, il est vivant.

Comme Caden ne disait rien, elle se retourna vers le visage sombre du Highlander.

— Dites-le-moi. Dites-moi qu'il est en vie.

Caden ne baissa pas les yeux ; il scrutait les allées sombres de chaque côté de la rue.

— Caden ?

— Quand nous l'avons quitté, il était en vie. À présent, je ne sais pas.

— Nous l'avons laissé ? s'écria-t-elle.

— Sa seule préoccupation était que vous soyez mise à l'abri.

— Bon sang de bon Dieu ! Faites demi-tour !

Le monde se mit à tourner de nouveau et elle se retint à la selle.

— Ne hurlez pas, dit-il calmement près de son oreille. Il a son épée et un entraînement de guerrier.

— La belle affaire ! Nous devons y retourner.

Elle lança un regard par-dessus l'épaule de Caden et vit deux autres Highlanders à cheval, l'un d'eux tenant Margery devant lui. La petite lui fit un signe de la main.

Dory était tétanisée. Ewan était peut-être mort ! Guérir une plaie aussi grave avait sapé toute sa force physique, mais c'était surtout la peur qui la paralysait. Elle s'efforça d'inspirer et d'expirer pour chasser les étoiles qui dansaient dans son champ de vision. Elle s'appuya contre Caden, se laissant mener.

Ils chevauchèrent encore quelques minutes pendant qu'elle se répétait les paroles de Caden, encore et encore. Ewan avait son épée et un entraînement de guerrier.

— Searc ? demanda-t-elle. Son père ?

— Je les ai vus courir aider Ewan.

Il lança un regard par-dessus son épaule à tout hasard et ne les vit pas.

Le nœud dans le ventre de Dory se desserra légèrement. Il n'était pas seul. Ils s'en sortiraient tous les trois et les rejoindraient bientôt.

Caden s'arrêta devant un bâtiment de deux étages qui penchait légèrement d'un côté.

— Votre père devrait être ici.

Il inclina la tête vers une enseigne indiquant : *Le salon de lady Nell*.

Dory gémit intérieurement. Cela ressemblait bien à son père de se cacher dans un bordel.

— Je vais vous installer à l'intérieur, puis je retournerai chercher Ewan et les Munro, expliqua Caden.

Il lança quelques mots en gaélique à ses hommes qui mirent pied à terre.

Margery étreignit Dory, puis elle prit sa main et elles gravirent ensemble les marches du perron. Dory était encore épuisée, mais reprenait des forces de plus en plus rapidement.

— Bonsoir.

Une femme en petite tenue venait d'émerger d'un salon sombre, décoré de tentures en velours. Elle plissa légèrement le front en voyant Dory et Margery, puis afficha un sourire appréciatif en apercevant les Écossais derrière elles.

— Que puis-je pour vous, mes beaux messieurs ?

Plusieurs autres femmes apparurent, certaines maquillée de rouge à lèvres, d'autres avec les seins débordant de leur corset. Aucune ne paraissait propre ni suffisamment nourrie. Adela, elle, exigeait que ses filles soient impeccables et les maintenait bien dodues.

— On m'a dit que je pourrais trouver le capitaine Bartholomew Wyatt à cette adresse, annonça Caden.

Sa voix était trop puissante pour la petite entrée. Il paraissait en colère, à moins que ce ne soit sa façon habituelle de s'exprimer. Plusieurs filles battirent prudemment en retraite dans le salon.

— En effet, répondit la patronne – Nell, peut-être ? Ce bon capitaine loue une chambre à l'étage. Aurez-vous besoin d'en louer une, vous aussi ? Je crains qu'elles ne soient toutes occupées.

— Nous aimerions d'abord parler avec le capitaine. Nous déciderons ensuite où loger.

Ils la suivirent dans l'escalier.

— Si vous décidez de rester, je suis sûre que mes filles ne verront pas d'inconvénient à partager leur chambre avec vous. Pour un prix convenable, bien entendu.

La seule réponse fut le bruit des bottes des Écossais sur les marches. Fichtre, elle espérait que le capitaine Bart ne serait pas avec l'une des prostituées quand ils entreraient.

— La seconde porte à..., commença Nell.

Au même moment, la porte en question s'ouvrit et le capitaine Bart sortit dans le couloir. Dieu merci, il était entièrement vêtu.

— Je vous ai entendus arriver, expliqua-t-il.

Il passa devant Caden sans lui prêter attention pour venir la serrer dans ses bras.

— Franchement, que penserait Adela ? dit-elle contre sa joue rugueuse.

— Ce qu'Adela ignore ne la troublera pas, répondit-il. En outre, Will et moi ne faisons que loger ici ; nous ne consommons pas.

Le rire grave de Will retentit dans la chambre.

— Très poétique, déclara-t-il en apparaissant à son tour.

Quand il voulut passer devant Caden, celui-ci l'arrêta.

— On m'a dit de trouver le capitaine Wyatt qui, je suppose, est ce monsieur. Et vous, qui êtes-vous ?

— Par les boules du Tout-Puissant, encore des Écossais, grommela Will. Je suis son frère, enfin presque. Nous avons été élevés ensemble. Où est Ewan ? Tu t'es décidée à quitter cet abruti ?

Dory lui lança un regard noir, et un éclair fendit le ciel à l'extérieur.

— Il est encore au tournoi, probablement en train de sacrifier sa vie honorable pour sauver la mienne, alors ferme ce trou puant qui te sert de bouche, rétorqua-t-elle avant de se retourner vers le capitaine Bart.

Celui-ci s'adressa à Caden.

— C'est lui qui vous a dit de l'amener ici ?

— Oui. Vous devez lui faire quitter la ville discrètement cette nuit.

— Je ne partirai pas sans Ewan, décréta Dory.

— Savez-vous où il est ? demanda encore le capitaine à Caden, sans la quitter des yeux.

— Quand nous l'avons laissé, il faisait diversion afin qu'elle puisse s'enfuir. Searc et son père Alec sont allés lui prêter main-forte.

Les yeux de Dory se remplirent de larmes et elle battit des paupières pour les chasser.

— Tu en as encore trop fait ? demanda doucement le capitaine Bart.

Il n'y avait pas de reproche dans son ton, même si elle avait l'impression d'en sentir une pointe.

— Il a reçu une flèche en pleine poitrine, expliqua Caden. Si elle ne l'avait pas soigné, il serait mort.

— Bon sang, Dory ! s'exclama Will. Tu t'es exposée en public dans ce pays de chasseurs de sorcières !

— Quelqu'un lui a tiré dessus, répliqua-t-elle.

— Quelqu'un comme vous, précisa l'un des Highlanders avec un signe de tête vers Will.

— Un pirate ? demanda Caden.

L'homme acquiesça.

— O'Neil a probablement placé l'un de ses hommes dans les tribunes, dit le capitaine Bart. Ewan a-t-il tué O'Neil ?

Caden hésita, puis fit non de la tête.

— Il était blessé mais je ne pense pas que ses jours soient en danger, sauf si la plaie sous son bras s'infecte.

Le capitaine Bart se massa la mâchoire pendant que Dory arpentait la pièce, son énergie retrouvant un niveau normal.

— Nous devons y retourner, marmonnait-elle.

Les hommes ne l'écoutaient pas.

— Qu'est-il arrivé au tireur ? questionna Will.

— Il s'est enfui, répondit l'un des Highlanders. Gavin a failli l'attraper, mais il est parvenu à se fondre dans la foule. Nous aurions risqué de blesser des spectateurs en tentant de l'arrêter.

— Cordieu ! fit Dory. Ça veut dire qu'il est toujours dans la nature et pourrait essayer de tuer Ewan de nouveau. Caden, je repars avec vous. Il pourrait être blessé.

Ou pire.

— Dans ce cas, sa diversion n'aura servi à rien, répondit-il fermement.

— Oui, c'est ça, dit Will, railleur. Une diversion pour rien, Dory.

Il faisait allusion à sa malheureuse tentative au port afin de la sauver, qui avait précipité le désastre.

— Ferme-la, rétorqua-t-elle. Je te rappelle que je t'ai sorti de la Tour.

Les deux Écossais échangèrent un regard. Caden ne sourcilla même pas.

— Si vous ne voulez pas qu'elle intervienne, je vous conseille de l'attacher à une chaise, leur suggéra Will.

— Essaie un peu.

Le tonnerre gronda au-dehors. Le regard de Caden allait de l'un à l'autre, un sourcil arqué. Mais Will n'avait pas fini de la provoquer :

— Je veux bien me charger de l'attacher, si vous voulez.

— Touche-moi et, cette fois, je te la tranche complètement.

L'un des Écossais rit doucement.

— Vous êtes la femme d'Ewan ? demanda-t-il.

— Qu'y a-t-il de si drôle ? répliqua-t-elle sèchement.

L'Écossais sourit.

— D'ordinaire, Ewan aime les filles simples, et vous m'avez l'air aussi compliquée qu'une tigresse au milieu d'une portée de chatons.

Il se tourna vers Caden.

— Peut-être que toutes les Anglaises sont comme ça.

— Nous perdons un temps précieux, gronda-t-elle.

Peu lui importait ce qu'ils pensaient d'elle. Ils devaient retrouver Ewan.

Le regard ferme de Caden arrêta net ses déambulations dans la chambre.

— Vous resterez ici.

Elle ouvrit la bouche, mais il ne lui laissa pas le temps de protester.

— Vous garderez la petite et éviterez de vous attirer des ennuis.

— Je ne suis pas petite, grommela Margery.

— Vous ne bougerez pas d'ici, répéta-t-il en lançant un regard d'acier à l'une, puis à l'autre. Donald, tu restes avec elles.

Le capitaine Bart enfila sa redingote.

— Je vais retourner voir le capitaine du *Ebony Whore*[1].

— Il existe un navire appelé « putain » ? s'exclama l'Écossais appelé Donald.

— Lorsqu'il est au port, il s'appelle le *Queen Ann*, précisa le capitaine avec un petit rire. Ce sera notre moyen de sortie de ce cloaque anglais, même si je dois trancher la gorge du capitaine.

Caden hocha la tête. Bart déposa un baiser sur le front de Dory.

— Ne fais pas de bêtises, Panda. Tout se passera bien.

Là-dessus, il partit, ses bottes claquant dans l'escalier.

---

1. *Ebony Whore* signifie littéralement « la putain d'ébène ». *(N.d.T.)*

Caden parla à Donald en gaélique et elle l'entendit prononcer son nom.

— Il est très impoli de parler dans une langue étrangère devant les gens, maugréa-t-elle.

— Les Écossais ne sont pas connus pour leurs bonnes manières, répliqua-t-il, amusé. Restez ici avec Donald et lui.

Il pointa le doigt vers Will, assis nonchalamment sur le lit défait. Puis les Écossais sortirent à leur tour.

Dory regarda autour d'elle la chambre dépouillée. Margery était assise sur une chaise devant une table rudimentaire. Donald s'était planté devant la porte, comme s'il craignait qu'elle ne tente de s'enfuir, et lançait des regards nerveux vers la fenêtre. Peut-être devrait-elle lui faire peur en se penchant à l'extérieur.

Au bout d'un quart d'heure qui sembla durer une éternité, des bruits de semelles sur le gravier l'attirèrent vers la fenêtre pour regarder entre les rideaux miteux.

On parlait en gaélique dans la ruelle derrière l'établissement. Donald s'approcha à son tour pour l'imiter. Il marmonna quelque chose en gaélique et parut soulagé.

Dory écarta les rideaux. *Faites qu'Ewan soit avec eux !* Hélas, elle ne vit que Searc et son père, qui se disputaient à voix basse.

Donald les appela et ils relevèrent la tête. Dory se pencha à l'extérieur, Will à son côté.

— Où est Ewan ? demanda-t-elle.

Le jeune Searc parut soudain plus vieux de dix ans.

— Nous n'avons pas pu l'emmener. Il se battait encore quand... nous l'avons abandonné.

Alec jura, poussa son fils contre le mur et se plaqua à son côté tandis qu'un groupe de cavaliers passait dans la rue principale. Donald tira Dory en arrière dans la chambre. Saisie d'une peur panique, elle ne tenta même pas de retenir sa magie. Une rafale de vent glacé s'engouffra dans la pièce, faisant voler les bouts de tissu effiloché qui faisaient office de rideaux. Un nuage de poussière flotta dans l'air tandis que les loques retombaient en place.

Will arracha une couverture du lit et la drapa autour des épaules de Dory.

— Pas de tornades ni d'éclairs, ou ils sauront où nous trouver, dit-il.

Il se tourna vers Donald.

— Nous devons agir. Les hommes qui viennent de passer à cheval sont des soldats. Ils ont probablement suivi vos deux compatriotes qui sont en bas et vont fouiller toutes les maisons du quartier.

Oui, ils devaient partir, tenter quelque chose. Elle refusait d'abandonner Ewan tant qu'il y avait encore une chance qu'il soit en vie.

Quelque part plus loin dans la rue, des cris s'élevèrent, suivis d'un martèlement contre une porte. Fichtre, ils devaient se décider rapidement !

Elle se pencha de nouveau à la fenêtre et appela doucement :

— Searc ! Où emmèneraient-ils Ewan s'ils le capturaient ?

— Caden a dit de ne pas bouger, lança Donald derrière elle.

Cependant, même lui savait qu'ils devaient changer de plan. Margery s'approcha de la fenêtre.

— À la Tour, dit-elle. C'est là qu'ils jettent tous ceux qu'ils veulent enfermer, même s'ils sont blessés.

Donald jura en gaélique, leva les yeux vers le plafond en marmonnant dans sa propre langue, puis se signa. Dory se demanda s'il priait pour eux, ou pour lui-même lorsque Caden et Ewan apprendraient qu'il l'avait laissée se rendre à la Tour.

Elle se pencha de nouveau vers Searc, qui hocha la tête et parla brièvement à son père. Alec Munro plissa furieusement le front, puis acquiesça. Le cœur de Dory fit un bond. Ils acceptaient de l'accompagner à la Tour de Londres.

Elle se tourna vers Margery.

— Connais-tu un moyen rapide d'y arriver ?

La gamine dégourdie afficha un large sourire et acquiesça.

— Par les boules du Tout-Puissant ! grogna Will.

Il fut néanmoins le premier à grimper sur le rebord de fenêtre pour descendre.

*

* *

La porte de la cellule se referma en claquant, ajoutant une note de fatalité à l'écoulement continu des eaux putrides dans le couloir. Comme le jour où il avait rendu visite au capitaine Bart, l'air froid était chargé d'odeurs d'urine et d'excréments. La pénombre était habitée par le désespoir et le silence, interrompu de temps à autre par une toux ou un gémissement. Ces lieux n'étaient pas ceux auxquels avaient droit les détenus nobles. Ils l'avaient placé avec les criminels, les pirates et tous ceux que le roi et ses conseillers souhaitaient oublier.

Ewan frotta sa mâchoire endolorie et toucha délicatement l'endroit poisseux à l'arrière de son crâne où ils l'avaient assommé, probablement avec le pommeau d'une épée. Ces maudits Anglais s'étaient défoulés sur lui. Certes, il en avait sans doute tué un ou deux, mais c'était de la légitime défense.

Il secoua la tête et gratta la croûte de sang qui bordait une entaille sur sa joue. Après qu'il avait remporté le tournoi, quelqu'un avait tenté de le tuer depuis les tribunes. Puis, quand il avait survécu, Cromwell s'était acharné sur lui. Le conseiller du roi était-il derrière la tentative d'assassinat ?

Il tira sur le collier en fer qu'ils avaient fixé autour de son cou – au cas où, avaient-ils dit, il tenterait de disparaître comme son épouse sorcière.

Dory... Caden avait-il pu la conduire en lieu sûr ? Après sa démonstration publique, elle devait fuir l'Angleterre le plus vite possible. Avec autant de témoins, la nouvelle se propagerait rapidement, les détails seraient exagérés et la chasse aux sorcières reprendrait de plus belle.

Il étira sa chaîne aussi loin qu'elle le permettait, puis s'assit dos au mur au fond de la cellule. Le vent éparpilla des feuilles mortes par la mince fenêtre rectangulaire armée de barreaux. De l'autre côté du mur, plusieurs gardes passèrent au petit trot, et il se demanda si c'étaient ceux que Dory avait ensorcelés avec ses flatteries quelques jours plus tôt.

Oh, Dory... Il ferma les yeux et se concentra sur la dernière image qu'il avait d'elle. Ses cheveux s'étaient détachés lorsqu'elle l'avait soigné, les boucles retombant autour de ses épaules. Elle n'avait pas un instant pensé à elle, uniquement à lui. Cela signifiait sûrement quelque chose. Même si elle ne lui avait pas déclaré son amour en retour, prendre un tel risque pour lui avait forcément un sens.

Il inspira profondément. Il avait besoin de repos pour reprendre des forces, après quoi il mettrait un plan au point. Dehors, la nuit tombait, plongeant la cellule déjà sombre dans une quasi-obscurité. Il entendit le vent se lever. Au bout du couloir, une clé tourna dans une serrure, celle de la porte par laquelle il était entré.

— Dîner ! cria un garde.

Ewan perçut le couinement d'un chariot et le cliquetis d'un objet métallique traîné contre les barreaux. Il se leva en se demandant si le repas arriverait jusqu'à lui.

Lentement, le couinement se rapprocha. De temps à autre, le garde jurait sans qu'Ewan comprenne pourquoi. Puis il se mit à craindre que celui-ci croie que la dernière cellule était vide.

— Eh ! lança-t-il. Un peu d'eau et de nourriture me maintiendront en vie suffisamment longtemps pour qu'on me pende.

Le couinement s'arrêta et les pas se rapprochèrent. Ewan était prêt à dévorer tout ce qu'on lui jetterait. De longues ombres s'étirèrent devant la torche du garde, jusqu'à ce que celui-ci s'arrête devant sa cellule. Encore des jurons. Des jurons familiers...

Aveuglé par la lueur de la torche, Ewan cligna des yeux. De l'autre côté des barreaux se tenait Will Wyatt.

— Elle est partie ? demanda-t-il aussitôt. Caden a-t-il pu la conduire à l'abri ?

Will tritura la serrure avec un long instrument.

— Oui, il nous l'a amenée, mais elle refuse de partir sans vous.

Il y eut un déclic et la grille s'ouvrit.

— Alec et Searc ?

— Ils vont bien, quoique Searc soit furieux contre son père pour l'avoir arraché à la mêlée.

— Il aurait été tué.

— Ce n'est pas son avis.

Ewan lança un regard dans le long couloir. Dieu merci, il était désert.

— Où est-elle ?

Si Will était toujours à Londres, Dory n'était pas à bord d'un navire. Du moins, pas encore.

— Où...

— Dehors, causant de nouveaux dégâts.

Au même moment, un garde dans la cour cria qu'une tornade approchait.

— Juste ciel, marmonna-t-il tandis que Will s'attaquait à son collier.

— Que leur avez-vous fait pour qu'il vous mette des fers autour du cou comme à un chien ?

— J'ai survécu.

Will peina plusieurs longues minutes, tandis que le collier métallique s'enfonçait dans la chair déjà à vif d'Ewan.

— Je n'y arrive pas, grommela-t-il. C'est un autre type de serrure. Le pivot ne bouge pas.

À l'autre bout du couloir, la porte s'ouvrit. Des pas légers approchèrent. Will se pencha sur l'oreille d'Ewan.

— Elle arrive. Vous devez la convaincre de partir. Autrement elle restera, et s'ils l'arrêtent...

— Je sais. Ils la brûleront vive.

— Je ne peux pas vous ôter ce foutu collier avant que les gardes se rendent compte que le chariot des repas a disparu. Et il n'y a pas d'autre issue que la porte d'entrée.

Les pas de Dory se rapprochaient.

— Will, tu es là ?

— Vous m'avez compris ? chuchota Will à son oreille. Si vous ne la faites pas partir tout de suite, elle mourra.

— Ce ne sera pas facile.

— Montrez-vous créatif.

— Refermez la porte, comme si elle était toujours verrouillée.

Will s'exécuta aussitôt.

— Je suis là, appela-t-il le plus discrètement possible.

— Je ne voyais pas la lueur de ta torche, dit-elle. J'ai libéré les lions et les ai effrayés avec une tornade pour qu'ils s'enfuient dans l'autre direction. Ça devrait occuper les gardes un bon moment.

Ewan écouta sa belle voix ferme et chargée d'espoir. Elle émanait d'elle telle une lumière. Il ne pouvait tolérer qu'une femme pareille cesse d'exister.

— Je l'ai éteinte dans un seau en entendant la porte s'ouvrir, répondit Will. Ewan est là, mais je ne parviens pas à crocheter la grille.

— Ewan ? appela-t-elle. Tu n'as rien ?

— Je suis ici et je vais bien. Tu dois repartir tout de suite.

— Will, ouvre cette maudite grille, ordonna-t-elle. Ewan, touche-moi. Je peux te soigner.

— Je n'arrive pas jusqu'aux barreaux, mentit-il. Je suis attaché par le cou.

— À supposer que nous parvenions à entrer, nous devrons lui couper la tête pour le sortir, dit Will. Même toi, tu ne pourras pas le guérir, Dory.

— Il faut que tu partes, insista Ewan. Ils peuvent arriver d'un instant à l'autre et, s'ils te trouvent, ils te brûleront vive.

— Donne-moi ce foutu crochet, grommela Dory en arrachant le bout de métal des mains de Will.

Il y eut un cliquetis sur le sol.

— Zut, je l'ai fait tomber !

Elle saisit les barreaux et les secoua, ses yeux essayant de percer l'obscurité afin de l'apercevoir au fond de la cellule.

— Tu as juré que j'étais à toi, Ewan. Je ne te quitterai pas.

Elle paraissait désespérée. Étaient-ce des larmes dans ses yeux ? Cependant, l'image d'elle se tordant de douleur tandis que les flammes lui léchaient les jambes au sommet d'un bûcher lui fut insupportable. Il força ses lèvres gercées à remuer.

— Pars, Dory. Je retire ce que j'ai dit. Tu n'es pas à moi.

Il y eut un bref silence, au cours duquel quelque chose se brisa en lui.

— Quoi ? chuchota-t-elle. Tu ne peux pas faire ça.

— Je n'ai dit ça que pour m'immiscer sous tes jupes, répondit-il en fermant les yeux.

— Quoi ? s'exclama Will. Vous avez couché ensemble ?

— Tu mens, rétorqua Dory.

Cependant, il entendit le doute dans sa voix. Au-dehors, un garde appela ses camarades. Elle devait partir tout de suite !

Il ravala le nœud de douleur dans sa gorge.

— Je ne pourrai jamais t'aimer. Tu es une sorcière et une pirate, la fille d'un traître. Sans compter que tu as brisé ta promesse de ne pas utiliser ta magie. Notre pacte est rompu. Je ne te dois plus rien. Alors pars. Ne détruis pas ta vie pour moi.

— Dory, dit Will en lui prenant le bras. Allons-y. Laisse ce bâtard.

— Tu mens, répéta Dory. Tu veux que je t'abandonne.

N'était-ce pas logique ? Œil pour œil, dent pour dent. Il avait abandonné sa propre mère qui avait été tuée par son père. Qu'il soit abandonné à son tour n'était que justice. Il ferma les yeux.

— Ça ne vaut pas la peine que tu gâches ta vie, Dory, pas alors que...

Il invoqua l'image de son père, le monstre qui hantait encore parfois ses cauchemars. Il emprunta ses traits durs, son sourcil hautain, son demi-sourire condescendant.

— ... que je me suis servi de toi.

Il entendit des pas précipités dans la cour.

— Pars, répéta-t-il. Je ne t'ai jamais aimée. Sans compter que j'ai inventé cette histoire de serment écossais. Nous n'avons jamais été liés l'un à l'autre.

Elle hésitait encore. Fichtre, que pouvait-il lui dire de plus pour qu'elle parte, qu'elle sauve sa peau ? Il devait être plus convaincant.

— Tu es bien trop compliquée pour moi. Nous nous sommes amusés un moment, rien de plus. Je ne pourrai aimer qu'une vraie dame, Pandora Wyatt, ce que tu ne seras jamais. Je paierais pour tes services si les gardes ne m'avaient pas vidé les poches.

Il vit la lumière dans ses yeux s'éteindre tandis qu'elle s'accrochait aux barreaux. Même dans la pénombre, il distinguait la pâleur de son visage doux et parfait. Il baissa le regard. Il n'était pas assez fort pour assister à la mort des derniers fragments de sentiments qu'elle avait pu avoir pour lui.

— Emmenez-la, dit-il à Will d'une voix rauque.

Quand celui-ci voulut lui prendre le poignet, elle se dégagea d'un geste sec.

— Laisse-moi.

Ewan releva les yeux vers son visage livide et furieux. Plusieurs éclairs illuminèrent le ciel en succession rapide. Lorsque le tonnerre cessa, la voix de Dory s'éleva ferme et claire, telle une flèche encore plus tranchante que celle qui l'avait transpercé dans la lice.

— Je me suis tellement trompée à ton sujet, Ewan Brody. Il n'y a pas d'honneur en toi. Tu mérites d'être abandonné.

Elle cracha entre les barreaux, tourna les talons et hâta le pas dans le long couloir. Sans un regard vers lui, Will courut derrière elle.

Ewan regarda la masse de soie osciller dans son dos jusqu'à ce que l'obscurité de la Tour l'engloutisse à tout jamais.

*

* *

C'était la troisième aube qu'il voyait se faufiler par la petite fenêtre de sa cellule, depuis que Dory avait disparu au bout du couloir. Il n'avait entendu aucun cri, aucun grondement de tonnerre, aucun rugissement de tempête, et en avait déduit qu'elle était parvenue à ressortir de la Tour. Bien que, la plupart du temps, il aurait aimé étrangler Will Wyatt, il lui était reconnaissant de l'avoir conduite en lieu sûr.

Elle n'avait jamais dit qu'elle l'aimait et avait été furieuse lorsqu'il avait déclaré qu'elle lui appartenait. Ce n'était que l'attirance physique et peut-être la culpabilité qui l'avaient poussée à vouloir le sauver. Elle s'en remettrait alors que lui, jamais. Certaines blessures ne cicatrisaient pas. Une image de sa mère gisant sur le plancher de leur maison, ses yeux vides fixant le plafond, lui étreignit le cœur. Il cligna des paupières dans l'obscurité et chassa ce souvenir.

Dory n'était pas sa mère.

— Elle sait se débrouiller seule, murmura-t-il. Elle l'a toujours fait.

Peut-être finirait-elle par trouver un homme qui la défendrait, qui n'aurait pas peur de sa magie ni de son esprit indépendant. Peut-être trouverait-elle l'homme parfait pour elle.

Il jura et appuya le front contre le mur humide. Un rayon de lumière blême illumina la tasse en étain que ses gardes n'avaient remplie que le premier jour. Ces idiots ne savaient même pas que sa porte n'était plus verrouillée.

Il fallait espérer que Caden avait compris que vouloir le libérer était futile et qu'il avait ramené les Highlanders au pays. Il s'essuya la bouche sur sa manche. Non, Caden ne l'avait probablement pas encore compris. Cependant, lorsqu'il se rendrait compte que, sans les orages de Dory pour faire diversion, toute tentative était vouée à l'échec, il rentrerait auprès de Meg à Druim. Searc et Alec retrouveraient Rachel, et la vie reprendrait son cours. Au moins, il n'avait pas à se sentir coupable de les avoir entraînés dans la mort avec lui.

Pour passer le temps et oublier les crampes d'estomac, il dessinait un visage parfait dans son esprit. Pas celui qui, livide, l'avait dévisagé à travers les barreaux de sa prison, d'abord incrédule puis découragé. Non, celui de la femme qui riait en le provoquant, jurait en souriant, le regardait avec suffisamment d'ardeur pour incendier tout un village. Il revivait chacune de ses paroles, de ses plaisanteries, de ses grimaces ; la manière dont elle fronçait légèrement les lèvres chaque fois qu'elle parlait de « fornication ».

Son sourire s'effaça quand le souvenir de son dernier regard remonta à la surface.

— Elle est en vie. Elle est plus heureuse sans moi.

Un bruissement près de la fenêtre attira son attention. Comme si les rats qui partageaient sa cellule ne suffisaient pas ! D'autres charognards voulaient entrer ? Il se leva, l'irritation provoquée par son lourd collier le faisant grogner.

— Ewan Brody ? demanda une voix juvénile.

— Oui.

— Ouf, il a bien compté le nombre de fenêtres. Prenez ceci.

Un petit paquet apparut entre les barreaux et tomba sur le sol.

En se hissant sur la pointe des pieds, Ewan reconnut le visage pâle du jeune page d'Henri, le goûteur que Dory avait sauvé.

— Je vous suis redevable, à vous et à votre dame, milord, dit l'adolescent.

— Qui t'envoie ?

Ewan ramassa le paquet qui sentait le porc séché et le poisson. Il y avait également une gourde pleine et ce qui semblait être des *bannocks*.

— Celui qui parle comme vous. Un grand Écossais. Il interroge tout le monde à votre sujet. Ma mère l'a su et lui a dit qu'on vous aiderait.

Ewan mordit dans le morceau de viande. *Pensez un peu !* Caden parlant aux gens. À des Anglais, de surcroît. Il déglutit et demanda :

— La dame qui t'a sauvé, était-elle avec lui ? Est-elle en sécurité ?

Le garçon lançait des regards nerveux par-dessus son épaule.

— Je n'ai vu que l'Écossais. Je n'ai pas entendu dire que la dame a été arrêtée.

Ewan soupira et le nœud dans sa gorge se desserra légèrement. Il but une gorgée avant de déclarer :

— Dis à mon ami qu'il perd son temps. Je suis enchaîné au sol par le cou. Il ne peut pas me libérer. Dis-lui de retourner auprès de sa femme.

— Que Dieu vous garde, chuchota le garçon.

Il détala et, quelques instants plus tard, Ewan entendit les pas d'un garde qui passait sous la fenêtre.

Ewan acheva de déplier le papier d'emballage. *Cette tête de mule de Caden !* Il avait refusé de le laisser tomber quand il était gamin, à l'époque où sa colère et son chagrin ne cessaient de l'entraîner dans les ennuis. C'était un vrai frère, lié à lui par la sueur plutôt que par le sang. Il ne se le pardonnerait jamais s'il mourait en tentant de le sauver, laissant seuls Meg et leur enfant.

Il remarqua des signes sur le papier. Il l'orienta à la lumière. C'était un message en gaélique, écrit à la hâte.

Tiens-toi prêt.

— Oh, Caden, rentre chez toi, murmura-t-il.

Il caressa les mots du pouce, la plus douce preuve d'amour fraternel qu'il ait jamais lue.

Le temps passa. Jour après jour, le garçon lui glissait des repas entre les barreaux. Sans eux, il aurait dépéri jusqu'à n'être plus qu'une coquille vide, ce qui était peut-être l'effet recherché par ses geôliers.

Le dixième jour, il fut réveillé par le claquement sec et déterminé de bottes dans le couloir tapissé de joncs souillés. Il compta les pas, s'attendant à ce qu'ils s'arrêtent avant d'atteindre sa cellule. Le garde chargé de distribuer de la nourriture et de l'eau se donnait rarement la peine d'aller jusqu'à lui. Quand le bruit de bottes continua sans hésiter, il se leva en plaçant ses chaînes sur ses épaules afin qu'elles n'entament pas la peau de son cou.

Thomas Cromwell regarda son collier.

— Votre épouse s'est enfuie, déclara-t-il sans préambule.

Ewan remarqua un jeune écuyer à son côté.

— Son père, le capitaine Wyatt, est revenu à Londres, poursuivit Cromwell.

Il attendit une réponse. Ewan se tut.

— Il a apporté la bague, n'est-ce pas ?

La bague ?

— Oui, répondit Ewan. Je peux vous conduire jusqu'à elle.

Cromwell ne mordit pas à l'hameçon et se contenta de froncer les sourcils.

— Il l'a laissée pour moi avant qu'on m'enferme ici, poursuivit Ewan. De quoi suis-je accusé, au juste ?

— Vous avez attaqué des sujets anglais. Vous en avez tué deux.

— Ils essayaient de me tuer.

— Peu importe. Vous avez attaqué des Anglais et donné asile à une sorcière.

Ewan regarda la cellule autour de lui.

— Pour le moment, je ne donne asile qu'à des rats et des puces.

— Où est la bague ? demanda encore Cromwell.

— Je vous conduirai jusqu'à elle, répéta Ewan.

Pour que cet homme salisse ses semelles en venant personnellement le voir dans ce trou à rats, la chevalière devait être importante.

— Ensuite, vous pourrez me laisser rentrer chez moi en Écosse... Ou vous pouvez aussi m'oublier ici, pendant que mes amis utilisent la chevalière pour servir leurs intérêts.

Il observa attentivement Cromwell. Un tic ou une grimace aurait pu le trahir, laisser deviner ses intentions. Il ne sourcilla pas.

— Le choix est simple, Cromwell. Je ne suis qu'un seul homme alors que, grâce à cette bague, vous pourriez découvrir tout un panier de renégats.

Cromwell leva les yeux au ciel. Apparemment, il était moins effrayé que son roi par les traîtres. La chevalière signifiait-elle autre chose ?

— J'ai conseillé à mes amis de donner la bague en mains propres au roi, si je ne suis pas libéré.

Cela ne lui valut qu'un regard méprisant.

— Où est-elle ? répéta le conseiller du roi.

— En lieu sûr.

Cromwell sourit.

— Peu importe, le seul vrai traître a été arrêté.

Il tourna les talons et s'éloigna en faisant voler sa cape derrière lui.

— Votre roi est toujours en danger ! cria Ewan.

Après cette visite, ils cessèrent complètement de lui donner de l'eau et de la nourriture. Il ne dépendait plus que de ce que Caden lui envoyait par l'intermédiaire du page. Soit Cromwell pensait qu'il bluffait, soit il s'était totalement désintéressé de l'affaire.

Le douzième jour, des bruits de bottes résonnèrent de nouveau. Aux pas énergiques, Ewan sut que les hommes se dirigeaient vers le fond du couloir et sa cellule. Ils étaient quatre gardes de la Tour. Ewan resta tranquillement assis sur sa paillasse.

— Ewan Brody, vous êtes accusé d'avoir tenté d'assassiner le roi d'Angleterre, un crime de haute trahison passible de la peine de mort.

— Et quand aurais-je tenté de l'assassiner ? demanda Ewan.

L'obscurité autour de lui semblait avaler les sons autant que l'espoir. Le garde hésita, puis orienta son parchemin à la lumière de la torche tenue par son collègue.

— Tentative par empoisonnement. Vous êtes également inculpé du meurtre de deux sujets anglais.

Ewan se leva et fit un pas en avant, les genoux légèrement fléchis, les poings serrés.

— Je n'ai jamais essayé d'empoisonner votre roi.

Le garde releva les yeux vers lui et parut surpris. S'était-il attendu à voir un moribond, après qu'ils l'avaient laissé sans nourriture durant près de quinze jours ? Se demandaient-ils comment il survivait sans eau ? Croyaient-ils qu'il léchait l'humidité des murs gluants ? Chacune de ces pensées augmentait un peu la rage d'Ewan. Il était plus humain d'exécuter un homme sur-le-champ que de le jeter dans un cachot et de l'oublier.

— Vous avez été jugé coupable, reprit le garde. Vous serez pendu ce matin sur Tower Hill.

— Comment puis-je avoir été jugé ? Il n'y a jamais eu de procès, protesta Ewan, tout en sachant que cela n'avait aucune importance.

Le garde consulta de nouveau son parchemin.

— L'ordre est signé par lord Cromwell. Ils ont dû se réunir sans vous.

Il roula le parchemin et détacha un trousseau de clés de sa ceinture. Ewan fit un autre pas en avant et ouvrit la porte d'un coup de pied. Elle percuta le visage du garde, qui lâcha un juron.

— Elle est ouverte depuis le premier jour, lança Ewan.

Le garde se massa le nez en grommelant, puis se tourna vivement pour insulter un de ses collègues qui ricanait.

Leur chef entra dans la cellule en repoussant la grille qui grinça.

— Peu importe, dit-il. Avec cette chaîne autour du cou, vous ne pouviez aller bien loin.

Il sortit une épaisse corde et ligota les poignets d'Ewan dans son dos. Les autres entrèrent à leur tour, leur courte épée à la main au cas où il les attaquerait.

— Quand avez-vous mangé ou bu pour la dernière fois, l'Écossais ? demanda le chef en déverrouillant le collier en fer.

— Ça dépend, répondit Ewan.

Soulagé du poids des fers, il fit rouler ses épaules pour détendre ses muscles.

— Dépend de quoi ? demanda un garde.

— Eh bien, si vous parlez de la pâtée infecte que vous m'avez servie les trois premiers jours, ou des rats qui ne sont pas assez rapides pour échapper à un Highlander enchaîné.

L'un des gardes eut un haut-le-cœur. Ewan lui sourit.

— Assez parlé, ordonna le chef en le poussant en avant.

Ils sortirent dans la brume froide de l'aube. Même dans la faible lumière grise, Ewan dut cligner des yeux pour ne pas être ébloui. Que le Seigneur vienne en aide aux autres malheureux oubliés dans ces geôles !

Il trébuchait exprès, voûtant les épaules et traînant les pieds plus que nécessaire. Il fallait que les gardes le croient plus affaibli qu'il ne l'était.

Tiens-toi prêt. Il se répétait ces mots. Tout en gardant la tête baissée, il scrutait les bâtiments, le chemin de guet, les cours. Il ne voyait que des gardes.

Ils franchirent le portail par lequel Dory et lui étaient passés des semaines plus tôt. Son cœur se serra à ce souvenir. Elle ne l'avait pas aimé. Une fois qu'elle aura surmonté son sentiment de culpabilité, elle l'oubliera vite.

Lorsqu'ils arrivèrent sur Tower Hill, il y avait déjà une bonne foule en dépit de l'heure. En la traversant, il ne reconnut aucun visage. Il grimpa sur la potence où un homme encagoulé l'attendait près de la corde.

Le garde déroula de nouveau son parchemin.

— Ewan Brody d'Écosse, vous avez été jugé coupable d'avoir conspiré pour assassiner Notre Majesté, le roi Henri. Vous serez pendu jusqu'à ce que mort s'ensuive, puis vous serez éviscéré et votre tête sera plantée sur une pique devant la Tour de Londres afin d'être dévorée par les charognards.

— Charmant, grommela Ewan en regardant autour de lui.

Il ne remarqua rien de particulier, à part une femme portant une capuche qui accourait à l'arrière de la foule. L'espace d'un instant, il cessa de respirer en croyant voir une mèche châtain clair autour d'un visage rond... Non, c'était une inconnue. Dory était partie, vraiment partie, pour toujours.

— Avez-vous quelque chose à ajouter ? demanda le chef des gardes tandis que le bourreau approchait.

Ce dernier lui présenta le nœud coulant ouvert. Il s'imaginait peut-être qu'Ewan allait volontairement passer la tête dedans ?

Il devait gagner du temps, réfléchir.

— Oui, j'ai quelque chose à dire, déclara-t-il. J'ai aimé. Une fois seulement.

Le levier qui actionnait la trappe sur laquelle il se tenait se trouvait à sa droite. Le bourreau, lui, était à sa gauche.

— Elle est jeune et belle. Surtout, elle n'adhère pas aux règles. Je pensais autrefois ne pas avoir besoin de me lier à une femme ; je ne voulais pas être entravé par la responsabilité d'aimer quelqu'un.

La foule s'était tue et l'écoutait attentivement. Sans doute n'avaient-ils pas l'habitude d'entendre un condamné à mort parler d'amour.

— Je me trompais.

Il esquissa un sourire teinté de regret et bascula son pied sur l'autre jambe, se rapprochant ainsi du levier. Puis il émit un long sifflement aigu et secoua la tête.

— Oui, je me trompais complètement.

Un mouvement le long du mur sur sa gauche attira son attention. *Gaoth !* Un homme portant une capuche marchait à son côté, un chien duveteux dans les jambes. *Maggie !* L'homme devait être Searc.

— En quoi t'es-tu trompé ? cria une femme.

Une douzaine d'autres répétèrent la question. Les exécutions étaient très populaires, et plus la scène était dramatique, plus les spectateurs éprouvaient de la sympathie pour le condamné. Quoiqu'il n'ait jamais entendu dire qu'une foule avait un jour empêché une pendaison.

Le garde s'impatientait et marchait en rond de l'autre côté du bourreau.

— Je me trompais en croyant que l'amour n'est qu'une entrave, une simple matière pour composer des poèmes romantiques. Je croyais que l'amour affaiblissait un homme. C'est tout le contraire. L'amour vrai vous donne des forces.

Sauf quand on le gâche, pensa-t-il. *Alors il devient mortel.*

— L'amour brûle et est parfois très inconfortable…

Les hommes du premier rang se mirent à rire et plusieurs se tapèrent sur l'épaule. Des ricanements parcoururent l'assistance, qui s'étendait sur une vingtaine de rangées.

Il laissa retomber sa tête d'un air vaincu.

— Mais si vous survivez à sa morsure, vous en devenez un autre homme, meilleur, plus fort.

Une dame se tamponna les yeux avec un coin de son tablier. La femme portant une cape à l'arrière de la foule joua des coudes sur quelques mètres et s'écria :

— Seigneur, ne m'abandonne pas !

Sa capuche glissa en arrière, et elle tourna vers lui des joues baignées de larmes.

— Ton cœur est rempli d'amour, pas de mort ni de trahison ! brailla-t-elle.

Ewan nc l'avait jamais vue. Il attendit en se demandant ce qui allait arriver, prêt à toute éventualité. La femme se mit à crier et à pousser les gens devant elle. Sur un signal de Searc, Maggie commença à aboyer et à bondir dans tous les sens. Quand Ewan siffla, la chienne se précipita vers lui, faisant s'écarter la foule sur son passage. Tout le monde paraissait perplexe. Les gardes sautèrent de la potence. Même le bourreau regardait la scène sans réagir.

La femme à la capuche s'enfuit à toutes jambes. Au même moment, Ewan entendit le sifflement d'une flèche fendant l'air. *Fiiizzz !* Elle transperça la main gantée du bourreau qui tenait le nœud.

Ewan fit un pas à droite et poussa le levier. Il tomba les genoux fléchis et le buste en avant, afin de ne pas être déséquilibré avec ses mains nouées dans le dos. Il atterrit accroupi et courut plié en deux sous la potence, où Maggie l'accueillit en lui léchant le menton.

— Bonne fille ! File maintenant, va retrouver Searc. Vite !

Maggie repartit aussitôt. Se redressant, Ewan trouva Gaoth qui l'attendait.

Les cris des gardes étaient engloutis par le vacarme de la populace, parmi laquelle il lui sembla distinguer quelques visages familiers en dépit des capuches.

— *Stad !* cria Caden.

Il se tenait juste derrière lui et trancha les liens autour de ses poignets.

— *Saorsa ! Siuthad !*

Ewan n'avait pas besoin de ses encouragements pour saisir sa chance.

— *Iar !* lança encore Caden tandis qu'il sautait en selle.

Vers l'ouest.

Ewan s'élança ventre à terre le long du fleuve, esquivant les vendeurs ambulants, les gardes, les passants. Le soleil levant dans son dos lui servait de boussole. Après deux courbes de la Tamise, il ralentit suffisamment pour entendre des chevaux derrière lui. Un regard par-dessus son épaule le fit sourire. Donald, Caden, Gavin, Searc et Alec Munro. Il se redressa et se pencha sur l'encolure de Gaoth. *Tiens-toi prêt*. Oh oui, il était plus que prêt à laisser Londres derrière lui !

16

7 octobre de l'an de grâce 1518

Ma très chère Kat,

Dites-moi que vous allez bien. Votre départ, surtout si proche de mettre notre enfant au monde, a mis John dans tous ses états. Il jure que vous avez été enlevée.

Répondez-moi vite qu'il s'égare et que vous êtes en sécurité chez vous. Si je ne reçois pas une réponse immédiatement, je viendrai en personne vous chercher. Mon cœur, que deviendrai-je si je vous perds ?

Éternellement vôtre,

Rowland

— Tu viens, Dory ? appela Will.

Dory le regarda palper le satin de la robe que le capitaine Bart avait achetée à Adela lorsqu'ils étaient au port, des mois plus tôt. Elle ne lui avait jamais prêté beaucoup d'attention. À présent, elle était étalée sur une chaise près de son hamac.

— Le capitaine dit que nous ferons escale dans deux semaines, une seule si tu gonfles nos voiles.

Quinze jours, une semaine, quelle différence ? Plus rien n'avait d'importance depuis la Tour, depuis que les paroles d'Ewan avaient ouvert en elle une déchirure qui ne cicatriserait probablement jamais.

— Je suis fatiguée, répondit-elle en passant lentement la brosse dans ses cheveux.

Une fois qu'elle était remontée à bord, elle les avait laissés libres. La nuit, quand l'équipage la croyait endormie, elle ôtait ses pantalons de marin et enfilait la robe. Cela lui rappelait...

Elle sentit la douleur lancinante s'accentuer et se tourna vers Will.

— Va-t'en.

Quelle plaie ! Depuis qu'ils étaient de retour sur le *Queen Siren*, il ne la laissait pas en paix.

— Allez, Dory..., insista-t-il. Tu devrais nous rejoindre sur le pont. La nuit est belle. Je vais sortir mon tambour.

Elle pouvait entendre le martèlement rythmique des hommes dansant au-dessus de leurs têtes. Elle n'avait dansé avec Ewan qu'une seule fois. Son temps avec lui était passé trop vite. Elle n'aurait jamais dû se laisser séduire. Elle avait gobé toutes ses paroles, ciselées avec talent. Comment avait-elle pu se faire berner aussi facilement ?

Même le feu de la colère ne parvenait pas à effacer la douleur de la perte.

Elle se tourna vers le petit hublot sombre.

— Je t'ai dit de me laisser.

— Bon sang, Dory, tu es comme... comme une morte depuis ton retour. Tu dois t'extirper de cet enfer.

Dory contempla son reflet dans le miroir circulaire. L'enfer ? Oui, c'était bien un enfer. Son cœur se serra, au point qu'elle ne pouvait plus respirer. Il l'avait fait tomber amoureuse puis l'avait abandonnée. C'était deux semaines plus tôt. L'avaient-ils déjà pendu ?

Elle sentit une larme, chaude telle une goutte de sang, couler le long de sa joue. Oui, la douleur qu'elle ressentait était comme une blessure mortelle. Peut-être en mourrait-elle, elle aussi.

Will s'approcha.

— Oublie-le.

— Je ne peux pas, murmura-t-elle en sentant une seconde larme tracer son chemin sur l'autre joue.

Elle les essuya avec ses doigts.

— Tu pleures ? demanda Will.

Il se pencha pour s'en assurer et elle détourna la tête.

— Je ne t'avais encore jamais vue pleurer.

— Va-t'en, j'ai dit !

Will recula et elle l'entendit arpenter la cabine. Si seulement il voulait bien sortir, elle pourrait passer le reste de la nuit à pleurer sans que personne le sache. Comme elle le faisait chaque soir en espérant, implorant, priant pour que les larmes atténuent la douleur. Ce qui n'arrivait jamais.

Elle pivota pour ordonner à Will de quitter sa cabine, puis s'immobilisa. Il paraissait tourmenté. Ses larmes l'avaient-elles affecté à ce point ? Il se passait la main dans les cheveux, les yeux écarquillés. Puis il jura en se frottant le crâne. Il devait avoir mal à la tête.

— Tu étais censée oublier ce bâtard, dit-il. Mais non, tu restes là à te morfondre comme si... comme si... tu étais amoureuse de lui, ou je ne sais quoi.

— C'est le cas, murmura-t-elle.

Il s'arrêta net et se tourna vers elle.

— Comment peux-tu le savoir ? Tu ne l'as connu que quelques semaines.

Elle aurait dû lui en vouloir de l'interroger ainsi. Néanmoins, c'étaient les questions qu'elle-même se posait.

— J'ai mal, là.

Elle toucha sa poitrine.

— Quoi que je fasse, la douleur ne part pas.

Elle sentit couler une autre larme. Sa vue se brouilla et Will devint flou.

— Cette ordure t'a fait tomber amoureuse de lui, maugréa-t-il. Il a gâché ta vie.

— Il ne m'a rien fait faire, dit-elle en essuyant son visage. Ce sont mes propres erreurs.

Sauf qu'il avait dit qu'elle était à lui pour toujours. *Menteur !*

Will s'assit sur le bord du hamac et fixa ses bottes.

— Il a menti.

— Je sais.

Il redressa la tête.

— Tu sais ?

— Il m'a juré que j'étais à lui pour toujours.

— Non, je veux dire... il a menti, dans la Tour.

— Quoi ?

Elle le dévisagea attentivement, son pouls s'accélérant.

— Ewan t'a menti, mais uniquement parce que je lui ai dit de le faire. Quand nous nous sommes introduits dans la Tour pour le libérer, je suis arrivé le premier dans sa cellule mais je ne suis pas parvenu à lui ôter son collier en fer. Nous avons entendu des gardes au-dehors et...

— Tu étais dans la cellule ? Je croyais que tu ne pouvais pas crocheter la serrure de la grille.

Une pointe de colère monta en elle, émoussant un moment sa douleur.

— Oui, j'ai ouvert la porte mais... écoute-moi. Tu peux le sentir quand quelqu'un ment, n'est-ce pas ?

— Oui, répondit-elle lentement.

— T'a-t-il laissée le toucher quand il a dit qu'il ne voulait pas de toi ?

— Je ne pouvais pas l'atteindre à travers les barreaux et j'étais convaincue que la porte était fermée à clé.

Elle évalua mentalement la longueur de la chaîne.

— Il ne voulait pas que je le touche ?

— Non, pour que tu ne saches pas qu'il mentait. Quand je n'ai pas réussi à lui enlever le collier, il m'a dit de faire comme si la porte était toujours verrouillée.

— Mais il a dit...

— Des mensonges. Parce que je le lui ai demandé.

Elle écarquillait les yeux.

— C'était le seul moyen de te faire sortir de là, expliqua-t-il en reculant vers la porte. Il savait que s'ils t'attrapaient, tu serais condamnée et exécutée. Il a choisi de te sauver.

Il secoua la tête d'un air piteux en poursuivant :

— Je n'imaginais pas que te sauver te rendrait aussi...

— Tu lui as demandé de me dire qu'il ne m'aimait pas, qu'il s'était servi de moi ? Que j'étais une putain ?

Sa voix montait à chaque mot.

— Non, non. Tout ça, c'était son invention.

Will leva les mains devant lui en signe de reddition, puis couvrit son entrejambe pour parer d'éventuelles représailles.

— Il fallait qu'il trouve des arguments pour t'inciter à partir. Dory, s'ils t'avaient capturée, ils t'auraient brûlée vive.

Elle resta un moment immobile, ses ongles s'enfonçant dans la paume de ses mains. Il avait menti ? Tout ce discours n'avait été qu'un terrible mensonge ?

— Que le diable t'emporte, Will ! Nous l'avons laissé là-bas ! Nous l'avons abandonné dans la Tour pour qu'il soit pendu !

Ses dernières pensées avaient été qu'elle le détestait. Elle saisit la brosse et la lança à la tête de Will, qui l'esquiva de justesse.

— Ses amis écossais sont restés pour l'aider.

— Tu n'en sais rien ! Même avec une tornade, il est pratiquement impossible de sortir quelqu'un de cet enfer ! Il pourrait y être encore, ou pire. Fiche le camp !

En la voyant saisir son couteau, Will ouvrit précipitamment la porte et grimpa à l'échelle qui menait au pont.

Dory sentit sa magie tourbillonner en elle tel un vent prêt à souffler dans toutes les directions à la fois. Il était alimenté par la peur ; la peur qu'au cours des quinze derniers jours elle ait perdu ce qui était devenu la part la plus importante de sa vie ; la peur que la douleur que lui avaient infligée ses paroles se transforme en douleur de l'avoir perdu à jamais. Elle ne pouvait se raccrocher qu'à un filet d'espoir, à la douce joie que ce qu'avait dit Will soit vrai. Ewan l'aimait-il vraiment ?

Elle sentait déjà la houle soulever le navire, prêt à lui obéir. Elle se hissa sur le pont et se dirigea vers l'arrière.

— Panda ? l'appela le capitaine Bart en la suivant.

Il congédia d'un geste le maître d'équipage et leva le nez vers les voiles qui claquaient.

— Essaies-tu de t'emparer de mon navire ?

Dory rassembla les minuscules particules d'air et d'humidité, les combinant et les agitant jusqu'à ce qu'elles deviennent suffisamment organisées pour créer du vent.

— Je dois retourner en Angleterre, annonça-t-elle.

— Tu veux retourner dans un pays qui n'a rien d'autre à t'offrir que la mort ?

Elle fit non de la tête, des larmes lui piquant les yeux.

— S'il reste une chance qu'il soit encore en vie…

Le capitaine Bart fronça les lèvres et réfléchit un long moment tandis que les nuages noirs s'amoncelaient au-dessus d'eux. Sur le pont principal, l'équipage attendait ses ordres avant de border les voiles pour saisir le nouveau vent.

— Will t'a dit qu'Ewan t'avait menti dans la Tour, fit-il.

Elle acquiesça, tremblant à l'idée qu'il soit trop tard. Elle avait cru trop vite à ses mensonges car elle doutait d'elle-même. Elle était une orpheline, la fille de deux traîtres. Au fond d'elle-même, elle n'avait pu croire que quelqu'un pouvait l'aimer pour ce qu'elle était. Pourtant, il avait menti. Il avait menti pour lui sauver la vie ; il s'était sacrifié pour elle. Peut-être était-il mort pour elle.

— J'y retourne, répéta-t-elle en haussant la voix pour se faire entendre par-dessus la cacophonie du vent et des voiles. Je l'aime. S'il est encore en vie, j'ai besoin qu'il le sache. Moi aussi, j'ai menti dans la Tour.

Le visage barbu de son père se fendit peu à peu d'un sourire.

— Dans ce cas, Panda, faisons faire demi-tour à ce navire.

*
* *

Le clair de lune filtrait entre les arbres, éclairant Ewan, Caden et quatre autres Écossais, deux de Druim et les deux Munro. Silencieux, il grignotait le poisson séché qu'ils avaient emporté lorsqu'ils avaient appris son exécution imminente. Installés près de la Tour, ils s'étaient relayés pour faire le guet, attendant qu'Ewan sorte ou qu'un plan s'élabore. Alec l'avait vu quitter la Tour à l'aube et avait filé ventre à terre prévenir les autres, lançant des cailloux contre la fenêtre de la chambre où ils dormaient. Ils étaient logés dans la maison du page qui lui apportait ses repas. La femme qui avait fait diversion dans la foule était sa mère.

— Caden, tu penses que tu manques à Meg ? demanda Donald.

Gavin lui donna une tape.

— Ne l'embête pas avec ça. Il sera bientôt de retour chez lui.

— Le bébé n'arrivera pas avant un mois au plus tôt, grommela Caden. Je serai rentré à temps.

Il se tourna vers Ewan.

— Et toi, où iras-tu ?

Ewan redressa la tête. Il n'avait pas de réponse. Apparemment, Caden ne voulait pas de lui à Druim.

— Je garderai mes distances, assura-t-il.

Caden lui lança un caillou.

— Ce n'est pas ce que je voulais dire, mon frère.

— Les Anglais pourraient nous suivre. Je ne les mènerai pas à Druim.

— Nous pouvons berner ces maudits Anglais, répliqua Caden. Nous te cacherons dans les montagnes jusqu'à ce qu'ils repartent.

Il but une gorgée d'eau de source dans sa gourde et s'essuya les lèvres sur sa manche avant d'ajouter :

— Tu rentres à la maison quand tu veux, mais ce n'est pas où tu veux aller.

Ewan sentit la moutarde lui monter au nez.

— Et où diable voudrais-je aller ?

— Pas en enfer, fit Gavin, moqueur.

— Je crois plutôt au ciel avec un bel ange aux cheveux dorés, ajouta Donald avec un petit rire.

— Fermez-la, bande d'idiots, grogna Ewan.

Caden arqua un sourcil.

— Tu abandonnerais ta femme ?

— Ce n'est pas ma femme.

— Tu l'as revendiquée, non ? J'ai vu le bout de tartan qu'elle gardait sur elle. Pendant le tournoi, elle le tenait comme un objet sacré.

Aïe. Le morceau de laine qu'il lui avait donné. Cela n'avait pas d'importance. Elle le gardait parce que... Peu importait.

— Je l'ai libérée de notre engagement quand elle est venue à la Tour.

Ewan leva les yeux vers le trou noir entre les cimes des hauts arbres qui les entouraient. En ce moment même, Dory regardait-elle les étoiles depuis le pont de son navire ? Était-elle en train de le maudire, de conspuer son nom, de lui souhaiter de souffrir mille morts ? Dans ce cas, son souhait était exaucé. La douleur qu'il ressentait dépassait tout ce qu'il avait vécu auparavant.

— Revendiquer quelqu'un, ce n'est pas qu'une affaire de mots, déclara Caden. Il en va de même quand on revient sur son serment.

— De quoi parles-tu ?

— Tu es libre, à présent. Tu es sorti de la Tour et de l'enfer. Pourtant, tu as l'air plus torturé que jamais. C'est révélateur.

— Révélateur de quoi ? fit Ewan, agacé.

— Tu lui as peut-être dit que tu n'étais plus lié à elle, mais tu ne le pensais pas.

Il paraissait irrité, comme s'il estimait qu'Ewan faisait exprès d'être buté.

— Et alors ? Tu veux me faire dire que je ne voulais pas me séparer d'elle ? (Ewan ouvrit grand les bras.) C'est vrai. Mais il le fallait, elle devait sauver sa peau. C'est pourquoi j'ai menti. À présent, cela n'a plus d'importance.

— Pourquoi ?

— Parce qu'elle est partie, partie pour toujours. Ça vaut mieux ainsi. Je ne me marierai jamais.

Il baissa les yeux vers le sol en ajoutant tristement :

— De toute manière, elle ne m'a jamais revendiqué, elle.

— Ah bon ?

— Physiquement, peut-être, mais elle n'a jamais juré. Je lui ai dit que ce n'était pas nécessaire, mais... si.

Il releva les yeux vers Caden.

— Elle ne m'a pas revendiqué. Nous ne sommes pas mariés.

Il se leva dans l'intention d'aller marcher dans la forêt, loin de leurs regards de pitié et de leurs plaisanteries cherchant à lui remonter le moral.

— Pourtant, elle m'a affirmé qu'elle était ta femme, déclara Caden, l'arrêtant dans son élan. Elle m'a dit qu'elle t'aimait.

— Ce n'est pas vrai.

— Elle me l'a dit avant que tu sois blessé à la fin du tournoi.

Ewan se retourna vers lui, se sentant telle une lame fragile sur le point de se briser. Caden ne plaisantait pas et n'était pas cruel au point de mentir sur un tel sujet.

— Qu'a-t-elle dit exactement ?

— Je lui ai demandé ce qu'elle était pour toi et elle a répondu qu'elle était ton épouse, fit Caden avec un haussement d'épaules. Il était évident qu'elle t'aimait.

— Elle ne me l'a jamais dit ! cria Ewan.

Il serrait les poings comme s'il voulait frapper quelqu'un. Malheureusement, il n'y avait aucune cible appropriée autour de lui.

— Cordieu, les choses que je lui ai dites ! Nom de nom !

Il donna un coup de pied dans un buisson, le déracinant presque, puis cassa une branche d'arbre.

— En toute sincérité, elle ne semble pas être ton genre, commenta Donald en se levant.

— Elle est aussi têtue que lui, déclara Searc avec un sourire.

Il grattait les oreilles de Maggie. Le chaton était allongé sur ses genoux.

— Personnellement, j'aime bien les têtues, intervint Alec. Rachel a des avis très arrêtés ; ça rend la vie plus intéressante.

Ewan ne lui prêta pas attention et se tourna vers Donald.

— Quel est mon genre, au juste ? cria-t-il sans se soucier que toute l'Angleterre l'entende.

— Douce, simple, facile, répondit Gavin, assis près du feu.

— Qui te sert de la bière et te prépare des pâtisseries, ajouta Donald.

— C'est vrai que tu n'avais jamais rencontré beaucoup de difficultés avec les filles, dit Gavin en riant. Elles te tombaient dans les bras. Pour toi, Dory est une gageure.

Elle l'était. Elle était le plus grand défi auquel il avait été confronté. Elle était aussi tellement plus. Elle était chaleureuse, honnête, avec un cœur pur... même si elle jurait comme un charretier. Elle savait où se situait le bien et risquait sa vie pour le défendre. Il n'y avait rien de simple chez Pandora Wyatt et pourtant... elle était parfaite.

Ewan saisit la petite sacoche qu'ils avaient préparée pour lui. Il siffla et Gaoth approcha. Il posa le front sur le museau de son cheval – un adieu silencieux.

— Tu as donc décidé où tu allais ? lui demanda Caden avec une pointe d'humour.

Ewan se tourna vers son frère de cœur en jurant dans sa barbe. Néanmoins, il affichait son premier vrai sourire depuis quinze jours.

*

* *

— Le *Queen Siren* ? répéta le vieux marin en frottant le chaume sur son menton. Ma foi, oui, je l'ai vu. Il a levé l'ancre il y a environ trois semaines. Il a semblé mettre le cap sur le sud-ouest, mais va savoir.

Déçu, Ewan le remercia en lui payant sa bière. Il se trouvait dans le port de Barry depuis deux jours et n'avait toujours aucun moyen de retrouver Dory. Il avait fait courir le bruit qu'il cherchait un navire pour le conduire de l'autre côté de l'océan, en échange d'un travail à bord.

La porte de la taverne s'ouvrit et un garçon entra avec la brise marine. Il s'arrêta devant Ewan.

— C'est vous le gars qui cherche une place à bord d'un navire ?

— Oui.

Le gamin sourit, lui montrant une rangée de dents qui paraissaient trop grandes pour sa bouche.

— Y a un bateau qui vient d'arriver pour se ravitailler.

— D'où vient-il ?

— Le quartier-maître a dit qu'il venait de Londres.

Ewan se pencha sur la vitre crasseuse pour regarder le trois-mâts amarré dans le port. Il battait pavillon anglais. *Non merci. Pas question.*

— Je ne suis pas un ami de la marine anglaise, déclara-t-il.

Fichtre, il allait devoir faire profil bas pendant qu'ils étaient à quai.

— Pourtant, le capitaine a demandé après un Écossais s'appelant Brody. C'est pas vous, ça ?

— Non, mon garçon, mentit-il avant de finir sa bière d'un trait. Je m'appelle MacPhearson, Aaron MacPhearson.

Il s'apprêta à se lever et lança un regard à la plantureuse serveuse derrière le comptoir. Si son sourire enjôleur était sincère, elle l'aiderait à fuir.

Le gamin plissa le front.

— Quand je lui ai dit que je pensais que vous étiez Brody, il m'a donné un penny pour venir vous chercher. Il affirme qu'il veut vous aider.

— M'aider ? Pourquoi un Anglais rendrait-il service à un Écossais ?

L'aider à retrouver le chemin de la potence était tout ce qu'il pouvait attendre de la part d'un Anglais de Londres.

— Il dit qu'il cherche sa nièce et que Brody sait peut-être où la trouver.

Ewan se raidit. *Wellington ?* Il s'approcha de nouveau de la fenêtre. Ainsi, Wellington possédait un bateau ? Et il voulait trouver Dory. C'était bien sa chance ! Avait-il d'autre choix ? Il dressa mentalement l'inventaire de son arsenal : une épée que Caden lui avait offerte pour remplacer la sienne et une dague qu'il avait achetée en ville.

Il marcha jusqu'aux quais, où Wellington consultait une liste d'emplettes.

— Votre liste semble plutôt longue, Wellington. Vous comptez faire le tour du monde ?

James Wellington leva les yeux vers lui d'un air blasé, bien que ses doigts se soient crispés sur sa feuille.

— J'irai aussi loin qu'il le faut pour retrouver ma nièce.

— Elle ne semblait pourtant pas vous intéresser outre mesure à Londres.

Il pinça les lèvres.

— C'était avant qu'elle soit accusée de traîtrise au même titre que sa mère. Un déshonneur pour la famille Wellington.

— Et alors ? Vous comptez la traîner de force à la Tour ? Cela lavera votre précieux nom ?

— Bien au contraire.

Wellington fit signe à son second de poursuivre les achats sans lui.

— Je dois la trouver ainsi que la chevalière qu'elle a mentionnée, afin de prouver que ma belle-sœur n'a pas trahi la Couronne. Qu'il y avait un traître bien plus retors que Boswell et elle. Si je le trouve, je restaurerai la réputation des Wellington.

Il s'essuya le nez avec un mouchoir en lin.

— Vous avez donc acheté un vaisseau pour la traquer ? demanda Ewan.

C'était un grand navire. Il lui paraissait familier. Cependant, la plupart des navires construits au cours de la dernière décennie avaient la même allure.

— J'ai été dans la marine royale dans ma jeunesse, répondit Wellington. Je sais diriger un navire. Il ne m'a pas été difficile de convaincre un vieux marin d'accepter mon or en échange de son bateau et de son équipage, surtout quand j'ai promis de revenir avec plus d'or.

— À quoi vous servira votre or, si Henri décide que la famille Wellington est un nid de traîtres ?

— C'est précisément pourquoi je préfère le dépenser en essayant de réparer ce désastre.

Wellington scruta ses traits avant de demander :

— Savez-vous où se trouve le *Queen Siren* ?

— Non. J'aimerais beaucoup le savoir, moi aussi.

Wellington arqua un sourcil, surpris. Il devait se demander pourquoi Dory était partie sans lui. Ewan n'avait aucune intention de lui donner des explications. Cela dut se lire sur son visage, car l'autre n'insista pas et déclara plutôt :

— J'aimerais que vous voyagiez avec nous.

— Pour me ramener à la Tour une fois que nous l'aurons trouvée ?

Wellington se mit à rire.

— Plutôt parce qu'il me sera impossible de lui parler si vous la trouvez en premier et la mettez en garde contre moi.

— Dans un cas comme dans l'autre, nous ne pourrons pas la rattraper si elle ne le souhaite pas.

Wellington pressa un index manucuré sur ses lèvres et sembla réfléchir.

— Raison de plus pour vous avoir à bord, conclut-il. Si elle vous voit, elle sera peut-être plus encline à nous écouter.

Ewan n'en était pas certain, mais il serra la main de l'Anglais.

*

* *

Bien que grand, Ewan trouvait le navire aussi oppressant que la Tour de Londres. Entouré d'eau à perte de vue, le pont supérieur était devenu sa nouvelle cellule où il faisait les cent pas quand il ne scrutait pas l'horizon, n'aidait pas l'équipage à enrouler des kilomètres de cordages ou à huiler des équipements. Si le vent était aussi cinglant que dans ses montagnes des Highlands, le sel qu'il contenait avait de quoi dessécher l'âme d'un homme.

Comment Dory avait-elle pu passer toute sa vie sur un bateau ? Sans jamais se promener dans la bruyère ou explorer les forêts envahies de mousse ? Elle avait grimpé dans les gréements au lieu d'escalader des montagnes, cueilli des poissons dans des filets au lieu de framboises sauvages. Aimait-elle la mer autant qu'il aimait Druim et sa liberté ?

Il inspira une grande bouffée d'air marin et contempla l'écume qui bouillonnait contre la coque tandis qu'ils fendaient les flots. Combien de temps devrait-il la chercher ? Ce que lui avait dit Caden avait tout changé. Il sillonnerait les mers jusqu'à ce qu'il la retrouve et lui dise… quoi ? Qu'il avait menti en disant qu'il avait menti ? Cela sonnait faux à ses propres oreilles. Qu'il l'aimait ? Savait-il vraiment ce qu'était l'amour ?

Il passa une main sur son visage mouillé par les embruns. Sa mère l'avait aimé plus que sa propre vie. Son sentiment familier de culpabilité lui rappela les terribles mots qu'il avait dits à Dory. Aurait-il pu la sauver d'une autre manière ? Il n'avait pas eu le temps de réfléchir à d'autres raisons pour qu'elle le quitte.

Il se pencha au-dessus du garde-corps et laissa le vent disperser ses pensées.

— Monsieur Brody ?

Le jeune mousse qui était chargé des corvées ménagères l'extirpa de sa rêverie.

— Une tempête se prépare, annonça-t-il.

Ewan lança un regard vers la crête blanche des vagues.

— En effet, on dirait bien.

— Vous devriez descendre.

Descendre dans le ventre de cette baleine et attendre de savoir s'il vivrait ou se noierait ? Jamais de la vie.

— Je préfère rester sur le pont pour aider.

Des éclairs illuminèrent le ciel entre les amoncellements de nuages noirs. Ewan regarda autour de lui. Les hommes paraissaient tranquilles, comme s'ils avaient vécu leur lot de tempêtes et qu'elles ne les inquiétaient plus. Cela lui rappela les guerriers à Druim se préparant pour un raid ou une bataille. Ils feraient de leur mieux et laisseraient Dieu décider de l'issue.

— Monsieur Brody ! cria l'enfant par-dessus le bruit du vent. Le capitaine veut vous parler à l'intérieur.

Ewan fronça les sourcils, puis suivit le mousse vers la cabine située sous le gaillard d'arrière.

— Avant cela, pourriez-vous m'aider à monter un peu de ragoût pour l'équipage ? La nuit sera longue.

Ewan aida le gamin maigrelet à hisser sur le pont une marmite noircie et à l'entreposer dans un coin protégé, où les marins pourraient venir se servir un bol.

— Prenez-en aussi, recommanda le garçon.

Quelque chose lui disait que son estomac ne garderait rien, par ce temps. Cependant, après son séjour prolongé dans la Tour, il ne refuserait plus jamais de la nourriture. Sur le pont supérieur, il remarqua Wellington derrière le gouvernail. Près de lui se tenait un homme drapé dans une cape, la capuche rabattue sur le visage.

— Par ici, monsieur Brody, insista le mousse. Le capitaine vous rejoindra dans sa cabine d'ici un moment.

Le vent hurlait, les cordes claquaient tandis que les hommes enroulaient fermement les voiles autour des bômes. Ils s'affairaient avec un empressement gracieux qui rappelait beaucoup une bataille. Oui, c'était comme la vie dans les Highlands, sauf que l'espace était limité.

Le garçon ouvrit la porte de la cabine et fit signe à Ewan d'entrer. Voulaient-ils simplement qu'il ne soit pas dans leurs pattes ? Il avait toujours son épée et sa dague.

— Si tu m'enfermes, mon garçon, je mettrai ton navire sens dessus dessous, menaça-t-il, l'air grave.

— S'il vous plaît, monsieur Brody, dit le mousse, soudain inquiet. Vous pouvez peut-être aider.

Perplexe, Ewan regarda dans la cabine. Un bruit attira son attention vers le fond de la pièce où brûlait une seule lanterne. Il entra, sans s'inquiéter outre mesure de la clé qui tournait dans la serrure derrière lui.

S'avançant dans la cabine, il entendit un hoquet puis aperçut un petit visage pâle avec d'immenses yeux bordés de cils noirs. Des boucles, rendues encore plus rousses par la lueur de la lanterne, entouraient un visage d'angelot.

L'enfant portait une longue robe élimée qui lui tombait jusqu'aux chevilles. Avec ses cheveux longs retenus lâchement par un ruban rouge, Ewan pouvait voir qu'il s'agissait d'une ravissante fillette. Que faisait James Wellington avec cette enfant dans sa cabine ? Une fureur froide le saisit. Il s'efforça de sourire pour ne pas lui faire peur. Peine perdue. La fille se réfugia de l'autre côté du lit.

— Je ne te ferai aucun mal, petite. Je te le jure.

Elle baissa les yeux vers le bol qu'il tenait à la main. Depuis combien de temps n'avait-elle pas mangé ? Quand il le lui tendit, elle refusa de le prendre. Il le déposa donc sur la table de chevet et recula. Elle se précipita aussitôt, saisit le bol et retourna se recroqueviller dans son coin pour manger.

Ewan dut prendre de longues inspirations pour ne pas rugir de colère et l'effrayer davantage. Des conversations au sujet de la traite d'enfants lui revenaient en mémoire ; il songea à Dory et à sa famille qui s'efforçaient d'arrêter cette atrocité. Wellington pouvait-il être impliqué dans un commerce aussi abject ? S'il avait touché à cette enfant, il connaîtrait l'enfer.

— Je m'appelle Ewan Brody. Et toi, ma petite ?

Elle cligna des yeux.

— Mon nom ?

— Oui, comment t'appelles-tu ?

Son petit visage se froissa.
— Je n'en ai pas.

*
* *

Ewan observa la porte toute la nuit, s'assoupissant parfois quelques minutes. Il gardait sa dague à portée de main. Malgré sa peur, la fillette avait fini par fermer les yeux. Il avait étendu une couverture sur sa petite forme recroquevillée sur un large oreiller dans un coin, tel un chien.

La mer se calma avant l'aube et, dans le doux silence, il s'endormit à son tour. Au premier déclic dans la serrure, il bondit sur ses pieds, son arme à la main. Il n'avait pas besoin de poser de question. Il savait sans l'ombre d'un doute que l'enfant avait été maltraitée. Elle avait l'expression légèrement hagarde des enfants battus. Il était bien placé pour le reconnaître.

Le mousse entra avec ce qui semblait être le ragoût de la veille. Son regard se posa aussitôt sur la fillette et il poussa un soupir de soulagement.

— Je savais que vous ne lui feriez pas de mal.

— Que fait-elle ici ? demanda Ewan en allant refermer la porte derrière le garçon.

— Elle appartient au capitaine.

— Où est ton capitaine ? J'aurais deux mots à lui dire.

Le mousse déglutit, ses traits se durcissant.

— Il vous a laissé ici avec elle. Il aimerait que vous essayiez de la protéger.

Ewan fronça les sourcils. À quel jeu Wellington jouait-il ? Dans quel but ?

— Dans ce cas, son vœu est exaucé, marmonna-t-il. Comment t'appelles-tu ?

— Stephen.

— Depuis combien de temps es-tu à bord ?

— Deux ans, environ. Ce n'est pas si mal, comme vie.

— Une vie à torturer des enfants et à les vendre en esclavage ?

— Je suis toujours vivant, non ? C'est grâce au capitaine.

Il lança un regard à la fillette.

— J'ai veillé sur elle du mieux que j'ai pu, mais... le capitaine l'aime bien... Un peu trop, même. Vous pouvez peut-être l'aider. L'emmener ailleurs.

— Il faudrait déjà que je puisse partir d'ici.

Ewan se passa une main dans les cheveux. Seigneur, quel monde ! Des monstres rôdaient partout. Wellington menait-il une double vie ? Courtisan la moitié de l'année, marchand d'esclaves et violeur d'enfants le reste du temps ?

Le mousse se dirigea vers la porte.

— Je dois retourner réparer les filets avant qu'ils s'aperçoivent de mon absence. (Il lança un regard à l'extérieur.) Je ne verrouillerai pas la porte.

— Merci, mon garçon.

— Si je fais ça, c'est pour la fille, grommela le gamin.

Néanmoins, Ewan reconnaissait ce regard hanté, ce mélange de colère et de peur ; la peur de la vie qu'on subissait et celle d'un sort pire si on tentait d'en changer. Il se souvint de l'expression de Dory lorsqu'elle avait parlé de « bons » et de « mauvais » pirates, alors qu'il soutenait que tous étaient mauvais.

« Les mauvais sont ceux qui tirent profit de la souffrance humaine. »

En regardant la petite, il eut mal pour tous les enfants maltraités dans le monde. Aucun d'eux ne méritait de vivre dans la peur et la violence. Pas même ceux qui avaient abandonné leur mère. Il ravala la bile qui lui montait à la gorge.

L'aurore se leva telle une brume rampante, s'étendant peu à peu sur le monde sans qu'on se rende compte de rien. Dehors, les sons de la routine journalière avaient repris leur cours. Il songea à sortir de la cabine, mais ne savait pas trop comment assurer la sécurité de l'enfant. Elle devrait apprendre à lui faire confiance avant d'accepter qu'il la porte dans ses bras.

— Un navire ! cria une voix au-dessus de lui.

Sur le pont, l'activité s'accéléra. Il entendit des cris, des courses. Ewan regarda par le hublot et ne vit rien. Au bout de quelques longues minutes, des pas s'arrêtèrent devant la porte. Il dégaina son épée et fit signe à la fillette de se cacher derrière lui.

— Brody ?

— Que voulez-vous, Wellington ?

— Nous devons discuter.

— Cela n'aurait pas un rapport avec le navire que vous venez de repérer ?

— Il s'agit du *Queen Siren*.

Le cœur d'Ewan se mit à battre à toute allure. Oh, il était prêt à nager jusqu'à l'autre vaisseau s'il parvenait sur le pont ! Comme pour se rappeler à lui, l'enfant tira sur l'arrière de sa chemise. Il glissa un bras derrière lui et serra sa petite main pour la rassurer.

— Confiez l'enfant au *Queen Siren* et je les convaincrai de ne pas vous saborder.

Un petit rire narquois s'éleva de l'autre côté de la porte.

— Cela ne fait pas partie du plan, mais j'y penserai.

— Ordure ! cracha Ewan. Entrez donc m'expliquer votre plan, si vous en avez le courage.

Le loquet se souleva, comme si Wellington avait su que la porte n'était pas verrouillée.

— J'ai le garçon avec moi, alors déposez votre épée et votre dague près de la porte.

Ewan marmonna une insanité en gaélique, jeta ses armes sur le plancher et les repoussa du pied. Wellington entrouvrit la porte, entraîna le garçon dans la cabine et saisit les lames. Puis il ouvrit grand la porte.

— Vieux cuistre, lui lança Stephen.

La fillette s'accrocha au bras d'Ewan.

Wellington se tenait sur le seuil, plusieurs malabars à l'air mauvais derrière lui.

— Il semblerait que votre épouse se dirige droit sur nous.

Ewan s'efforçait de contenir sa fureur. Perdre son sang-froid n'arrangerait pas la situation, bien que se défouler sur Wellington lui aurait fait un bien fou.

— Que voulez-vous de Dory ? demanda-t-il.

— C'est une bâtarde qui n'aurait jamais dû naître.

Ewan serra les poings tandis que Wellington poursuivait :

— Katharine, sa mère, était une traînée. Quand j'ai appris son infidélité, je l'ai chassée. Il n'était pas question qu'elle salisse le nom des Wellington. Mon frère a cru qu'elle l'avait quittée. En réalité, je l'avais convaincue de prendre le large. Mon associé devait l'emmener.

— Vous voulez dire qu'il devait la tuer.

Wellington sourit.

— Elle méritait la mort. C'était une femme adultère et nous savons désormais que c'était également une traîtresse.

— Le troisième traître, c'était vous, n'est-ce pas ?

Wellington fit une grimace contrariée.

— Non, mais la disgrâce de Katharine a attisé les soupçons de Cromwell.

Il chassa ce sujet désagréable d'un geste de la main.

— Quoi qu'il en soit, Wyatt l'a embarquée alors que j'avais déjà payé mon associé pour qu'il m'en débarrasse. Puis Wyatt a décidé de garder l'enfant de cette putain. Il est temps de réparer son erreur.

Ewan ressentait une telle rage que, s'il parvenait à récupérer ses armes, il pourrait décimer la moitié de l'équipage. Pourrait-il les tuer tous ? C'était peu probable.

— Qu'attendez-vous de moi ?

Wellington esquissa un sourire.

— Ah... Quand j'ai appris que vous étiez dans le port de Barry, je ne croyais pas à une telle chance. Avec vous à bord, elle négociera sans doute votre libération. Mon associé comptait utiliser cette petite qui tremble derrière vous, mais je crois que vous êtes un bien meilleur appât.

— Ce n'est pas votre navire, n'est-ce pas ? demanda Ewan.

Il se tourna vers Stephen et ajouta :

— Ce n'est pas ton capitaine ?

— Je ne me mettrais jamais au service de ce prétentieux, rétorqua le garçon avant de cracher sur le plancher.

— Franchement, Brody, vous croyiez vraiment que j'avais un vaisseau et son équipage m'attendant tranquillement sur la Tamise ? Mon associé avait à faire au port et...

— Vous voulez dire qu'il enlevait des enfants pour les vendre en esclavage.

Bien qu'il n'ait pas vu d'autres enfants à bord, il avait enfin compris sur quel genre de navire il se trouvait.

— C'est un commerce très lucratif. En travaillant avec lui, j'ai doublé la fortune des Wellington en deux décennies.

— Qu'allez-vous faire de Dory ?

Si cette ordure voulait déjà sa mort avant même sa naissance, il n'avait sûrement pas changé d'avis.

— J'ai cru comprendre qu'elle avait certains talents. Mon associé aurait besoin de ses services, après que vous l'avez mutilé.

Il sourit comme s'il était l'homme le plus malin du monde.

— Monsieur Brody, bienvenue à bord du *Raven*.

*
* *

Dory sc tcnait derrière le garde-corps du *Queen Siren*, sa longue-vue vissée à son œil.

— Bon sang, où es-tu ?

Elle scrutait le pont du *Raven*. Le navire de O'Neil voguerait-il sans lui ? Avait-il survécu aux blessures que lui avait infligées Ewan lors du tournoi ?

— Sors de ton trou, sale rat puant !

Elle avait pris les commandes avec le quartier-maître après que le capitaine Bart lui avait demandé de les pousser vers la côte occidentale de l'Angleterre. Ce matin à l'aube, elle avait aperçu une tache noire sur l'océan. Maintenant qu'ils s'en approchaient, elle distinguait clairement le pavillon rouge avec un motif noir en son centre. Une image qui lui mettait toujours les nerfs à vif.

Lorsque son père la rejoignit sur le gaillard d'arrière, elle lui annonça :

— Capitaine, c'est le *Raven*. O'Neil a dû survivre.

— Tu l'as vu ?

— Non, il n'est pas sur le pont, mais son équipage est le même.

Elle scrutait les recoins et les zones d'ombre où un enfant pourrait se cacher. En vain.

La colère grondait en elle. La douleur l'accablait depuis qu'elle avait quitté la Tour mais, malgré sa hâte de retourner en Angleterre, l'occasion de saborder le *Raven* était trop belle.

— Nous devons les arrêter, capitaine, dit-elle. L'équipage poursuivra ses livraisons même sans O'Neil.

— J'en conviens, mais ça nous retardera.

Il avait le ton autoritaire et sûr de lui dont elle avait besoin en ce moment. Il tira sur le bout de la tresse qui pendait dans son dos.

— Tu pourrais aussi le couler en faisant tomber la foudre sur eux.

— Et s'il y a des enfants à bord ? Ils peuvent les avoir enlevés quand ils étaient à Londres.

Son père lui prit la longue-vue et observa le pont du *Raven*.

— Je n'en vois pas.

— Ils pourraient être enchaînés sous le pont, ou dans la cabine du capitaine.

Son père lui avait dit que O'Neil l'avait réclamée lorsqu'elle était née. Que lui serait-il arrivé sur le *Raven* ? Cette pensée la rongeait. Elle ne pouvait oublier l'image de la petite rouquine.

— Chaque fois qu'il nous aperçoit, il les fait monter sur le pont, lui rappela le capitaine Bart. Il sait que tu ne feras pas exploser son navire avec des enfants à bord.

Elle continua d'examiner le vaisseau tandis que le vent les poussait rapidement vers lui. Quelque chose clochait, sans qu'elle comprenne pourquoi.

Le capitaine Bart donna une série d'ordres au quartier-maître, qui se hâta de descendre les répartir entre les différents membres d'équipage. Il garda le cap droit sur le *Raven* pendant que Dory continuait à observer. Le quartier-maître de O'Neil tenait le gouvernail sans quitter des yeux le *Queen Siren*.

Dory rassembla des gouttes d'eau au-dessus d'eux en quelques inspirations profondes. Des nuages d'orage se formèrent et grossirent. Des éclairs les traversèrent et la houle gonfla sous l'effet du vent. Ses cheveux volaient autour de sa tête tandis qu'elle se concentrait, lui donnant l'allure d'une grande magicienne contrôlant les cieux.

Le visage angélique de la petite esclave rousse ne cessait de lui revenir en mémoire alors qu'elle observait les voiles gonflées du *Raven*. Un éclair fendit le ciel juste au-dessus du navire. Les marins se précipitèrent pour armer les canons. La soif de vengeance s'aiguisait en elle.

— Nous sommes prêts, Panda, annonça son père. Fais-leur vivre l'enfer.

Elle lui tendit la longue-vue.

— Si tu aperçois des enfants, nous devrons aborder. Continue de chercher.

— Oui, oui, Panda.

En dépit de son ton bourru, elle pouvait lui faire confiance. Le capitaine Bart ne supportait pas plus qu'elle l'idée qu'on fasse du mal à un enfant, même s'il parlait de mettre fin au règne de terreur de O'Neil à n'importe quel prix.

Dory tourna son visage vers les nuages et opéra sa magie. Levant les mains, elle tordit les nuages en les faisant s'enrouler sur eux-mêmes. Le vent obéit à son ordre silencieux et s'y engouffra, formant un entonnoir géant. Il dansa sur l'océan en se dirigeant vers le *Raven*. Celui-ci vira aussitôt de bord pour se mettre perpendiculaire à la houle. Une fois la tornade lancée dans une direction, il était pratiquement impossible de lui en faire changer. Dory abaissa les mains et le tourbillon se dissipa en brume. Elle en fit presque aussitôt naître deux autres, qui fusèrent vers le *Raven* depuis deux directions différentes. Ils se rejoindraient au centre du navire, le coupant en deux.

Le navire changea à nouveau de bord et se dirigea droit vers le *Queen Siren*. Ses marins étaient peut-être des suppôts de Satan, mais ils savaient naviguer. Ils bordèrent leurs voiles, capturant le vent, mais trop tard pour éviter les tornades.

Dory aperçut un mouvement sur le pont. Trois hommes de grande taille, peut-être. Elle plissa les yeux, mais ses cheveux ne cessaient de lui revenir dans la figure. Elle les écarta et, prise d'une étrange prémonition, se concentra sur les silhouettes. Les tornades approchaient rapidement ; dans quelques instants, elles déchireraient le navire.

— Panda ! cria son père à côté d'elle.

Elle avait déjà compris. Les tornades s'évanouirent aussitôt.

— La petite est vivante, murmura-t-elle.

Et dans les bras d'Ewan Brody.

*

* *

Ewan regardait Dory, debout sur le pont du *Queen Siren* de l'autre côté de la mer houleuse. Près de lui, Julian O'Neil se mit à rire.

— C'est pour la petite qu'elle a arrêté ses tornades.

— La petite et Brody, rectifia Wellington.

O'Neil brandit sa main valide.

— Bordez les voiles et sortez les canons !

Ewan serra l'enfant tremblante contre lui.

— Je croyais que vous la vouliez vivante, lança-t-il par-dessus le vacarme du vent.

La pluie les cinglait, comme si la peur et la fureur de Dory emplissaient chaque goutte.

— C'est le cas, répondit O'Neil en tenant son bras handicapé. Mais pour qu'elle soit à moi selon mes termes, je dois d'abord couler le *Queen Siren*.

— Il vous suffit de l'échanger contre les enfants, dit Ewan. Elle acceptera.

— Merci pour la suggestion, Brody, mais je préfère détruire son navire et Bartholomew Wyatt.

— Il me faut cette boîte, lui rappela Wellington, son élégante coiffure ébouriffée. Vous ne pouvez pas couler le *Queen Siren* avant que j'aie récupéré la boîte que Katharine a laissée !

O'Neil leva les yeux au ciel.

— Vous aurez votre foutue boîte une fois que mon bras aura été guéri. Nous aborderons leur navire afin que je puisse régler son compte à Bartholomew pendant que vous chercherez votre boîte de Pandore.

Il rit de sa propre plaisanterie.

— Regardez ! s'exclama-t-il en pointant le doigt. Elle ne sait plus quoi faire.

Dory discutait avec le capitaine Bart, sa chevelure alourdie par la pluie. Autour d'eux, les hommes se tenaient prêts, attendant les ordres du capitaine et de sa fille. Ewan apercevait Will parmi eux, distribuant les tâches et les armes. Ils s'apprêtaient à aborder.

Dory leva les mains et un éclair illumina le ciel juste au-dessus du *Raven*.

Wellington fit un bond. O'Neil ricana.

— Bah ! Elle ne peut pas nous frapper sans tuer tout le monde à bord ! Nous ne risquons rien.

En face, sur le pont, la frustration de Dory était flagrante. Ils étaient à présent suffisamment proches pour qu'Ewan distingue presque la tension et l'indécision sur ses traits.

Il lança un coup d'œil vers Stephen qui se tenait derrière Wellington. Il établit un contact visuel avec lui, puis lui montra le garde-corps du regard à plusieurs reprises. Le garçon finit par comprendre, écarquilla des yeux affolés et fit non de la tête.

Fichtre, il allait se montrer difficile. Il croyait probablement n'avoir d'autre choix que de servir sur la prison flottante de O'Neil. S'il parvenait à l'en éloigner, il lui montrerait que la vie avait beaucoup mieux à lui offrir.

Il cala la petite contre sa hanche. L'espace d'un moment, il ne vit plus Dory. Puis elle réapparut sur le pont inférieur, discutant avec Will. Le capitaine Bart les rejoignit.

— Tiens, tiens, voilà qui est intéressant..., commenta O'Neil.

Le ventre d'Ewan se noua lorsqu'il vit Will descendre un canot le long du flanc du navire. Dory était assise dedans.

O'Neil éclata de rire.

— C'est parfait ! Nous attendrons qu'elle soit à bord, puis nous tirerons sur le *Queen*.

— Il me faut cette boîte ! s'écria Wellington.

— Renvoyez les enfants avec Dory, suggéra Ewan. Elle reviendra ensuite avec la boîte.

Ces maudits chacals ignoraient que Dory le haïssait. Si elle parvenait à mettre les enfants à l'abri, il plongerait dans la mer ou coulerait avec le *Raven*.

— Sincèrement, je me fous de votre boîte, déclara O'Neil nonchalamment.

— Nous avons un accord, rétorqua Wellington.

O'Neil agita une main ornée de bagues.

— Oui, oui, oui. Après que la fille aura guéri mon bras. Ensuite, nous échangerons mon petit ange contre votre maudite boîte, bien que cette enfant vaille son pesant d'or sur le marché.

— Je vous paierai, grommela Wellington.

Pendant qu'ils discutaient, Dory et Will approchaient à la rame. La mer s'était calmée. Nom de nom, elle ne pouvait monter à bord ! O'Neil ne la laisserait jamais repartir.

Alors qu'ils entraient dans l'ombre du *Raven*, O'Neil et Wellington s'approchèrent du bastingage.

— Tuez l'homme qui l'accompagne s'il essaie de monter à bord, ordonna O'Neil.

Will saisit l'échelle de corde qu'on avait abaissée. Le fou ! Que croyait-il pouvoir faire contre une vingtaine de pirates aguerris ?

Les muscles d'Ewan se bandèrent et il déposa un baiser près de l'oreille de la fillette.

— Je ne te lâcherai pas, chuchota-t-il.

Elle s'accrocha plus fort à lui. Avait-elle deviné ? Il adressa un regard insistant à Stephen. Le garçon pâlit. « Saute ! » articula Ewan.

Il bondit sur le garde-corps, la petite fille serrée contre lui, et s'élança dans le vide.

17

18 octobre 1518

Ma chère Rebecca,

J'aurais aimé te connaître, ma minuscule enfant parfaite. J'ai commis bien des erreurs dans ma courte vie et nous voici en exil. La chevalière est tout ce que je peux t'offrir en guise de protection. Cette bague et le gentil capitaine que Dieu nous a envoyé. Le capitaine Wyatt a un bon cœur, meilleur que celui du capitaine auquel James m'avait adressée.

Je suis tellement navrée de ne pas être assez forte pour toi. Hélas, chaque jour je m'affaiblis alors que tu prends des forces. Même si mon corps meurt, Rebecca, mon amour pour toi durera toujours.

Ta mère,

Katharine Wellington

— Will, redescend ! hurla Dory, debout dans le canot.

Se tenant d'une main à l'échelle, Will se tourna en entendant le bruit d'un corps tombant dans l'eau. Ewan refit surface et se mit à nager. Elle usa de toute sa magie pour calmer la mer.

— Ewan !

Au-dessus d'eux, la détonation assourdissante d'un canon ébranla l'air, brisant sa concentration. Le *Raven* tirait sur le *Queen Siren*, qui ne pouvait répondre sans risquer de les blesser, Will et elle.

Les doigts d'Ewan s'agrippèrent au bord du canot et il hissa l'enfant à bord. Dory la souleva et écouta aussitôt les battements de son cœur.

— Tout va bien, lui chuchota-t-elle en diffusant une onde magique dans son système en état de choc.

La petite fille s'accrocha à elle. Le cauchemar qui avait hanté Dory, le souvenir de l'enfant abandonnée, celle qu'elle n'avait pu sauver, s'évanouit.

— Will, cria-t-elle, hisse-le à bord !

Toutefois, Ewan avait lâché le bord du canot et nageait vers l'échelle de corde.

— Ewan ! hurla-t-elle.

Il attrapa un échelon et se retourna.

— Il reste un garçon là-haut, lança-t-il. Le seul autre enfant.

— Ils te tueront !

Il soutint son regard d'un air résolu.

— Il s'appelle Stephen.

Nom de nom !

— Je sais que tu as menti ! cria-t-elle tandis qu'il grimpait les échelons. Dans la Tour !

Elle retint son souffle. Il s'arrêta un moment et se retourna, ses traits transformés. Ils étaient lumineux. Pleins d'espoir.

— Dans ce cas, une petite diversion m'aidera peut-être à revenir.

Il reprit son escalade tandis qu'une autre détonation retentissait.

Une diversion ? Sacrebleu, elle devait créer une diversion qui ne tuerait pas Ewan. Elle voulut tendre l'enfant à Will, mais celle-ci s'accrocha à elle.

— C'est un gentil pirate, assura-t-elle.

La fillette ne voulut rien savoir et enroula les bras autour de sa jambe. Will prit les rames et les éloigna du *Raven*.

— Pas trop loin !

— Tu dois pouvoir voir ta cible, répliqua-t-il.

— Je ne peux pas contrôl...

— Si, tu peux. Concentre-toi, Dory !

Des hommes attendaient Ewan en haut de l'échelle. Julian O'Neil se tenait à l'avant du navire, donnant des ordres. James Wellington était à son côté, ainsi qu'un jeune garçon qui écarquillait les yeux tout en affichant le même sourire méprisant que O'Neil. Ewan n'avait plus que quatre échelons à gravir et ne ralentissait pas. Il avait confiance en elle.

Dory inspira, emplissant ses poumons d'air marin. Puis elle souffla de toutes ses forces en direction des hommes attendant au sommet de l'échelle avec des coutelas, les faisant voler en arrière telles les graines d'une fleur de chardon, plusieurs d'entre eux glissant sur le bordage et basculant dans le vide de l'autre côté du navire.

Ewan se hissa à bord.

— Il n'a pas d'épée, fit Will, alarmé.

— Il m'a, moi.

Elle leva les mains vers le ciel où des fragments de foudre vrombissaient, en attente.

Ewan courut vers les hommes à la proue. En chemin, il ramassa un coutelas sur le pont. Dory prépara sa magie, jouant avec les particules d'air et d'eau au-dessus d'elle. Des éclairs zébraient les nuages tel le squelette luminescent d'un animal gigantesque.

Ewan para une première attaque de Wellington, en accompagnant son élan afin de le faire trébucher. Après deux autres assauts, Wellington s'effondra et elle ne le vit plus.

O'Neil dégaina son coutelas, et les deux hommes s'affrontèrent sur le pont supérieur. Les éclairs traversaient le ciel et frappaient l'eau tout autour du vaisseau. Les décharges électriques claquaient en projetant des éclaboussures, illuminant le crépuscule si bien qu'on y voyait comme en plein jour. Le vacarme était assourdissant. La bouche de Will remuait, mais elle ne l'entendait pas.

S'efforçant de contrôler sa peur et se concentrant sur son pouvoir, elle aperçut un pirate sur le gaillard d'arrière, tenant le gouvernail. C'était le quartier-maître de O'Neil, un homme à l'âme aussi noire que son capitaine. Elle rassembla les nuages dans son esprit et le visa.

La foudre s'abattit sur la poupe, faisant voler en éclats toute la partie arrière du navire et son quartier-maître avec. Will poussa un hourra, tandis que le ventre de Dory se nouait. Existait-il vraiment un moyen de contrôler la foudre de Dieu ?

Le garçon sur le pont ramassa un coutelas et s'approcha derrière Ewan. *Nom de nom !* Il voulait l'attaquer !

Elle inspira rapidement et envoya un souffle d'air qui renversa le gamin en arrière. Il se releva d'un bond et croisa le regard noir de Dory. Elle pointa l'index sur lui et fit claquer un éclair dans les nuages, juste au-dessus de sa tête. Le garçon se recroquevilla. Ayant perçu sa confusion, Ewan en profita pour le saisir à la taille et le balancer par-dessus bord. L'enfant battit des bras en tombant dans la mer.

— Will ! cria Dory.

Ce dernier plongea aussitôt de l'autre côté du canot. En quatre brasses puissantes, il avait rejoint l'enfant ahuri qui hoquetait à la surface. Il n'était plus très combatif. Dory s'accroupit d'un côté du canot pour contrer le poids de Will quand celui-ci hissa le garçon à bord avant de grimper à son tour. La fillette lâcha la jambe de Dory et s'accrocha vigoureusement au gamin.

— Partez ! cria Ewan tout en bondissant d'un côté et de l'autre, affrontant deux hommes à la fois.

— Pas sans toi ! répondit Dory.

O'Neil hurlait à ses hommes d'attaquer Ewan et tenait sa propre épée dans sa main valide. L'ordure savait qu'il ne pouvait le vaincre seul et comptait sur ses marins sanguinaires, prêts à exécuter le moindre de ses ordres.

Le *Raven* tira une autre volée sur le *Queen Siren* qui ne pouvait toujours pas riposter. Will commença à ramer.

— Nous ne l'abandonnerons pas ! cria Dory.

— Le *Queen Siren* a déjà été touché, répondit-il. Nous devons sortir de sa ligne de mire.

Bigre, c'était ce dont elle avait besoin, elle aussi : une vue dégagée sur O'Neil et ses hommes, pour établir une trajectoire claire.

— Cesse de ramer. J'ai besoin de stabilité.

Elle écarta les bras pour plus d'équilibre. Elle devait libérer un espace sur le pont du *Raven* afin qu'Ewan puisse sauter par-dessus bord. Elle fouilla dans les nuages au-dessus d'elle, explorant les courants d'énergie, brûlants et volatiles. Elle en trouva un, grésillant dans un nuage. Elle le visualisa comme un fil d'argent. Elle toucha son pouce et son index comme si elle le passait dans le chas d'une aiguille. Sa vue se brouilla. Elle imagina O'Neil comme l'aiguille, sa tête étant le chas.

— Saute, chuchota-t-elle. Saute, bon sang !

Elle inspira par le nez, veillant à ne pas déclencher la foudre sans pouvoir la contrôler complètement. Même son souffle était ténu.

— Maintenant, murmura-t-elle en sentant une ligne d'énergie entre le nuage et le chas de l'aiguille. Maintenant !

L'éclair, si fin qu'il fut à peine visible, tomba du ciel nocturne. Avec un cri guttural, O'Neil s'effondra sur le pont. Les marins se tournèrent vers lui, surpris.

Plouf !

— Ewan !

Dory s'accroupit au bord du canot. Il refit surface, secoua la tête et nagea vers eux.

— Bien visé ! lança-t-il.

Will lui tendit la main pour l'aider à grimper à bord. Une fois assis dans l'embarcation, il esquissa un sourire.

— À présent, n'hésite pas à faire taire ces canons, dit-il en passant une main sur son visage ruisselant.

Dory inspira profondément et se concentra sur le navire du démon.

— Avec plaisir, répondit-elle doucement.

Enfin, elle put libérer tout son pouvoir.

*
* *

Ewan baissa les yeux vers le pont principal du *Queen Siren*. La nuit d'encre était calme. Des millions d'étoiles parsemaient le ciel comme autant d'étincelles. Cependant, la vue qui le fascinait était celle de la femme ravissante – et terriblement complexe – allongée sur le dos, fixant le vide éblouissant.

Le capitaine Bart vint se poster près de lui, un coffret en bois dans la main.

— Elle vous l'a dit ?

— Nous n'avons pas encore parlé.

— Cela lui appartient, désormais. Ce qu'elle en fera…

Il haussa les épaules, lui donna le coffret et s'éloigna. La boîte de Pandore ne demandait qu'à être ouverte. Au lieu de cela, Ewan la glissa dans sa poche et descendit les marches.

Ses bottes cliquetaient sur le plancher poli. Elle ne bougea pas, son buste se soulevant à chaque profonde inspiration. Il s'assit, puis s'allongea à son côté.

— Elles sont des milliards, chuchota-t-elle.

— Oui, cela me rappelle le ciel chez moi.

Les vagues clapotaient doucement contre la coque. Des rires s'élevaient parfois des entrailles du navire. L'équipage fêtait avec enthousiasme la fin de Julian O'Neil et du *Raven*. Une brise marine glissait sur eux. En dépit de la douceur de la nuit, il sentait une tension entre eux. Il ne savait pas par où commencer.

— Tu sais que j'ai menti dans la Tour, dit-il enfin. C'était pour que tu partes. Les gardes arrivaient. Tu aurais été brûlée vive. Je… Je ne pouvais l'accepter.

— Nous avons tous les deux prononcé des mots terribles, chuchota-t-elle en tournant la tête vers lui.

— Aurais-je pu dire autre chose pour te convaincre de partir, de sauver ta peau ?

Il attendit, son cœur battant fortement dans sa poitrine. Il inspira en silence. Elle ne disait rien.

— Pendant ces douze jours dans l'obscurité, je me suis repassé chaque mot que j'avais prononcé, chaque mensonge... Je ne vois toujours pas ce que j'aurais pu faire d'autre.

Elle s'éclaircit la gorge.

— Tu aurais pu demander à Will de m'assommer et de m'emmener, répondit-elle sans le regarder. Cela aurait été moins douloureux.

Il ferma les yeux, comme s'il pouvait effacer le mal qu'il lui avait fait. C'était impossible.

— Will a trop peur de toi pour oser t'assommer, dit-il.

Elle remua et il posa la joue sur une main pour la regarder. Avait-elle ri ? Sa chevelure était étalée autour de son crâne tels des rayons de soleil.

— Tu es toujours à moi, Dory, dit-il à voix basse.

Elle tourna de nouveau la tête vers lui.

— Je ne suis peut-être pas la femme que tu veux. Tout ce que tu as dit dans la Tour n'était pas un mensonge.

— Tout ce que j'ai dit était totalement faux. C'est moi qui suis indigne de toi.

Elle secoua la tête.

— Absolument rien dans la lettre de ma mère ne prouve son innocence. Je suis la fille bâtarde de deux traîtres, une sorcière, une héritière sans le sou venant d'un pays que tu méprises, et une pirate...

— Oui, mais une bonne pirate, précisa-t-il. Qui a sauvé de nombreux enfants, comme la petite rouquine.

— Charissa.

— Je veux parler de l'autre petite.

— Margery lui a donné le nom qu'elle s'était choisi au début. Il plaît à Charissa.

Ewan n'avait jamais eu qu'un seul nom, ce qui expliquait peut-être que ces changements le décontenançaient un peu.

Il écouta sa respiration. Elle paraissait courte et douloureuse. Il détestait l'entendre souffler ainsi ; cela lui rappelait trop ce jour funeste dans la Tour.

— Je me fiche de l'Angleterre, dit-il. D'autre part, mon meilleur ami est marié avec une femme qui a des pouvoirs magiques comme les tiens.

— Caden ?

Il acquiesça.

— Je pensais que Meg était la femme la plus compliquée du monde, mais à côté de toi, Pandora Wyatt Brody, c'est un agneau.

Elle ne releva pas le fait qu'il l'avait appelée Brody.

— Je ne suis pas une dame, tu l'as dit toi-même.

— Cela faisait partie du mensonge. Tu es…

— Tu aimes les filles simples, faciles, qui te confectionnent des gâteaux, l'interrompit-elle. Je ne suis pas pâtissière.

Des siècles semblaient s'être écoulés depuis qu'il avait déclaré à peu près la même chose à Searc.

— Les pâtisseries alourdissent les guerriers, et une fille simple m'ennuierait à mourir.

Elle contempla à nouveau les étoiles, les traits tirés.

— Je suis aussi la progéniture d'un traître, dit-elle d'une voix brisée. C'est dans mon sang. Je ne suis pas assez bien pour toi, Ewan Brody.

Ewan se laissa retomber, dos au plancher. Seigneur, elle ne le connaissait pas ; elle ignorait les cauchemars qui le hantaient, qui lui rappelaient à quel point il était indigne.

— Quand j'étais enfant, je possédais un *sgian dubh* avec une poignée lisse et noire. Le père de

Caden, Macbain, le chef de notre clan, me l'avait donné et m'avait appris à m'en servir.

— Je croyais que tu n'aimais pas le *sgian dubh*, dit-elle doucement.

— À l'époque, je l'aimais. Il est particulièrement redoutable au lancer. J'étais très doué et je ne ratais jamais ma cible.

Il luttait avec les mots. Ils semblaient coincés dans sa gorge. Probablement parce qu'il ne les avait encore jamais prononcés.

— Le chef m'avait recommandé de le garder toujours sur moi, pour me protéger ainsi que ceux que j'aimais.

— C'était un conseil judicieux.

Ewan ne pouvait la contredire. Le père de Caden avait été très sensé, suffisamment pour comprendre ce qui se passait dans le cottage des Brody, situé à la lisière du village.

— J'avais des marques.

Il s'interrompit, fronçant le nez dans une grimace de dégoût. Fichtre, ce n'était pourtant pas la partie la plus difficile…

— C'est pour ça que le père de Caden m'a appris à me servir du *sgian dubh* et à le cacher sur moi, afin que personne ne sache que j'en possédais un et ne puisse me le prendre.

Elle ne disait rien, mais il sentit ses doigts frais se poser sur sa main.

— J'ai passé des jours et des nuits à m'entraîner avec. J'étais trop jeune et trop maigrichon pour bien manier une épée ou même une dague.

Il s'éclaircit de nouveau la gorge. Mazette, ces mots étaient encore plus difficiles à prononcer que ceux dans la Tour.

— Cependant, avec un *sgian dubh*, je pouvais tuer. Je savais exactement quelle partie du corps viser.

Il se tut encore un long moment, écoutant le bruit des vagues et respirant l'air humide de la nuit.

— Pourquoi avais-tu des marques ? demanda-t-elle enfin.

Il inspira profondément.

— Mon père... était très en colère la plupart du temps, et encore plus quand il buvait du whisky. Ma mère essayait de me protéger.

Dory ne bougeait pas. Il laissa les mots s'échapper comme s'il était seul.

— Je le haïssais. Je passais le plus clair de mon temps ailleurs, m'entraînant avec les autres garçons, avec Caden.

Il sentit ses doigts remonter sur son bras, le caressant doucement.

— Une nuit... quand je suis rentré à la maison...

L'image qu'il voyait dans le ciel étoilé fit remonter une bulle acide dans sa gorge. Ses yeux piquaient.

— ... elle était morte. Je n'avais pas été là et il avait tué ma mère.

Dory enfouit le visage dans le creux de son cou.

— Son corps était brisé, tordu, son visage en sang. J'aurais dû être là...

— Tu étais un enfant.

— Mais j'aurais pu...

Il s'interrompit. Elle devait entendre la suite, connaître ses péchés.

— Quand je suis entré, il s'en est pris à moi. Il empestait le whisky et le sang.

Ewan étendit un bras sur son visage, se remémorant le rictus de son père qui lui reprochait de n'avoir pas été présent pour le retenir. Ses parents s'étaient disputés au sujet de leur fils et de sa paresse.

— Il n'était pas armé… J'ai sorti mon *sgian dubh* et… je l'ai lancé. Il s'est planté dans son cou. Je l'ai regardé s'effondrer et se vider de son sang.

Il sentit la chaleur de Dory se répandre sur son torse. Il tremblait.

— J'ai abandonné ma mère et assassiné mon père.

— Ton père avait une arme : sa force. Il t'aurait tué. Et tu n'as pas abandonné ta mère… Bon sang, Ewan, je n'aurais jamais dû te laisser dans la Tour. Tu ne méritais pas ça. Tu m'as forcée.

Ces paroles flottèrent à la surface de sa conscience tandis qu'il déversait le reste :

— Si j'avais été là, j'aurais pu la sauver. Il était en colère parce que je n'étais jamais à la maison. Elle essayait de le dissuader de me punir à mon retour. Œil pour œil, dent pour dent, Dory. Je méritais d'être abandonné.

Elle écarta son bras de son visage et le regarda dans les yeux, ses propres traits noyés dans l'ombre.

— Ewan, tu ne l'as pas abandonnée. Tu étais un enfant essayant de survivre. Tu dois te pardonner. Autrement… comment pourras-tu me laisser te pardonner ?

— Tu me pardonnes ?

Elle poussa un long soupir.

— Tout comme ta mère t'a pardonné. Dans les deux cas, tu as fait ce qu'il fallait. Tu fuyais ta maison pour te protéger et tu m'as menti… pour que je vive.

Il sentit son pouce caresser sa tempe, puis ses doigts glisser dans ses cheveux tandis qu'elle se penchait sur lui. Son baiser fut doux.

Elle redressa la tête.

— Ewan Brody, je te revendique. Tu es à moi, pour toujours.

Il ravala son souffle.

— Ne me prends pas en pitié.

Elle fit non de la tête, sa longue chevelure formant un rideau autour d'eux.

— Tu es fort et honorable. Tu n'as pas permis que cet enfer te corrompe. Survivre t'a rendu plus fort. Je n'ai pas pitié de toi, je... je t'aime.

Ces mots le pénétrèrent, s'immiscèrent dans la douleur qui n'avait jamais quitté son cœur, faisant fondre la glace. Il glissa les doigts dans ses cheveux et l'embrassa à son tour. Puis il prit sa tête entre ses mains tandis qu'il chérissait tendrement ses lèvres, les savourant, vénérant cette femme unique et exquise.

Il roula sur le côté et interrompit leur baiser pour se repaître de sa vue.

— *Tha gaol agam ort*, dit-il d'une voix rauque. Je t'aime, Dory Wyatt Brody, aujourd'hui et pour toujours.

Elle sortit la bande de tartan de sa poche et l'enroula autour de leurs mains jointes.

— Aujourd'hui et pour toujours.

Il l'embrassa fougueusement cette fois, sa bouche lui transmettant toute la joie, le soulagement et l'amour qu'il éprouvait. Puis il se redressa pour contempler à nouveau son beau visage – un ange avec une langue diabolique. Cette pensée déclencha une onde de chaleur dans tout son corps.

— Il n'y a pas d'intimité à bord d'un navire, dit-il.

Elle se mit à rire.

— J'ai un hamac très confortable dans ma cabine.

Il déposa un baiser sur son front.

— Je crois qu'il est temps pour toi de rencontrer ta nouvelle famille dans les Highlands.

— L'épouse de Caden, la sorcière ?

— Oui, vous deux et sa tante devez être apparentées d'une manière ou d'une autre. (Il embrassa la tache de naissance sous son poignet.) Tu as d'autres parents en Écosse, Dory.

— Et s'ils ne m'aiment pas ?

— Eh, on ne fornique pas sur le pont ! lança Will depuis le gaillard d'arrière, où il tenait le gouvernail.

Ewan se mit à rire et se pencha pour embrasser la jeune femme.

— Les pirates et les Highlanders ne sont pas très différents, après tout.

— Nous allons passer un été bougrement intéressant, dit-elle, moqueuse.

— Et une vie merveilleusement compliquée, ajouta-t-il.

Ils éclatèrent de rire, leurs voix s'entremêlant comme leurs cœurs.

Épilogue

Palais de Whitehall, Londres, juin 1540

Henri VIII tenait le coffret en bois dans ses mains, soulevant et refermant le couvercle. Les minuscules charnières étaient bien faites, bien que le temps ait terni l'argent. Il baissa les yeux vers le bref message qui l'accompagnait.

Votre Majesté,
Nous avons accompli notre part du marché. Vous connaissez désormais la vérité et nous sommes donc libérés de notre engagement envers votre royaume. Que Dieu vous protège des traîtres.
Nos salutations distinguées,
Ewan et Pandora Brody

En entendant toquer à la porte, il cacha la rage qui bouillonnait en lui sous un masque d'indifférence.

— Votre Majesté ? demanda Thomas Cromwell en entrant dans la chambre privée du roi, escorté par deux gardes.

Assis derrière son bureau massif, Henri lui indiqua le fauteuil en face de lui. Cromwell s'y assit, nerveux. Il savait que le monarque était extrêmement insatisfait de sa dernière épouse, Anne de Clèves. Cromwell lui-même avait organisé ce mariage avec la princesse allemande, après que sa douce Jane était morte en donnant naissance à son héritier.

— Une fois de plus, Votre Majesté, je suis profondément navré que vous ne trouviez aucun réconfort auprès de votre épouse.

— Sa vue m'insupporte, rétorqua Henri. Son odeur également. Je n'aurai jamais d'héritier avec elle.

Cromwell pâlit, ses petits yeux noirs lui donnant soudain un air de rat – de rat paniqué.

— Nous trouverons un moyen de vous libérer du contrat de mariage, promit-il.

— J'y compte bien.

Henri se remit à jouer avec le coffret, ouvrant et fermant le couvercle. Cromwell le regarda faire en silence, jusqu'à ce que le roi reprenne la parole :

— Vous pourrez réfléchir à une solution dans la Tour.

Sur un signe de sa tête, les deux gardes s'avancèrent. Cromwell bondit de son siège.

— Votre Majesté, vous ne pouvez pas me faire exécuter parce que votre épouse vous déplaît !

Henri dévisagea son conseiller affolé et ouvrit de nouveau le coffret qui lui avait été livré quelques jours plus tôt. Il en sortit une grande chevalière et la tendit, de sorte que Cromwell puisse voir la rose qui l'ornait. Elle était en or, comme toutes les bagues de la période de la guerre civile, celle à laquelle le père d'Henri avait mis fin en remportant la bataille de Bosworth Field. Il l'inclina légèrement pour lui montrer l'inscription.

— Il semblerait que Katharine Wellington ait gardé ceci, du temps où elle fricotait avec Rowland Boswell à la Cour.

— C'étaient deux traîtres, Votre Majesté.

— En effet. Il y en avait un troisième, que Katharine essayait peut-être d'arrêter. Est-ce la raison pour laquelle elle lui a volé cette bague ? Parce qu'elle ne voulait pas que son propriétaire assassine le roi et s'empare du trône ?

— J'ai vu plusieurs de ces chevalières ornées d'une rose, Votre Majesté. Vous en portez une vous-même.

— En effet, répéta Henri avec un léger sourire. Sauf que la mienne ne dit pas… (Il lut l'inscription à l'intérieur.)… *Vivat rex Thomas Cromwell.*

« Longue vie au roi Thomas Cromwell. »

Note de l'autrice

Henri VIII s'est effectivement débarrassé de sa seconde épouse, Anne Boleyn, en la faisant décapiter sur de fausses accusations d'inceste et d'adultère. Moins de vingt-quatre heures après son exécution, il se fiançait officiellement avec Jane Seymour. Ils se marièrent deux semaines plus tard. Au cours de l'année qui suivit, Jane mourut après avoir réalisé son plus grand rêve : donner à l'Angleterre un prince héritier, le futur Édouard VI. Henri fut profondément affecté par sa mort et demanda à être enterré auprès d'elle lorsque son heure viendrait.

Thomas Cromwell, principal ministre et avocat d'Henri VIII, organisa ensuite son mariage avec Anne de Clèves afin d'avoir un allié dans le nord de l'Allemagne contre le Saint-Empire romain germanique. Le mariage fut un désastre. Anne de Clèves parvint à s'en sortir vivante, mais Cromwell fut envoyé à la Tour de Londres et exécuté pour son rôle dans cette union. Du moins, c'est ce que racontent les livres d'histoire.

Remerciements

Un immense merci à ma géniale éditrice Libby Murphy, dont les commentaires drôles et les conseils judicieux m'ont permis de polir ce roman jusqu'à le faire briller de mille feux.

Toute ma gratitude également à Julie, ma bêta-lectrice et formidable supportrice. Merci pour ton œil affûté et tes mots gentils. Ton enthousiasme m'enhardit.

Et, comme toujours, merci à mon merveilleux mari, Braden, mon principal soutien. Tu es le héros de tous mes romans.

Mo ghaol ort gu brath.

14466

Composition
FACOMPO

Achevé d'imprimer en Italie
par GRAFICA VENETA
le 3 août 2025

Dépôt légal : septembre 2025
EAN 9782290420829
OTP L21EPSN002706-650389

ÉDITIONS J'AI LU
82, rue Saint-Lazare, 75009 Paris

Diffusion France et étranger : Flammarion